Romy Hau

Perfect Day

Thriller

dtv

Von Romy Hausmann sind im dtv erschienen:
Liebes Kind
Marta schläft

Originalausgabe 2022
© 2022 dtv Verlagsgesellschaft mbH & Co. KG, München
Umschlaggestaltung: ZERO Werbeagentur GmbH
Umschlagmotive: plainpicture/miguel sobreira –
Aus der Kollektion Rauschen und shutterstock.com
Satz: C. H. Beck.Media.Solutions, Nördlingen
Gesetzt aus der Adobe Garamond 11/14·
Druck und Bindung: CPI books GmbH, Leck
Printed in Germany · ISBN 978-3-423-26315-3

Für dich, Papa.
Für deinen Humor und deine Stärke.
Du bist Iron Man.

Die Macht der Fantasie kann tröstlich sein.
Oder tödlich.

Ann stirbt an einem Donnerstag, sie verreckt ganz jämmerlich. Sie liegt auf dem Rücken, die Beine steif ausgestreckt, die Hände presst sie zitternd auf die klaffende Wunde in ihrem Brustkorb. Die Männer haben ihr Herz mitgenommen, sie haben es ihr aus dem Körper geschnitten und einfach mitgenommen. Sie will schreien, aber das geht nicht, aus ihrer Kehle drängen schon andere Töne, sie gurgelt, sie fiept. Gleichzeitig explodieren Lichter auf ihrer Netzhaut, und das ist anstrengend, so schrecklich anstrengend, und sie wünscht sich, es wäre einfach vorbei, sie kann nicht mehr. Also lässt sie los, lässt sich fallen, schließt die Augen, bereit. Es ist besser dort, hinter ihren geschlossenen Lidern. Dort glitzert die Sonne und der Himmel ist blau, und sie, sie sitzt auf den Schultern ihres Vaters und bewegt die Arme, als könnte sie fliegen. Viele Jahre ist das her, sie ist sieben und Papa nennt sie sein »Käferchen«. Er hält sie fest und sicher an den Beinen, sie muss sich keine Sorgen machen, nie mehr.

So ist das also, konstatiert sie. So ist der Tod.

Und so schnell kann das gehen.

Vor einem Fingerschnippen noch war dieser Donnerstag bloß ein Donnerstag. Sie warteten auf ihr Abendessen, die

Pizzalieferung von Casa Mamma. Papa hatte Musik aufgelegt, eine Platte von Lou Reed aus den Siebzigern, als es Ann noch nicht gab, nur die törichte, ungestüme Jugend ihres Vaters. Sie grinste, wenn er so etwas sagte. Sie fand die Vorstellung absonderlich: Papa und töricht – niemals! Aber die Platte, die mochte sie trotzdem. Es gab wahrscheinlich keine, die er öfter spielte; Anns gesamte Kindheit klang danach. Im Kamin knackte Holz, und es roch, als hätte Papa zum Anzünden Altpapier verwendet. Ann hasste den Geruch, er hatte etwas akut Gefährliches. So als könnte gleich in der nächsten Sekunde das ganze Haus in Flammen stehen.

»Wo bleibt das Essen?« Diese Ann-typische Quengelei, und Papa, der sich darüber lustig machte. »Du kannst dich mit etwas Sinnvollem ablenken und noch ein bisschen Feuerholz holen«, sagte er und streckte ihr den Holzkorb entgegen. Ann verzog das Gesicht. Wenn sie Hunger hatte, war sie nicht zu Späßen aufgelegt.

Im Garten hatte der November Gebilde geschaffen, die im Zwielicht von Dunkelheit und Terrassenbeleuchtung nur umso seltsamer wirkten. Die Sträucher, die sich unter der Schneelast krümmten wie bucklige Alte, schienen auf den Berg zuzustreben, unter dem sich ihr altes Trampolin versteckte. Ann stapfte zum Holzverschlag, warf ein paar Scheite in ihren Korb und ging zurück zum Haus.

Und da begann es, das Sterben.

Zuerst das Licht, das von der anderen Seite des Hauses, der Vorderfront, durch die Fenster fiel. Blaue Kreise, die plötzlich durch den Raum tanzten. Ann, die irritiert mit dem Holzkorb dastand, und ihr Vater, der scherzhaft darüber spekulierte, ob ihre Pizza nun per Express und mit Blaulicht angeliefert würde, weil der Lieferdienst gespürt hätte, wie ungemütlich sein Käferchen werden konnte, wenn es hungrig war.

Doch dann.

Die Haustür, die aufsprang, und die Männer, die hineindrangen. Die sich auf Papa stürzten und ihn zu Boden rangen. Offenbar gab es jede Menge Geschrei, denn Ann sah aufgerissene Münder. Aber sie hörte nichts; alle schrien stumm unter dem hohen Ton, der ihren Schädel besetzte wie ein Tinnitus. Die Männer zerrten an ihrem Vater, zerrten ihn auf die Füße, zerrten ihn in Richtung Tür. Ann klammerte sich an ihren Holzkorb. Sie sah, wie Papa eine ruckartige Bewegung machte und sich noch einmal zu ihr umdrehte. Sein völlig leeres Gesicht. Dann schafften sie ihn fort, hinaus in die Nacht. Zwei der Männer blieben im Haus und versuchten ihr zu erklären, was da gerade geschehen war. Ihre Worte schnitten in Anns Brust, sie stießen tiefer und tiefer in sie hinein, bis sie schließlich auf ihr Herz trafen. Ihr Kreislauf sackte weg. Der Korb fiel zu Boden. Erst schlugen die Holzscheite dumpf auf, dann ihr Schädel. Ihr Körper begann zu krampfen, zu zucken, sie röchelte, fiepte, und es war schlimm, bis sie hierhergelangte: in die Welt hinter ihren geschlossenen Lidern, wo ihr Herz noch intakt ist, wo es Sommer ist und sie mit Papas Hilfe fliegen kann. Sie ist sieben Jahre alt und sein »Käferchen«, und Lou Reed singt von einem perfekten Tag ...

»Wir brauchen einen Sani!« Von irgendwoher stört eine fremde Stimme, die zunehmend lauter wird. Dass Ann atmen soll, befiehlt ihr die Stimme – einatmen auf eins, ausatmen auf zwei, und vor allem ruhig, ganz ruhig.

»Hier, das Asthmaspray!«

Sie spürt, wie ihr Kopf bewegt wird. Grobe Finger reißen ihr den Mund auf und schieben etwas Hartes hinein. Ihr Rachen wird kalt, ihr Brustkorb entkrampft. Träge schlägt sie die Augen auf. Jemand beugt sich über sie.

»Schön, dass Sie wieder da sind«, sagt der glückliche Idiot, der keine Ahnung von der Hölle hat.

Neue Spur im Fall der Berliner Schleifen-morde: 55-Jähriger nach dreizehnjähriger Fahndung in Haft

Berlin (JW) Im spektakulären Fall der seit 2004 andauernden Mordserie an neun Mädchen hat die Kriminalpolizei am Donnerstagabend einen 55-Jährigen festgenommen. Der Mann sei dringend tatverdächtig, die sechs- bis zehnjährigen Opfer zunächst an unterschiedliche abgelegene Orte im Berliner Umland entführt und anschließend getötet zu haben. Um die Auffindung der Leichen sicherzustellen, hinterließ der mutmaßliche Täter rote Schleifenbänder. So wurde zuletzt die Leiche der Schülerin Sophie K. († 7) in einer Hütte im Königswald entdeckt. Das Mädchen war in der Woche zuvor von einem Spielplatz in Berlin-Schmargendorf verschwunden. Wie die Polizei mitteilte, habe eine Zeugenaussage auf die Spur des 55-Jährigen geführt.

Ann

Berlin, 24.12.2017
(sechs Wochen später)

Die Stadt ist wie leergefegt, kein Auto zu sehen, kein Mensch, nicht mal ein herrenloser Hund. Die Schaufenster sind schwarz, die Ladeneingänge mit Rollgittern verrammelt. Berlin ist tot, alle sind es. Bis auf mich. Die letzte Überlebende, die einzig Übriggebliebene nach dem Ende der Welt. Nur ich und Berlin und die allerorts aufgehängte Festtagsbeleuchtung, die in trügerischem Rhythmus blinkt, so als hätte die Stadt eben doch noch einen Herzschlag, einen letzten Rest Leben in sich.

Ich bin in Eile, meine Schritte sind schnell und plump. Schneematsch spritzt mir bis hoch zum Knie. Egal, meine Hose gehört sowieso längst in die Wäsche. Früher war ich eitel, aber das ist vorbei. Zoe hat das Schloss an unserer Wohnungstür austauschen lassen und nur eine kleine Reisetasche für mich im Treppenhaus deponiert. Ab und zu stelle ich mir vor, wie sie in meinen dunkelroten Samtjeans in der Uni sitzt oder bei einem Date mein goldenes Paillettentop trägt. Es ist okay, oder einfach so, wie der Vater von Saskia E. kürzlich in einem Interview gesagt hat: *Die Schmerzgrenze verschiebt sich.* Dinge, die sich früher wie eine Fleischwunde anfühlten, empfindet man irgendwann nur noch als einen Kratzer. Saskia E. war Opfer Nummer 7, ermordet vor drei Jahren, an Weihnachten 2014.

Ich steigere mein Tempo, hetze Schatten und Schritten davon, die es gar nicht gibt. Manchmal spritzt Blut statt Schnee. Auch das hat Saskias Vater in dem Interview richtig erfasst: *Man wird ganz unausweichlich ein bisschen verrückt.* Er lenkt sich ab, indem er durch sämtliche Medien tingelt; ich lenke mich auch ab, aber mit der Arbeit. Auch wenn ich keine Ahnung habe, wer sich ausgerechnet heute in einen schmuddeligen Fast-Food-Schuppen wie das Big Murphy's verirren sollte – das müssen schon sehr, sehr einsame Menschen sein. Die Wahrheit ist: Die Stadt ist nicht tot. Sie lebt noch, natürlich, und wie. Sie hat sich nur zurückgezogen in ihre warmen, liebevoll geschmückten Wohnzimmer. Sie sitzt an reichlich gedeckten Esstischen, auf denen gefaltete Servietten ausliegen und das gute Besteck. Sie überreicht einander Geschenke und erfreut sich an leuchtenden Augen. Sie ist glücklich, diese Stadt, und wer heute übrigbleibt, ist nichts anderes als ganz unten. Es ist Sonntag. Und Heiligabend.

»Da bist du ja endlich!« Hinter der Kassentheke rudert Antony mit den Armen. Er ist Kubaner, gerade einundzwanzig und seit zwei Jahren in Berlin, ganz allein, ohne seine Eltern und die vier Geschwister, die immer noch in Moa leben, einer Industriestadt an der Nordostküste Kubas. Er braucht das Geld, das er bei Big Murphy's verdient, um sein Studium und sein WG-Zimmer zu finanzieren, aber hauptsächlich für die Überweisung, die er monatlich per Western Union nach Hause tätigt.

Ich drücke die gläserne Eingangstür hinter mir zu und blicke mich um. Bloß ein einziger Tisch ist besetzt, von einem alten Mann, dessen Gesicht nur aus Augen und Bartwuchs zu bestehen scheint. Er trägt einen schmutzigen braunen Mantel, und ich erkenne löcherige Fingerstulpen, als er in diesem Moment in einen schlappen Burger beißt. Ketchup tropft aus dem Brötchen wie dicke, rote Tränen.

»Ja, zum Glück, bei dem Andrang«, murmele ich im Vorbeigehen und verschwinde in die Umkleide.

Meine Uniform besteht aus einem kurzärmeligen, grünen Polyestershirt und einer braunen Hose, die sich an den Seiten öffnen lässt; Belüftungsschlitze, die man zu schätzen weiß, wenn in der engen Küche des Fast-Food-Restaurants in fünf Fritteusen gleichzeitig 180 Grad heißes Öl sprudelt.

Es ist nicht der beste Job, aber einer, der fast sträflich leicht zu bekommen war. Keine schriftliche Bewerbung, keine Zeugnisse, kein Lebenslauf. Nur ein Anruf und am nächsten Tag ein Vorstellungsgespräch unter dem Mädchennamen meiner toten Mutter. Die Managerin mochte mich sofort, ich machte einen unkomplizierten Eindruck. Arbeitszeiten, Überstunden, selbst die Vergütung: egal. Mich interessierte nur, ob es möglich war, mir meinen Lohn in bar auszuzahlen. War es, solange ich den Erhalt mit meiner Unterschrift quittierte. Nach einer Schulung in Hygienerichtlinien und Infektionsschutz und noch einer weiteren in Sachen Unfallverhütung wurde ich direkt eingearbeitet.

Heute sind wir nur zu dritt im Laden: Antony, der sich um die Kasse und die Getränke kümmert, Michelle, die in der Küche die Burger zubereitet, und ich, die ihr nebenbei assistiert, weil beim Drive-in, für den ich zuständig bin, sowieso niemand vorfährt. Natürlich nicht, es ist schließlich Heiligabend.

»Ann? Geht's dir gut? Du bist so still heute.« Liebe, süße,

einfache Michelle. Wie besorgt sie klingt. Sie ist Mitte vierzig, mit gelbstichig gefärbten Haaren und immer stark geschminkt, was sie zu Beginn ihrer Schicht mindestens fünf Jahre jünger aussehen lässt, später aber, wenn sich ihr Make-up in den Augenfältchen abgesetzt hat, genau den gegenteiligen Effekt hat.

»Klar, alles prima«, sage ich und fingere grundlos in dem Behälter mit den Tomaten herum.

Michelle knufft mich aufmunternd in die Seite. »Ich finde Weihnachten auch deprimierend, falls es das ist, was dir zu schaffen macht. Drei Tage lang tun alle so, als wäre die Welt in Ordnung, Liebe-Frieden-Lichtlein-an. Als ob.« Michelle ist alleinerziehende Mutter von zwei halbwüchsigen Söhnen und einer erwachsenen Tochter. Ihre Große feiere schon seit Ewigkeiten kein Weihnachten mehr mit ihr, und auch die Jungs seien dieses Jahr bei ihrem Vater. »Und deine?«

Sie meint meine Tochter. Ich hatte sie, weil mir auf die Schnelle nichts Besseres eingefallen war, Diana genannt, nach der römischen Göttin der Jagd – nicht, wie Michelle glaubt, nach der toten Prinzessin. Aber im Grunde ist es auch egal, wie meine Tochter heißt. Sie ist mir passiert, als ich gerade achtzehn war, sorglos und naiv, eben eins von diesen jungen, dummen Dingern, die einfach nicht aufpassen können. Jetzt bin ich vierundzwanzig und muss Geld für sie verdienen, so wie alle hier bei Big Murphy's für irgendjemanden Geld verdienen müssen. Ich sage nur: »Auch bei ihrem Vater«, und fummele weiter an den Tomaten herum. Ich will Michelle nicht ansehen.

»Was schenkst du ihr?«, fragt sie als Nächstes, und das Erste, was mir in den Sinn kommt, ist: »Ein Trampolin.«

So wie das Trampolin, das ich zu Weihnachten bekommen habe, als ich in Dianas Alter war. Der Karton, der das Gestänge enthielt, war braun und so riesig, dass man mehrere Rollen Geschenkpapier benötigt hätte, um ihn einzuschlagen. Mein Vater hatte deshalb einfach nur eine große, rote Schleife darumgebunden. Sobald es Frühling wäre und die Sonne die letzte Schneenässe aus dem Boden gesogen hätte, würde er es im Garten aufbauen, mit seinen beiden linken Händen, dem rührenden Ungeschick eines Akademikers. Er würde es so aufstellen, dass er, wenn er in seinem Arbeitszimmer am Schreibtisch säße, nur aus dem Fenster zu blicken bräuchte, um mich springen zu sehen. Mir gefiel mein Geschenk, das schon. Nur konnte ich jetzt, im tiefsten Winter, nichts damit anfangen. Also bat ich ihn, die Metallstangen aus dem Karton zu entfernen. Und dann legte ich mich hinein und klappte den Deckel zu. Das fand mein Vater interessant, erstaunlich, eigenartig. Mit diesem Blick, der immer alles analysieren will, fragte er mich, was ich mir dabei vorstellte, wenn ich mucksmäuschenstill, mit geschlossenen Augen und reglosen Gliedern in meinem Karton lag. Er dachte, es hätte vielleicht etwas mit meiner Mutter zu tun. Dass ich ausprobieren wollte, wie es sich so lag, in einem Sarg. Ich entgegnete: »Aber Papa. Das ist doch kein Sarg. Es ist einfach nur ein Karton und ich liege drin.«

»Toll!« Michelle wirkt aufrichtig begeistert, bevor ihr Gesicht in der nächsten Sekunde etwas Trauriges annimmt. Ich weiß, dass sie Angst hat, ihre Söhne könnten nach ihrem Ex schlagen, der wegen Körperverletzung schon zweimal im Gefängnis saß. »Genieß es, solange deine Diana noch klein ist.« Seufzend wischt sie sich mit dem Handrücken über die schweißglänzende Stirn. »Kaum sind sie älter als zwölf, bist du abgeschrieben und sie klauen dir Geld aus dem Portemonnaie, um sich Gras zu kaufen.« Als sie die Hand wieder aus dem Gesicht nimmt, sind braune Spuren daran erkennbar und ihre linke Augenbraue ist etwas farbloser als zuvor. Jetzt lacht sie wieder, so wie sie immer lacht, wenn sie feststellt, dass es offenbar kein besseres Abschminkmittel gibt als Bratfett. Vielleicht lacht sie auch nur, um nicht zu weinen. Ich kenne das Gefühl, aber ich schäme mich trotzdem. So viele Lügen. Vielleicht würde Michelle es ja sogar verstehen, wenn ich es ihr erklärte. Vielleicht würde sie mich gar nicht verurteilen, sie ist ein guter Mensch. Andererseits hatte ich das von Zoe auch gedacht.

»Erde an Ann! Ann, bitte kommen!« Michelle spricht mit verstellter Stimme in ihre geballte Faust hinein wie in ein Funkgerät. Mütter sind wohl einfach so. Wenn ihre Kinder klein sind, gewöhnen sie sich irgendwelche Albernheiten an, die sie nie wieder loswerden.

»Sorry, ich war in Gedanken.«

»Hab ich gemerkt.« Schmunzelnd deutet sie auf den Monitor, der das Bild aus dem Drive-in überträgt. Gerade ist ein Auto vorgefahren. »Kundschaft.«

Ich stülpe mir eilig das Headset über den Kopf und atme noch einmal tief, bevor ich den Knopf drücke, der das Mikrofon mit der Sprechanlage im Außenbereich verbindet. »Frohe Weihnachten und willkommen bei Big Murphy's Burgers and Fries.« Ich kann nicht fassen, wie freundlich ich klinge, wie unbeeindruckt. Dass ich anscheinend auch so einen Knopf habe, genau wie mein Headset – einen inneren Knopf, der mich, wenn ich ihn nur fest genug drücke, in einen anderen Modus versetzt. *Man funktioniert eben,* hat der Vater von Saskia E. in der Zeitung gesagt, und es stimmt. »Ihre Bestellung, bitte.«

Zuerst rauscht nur die Leitung.

»Hallo?«

Irritiert recke ich den Hals aus dem Ausgabefenster. Die Sprechanlage liegt fünf oder sechs Meter davon entfernt; erst nachdem sie ihre Bestellungen aufgegeben haben, fahren die Kunden weiter bis zur Ausgabe vor. Auf diese Entfernung jedoch sehe ich nur den Schemen eines Wagens und wie die Scheinwerfer zwei grelle Kreise ins Dunkel des späten Nachmittags stanzen.

Da verstummt das Rauschen, und die Stimme eines Mannes knarzt: »Du hast doch nicht wirklich geglaubt, dass du mir so leicht davonkommst?«

Schrekk. (Ann, 7 Jahre alt)

ein Schrekk ist wie wenn der Mensch innen drin einen Strohmschlag kriegt. das Herz springt einmal von seinem Platz und wenn es sich wieder setzt dann schlägt es trotzdem noch schneller als forher und manchmal tut das sogar weh. in den Ohren rauscht es und es wird einem so kalt das man liber gleich zittert. dann weiß der Schrekk das er fungsionirt hat und hört villeicht auf. manchmal ist der Schrekk aber auch nur ein Scherz. dann hat man sich umsonst erschrokken und muss lachen weil man so dumm war das man auf den Schrekk rein gefallen ist.

»Du Blödmann!«

Ich lache hysterisch. Jakob, es ist nur Jakob, der da draußen in seinem Auto sitzt und mir durch die Sprechanlage einen Heidenschreck eingejagt hat. Jakob, der jetzt auch lacht.

»Was für eine Begrüßung. Ich glaube, ich beschwere mich bei der Geschäftsführung.«

»Um mich an Weihnachten feuern zu lassen? Sehr charmant.« Ich bemerke Michelles Blick und flüstere: »Jakob«, woraufhin sie grinsend ihre linke, farblose Augenbraue nach oben zieht. Es ist mir peinlich, dass sie von uns weiß, auch wenn es im Grunde gar nichts zu wissen gibt. Ich justiere das Mikrofon vor meinem Mund und recke erneut den Hals aus dem Ausgabefenster. Noch immer sehe ich nicht mehr als den Wagen in der Dunkelheit und zwei ausgestanzte Lichtkreise.

»Was machst du hier, Jakob?«

»Du hast gesagt, du hasst Weihnachten und willst es nicht feiern. Und ich habe gesagt, dass ich das nicht zulassen kann.«

»Stimmt wohl.«

Das war gestern. Ich hatte Kassendienst, als Jakob vor dem Tresen auftauchte und ein »Big Murphy's Mega Menu« bestellte. Er kommt oft her, fast täglich. Inzwischen richte ich sogar meine Pause nach ihm aus. Dann fegen wir den Schnee von der Bank auf dem Parkplatz vor dem Big Murphy's und sitzen dort im verschämten Abstand zweier Menschen, die sich eigentlich gerne zu einem richtigen Date verabreden würden. Aber sie tun es nicht; das Mädchen hat Gründe und der Junge offenbar genug Feingefühl, um zu ahnen, dass er sich einen Korb einfangen würde. Er hält sie für eine Germanistikstudentin, die bei Big Murphy's arbeitet, um sich ihre Miete zu verdienen. Und für etwas spröde wahrscheinlich. Also versucht er sie locker zu machen, indem er ihr lustige Anekdoten von seiner Arbeit auf einem Recyclinghof in Kreuzberg erzählt. Sie mag den Gedanken, dass er den Leuten dabei hilft, ihre Altlasten loszuwerden. Ihren Sperrmüll, ihre abgetragenen Kleider, Farbdosen, Kartonagen, Batterien, Gartenabfälle. Und am meisten gefällt ihr die Vorstellung, wie er auf die übervollen Papiercontainer klettert und auf den Bergen herumtrampelt, bis sie sich unter seinem Gewicht absenken und wieder neuen Platz freigeben. Wie seine schlaksigen Arme dabei durch die Luft rudern, seine kurzen, dunklen Locken wippen und seine blauen Augen vor kindlichem Übermut glänzen. Er kommt ihr so unbelastet vor, so frei.

»Na ja, und deswegen hatte ich die Idee, dass wir vielleicht …«

Ich seufze. Ausgerechnet heute scheint Jakob beschlossen zu haben, den Abstand zwischen uns zu verringern.

»Geht nicht, tut mir leid.«

»Du weißt doch noch gar nicht …«

»Muss arbeiten.«

»Kein Problem, ich warte auf dich.«

»Meine Schicht geht bis neun.«

»Macht nichts.«

»Nein, das ist zu lange. Abgesehen davon werde ich müde sein und nach Fritteuse stinken.« Ich zupfe mir eine fettige schwarze Haarsträhne vor die Augen, betrachte sie und überlege, ob ich gestern Abend überhaupt noch geduscht habe, bevor ich ins Bett gegangen bin. Es fällt mir nicht ein. Ich erinnere mich nur noch an ein fades Mikrowellengericht und wie ich wie ein Sack Mehl auf der Couch im Wohnzimmer hing und mir ›E.T. – Der Außerirdische‹ angeschaut habe, weil ich weinen wollte, einmal ganz befreiend, nur aus Rührung, nicht vor Schmerz. »Ein andermal, okay?« Zu meiner Erleichterung sehe ich auf dem Monitor, wie sich ein weiteres Auto hinter Jakobs in die Spur zum Drive-in schlängelt. »Du musst jetzt bestellen oder den Weg freimachen.«

Ich höre ihn noch etwas Unverständliches brummen. Dann fährt er am Ausgabefenster vorbei, sehr zügig und ohne Seitenblick. Kurz schließe ich die Augen und atme durch. Ich drücke den Knopf am Headset, genau wie den anderen, den inneren Knopf, lächle und sage: »Frohe Weihnachten und willkommen bei Big Murphy's Burgers and Fries. Ihre Bestellung, bitte.«

Weißt du noch ...?
22. Dezember 2014, Weihnachten vor drei Jahren.
- Was ist verkehrt an unserem Baum?
- Er ist aus Plastik, Ann.
- Er ist Tradition, Papa! Wir haben diesen Baum, seit ich denken kann.
- Umso schlimmer.
- Und jetzt?
- Ich kenne da eine Stelle im Blumenthaler Wald ...
- Du willst selbst einen schlagen? Nicht dein Ernst, Papa. Mit einer Axt?
- Nein, ich will am Stamm nagen, bis ich ihn durchgebissen habe. Natürlich mit einer Axt!
- Erinnerst du dich noch, als du damals mein Trampolin

aufbauen wolltest? Du hast dir mit dem Akkuschrauber in den Finger gebohrt.

– Stand das Trampolin am Ende, oder nicht?

– Mussten wir am Ende in die Notaufnahme, oder nicht?

– Jetzt komm schon, mein Käferchen. Es ist wunderschön dort, wo ich mit dir hinwill. Und wir werden einen richtigen Weihnachtsbaum haben, wie ganz normale Leute.

– Seit wann wollen wir wie die anderen sein? Mal ganz abgesehen davon, dass man nicht einfach so in den Wald marschieren und irgendwelche Bäume umnieten darf. Stell dir mal vor, das würde jeder machen!

– Wir lassen uns einfach nicht erwischen.

– Du bist verrückt.

– Und du bist meine Tochter, also: Willkommen im Club.

Und genau das waren wir doch immer, Papa, oder? Ein ganz exklusiver Club, nur wir beide, im Zweifel gegen den Rest der Welt. Du hast mich getröstet, wenn ich wegen Mama weinen musste. Mich gelassen, wenn ich sie gehasst und in die Hölle gewünscht habe. Du hast mir Zöpfe geflochten und Gute-Nacht-Geschichten erzählt. Du hast mir die Sache mit dem Frausein erklärt, mir Tee gegen die Krämpfe und Schokolade gegen den Heißhunger gebracht. Du hast mich gedeckt, als ich Nico im ersten großen Liebeskummer den Rahmen seiner 125er zerkratzte, weil er mit meiner damals besten Freundin Eva rumgemacht hatte.

Daraufhin schlug seine Mutter bei uns auf.

»Meine Tochter soll so etwas getan haben?«, hast du sie gefragt. »Niemals.«

»Aber ich selbst habe sie gestern Abend in unserer Straße rumlungern sehen, und heute Morgen war der Schaden angerichtet! Wissen Sie, wie lange Nico darauf gespart hat?«

»Das tut mir natürlich sehr leid, aber Sie müssen sich irren. Meine Tochter war gestern den ganzen Abend zu Hause. Wir haben zusammen Schach gespielt.«

Und du hast mich immer gewinnen lassen beim Schach, weil du nicht wolltest, dass ich mich wie eine Versagerin fühlte. Du kennst mich so gut, Papa. Und ich kenne dich.

Deswegen ist es jedes Mal wieder ein Schock.

Da hilft auch kein verpixeltes Fotogesicht.

Sie schreiben über dich, sie sind sich ihrer Sache so sicher.

Ich stehe vor einem Zeitungskasten auf halber Strecke des Heimwegs und starre in das von einer Straßenlaterne beleuchtete Sichtfenster auf die morgige Ausgabe einer der größten Berliner Tageszeitungen, die auf dem Titelblatt darüber berichtet, wie die Familie E. plant, die Weihnachtsfeiertage zu verbringen, nachdem der mutmaßliche Täter, der Mann, der ihnen all das angetan haben soll – *du!* –, endlich im Gefängnis sitzt, zumindest in Untersuchungshaft. Dass sie seit drei Jahren zum ersten Mal wieder einen Weihnachtsbaum aufstellen werden, wird Jörg E. (43) in dem Artikel zitiert. Er weine und lächle zugleich, schreibt der Redakteur dazu. Am Ende des Aufmachers steht: »Lesen Sie weiter auf Seite 3.« Ich weiß nicht, ob ich das will. Es reicht, dass ich mich an diese Begebenheit von 2014 erinnere. Das erste Mal, dass du einen echten Baum haben und, um diesen selbst zu schlagen, in den Blumenthaler Wald wolltest. 2014, zugleich das erste Weihnachtsfest, das die Familie E. ohne ihre »geliebte kleine Saskia († 8)« verbringen musste. Diese war wenige Tage zuvor von einem Unbekannten entführt worden. Man fand sie in der ersten Januarwoche tot in einer Hütte. Im Blumenthaler Wald.

Ein Zufall, ich weiß, Papa.

Du bist kein Mörder.

Sie irren sich so schrecklich, aber das wollen sie einfach nicht einsehen. Lieber verbreiten sie weiter ihre Lügen, ihre Lügen, ihre gottverdammten Lügen.

Wut. (Ann, 7 Jahre alt)

die Wut ist unsichtbar wie Luft und schlüpft in einen rein wenn man sich sehr ärgert. zuerst krigt man einen Kloß im Hals und atmet wie ein Stier. das Herz fengt an ganz schnell zu schlagen und man beist die Zähne aufeinander um sich wieder zu beruigen. aber das klappt nicht weil die Wut viel stärker ist als der Mensch. sie explodiehrt im Körper und weil der Mensch das nicht aushält fängt er an seine Arme und Beine zu bewegen und haut einfach los oder tritt. nur so kommt die Wut wieder aus dem Körper raus und lässt einen in Ruhe. ich war auch schon mal wütend und zwar auf meine MAMA. aber ich hätte sie nicht gehauen weil sie krank war. man darf niemand hauen der krank ist. jetzt ist sie leider tot.

Jemand brüllt: »Ann!«, und umklammert meine Taille. Ich werde von den Füßen gerissen und trete ins Leere, wo eben noch der Zeitungskasten einen Widerstand bot. Ich strampele trotzdem weiter. Ich will nicht aufhören, ich kann nicht. Ich will die Lügen zerstören, selbst wenn es in diesem Moment nur einen Zeitungskasten trifft.

»Ann!«, noch einmal, und der Griff um meine Taille, der sich verstärkt. »Scheiße, was machst du denn da?« Ich werde herumgewirbelt. »Hör auf!«

Ich denke nicht daran; ich will kämpfen, zerstören. Metall knirscht, Plastik zerspringt, Papier zerfleddert. Bis mich allmählich die Kraft verlässt.

»Alles gut«, sagt die Stimme. Sie gehört zu Jakob – schon wieder Jakob. Der mich jetzt, wo ich mich endlich beruhige, vorsichtig aus seiner Umklammerung entlässt. Wortlos blicken wir erst einander an, dann auf das, was einmal ein Zeitungskasten war. Die Halterung grätscht auseinander, die Box ist zerbeult, durch das Plexiglas des Sichtfensters zieht sich ein Riss. Die Zeitungen liegen zerfetzt im Schneematsch.

Erschöpft trolle ich mich in den nächsten Hauseingang, ich muss mich setzen. Die Stufen sind kalt und nass, es stört mich nicht; ich schwitze und keuche wie nach einem Marathon. Vor mir auf dem Fahrradweg steht mit geöffneter Fahrertür Jakobs roter Jeep. Er setzt sich neben mich. Seinem Gesichtsausdruck nach zu urteilen will er wissen, was da gerade geschehen ist; die passenden Worte hat er nicht parat. Ich weiß genauso wenig, was ich sagen soll. Wie ich diese Randale erklären könnte, diese ihm völlig unbekannte, andere Ann, die wie eine Geisteskranke auf einen Zeitungskasten eintritt. Außer natürlich mit der Wahrheit.

Hast du dich jemals gefragt, ob der Mann aus der Zeitung, das »Monster«, wie sie ihn nennen, Familie hat? Hat er, Jakob. Nämlich mich. Ich bin die Tochter des mutmaßlichen Schleifenmörders, der in den letzten dreizehn Jahren neun kleine Mädchen entführt und getötet haben soll. Ich war dabei, als sie ihn verhaftet haben. Ich hatte ihn besucht, an diesem Donnerstagabend vor sechs Wochen. Wir hatten Pizza bestellt, Lou Reed aufgelegt und eine Flasche Rotwein geöffnet. Es hat geklingelt; wir dachten, es wäre der Pizzabote. Aber es war ein Einsatzkommando, bestimmt ein Dutzend Männer. Sie haben sich auf ihn gestürzt, ihm Handschellen angelegt und ihn abgeführt. Mich wollten sie auch mitnehmen, ich sollte eine Aussage machen, aber ich hatte einen Asthmaanfall. Und was hätte ich ihnen auch sagen sollen? Er ist unschuldig, ihr Idioten! Seitdem sitzt er in Untersuchungshaft, sie knüpfen noch an ihren lächerlichen Beweisketten, die am Ende den Strick um seinen Hals ergeben sollen. Deswegen bin ich so wütend, Jakob. Ich bin wütend und ich habe furchtbare Angst.

Ich sage nichts von alledem, ich schweige. Weil es doch sowieso sinnlos ist. Zoe hat es ja auch nicht verstanden, dabei kennen wir uns seit fast drei Jahren und haben sogar zusammengelebt. Nicht, dass sie meinen Vater für schuldig halte, nein, nein, um Gottes willen. Und es tue ihr auch wahnsinnig leid, aber sie habe da halt einfach kein gutes Gefühl. Bestimmt kämen bald die Journalisten und belagerten unsere Wohnung. Das Getuschel in der Uni und die Tatsache, dass sie zwei jüngere Geschwister habe, vom Alter her passend zum Beuteschema des Täters. *Bitte, Ann, sei mir nicht böse.* Aber nein, Zoe, passt schon.

»Geht's wieder?«, fragt Jakob.

Ich brumme.

»Okay, gut.« Er streckt die Hände aus und richtet mir den Kragen der alten, dick gefütterten Jeanskutte. Es ist Papas Jacke, in der ich versinken kann, nicht nur körperlich. Manchmal, wenn ich sie vom Garderobenhaken nehme, stelle ich mir vor, dass er sie gerade erst ausgezogen und dort aufgehängt hat, und wenn ich dann hineinschlüpfe, bilde ich mir ein, noch etwas von seiner Restwärme zu spüren.

Im Reflex schlage ich Jakobs Hände weg.

»Entschuldige«, sagt er erschrocken. »Ich wollte nur …«

»Nein, nein, schon gut. Mir tut's leid. Ich bin heute ein bisschen empfindlich. Was machst du hier?«

Er zuckt die Schultern.

»Ich war noch mal bei Big Murphy's, weil ich gehofft habe, du hättest es dir vielleicht anders überlegt. Aber da habe ich nur noch deine Arbeitskollegin getroffen. Sie sagte, du seist schon weg, also wollte ich nach Hause fahren. Und dann …« Mit dem Kopf deutet er erst zur Straße, was wohl heißen soll, dass er zufällig hier vorbeigekommen ist, und anschließend zu dem demolierten Zeitungskasten.

»Keine Ahnung, was da in mich gefahren ist. Eine leicht ausgeartete Weihnachtsdepression womöglich.«

Ich versuche es zur Ablenkung mit einem Lächeln, aber Jakob bleibt unangenehm ernst.

»Du hast mich belogen, Ann«, kommt es wie ein Eimer kaltes Wasser in mein Gesicht.

Ich blinzele hektisch. »Was?«

»Deine Tochter.«

»Meine …?«

»Das hat deine Kollegin eben zu mir gesagt: dass sie dich

etwas früher nach Hause geschickt habe, damit du noch das Trampolin aufbauen kannst, bevor deine Tochter morgen von ihrem Vater zurückkommt.« Wie in Zeitlupe wandert sein Blick zu dem Haufen zerfledderter Zeitungen, die mit den Mädchenmorden titeln.

Es trifft mich schlagartig.

Meine distanzierte Art. Meine vernachlässigte Erscheinung mit den ungewaschenen, schwarz gefärbten Haaren und der Kleidung voller Flecken. Mein blasses Gesicht, Augenringe von schlaflosen Nächten. Dieser Ausbruch von Zerstörungswut. Und vor allem: eine Tochter, von der ich ihm nie erzählt hatte. So als gäbe es sie überhaupt nicht – *mehr*.

Wir

Du bist wie ein Lied, das sich im Kopf festgesetzt hat, eine hartnäckige Melodie. Du bist meisterhaft arrangiert, ein perfekter Akkord aus Schönheit und Unschuld; jeder einzelne deiner Töne trifft mitten in mein Herz. Ich spitze die Lippen und summe dich vor mich hin, leise nur, ganz leise, denn niemand darf dich hören. Ich will dich nicht teilen. Nie mehr.

Ich bin gekommen, lautlos wie ein Geist, wie ein Schatten in der Nacht. Ein Schraubenzieher und dreißig Sekunden, mehr brauchte der Schatten nicht, um das Fenster im Erdgeschoss aufzuhebeln. Es sind nur zwei Stellen, wo man bei einem Standardfenster den Schraubenzieher ansetzen muss, das wusste der Schatten aus einer Videoanleitung, die ausgerechnet die Polizei ins Netz gestellt hatte, um vor den

Tricks der Einbrecher zu warnen und den Einsatz von Sicherheitsfenstern zu bewerben. Idioten. Ich kletterte hinein, schlich durch das Gebäude, fand dich schlafend wie einen Engel. Das Mondlicht auf deinem Gesicht, wie schön du warst, so wunderwunderwunderschön.

»Wach auf, Prinzessin«, flüsterte ich leise, und tatsächlich, du öffnetest die Augen. Sahst mich an, als hättest du mich längst erwartet. Und das hattest du, nicht wahr? Ich konnte es in deinem Gesicht lesen. Du musstest nichts sagen, ich hörte deine Gedanken, klar und deutlich wie Worte. »Nimm mich mit«, flehtest du. Vorsichtig hob ich dich in meine Arme. Dein Kopf lag ruhig an meiner Schulter, du ließest dich einfach davontragen. Wir verschwanden durch das Fenster, durch das ich gekommen war, und liefen zu dem Wagen, den ich gemietet hatte. Auf der Rückbank lag schon die kuschelige, warme Decke bereit, in die ich dich jetzt einwickelte. Schließlich ist es Winter und du solltest nicht frieren. »Schlaf noch ein bisschen, mein Schatz«, sagte ich dir. »Und hab keine Angst. Wenn die Sonne aufgeht, werden wir woanders sein, weit weg, wo niemand uns finden wird.«

Und ich habe Wort gehalten, stimmt's?

Niemand hat uns gefunden, niemand hat eine Ahnung. Du und ich, oder der Tod. So einfach ist das.

Ann

Zuerst ist da nur das Rauschen in meinen Ohren, dann folgt der stechende Schmerz in meinem Schädel. Ich versuche die Augen zu öffnen, vergeblich. Meine Lider sind schwer, meine Wimpern kleben aneinander. Ich liege weich, aber unbequem. Vorsichtig bewege ich mich, strecke zuerst die Beine aus, führe dann die Hand zum Kopf, dorthin, wo der Schmerz sticht und wütet.

Was ist passiert?

Gestern Abend …

Jakob, der nach meiner Tochter fragte. Mir dämmerte ein grauenvolles Missverständnis. Er hielt mich für die Mutter eines der Opfer, die ausgeflippt war, nachdem die Zeitung sie daran erinnert hatte, dass sie nie wieder ein Weihnachtsfest mit ihrem Kind verbringen würde. Am liebsten wäre ich aufgesprungen und davongelaufen. Aber ich ahnte, dass das alles nur schlimmer machen würde. Und dass Jakob der Typ wäre, der einem in so einer Situation hinterherrannte. Mir blieb also nichts anderes übrig, als ihm zu gestehen, dass ich meine Tochter bloß erfunden hatte.

»Ich dachte wohl, dass ein paar Sympathien nicht schaden könnten, wenn ich sonst schon keine Qualifikationen für den Job mitbrachte. Denn weißt du, alle bei Big Murphy's haben Kinder oder Familien, für die sie arbeiten müssen, und das schweißt sie irgendwie zusammen. Sie sind anders als ich.«

»Wie bist du denn?«

Ich zuckte die Schultern. »Kompliziert, schätze ich.«

»Ach?«

»Na ja, im Groben stimmt es ja schon, was ich dir über mein Germanistikstudium erzählt habe. Zumindest habe ich bis vor kurzem studiert. Nur brauche ich momentan eine Pause, verstehst du? Um über mein Leben nachzudenken und so.«

»Ein kleine Krise also?«

»Sozusagen.«

»Und der Zeitungskasten?«

»Okay«, gab ich zu. »Vielleicht ist es doch eine etwas größere Krise. Weihnachten ätzt.«

Jakob seufzte. »Komm, ich fahr dich heim.« Er erhob sich und streckte mir die Hand entgegen. »Keine Sorge, das ist kein Date, bloß eine Mitfahrgelegenheit. Schließlich kann man nie wissen, welche Verrückten sich um diese Uhrzeit auf den Straßen herumtreiben.«

Unwillkürlich huschten meine Augen nach rechts und links über die weihnachtstoten Straßen. Hier war niemand. Niemand außer ihm und mir. Ich stieg trotzdem ein, und anstatt mich einfach ein paar Straßen entfernt absetzen zu lassen und in den Eingang eines x-beliebigen Mehrfamilienhauses zu verschwinden, dirigierte ich ihn gedankenlos zu unserem Haus.

Hier bin ich aufgewachsen. Hierhin bin ich zurückgekrochen, nachdem Zoe mich aus unserer Wohnung geschmissen hatte. Mein Zuhause, das seit der Durchsuchungsaktion allerdings auch nicht mehr das ist, was es einmal war. Drei Tage lang hat die Polizei auf der Suche nach potenziellem Beweismaterial alles auf den Kopf gestellt und ist dabei nicht zimperlich vorgegangen. Sogar eines der Fotos vom Kaminsims ist kaputtgegangen. Durch das Glas, hinter dem mein Vater und ich Grimassen schneidend vor dem Eiffelturm stehen, zieht sich jetzt ein dicker Riss. Jedes Mal, wenn mein Blick darauf fällt, zerfetzt es mir das Herz.

Jakob ahnte davon nichts, als er seinen Jeep gestern Abend in unsere Einfahrt stellte. Er sagte: »Wow, ein schönes Haus«, aber das stimmte nicht. Ohne Papa war es nur leer und kalt und dunkel, wie ein hässliches schwarzes Loch inmitten der stimmungsvoll beleuchteten Nachbarschaft. Plötzlich wollte ich nicht mehr aussteigen.

»Erzähl mir von deiner Idee«, bat ich.

»Welcher Idee?«

»Na die, mit der du mich heute Nachmittag bei Big Murphy's überraschen wolltest.«

Er grinste. Seine Idee waren zwei Sixpacks, die hinter dem Beifahrersitz warteten …

Ich blinzele. Erkenne verschwommen unseren Couchtisch, darauf ein Dutzend Bierflaschen; einige davon sind umgefallen, und aus der kleinen Kristallschale, aus der es am Abend der Verhaftung noch Pralinen gab, quillen Zigarettenstummel. Der unsinnige Gedanke, aufzustehen und das Chaos zu beseitigen, bevor Papa heimkommt, schießt mir durch den Kopf. Besonders über die Kippen würde er sich aufregen. Mein Asthma ist nicht schlimm, aber eine Tatsache. Ich setze mich auf, stütze die Ellenbogen auf die Oberschenkel und vergrabe mein Gesicht in den Händen. In meinem Kopf finden Bauarbeiten statt; es wird gehämmert, gebohrt, gesägt und planiert, alles gleichzeitig. Zusätzlich klappert aus der Küche Geschirr, kurz darauf ist die Kaffeemaschine in Betrieb.

Ich fasse es nicht. Nicht nur, dass Jakob jetzt weiß, wo ich wohne. Ich habe ihn sogar mit hineingenommen, ihn und sein Bier. Wir haben den Abend und die Nacht zusammen verbracht. Und: Er ist immer noch hier.

»Guten Morgen!«, wie auf Kommando, irgendwo unter dem Baustellenlärm in meinem Kopf. Ich höre, wie Glas gegeneinanderklirrt; Jakob räumt den Couchtisch auf. Ein paarmal läuft er vom Wohnzimmer in die Küche und wieder zurück. Ich verharre in meiner Position, bis der Tisch sauber ist und eine Tasse Kaffee darauf steht.

»Wie fühlst du dich?«

»Kater.«

»Kein Wunder«, sagt er und lacht. »Bei deiner sechsten Flasche hab ich aufgehört zu zählen.«

Ich greife nach meiner Tasse, weniger aus dem Bedürfnis heraus, zu trinken, als um von meiner Verlegenheit abzulenken. Jakob setzt sich mir schräg gegenüber auf die Kante des Couchtischs, so nah, dass sich unsere Knie fast berühren.

»Wie spät ist es?«, frage ich, nachdem ich eine Zeitlang bloß in meinen Kaffee hineingepustet und versucht habe, mich zu ordnen. Um elf muss ich in Moabit sein. Ich darf meinen Vater sehen, unter den strengen Regeln eines Besuchs in der Untersuchungshaft: 1. Man darf nicht über den Tatvorwurf sprechen. 2. Ein Beamter der JVA wird dem Gespräch beiwohnen. 3. Alles wird auf Video aufgezeichnet.

»Erst kurz nach neun«, antwortet Jakob und deutet auf die Kleidung, die ich gestern schon getragen und in der ich auch geschlafen habe. »Du kannst also vorher noch in Ruhe duschen gehen.«

Vorher, das Wort und seine Bedeutung brauchen etwas, um sich zu setzen. Doch dann. Entsetzt stelle ich meine Tasse zurück auf den Tisch, Kaffee schwappt hinaus.

»Keine Sorge, Ann. Es ist nichts passiert letzte Nacht. Du hast hier geschlafen und ich dort.« Über seine Schulter hinweg nickt er in Richtung der zweiten Couch, die meiner, getrennt durch den Couchtisch, gegenübersteht. Aber ich weiß sofort, dass das nicht stimmt. Dass eben doch etwas passiert ist. Das Schlimmste. Und Jakob weiß es auch. Ein Unbehagen breitet sich aus, so als würde das komplette Wohnzimmer literweise mit einem zähen Brei geflutet, und der Pegel steigt und steigt und steigt uns bis zum Kinn.

»Tut mir leid. Ich wollte dich nicht in Verlegenheit bringen. Ich kann mir vorstellen, wie schrecklich sich die Situation für dich anfühlen muss. Oder nein …« Er schüttelt den Kopf. »Eigentlich kann ich mir das nicht annähernd vorstellen. Es ist nur: Wenn du einen Freund brauchst, bin ich gerne für dich da.« Er hebt die Hände und fügt hinzu: »Keine Hintergedanken, Ehrenwort.« Es beruhigt mich nicht.

Gestern Abend.

Die Bilder in meinem Kopf sind unscharf und verwackelt, so als wären sie mit einer alten Kamera aufgenommen, der Ton kommt wie aus der Konserve. Vom Plattenspieler läuft Lou Reed. Kronkorken ploppen. Ich bin albern und will tanzen. Einmal wieder normal und völlig unbedarft sein. Für einen Moment alles loslassen. Ich kreise wie ein Flugzeug durch einen blauen Himmel, die Sonne scheint. Hier ist es viel schöner als da draußen im kalten, schwarzen Orbit. Hier ist es warm, und ich bin nicht allein. Ich will mich befreien, mich ganz rein machen, ich gestehe ihm lallend, dass die Geschichte von der Germanistikstudentin mit der Sinnkrise auch nur die halbe Wahrheit gewesen ist. Dass ich in Wirklichkeit nur bei Big Murphy's arbeite, weil ich Angst habe, irre zu werden, wenn ich mich ganz meinem Elend überlasse. Dass ich aus Feigheit und purem Egoismus ein Kind erfunden habe, weil es einen, wenigstens einen Ort geben sollte – selbst, wenn es nur ein schmuddeliges Fast-Food-Restaurant ist –, wo ich jemand anders sein kann als die Tochter meines Vaters.

Von dem man sagt, er sei ein Mörder.

Von dem man sagt, er habe eine Masche. Kleine Mädchen und rote Bänder, die zu ihren Leichen führen.

Sie drucken sein halbherzig unkenntlich gemachtes Gesicht in ihren Schundblättern ab und berichten über tiefe Schnitte und riesige Blutlachen. Ich glaube nichts davon, kein Wort, keine einzige ihrer abscheulichen Lügen, und dennoch … es tut so weh, so unglaublich weh. Es ist ein Schmerz, der an sämtlichen Gliedern zerrt, der mich auseinanderreißen will bei lebendigem Leib. Ein Schmerz, der mein Herz stolpern lässt und meinen Kopf verrückt macht, und ich will das alles nicht mehr, ich kann nicht mehr, ich brauche so dringend eine Pause. Also, sing, Lou Reed, sing für mich, sing lauter, lass mich einfach nur tanzen und alles vergessen. Und du, Jakob, mein einziger Freund, auch wenn wir uns noch nicht so lange kennen. Wie schön, dass du hier bist, denn alle anderen sind fort. Keine Zoe und auch sonst niemand mehr. Danke, dass du mit mir tanzt und mir Kraft gibst. Denn, weißt du, morgen wird ein schwerer Tag. Um elf muss ich in Moabit sein. Noch ist er dort, in Moabit, in Untersuchungshaft, aber bald, nach der Gerichtsverhandlung, wird er nach Tegel verlegt werden und dort einsitzen, wie die richtigen Straftäter, die wahren Monster, dauerhaft, *lebenslänglich*, wenn kein Wunder geschieht und sie ihren Irrtum einsehen. Komm schon, Jakob, los, lass uns weitertanzen. Schenk mir einen Moment woanders. Nur du und ich und das Bier und Lou Reed … und dann reißt der Film – Schwarzblende. Den Rest kann ich mir nur noch leidlich zusammenreimen: Jakob, wie er mich zur Couch schleppt, zudeckt und vielleicht noch etwas Nettes flüstert: »Gute Nacht, Ann. Hab keine Angst, es wird alles wieder gut.«

Gestern Abend – so war das.

Ich ziehe die Nase hoch, ein ganz erbärmliches Geräusch. Es passt gut zu mir. »Eigentlich wollte ich dir das alles gar nicht erzählen.«

»Ich weiß.«

»Du musst mir versprechen, es für dich zu behalten. Es wissen schon genug Leute Bescheid. Die Uni, die Nachbarschaft, Freunde oder besser die, die es mal waren.«

»Was? Woher denn? Der Name deines Vaters wurde bisher doch noch gar nicht veröffentlicht.«

»Aber die Polizei hat unser gesamtes Umfeld befragt. Und genau dieses Umfeld ist ja auch nicht blöd: natürlich erkennen unsere Bekannten sein Foto in der Zeitung, ob mit oder ohne den lächerlichen schwarzen Balken über seinen Augen, der den letzten Rest eines angeblichen Persönlichkeitsrechts bewahren soll. Ich warte nur auf den Moment, bis sich einer von denen entschließt, mit der Presse zu reden, und mir die gesammelte Meute auf den Hals hetzt.« Die Sensationslüsternen, die Rachsüchtigen. Pressepack, das vor unserem Haus campiert und mich auf Schritt und Tritt verfolgt. Eltern wie Jörg E., der Vater der kleinen

Saskia, die mich aufspüren und büßen lassen wollen für die angeblichen Taten meines Vaters. Ich muss nur daran denken, und schon fange ich an zu zittern.

Jakob streicht beruhigend über mein Knie. »Ich werde mit niemandem darüber sprechen. Du kannst dich auf mich verlassen.«

Sein Blick schweift durch unser Wohnzimmer. Die dunkelgrüne Samtcouch, auf der ich sitze, die andere, auf der er die Nacht verbracht hat, dazwischen der kleine Mahagoniholztisch. Der Kamin und darauf unzählige gerahmte Bilder – Bilder von uns, Papa, eine kleine Zeitreise im Fotoformat, mit wechselnden Frisuren und Haarfarben, du wirst grauer und ich bunter, du scheinst zu schrumpfen, während sich mein Körper streckt; die Mode ändert sich, alles ändert sich, nur eines nicht: wie wir auf jedem einzelnen dieser Bilder lachen und uns nahe sind.

Das drei Meter breite, deckenhohe Bücherregal, Schopenhauer, Seneca, Nietzsche und Camus, Kunstdrucke von Munch und Macke an den dunkelrot getünchten Wänden, die bodentiefen Fenster mit der Aussicht in den zugeschneiten Garten, wo ein großes, mit einer Plane abgedecktes Gebilde steht, mein altes Trampolin. So lebt er also, der mutmaßliche Mädchenmörder. Hier hat er seine Tochter aufgezogen, die von den grausamen Taten, die ihm vorgeworfen werden, nichts bemerkt haben will.

»Vielleicht solltest du dir überlegen, für eine Weile woanders zu wohnen«, sagt Jakob, als sein Blick schließlich wieder auf mir endet. »Ich meine, du hast schon recht. Irgendwann wirst auch du in den Fokus der Presse geraten, schließlich bist du seine Tochter.«

»Nein, das käme mir wie ein Statement vor. Wenn ich

von hier wegginge, würden doch alle denken, dass ich mich von ihm distanzieren wollte. Und das will ich nicht, auf gar keinen Fall. Ich weiß ja, dass er unschuldig ist.«

Jakob wirkt nachdenklich. »Es gäbe noch eine andere Möglichkeit.«

»Welche?«

»Anstatt zu warten, bis sich die Presse auf dich stürzt, könntest du von dir aus den ersten Schritt machen. Such dir gezielt einen vertrauenswürdigen Journalisten, dem du ein Exklusivinterview gibst, mit deiner Darstellung der Geschichte. Dann hast du die Fäden in der Hand und bestimmst die Rahmenbedingungen.«

»Vertrauenswürdig, klar.«

»Ann.« Jakob seufzt. »Du kannst den Leuten nicht vorwerfen, dass sie wissen wollen, was da geschehen ist. Immerhin sind neun kleine Mädchen tot, und irgendjemand ist dafür verantwortlich.«

»Aber mit Sicherheit nicht mein Vater.«

»Doch er ist nun mal derjenige, der ins Visier der Ermittler geraten ist.«

»Weil er Pech gehabt hat! Richtig beschissenes, blödes Pech, Jakob!«

»Na ja, solche Ermittlungen, ich meine ... es ist ja nicht so, dass sie bei der Suche nach einem Verdächtigen blind auf irgendeinen Namen im Telefonbuch tippen.« Wir brauchen beide eine Sekunde, um zu begreifen, was er da gerade gesagt hat. »Oh Mann, entschuldige, das war dumm. Ich wollte nicht ...«

»Behaupten, dass mein Vater schuldig ist? Mich verletzen? Vergiss es, deine Meinung kratzt mich nicht. Du bist nur irgendein Typ vom Wertstoffhof. Was weißt du denn schon?« Ich will diese Diskussion nicht fortführen, und die Uhr an meinem Handgelenk sagt, dass ich das auch nicht muss. »Ich sollte jetzt duschen gehen, sonst komme ich zu spät.« Damit erhebe ich mich von der Couch. »Danke für das Bier. Ich bring dich raus.«

»Schon gut, Ann. Mach dir keine Mühe.« Wie er klingt. Und der Ausdruck in seinem Gesicht. Ich spüre seine Enttäuschung noch, als hinter ihm längst die Haustür ins Schloss gefallen ist.

Traurigkeit. (Ann, 7 Jahre alt)

es stimmt gar nicht das man immer weinen muss und einem die Nase läuft wenn man traurig ist. Manchmal sitzt die Traurigkeit viel tiefer in einem Menschen drinn und klemmt die Leitung für seine Tränen ab. Das fült sich sehr kalt und dunkel an so als würde man in einem Burgturm sitzen. so ein alter Burgturm wie bei Rapunzel in meinem Märchenbuch aber ohne Fenster. Und es gibt auch keine Tür. man friert sehr und die Kälte macht einen ganz schlap und müde. Man will raus aus dem Turm weil man noch weis das draußen die Sonne scheint. Aber man kann nicht raus weil man vergessen hat wo der Ausgang ist.

Der Anwalt meines Vaters, der im Besprechungszimmer in Moabit bereits auf mich gewartet hat, spricht leise und zu seinen auf der Tischplatte gefalteten Händen statt in mein Gesicht, als er mir die neuesten Erkenntnisse darlegt: Larissa Meller ist die neueste Erkenntnis, ein ungeklärter Fall von vor vierzehn Jahren. Schon kurz nach der Verhaftung stand die Theorie im Raum, dass auch ihr Tod zur Serie der Mädchenmorde gehören könnte, nun aber haben sich die Ermittler festgelegt. Larissa war zehn Jahre alt, als sie an einem Juninachmittag 2003 mit ihrem roten Fahrrad von ihrem Zuhause in Hellersdorf losfuhr und nie wieder zurückkehrte. Wenige Tage später fand ein Spaziergänger das Rad in der Nähe der Hönower Weiherkette, und weitere drei Monate darauf wurde in einer Holzhütte dann eine Leiche entdeckt. Die Hütte lag nur ein paar Hundert Meter vom Fundort des Fahrrads entfernt, war jedoch derart eingewachsen, dass die Polizei sie bei ihrer großangelegten Geländesuche einfach übersehen hatte. Man vermutete sofort, dass es sich bei der Leiche um Larissa handeln könnte, doch bis zur eindeutigen Identifizierung dauerte es Wochen. Jener Juni war heiß, aber auch sehr regnerisch gewesen und die Leiche daher in einem furchtbaren Zustand. Was man ebenfalls fand: Schuhabdrücke in Größe 42, hinterlassen bei Regen, eingetrocknet und damit konserviert durch die anschließende Hitze. Dass das der Schuhgröße meines Vaters entspricht, kommt den Ermittlungen, die damals mangels weiterer Spuren ins Stocken gerieten, jetzt natürlich zugute. Larissa soll das erste Opfer der Mordserie gewesen sein. Nur, dass es bei ihr noch keine roten Bänder gab, die zu ihrer Leiche führten.

»Die Ermittler spekulieren, ob Larissa überhaupt erst der Grund dafür war, dass der Täter künftig mit den roten Bändern arbeitete. Möglicherweise hat er ein schlechtes Gewissen bekommen, dass die Mutter ihr Kind so sehen musste.« Er blickt mir immer noch nicht ins Gesicht, stattdessen knetet er derart fest seine Hände, dass sich die Haut an den Stellen rot verfärbt. »Jedenfalls wiesen weder sie noch die restlichen Opfer Anzeichen von sexuellem Missbrauch auf, was bedeutet, dass es ein anderes Motiv sein muss, das den Täter antreibt.«

Ich habe zugehört, in stummer Fassungslosigkeit darüber, dass »der Täter« ein Synonym für »dein Vater« sein soll, und mir fällt nichts dazu ein außer: »Du bist sein Freund, Ludwig.« Es klingt wie eine Frage.

Ludwig Abramczyk, ehemals einer der besten Anwälte Berlins, zweiundsechzig Jahre alt und eigentlich seit drei Monaten im Ruhestand, den er in seiner Jagdhütte in den polnischen Wäldern verbringt. Er ist extra für meinen Vater zurück in seinen schicken, maßgeschneiderten Anzug und damit auch in seine alte Rolle geschlüpft. Um zu *helfen*.

»Genau deswegen bin ich hier, Anni. Aber es ist sehr schwierig mit ihm. Wenn man ihn fragt, was er zu den jeweiligen Tatzeitpunkten gemacht hat, sagt er entweder gar nichts oder zitiert bloß seinen Philosophenkram.«

»Also, bitte. Als könntest du dich daran erinnern, was du an irgendeinem Juninachmittag vor vierzehneinhalb Jahren gemacht hast.«

»Aber er regt sich ja noch nicht mal über die Vorwürfe auf, geschweige denn, dass er sie von sich weisen würde! Man konfrontiert ihn mit neunfachem Mord – zehnfachem, jetzt, wo man davon ausgehen kann, dass auch Larissas Tod zu der Serie gehört –, und er sitzt einfach nur da und schweigt.«

»Na, weil er verzweifelt ist! Offenbar scheint ihn ja nicht mal sein bester Freund für unschuldig zu halten.« Ich sehe meine Anklage in Ludwigs Gesicht explodieren. Sein Freund Walter, mit dem er in zahllosen Sommernächten auf der Terrasse saß oder im Winter vor unserem Kamin, wie sie Whiskeygläser schwenken, Witze reißen, diskutieren. Sie hatten immer ein Thema: Ludwig, der durch seine Arbeit als Strafverteidiger mit so vielen menschlichen Bösartigkeiten konfrontiert war, und mein Vater, der sich als Philosoph und Anthropologe von diesen Bösartigkeiten, deren Antrieb und Mechanismen, faszinieren ließ. Grillfeiern in unserem Garten. Mein Vater, geistig oftmals auf seinem eigenen Planeten unterwegs, der die Würstchen anbrennen ließ, und Ludwig, der gerade noch rechtzeitig dazukam, um ihm die Grillzange zu entreißen und das Ganze zu übernehmen. Und dann ich, Walters Tochter, die kleine Anni, die er doch schon kennt, seitdem sie auf speckigen Babybeinchen erste unsichere Gehversuche unternahm. Die er hat aufwachsen sehen, großgezogen vom liebevollsten aller Väter überhaupt. Sein Patenkind, das ihm jetzt gegenübersitzt und einfach nur maßlos enttäuscht von ihm ist.

»Bitte sei nicht unfair«, sagt er, nachdem ich meinen Pfeil verschossen habe. »Du weißt genau, dass ich alles tun werde, was in meiner Macht steht. Aber je länger er schweigt, desto schwieriger wird es nun mal.«

Ich blicke zur Zimmerdecke, entdecke Risse im Beton. So wie die Risse, die sich seit der Durchsuchungsaktion durch das Foto auf unserem Kamin ziehen. Risse, die unser gesamtes Leben bekommen hat. *Er hat einfach Pech gehabt*, habe ich heute Morgen zu Jakob gesagt. Sein Pech, dass er sich kurz vor dem Fund der letzten Leiche im Königswald aufgehalten hatte, wo er beim Spazierengehen auf einen Bekannten traf. Kurz darauf stieß ausgerechnet dieser Bekannte auf die berühmt-berüchtigten roten Bänder, über die im Zusammenhang mit etlichen Morden schon viel in den Medien berichtet worden war, und so auch letztlich auf die Hütte, in der inmitten einer riesigen Blutlache der leblose Körper eines siebenjährigen Mädchens lag. Natürlich rief der Mann sofort die Polizei zum Fundort und gab auf die Frage, ob er im Wald jemandem begegnet sei, den Namen meines Vaters an. Das allein hätte wohl nicht ausgereicht, um ihn zu verhaften. Aber da waren eben auch noch diese verfluchte Vorlesung, die er vor einigen Jahren an der Uni gehalten hatte, und vor allem die Zeitungsartikel, die ihm dabei als Diskussionsmaterial gedient hatten. Dann die Sichtung eines dunklen Audi A6 in der Nähe eines früheren Tatorts und ein schwarzer Audi A6, der in unserer Garage steht und auf den Namen meines Vaters zugelassen ist …

»Warum?«, frage ich Ludwig. »Warum sollte er die Morde begangen haben? Er ist doch selbst Vater einer Tochter, und du weißt, dass ich sein Leben bin. Er hat mich immer geliebt und beschützt und er wäre durchgedreht, wenn mir jemals etwas Schlimmes passiert wäre. Das würde er heute noch. Warum sollte also ausgerechnet er anderen Eltern so einen Schmerz zumuten wollen?«

»Ich weiß es nicht.«

»Aber geht es nicht genau darum? Geht es nicht immer um ein Motiv? Indizien kann man fehlinterpretieren. Man könnte sogar heimtückisch welche zusammenschustern, wenn man es darauf anlegte, jemandem zu schaden, oder nicht?«

Ludwig nickt, etwas widerwillig, wie mir scheint. Ich dagegen schüttele den Kopf. »Er war's nicht. Kein Grund, nichts auf der Welt, hätte ihn dazu veranlassen können, so etwas zu tun.«

»Ach, Anni.« Über den Tisch hinweg greift Ludwig nach meiner linken Hand und dreht sie so, dass die Innenfläche nach oben zeigt. Dann verschiebt er das Armband meiner Uhr, so dass er mit dem Daumen über die kleine Narbe an meinem Handgelenk streichen kann. Ich war noch sehr klein, als ich mich dort verletzt habe. »Wir alle fangen uns im Laufe unseres Lebens die eine oder andere Schramme ein. Und nicht jede ist äußerlich sichtbar.«

Ich reiße meine Hand zurück, sprachlos.

»Man kann niemandem hinter die Stirn blicken, Kind. Nicht mal denen, die man glaubt am besten zu kennen. Ich will nur, dass du auf alles vorbereitet bist. Die Indizien …«

»Die Indizien! Sag mal, hörst du mir überhaupt zu?«

»Anni …«

»Ihr habt euch alle dermaßen auf ihn eingeschossen, dass ihr völlig blind geworden seid für eine andere Möglichkeit.«

»Und welche?«

»Na, ein anderer Täter! Ermittelt denn die Polizei offen in alle Richtungen? Nein. Papa soll's gewesen sein, basta, Fall geklärt. Und wenn ich sage, dass das einfach nicht stimmen kann, werde ich behandelt wie eine Idiotin, die die Wahrheit nicht verträgt.« Ich fange an, auf meiner Unterlippe herumzukauen. »Vielleicht sollte ich doch ein Interview geben.«

»Bitte was? Um Gottes willen, schlag dir das sofort wieder aus dem Kopf!«

»Aber wenn die Öffentlichkeit kapieren würde, was für ein Mensch er wirklich ist, könnte das den Druck auf die

Polizei erhöhen, gründlicher zu ermitteln und somit auch den wahren Schuldigen zu finden.«

»Nein, nein, noch mal nein«, und jedes »Nein« nachdrücklich betont. Dann: eine lange Rede. Die Presse, eine unkontrollierbare Meute. Die wenigsten Journalisten fühlen sich noch wie auf einer Mission, wollen noch die Wahrheit aufdecken und nach Fakten suchen. Im Gegenteil schielen die meisten doch bloß auf den Unterhaltungswert, wollen Blut und Drama, Auflagen und Einschaltquoten, das – und nur das – sei ihr Motor. Wenn ich mit denen spräche, würde ich die Dinge möglicherweise nur noch schlimmer machen. »Am meisten hilfst du deinem Vater, indem du versuchst, dein eigenes Leben im Griff zu behalten. Damit nimmst du ihm schon mal eine große Sorge.«

Ich verdrehe die Augen und mache gedehnt: »Blaaa…«, doch diesmal lässt Ludwig sich nicht aus der Fassung bringen.

»Und mir hilfst du, indem du ihm ins Gewissen redest und ihn dazu bringst, mitzuarbeiten.«

»Ich dachte, es ist verboten, über den Tatvorwurf zu sprechen.«

»Konkret sollst du das ja auch gar nicht tun. Du sollst nur sagen, was nötig ist, um ihm den Ernst der Lage klarzumachen. Die Staatsanwaltschaft weiß über den Zweck deines Besuchs Bescheid, also mach dir keine Sorgen, okay?«

Ich nicke, auch wenn ich kein gutes Gefühl habe. Irgendetwas kommt mir falsch vor.

Wir

Ich weiß, du bist Besseres gewohnt. Das schöne große Haus. Das liebevoll gestaltete Kinderzimmer im ausgebauten Dachgeschoss. Der große Garten samt Pool ... Du bist eine richtige Wasserratte, nicht wahr, Prinzessin? Im Sommer habe ich dich noch beobachtet, wie du mit den prall aufgeblasenen Schwimmflügelchen an den Oberarmen und quietschend vor Freude im Pool herumgeplanscht bist. Deine Lippen hatten sich schon leicht verfärbt; wahrscheinlich hätte man streng sein müssen, dich aus dem Wasser kommandieren und in ein dickes Handtuch wickeln. Doch deine Begeisterung zu sehen, diese ahnungslose, offene Lebendigkeit, wie sie wohl nur von einem Kind ausgehen kann, verwischte meine Bedenken und ließ mich versinken in diesen Moment. Nein, ich musste mir keine Sorgen um dich machen, du warst ja nicht dumm. Du würdest schon von selbst aus dem Pool steigen, wenn du zu frieren begännest und dich nicht mehr wohlfühltest. Insgeheim hoffte ich, es wäre noch lange nicht so weit, er sollte ewig andauern, dieser Moment. Die Sonne, die sich wie ein Filter über sämtliche Farben legte, sie satt und kräftig machte. Deine losgelöste Euphorie. Wassertropfen, die wie in Zeitlupe flogen. Mir war, als schaute ich einen Film; am liebsten hätte ich auf »Pause« gedrückt und das Bild von dir, wie du so glücklich warst, für immer eingefroren.

Nun sind wir hier, und ich weiß, es gefällt dir nicht besonders. Du bist die Prinzessin aus dem schönen großen Schloss, du gehörst nicht in dieses Loch. Aber manchmal kann man es sich eben nicht aussuchen, und das Wichtigste ist doch, dass wir zusammen sind. So wie du alles für mich bist, bin ich alles für dich. Nur durch mich bleibst du am Leben, und wenn ich dich aufgebe – bist du tot.

Ann

Meinen Vater zu treffen – in diesem Betonzimmer mit dem nervös zitternden Licht der Neonröhren an der Decke und der kargen Einrichtung; bestehend aus einem Tisch und zwei Stühlen, in dieser manifestierten Kälte und Trostlosigkeit, einer Umgebung, in die er verdammt noch mal nicht hineingehört –, fühlt sich an wie zusammengetreten zu werden. Es ringt mich innerlich zu Boden, dieses Gefühl; es überfällt mich mit Tritten in den Magen, die so überwältigend sind, dass ich meinen Würgereiz nur schwer kontrollieren kann. Da hockt mir ein Mann gegenüber, der einmal aufrecht saß, mit stets geradem Rücken. Er war groß und stattlich. Sein kurz geschnittenes graues Haar ordentlich gescheitelt und gekämmt.

»Ich freue mich, dich zu sehen, mein Käferchen«, sagt in diesem Moment ein Fremder mit zusammengesunkenen, schmalen Schultern, eingefallenen Wangen, wirrem Haar und leerem Blick. Aber so klingt es nicht – so, als würde er sich freuen. Da ist nicht die Spur einer Emotion, nur Monotonie in seiner Stimme, wie von einer Maschine.

Ich sage: »Papa«, und fange an zu heulen, so sehr erschreckt es mich, was von ihm übriggeblieben ist. Erst da zuckt eine Regung durch sein totes Gesicht.

»Wie geht es dir?«, will er wissen. »Sag schon. Du musst nicht tapfer sein.«

Ich schüttele den Kopf, weil ich egal bin. Nicht *mich* hat man eingesperrt und verleumdet. Nicht *ich* soll wegen zehnfachen Mordes angeklagt werden. »Ludwig hat mir erzählt, dass du die Mitarbeit verweigerst. Du sagst weder, wo du zu den Tatzeitpunkten warst, noch versuchst du, die Indizien zu erklären. Aber das musst du tun, hörst du, Papa?«

Verunsichert blicke ich mich um. Es ist nicht das erste Mal seit der Verhaftung, dass ich meinen Vater treffe. Doch noch nie geschah das ohne die Aufsicht eines JVA-Beamten. Dabei wäre ich heute sogar dankbar für einen Einwand oder wenigstens ein Räuspern, wenn ich in kritische Gefilde gerate. Ich darf nicht über den Tatvorwurf sprechen, gleichzeitig soll ich meinen Vater dazu bringen, sein Schweigen zu brechen. Ich will nichts falschmachen, zumal sämtliche Besuchsgespräche auf Video aufgezeichnet werden. »Ich weiß, dass dir das alles zu dumm erscheint, Papa. Dass es dir lächerlich vorkommt, dich für so etwas Abwegiges zu rechtfertigen. Aber glaub mir, dein Stolz bringt dich hier nicht weiter, im Gegenteil. Du *musst* der Polizei klarmachen, dass du nicht der Mörder bist, du *musst* einfach.«

»Ach …« Kraftlos zuckt er die Schultern. »Unschuldsbekundungen sind hier doch gar nicht von Interesse. Sie haben sich ihr Bild längst gemacht. Wie die Gefangenen aus Platons Höhlengleichnis.« Wieder zuckt etwas durch sein Gesicht, womöglich die Erinnerung daran, wie er bis vor sechs Wochen noch Vorlesungen gab, in denen er seinen Studenten die großen Philosophen nahezubringen versuchte. Dreißig Jahre lang hat er an der Uni gelehrt, war ständiger Gast bei allen großen Symposien und hat unzählige internationale Auszeichnungen bekommen. Er ist eine Koryphäe auf dem Gebiet der philosophischen Anthropologie, einem Teilgebiet der Philosophie über das Wesen des Menschen. Professor Doktor Walter Lesniak, der ehemals angesehene Berliner Universitätsprofessor, der renommierte Menschenkundler, der seit seiner Verhaftung von einer Art Schockstarre befallen zu sein scheint und eine der essenziellen menschlichen Fähigkeiten verlernt hat: die Sprache. Die Fähigkeit, sich zu erklären. Zu protestieren.

»Mann, Papa.« Ich fasse nach seinen Händen, die sich schlapp und kühl anfühlen. Er lässt es geschehen, ohne den Druck zu erwidern. »Begreifst du denn nicht, was dein Schweigen anrichtet? Sie halten es für ein Schuldeingeständnis! Du musst Ludwig helfen, die Indizien zu entkräften! Er kann nichts für dich tun, wenn du nicht mitmachst. Gib dir verdammt noch mal ein bisschen Mühe, auch wenn es dich Überwindung kostet.«

Aus seinen verengten Augenschlitzen heraus sieht er mich an, als stünde er unter Drogen, ein nachvollziehbares Gefühl. Ich bin mir in letzter Zeit auch oft vorgekommen wie auf einem schlechten Trip. Aber er ist unangenehm, dieser Blick. Er ist verklärt und doch irgendwie bohrend.

»Was ist mit dir, Ann? Gibst du dir denn Mühe? Oder brätst du immer noch Burger, anstatt zur Uni zu gehen?«

»Ich hab's dir schon mal gesagt, Papa: Wir haben momentan definitiv andere Probleme als das.«

Zehn andere Probleme, um genau zu sein. Zehn Mädchen, die der Täter an diverse abgelegene Orte im Großraum Berlin entführt hat. Er brachte sie in die Wälder, in stillgelegte Industriegebiete oder zu verlassenen Baustellen, wo auch immer eine Hütte, ein Schuppen, ein Keller, irgendein veröderter, verwaister Raum die richtigen Voraussetzungen bot. Gestorben sind die Mädchen an Blutverlust durch Schnittverletzungen, hat die Rechtsmedizin laut Ludwig festgestellt. Mehr weiß ich nicht; Ludwig blockiert die Details, und auch aus den Medien ist nichts weiter zu erfahren. Es heißt nur, die Polizei halte bestimmte Einzelheiten aus ermittlungstaktischen Gründen zurück.

»Papa, da draußen läuft ein Mörder frei herum. Er muss nur seine Methode oder sein Jagdrevier ändern und kann unbehelligt weitermachen, weil du für ihn im Gefängnis sitzt, und zwar für den Rest deines Lebens. Wenn du nicht mithilfst, wird die Wahrheit nicht ans Licht kommen und ...«

»*Wahrheit.* Die meisten von uns erfahren die Welt doch bloß in der Form, die ihre eigene Perspektive zulässt. *Der Mensch* selbst *ist* ...«

»... *das Maß aller Dinge.* Protagoras, ich weiß.« Mittlerweile verstehe ich Ludwigs Verzweiflung. Ein neuer Versuch, ein Gedankenspiel, das ich ihm aufdränge. Weitere Mädchen kommen um, weil er durch sein Schweigen die Ermittlungen behindert. »Sie verschwenden ihre Zeit mit dir, während sie eigentlich auf die Suche nach dem echten Mörder gehen müssten. Ist dir klar, was das bedeutet?« Mein Vater reagiert nicht, sein Drogenblick macht mich verrückt. »Es bedeutet, dass du mitschuldig wärst, wenn noch ein Kind stirbt.«

Nichts.

»Bitte, Papa. Ich weiß, es ist schwer. Aber wenn du schon nicht mit der Polizei oder mit Ludwig sprechen willst, dann rede doch wenigstens mit mir. Ich bin's doch: dein Käferchen.«

Er lächelt nur schwach. Ein Lächeln, das fremd wirkt, so als hätte er es sich bei irgendjemandem abgeschaut, weil er es selbst allmählich verlernt. Er muss so schrecklich müde sein von allem. Wo bist du, Papa?, will ich den Fremden fragen. Und: Erinnerst du dich denn gar nicht mehr an uns?

Walter und sein Käferchen.

Das sind nicht nur geflochtene Zöpfe und Gute-Nacht-Geschichten, Tee und Schokolade gegen Bauchkrämpfe oder ein Alibi im Falle eines zerkratzten Mopedrahmens. Das ist Walter, wie er seinem Käferchen erklärt, warum es im Gegensatz zu den anderen Kindern keine Mama mehr hat. Wie er Käferchens Wunden versorgt und nicht zulässt, dass es apathisch in seinem Kartonsarg liegt. Wie er ihm beibringt, wieder fröhlich zu sein. Walter, der immer für sein Käferchen da gewesen ist, und Käferchen, dem in diesem Moment bewusst wird, dass es an der Zeit ist, sich zu revanchieren. Weil sie ein Team sind, ein ganz exklusiver Club, im Zweifel gegen den Rest der Welt.

»Es tut mir leid«, unterbricht uns ein Mann vom Gefängnispersonal, als er den Raum betritt. »Ihre Zeit ist um.«

Mein Vater muss zurück in den Häftlingsbereich. Ich umarme ihn, so fest ich kann, und flüstere: »Ich hab dich lieb, Papa.«

»Dann lass das mit dem Burgerbraten, Ann«, entgegnet er unter dem schiefen, fremden Lächeln. »Du hast dein ganzes Leben noch vor dir. Schmeiß nicht alles weg, nur wegen mir.«

Ich nicke, ernst gemeint. Mach dir keine Sorgen, Papa, ich habe jetzt eine neue Aufgabe. Ich werde dich aus dem Gefängnis holen.

Endschlossenheit. (Ann, 7 Jahre alt)

Endschlossenheit heist das man etwas sehr doll will. Man spürt es kribbeln im Körper als wenn man Ameisen unter der Haut hätte. Und das Herz schlägt schnell und aufgeregt. Aber das ist nicht schlimm und tut auch nicht weh. Das Herz freut sich nur auf das was kommt wenn die Endschlossenheit fungsionirt hat. Dann kriegt man nämlich was man will und ist glüklich.

Ich weiß nicht, wohin mit mir, nur, dass ich mich bewegen muss, meinen Körper an die Aktivität meines Gehirns anpassen. Also stapfe ich in Kreisen über den Parkplatz vor der JVA. Ich warte auf Ludwig, der drinnen noch ein Gespräch führt. Er hatte mir angeboten, mich nach dem Besuch bei Papa nach Hause zu fahren, was ich gerne annehme, da es mir die U-Bahn erspart. Früher ist mir nie aufgefallen, wie viele Leute eine Fahrt mit den Öffentlichen zum Zeitunglesen nutzen; ich bemerke es jetzt, da es auf jeder zweiten Titelseite um meinen Vater geht.

Dass es sich bei dem festgenommenen Verdächtigen um einen Universitätsprofessor handelt, ist mittlerweile durchgesickert und eine Vorlage für reißerische Vergleiche. Der Russe Oleg Sokolov wurde bereits von der Presse als Referenz bemüht. Er erforschte als hoch angesehener Historiker vor allem die napoleonische Zeit und dozierte in Sankt Petersburg, bevor er seine junge Geliebte zersägte und in Einzelteilen in der Moika versenkte. Oder Hannibal Lecter, dabei ist der nicht mal ein echter Mensch und abgesehen davon auch kein Professor, sondern Psychiater. Und er hat seine Opfer gegessen, verdammt noch mal. Nichtsdestotrotz ist es immer dasselbe Täterbild, das die jeweiligen Verbrechen bloß noch unheimlicher wirken lassen soll. Es geht um einen Mann mit Geist und Geltung. Kein degenerierter Impulstäter, der nicht weiß, was er tut, sondern ein höchst intelligenter Teufel mit einem ausgefeilten Plan. »Professor Tod!«, polterte erst vor ein paar Tagen eine Zeitung, um im dazugehörigen Artikel über barbarische Experimente zu spekulieren, in deren Zusammenhang sie auch vor der abgeschmacktesten Parallele zu einem KZ-Arzt nicht zurückschrecken.

Und all das ist absurd, natürlich – aber eben auch allgegenwärtig. Die Sensationsgier frisst sich durch die Stadt wie Säure. Sie ätzt den Menschen die Augen aus und den Verstand weg, und mit jedem Tag werden die Rufe lauter, denjenigen, der sich hinter dem verfremdeten Fotogesicht verbirgt, öffentlich zu enttarnen und endlich vor Gericht zu stellen.

»Ich hoffe, du musstest nicht allzu lange warten!« Ludwig kommt mit schnellen Schritten auf mich zu. Links schwenkt er seine Aktentasche, mit der rechten Hand fummelt er bereits nach dem Autoschlüssel in seinem Mantel.

»Nur ein paar Minuten.«

»Gut.« Er öffnet den Wagen und legt die Aktentasche auf die Rückbank. »Steig ein.«

»Ich will dich was fragen«, sage ich, als wir vom Parkplatz fahren.

»Nur zu.«

»Triffst du im Hintergrund irgendwelche Absprachen mit der Staatsanwaltschaft?«

»Wie bitte? Wie kommst du denn darauf?«

»Weil du gesagt hast, der Staatsanwalt wisse Bescheid, dass ich mit Papa über den Fall spreche. Für mich klang das ein bisschen so, als würdet ihr gemeinsame Sache machen.«

»Er hätte es aus der Videoaufzeichnung so oder so erfahren, aber ich hielt es für besser, das im Vorfeld abzuklären, ja. Und bevor du fragst: Es war auch abgesprochen, dass dein Vater und du euch heute ohne Aufsicht treffen dürft.«

»Warum?«

»Mein Weihnachtsgeschenk an euch. Bevor ich in Rente gegangen bin, haben der Staatsanwalt und ich dienstags immer zusammen Tennis gespielt. So was bringt schon den einen oder anderen Vorteil.« Ludwig wirft mir einen kurzen Seitenblick zu. »Aber um auf deine Frage zurückzukommen: Nein, ich treffe keine Absprachen. Dafür ist die Sachlage auch noch viel zu unklar.« Er setzt den Blinker, um nach rechts auf die Straße des 17. Juni abzubiegen. Das metronomartige Tacken synchronisiert meinen Herzschlag.

»Ludwig?«

»Ja?«

»Ich hätte gerne die Polizeiakten. Oder wenigstens deine Unterlagen.«

»Wie bitte?«

»Ich habe das Gefühl, ich könnte helfen, wenn ich mehr Einblick hätte, insbesondere, weil Papa …« Ich breche ab, als sein Bild vor mir aufflackert. Die leeren Augen und das eigenartig fremde Lächeln, das er sich extra für mich ins Gesicht gezwängt hat. »Ich glaube, er hat aufgegeben.«

Ludwig schweigt.

»Ich muss wissen, was mit den Mädchen passiert ist«, setze ich nach. »Und zwar alles! Ich brauche die Details!«

»Glaub mir, Kind: Es gibt Gründe, warum die Polizei

gewisse Informationen unter Verschluss hält. Die Leute drehen so schon genug durch. Im Internet werden Schleifenbänder versteigert, angeblich von den Original-Tatorten. Und hast du das mit der Grabschändung gelesen?«

Ich schüttele den Kopf.

»Eins der Mädchengräber, erst kürzlich«, erklärt er. »Die Täter haben den ganzen Grabschmuck mitgenommen, Kerzen, Blumen, alles, was da war, und die Fläche wie einen verdammten Acker verwüstet.« Wieder setzt er den Blinker, diesmal, um bei einer Tankstelle einzufahren.

»Wer sollte denn so etwas tun?«

»Souvenirjäger, Anni! Dieselben Gestörten, die auch die Schleifenbänder versteigern. Die Polizei kommt kaum hinterher, das auch noch zu verfolgen.« Er steuert den Wagen hinter einen roten Jeep. Jakob, schießt es mir durch den Kopf, doch es ist eine junge Frau, die in diesem Moment vom Bezahlen zurückkommt und in das Auto steigt. Ludwig wartet, bis sie weggefahren ist, dann übernimmt er ihren Platz neben der Zapfsäule und dreht die Zündung aus. »Soll ich dir was mitbringen? Früher mochtest du doch so gerne diese Karamellriegel.«

»Danke, nein.«

»Na gut. Ich beeil mich, versprochen.«

Gleich darauf beobachte ich im Seitenspiegel, wie er den Zapfhahn in die Tanköffnung hält und dabei ahnungslos den Blick schweifen lässt. Ich warte angespannt, bis ich endlich ein ploppendes Geräusch höre. Ludwig hängt die Zapfpistole zurück in ihre Halterung, schließt den Tankdeckel und klopft auf der Suche nach seinem Portemonnaie den Brustbereich seines Mantels ab. Dann verschwindet er in den Kiosk, und ich würde wetten, dass er mir doch einen Karamellriegel mitbringt. Er will mich aufmuntern, so wie man ein Kind aufmuntert, mit Süßigkeiten und etwas Zuwendung. Er sollte wissen, dass es mit mir nie so einfach war – ein bisschen Zucker, ein bisschen Köpfchentätscheln, lachhaft. Ich war ein anstrengendes Kind, mit einigen schwierigen Phasen. Die erste hatte ich nach dem Tod meiner Mutter, die zweite in der Pubertät. Mit vierzehn war ich richtig schlimm, ständig wurde ich bei irgendeinem Mist erwischt. Wie ich hinter der Schulmensa mit den älteren Jungs Gras rauchte, anstatt am Unterricht teilzunehmen. Wie ich die Matten in der Turnhalle aufschlitzte. Wie ich meine Freundin Eva in der Mädchentoilette einsperrte, weil ich verhindern wollte, dass sie pünktlich zum Vorsprechen in der Theater-AG erschien …

»So«, sagt Ludwig ein paar Minuten später. Er lässt sich auf den Fahrersitz plumpsen und zieht die Wagentür zu. »Du kannst ihn ja auch später essen, wenn du jetzt keinen Appetit hast.« Er lächelt, als er mir den Karamellriegel hinüberreicht. Ich lächle auch – ich wusste es – und reiße sofort das buntbedruckte Folienpapier auf. Ich habe wirklich keinen Appetit, nur will ich jetzt keinesfalls den Rucksack auf meinem Schoß öffnen und den Riegel darin verstauen.

Ja, mit vierzehn wurde ich ständig bei irgendeinem Mist erwischt. Aber manchmal eben auch nicht. Mein Mathematiklehrer zum Beispiel hat nie erfahren, wer die Lösungen für einen anstehenden Test aus seiner Aktentasche gestohlen hatte.

Im Gegensatz zu gestern, als die Stadt wie ausgestorben war, herrscht heute erstaunlich viel Verkehr. Ich frage mich, wohin es die Menschen treibt, komme auf weihnachtliche

Verwandtschaftsbesuche und Kurzurlaube, ein Schluss, der mir tröstlich erscheint und zugleich so abartig falsch. Der Welt sind ein paar kleine, einzelne Leben schlichtweg egal; sie dreht sich weiter, als wäre nichts. Erst in unserer Siedlung wird es wieder ruhig, typisch weihnachtstot, und ich stelle fest, dass mich das genauso aufregt. Ludwig hält vor unserem Haus. Die üblichen Phrasen. Falls ich etwas brauche. Falls er etwas tun könne. Ich wiegele alles ab; ich komme schon klar. Das Big Murphy's hat heute und morgen geschlossen und ich will mich einfach nur ausruhen, schlafen, Filme schauen und Nudeln mit Ketchup und Käse essen.

»Aber du weißt«, sagt er und formt eine Geste an seinem rechten Ohr, »Anruf genügt, jederzeit.«

Ich bedanke mich und mache, dass ich so schnell wie möglich aus seinem Wagen herauskomme.

Auf dem Weg durch unsere Einfahrt fällt mir auf, wie schmutzig die Fenster im Erdgeschoss sind, nachdem Regen und Schnee in den letzten Wochen wilde Kunstwerke aus Sprenkeln und Schlieren darauf hinterlassen haben. Wir hatten eine Putzfrau, aber sie kommt nicht mehr. Kurz nach der Verhaftung meines Vaters hat sie mich angerufen und gesagt, sie müsse krankheitsbedingt bis auf Weiteres eine Pause einlegen – der Rücken, die Hüfte, ich wisse schon. Ich ahnte sofort, dass die Polizei bei ihr gewesen sein und sie befragt haben musste. Aber ich hakte nicht nach, ich wollte es gar nicht wissen. Stattdessen dankte ich ihr für ihren jahrelangen Einsatz – dafür, dass sie schon mein quietschendes Babyspielzeug und meine Bilderbücher aufgeräumt und zu meinem Geburtstag immer den Kuchen mitgebracht hatte, den meine Mutter wegen ihrer Krankheit nicht backen konnte – und bat sie, mir bei Gelegenheit den Hausschlüssel in den Briefkasten zu werfen. Keine zwei Stunden später kam sie dieser Bitte nach.

»Frohe Weihnachten, Ann!«, in meinem Rücken, gerade als ich die Haustür aufschließen will. Ich mache mir nicht die Mühe, mich umzudrehen; ich weiß auch so, dass die Stimme zu unserer Nachbarin Elke Harbert gehört. Die im Übrigen dieselbe Putzfrau beschäftigt, nur eben mit dem Unterschied, dass diese bei den Harberts immer noch arbeitet, trotz ihrer angeblichen Wehwehchen. Manchmal sehe ich sie durch unser Küchenfenster, wenn ich mir morgens meinen Kaffee zubereite und sie mit eingezogenem Kopf an unserer Hecke vorbeihuscht, um zum Nachbarhaus zu gelangen.

»Dir auch, Elke«, spule ich tonlos ab. Mir ist klar, was gleich kommen wird. Seit der Verhaftung stehen Elke und ihr Mann Caspian mindestens einmal in der Woche auf dem Plan und wollen mich zu einem gemeinsamen Abendessen überreden. Doch ich muss ihre Einladung nicht annehmen, um zu wissen, wie das Ganze ablaufen würde: beim Aperitif noch verunsicherte Blicke und betretenes Schweigen, und dann, spätestens beim Hauptgang und dem dritten Glas Wein, die ersten Fragen. *Stimmt es wirklich …?* Natürlich nicht! Seid ihr verrückt geworden? *Aber die Zeitungen …* lügen. *Und im Fernsehen haben sie gesagt …* Nein, danke, bloß beim Gedanken daran bin ich jetzt schon satt.

»Ich wollte dich fragen, ob du nicht Lust hättest, heute Abend zum Gänseessen zu kommen.«

»Danke, das ist lieb, aber ich habe schon was anderes vor.«

Kurz ist Ruhe, dann: »Das ist ein großer Fehler, Ännchen.«

Nun drehe ich mich doch noch um. Wie sie da steht, mitten in unserer zugeschneiten Einfahrt, in ihren hellen Jeans und ihrer rosafarbenen Bluse, die ich sofort abscheulich finde, einfach nur, weil sie so unfassbar perfekt gebügelt ist. Nicht das winzigste Knitterfältchen probt den Aufstand gegen den schönen Schein, keines traut sich. »Bitte? Was denn für ein Fehler?«

»Na, dass du dich so zurückziehst. Ich mache mir wirklich Sorgen um dich.« Sie knetet sich die Hände, es ist kalt heute, und sie trägt ja keine Jacke über ihrer feinen Bluse. Ich frage mich, ob sie glaubt, dass ich mich für meinen Vater schäme. Dass das der Grund ist, warum ich mich nicht zu ihnen hinübertraue. Wut, da ist sie wieder, da schwappt sie in mir hoch, und am liebsten würde ich Elke an ihrem gestärkten rosa Kragen packen und sie anschreien: Was erlaubst du dir eigentlich, du blöde Kuh? Wenn ich mich für jemanden schäme, dann höchstens für Leute wie euch, die seit über zwanzig Jahren unsere Nachbarn sind und es verdammt noch mal besser wissen müssten!

Nichts tue ich, ich bleibe gefasst. Schließlich ist Elke kein Zeitungskasten, sondern ein Mensch, der ernsthaft verletzt werden könnte. Ich versichere ihr, dass alles in Ordnung ist, und bedanke mich höflich – für was auch immer. Dann wende ich mich ab und schließe unsere Haustür auf.

»Eva kommt auch.«

Ich zucke zusammen, als hätte sie mir eine Nackenschelle verpasst. Eva, die wahrscheinlich einzige, doch gröbste Knitterfalte im ansonsten so glatt gebügelten Leben von Elke und Caspian Harbert. Ihre Tochter, die abgehauen ist, kaum, dass sie mit achtzehn ihr Abi in der Tasche hatte. Weg von der strengen Mutter und deren Schoßhündchenmann, weg aus einer Umgebung, die aus Zierkissen und Sagrotangeruch bestand, weg vom Leistungsdruck und dem ewigen Gefühl, nicht gut genug zu sein. Ich kann mich an kein einziges Mal erinnern, dass sie ihre Eltern seitdem besucht hätte, weder an Weihnachten noch sonst irgendwann. Träum weiter, Elke.

»Ich meine ja nur … Früher wart ihr doch unzertrennlich.«

Das waren wir. Bis Eva nicht nur ihre Eltern, sondern auch mich verlassen hat, zusammen mit Nico, dem Jungen, dem ich ein Jahr zuvor aus Eifersucht den Rahmen seines Mopeds zerkratzt hatte. Es gab Gerüchte, dass sie möglicherweise von ihm schwanger gewesen sei, und noch mehr Gerüchte, als Nico nur wenige Monate später alleine wieder zurück nach Berlin kam.

»Richte ihr schöne Grüße aus«, murmele ich, verschwinde ins Haus und schließe von innen ab. Ich mache die Augen zu und atme ruhig in mich hinein, bis ich anfange, Geräusche aus dem Stockwerk über mir zu vernehmen. Ein Stuhl, der über die alten Holzdielen scharrt, dann Schritte, die knarzen. Schließlich höre ich die Tür des Arbeitszimmers und die Stimme meines Vaters: »Käferchen? Bist du das?«

Wer denn sonst, Papa?

»Wie war's in der Uni?« Die Schritte nähern sich.

Die übliche Langeweile. Germanistik ist echt nichts für Adrenalinjunkies.

»Das hätte ich dir gleich sagen können.« Die Stufen ächzen unter seinem beschwingten Tritt. Gleich darauf steht er vor mir und sagt: »Lass uns erst mal einen Kaffee zusammen trinken, hm? Du siehst aus, als könntest du einen gebrauchen.«

Ich lächle. Öffne die Augen. Aber da ist niemand, natürlich nicht – alles, was ich habe, ist meine Einbildung. Ein paar Momente, die erst schön sind und im Verblassen dann schmerzhaft. Ich lasse den Rucksack von meinen Schultern gleiten, winde mich aus seiner Jacke und ziehe mir die Stiefel aus, die eine bräunliche Wasserlache auf dem hellen Dielenboden hinterlassen haben. Es kümmert mich nicht. Ich will in die Küche, um mir tatsächlich einen Kaffee zu machen, und dazu die Tasse aus dem Wohnzimmer holen, die vom Morgen noch auf dem Couchtisch steht; Ressourcen sparen, die Spülmaschine ist voll. Obwohl mich mein Weg direkt auf die Terrassenfensterfront zuführt, sehe ich es nicht gleich, sondern erst, als ich nach der Tasse gegriffen habe und dabei eher zufällig aufblicke.

Auch nur eine Einbildung, ist mein erster Gedanke.

Ich blinzele ein paarmal, bloß um sicherzugehen. Aber ich kann die Augen öffnen und schließen, sooft ich will – es ist und bleibt da: das rote Schleifenband, das um einen verknöcherten Trieb des toten Oleanders auf unserer Terrasse geknotet ist.

AUFNAHME 01
Berlin, 07.05.2021

– Um ehrlich zu sein, hatte ich Sie mir anders vorgestellt.
– So? Wie denn?
– Na ja, ich meine, natürlich habe ich Fotos von Ihnen gesehen, aber ... ich dachte wohl, dass etwas offensichtlich Böses von Ihnen ausgehen müsste. Dass man es irgendwie spüren würde, verstehen Sie?

– Ach herrje.

– Ja, ganz schön albern, nicht?

– Schon gut, Sie sind aufgeregt, wie ich vermute. Immerhin sind Sie seit Jahren hinter mir her. Gehe ich also recht in der Annahme, dass das hier das große Finale werden soll? Sie und ich und alle Karten auf den Tisch, ja? Das Ende der Jagd, den Jäger zur Strecke gebracht.

– Sehen Sie sich so? Als Jäger?

– Eigentlich nicht, aber ich hatte den Eindruck, Sie mögen es gerne ein bisschen dramatisch. Es heißt, dass Menschen wie ich Schwierigkeiten haben sollen, andere zu lesen. Aber wissen Sie, ich hatte erstaunlicherweise immer ein gutes Gespür für die Bedürfnisse meines Gegenübers. Man lernt, was die Menschen wollen, Sehnsüchte, Ängste, Wünsche – das sind im Grunde alles nur Schablonen, die man nach einem festen Schema deuten kann.

– Also sind Sie eher ein Schauspieler?

– Ja, und ich denke, ein ziemlich guter. Weiß Ihre Mutter eigentlich, was Sie hier tun? Macht Sie sich keine Sorgen um Sie?

– Meine Mutter? Ich wüsste nicht, was meine Mutter hiermit …

– Beruhigen Sie sich. Sie wollen, dass ich meine Geheimnisse mit Ihnen teile. Das tut man nicht mit jedem, oder? Ich möchte Sie kennenlernen.

– Ich … na ja, ich habe keine Mutter mehr, sie ist tot. Aber wenn sie noch am Leben wäre, würde ich ihr sagen, dass es nicht nötig ist, sich Sorgen zu machen.

– (*schmunzelt*) Aber ich bin ein Mörder. Und ich habe nichts mehr zu verlieren.

– Wollen Sie mir drohen?

– Fühlen Sie sich denn so? Bedroht von mir? Eingeschüchtert? Unterlegen?

– (*schluckt hörbar*) Ich bin nicht hier, weil ich Spielchen spielen will, sondern weil ich wissen wollte, wer Sie sind.

– »Wollte«? Das heißt, Sie wissen es jetzt schon? Na, das ging ja schnell, alle Achtung.

– Nein, ich … ich meine …

– Du lieber Gott, jetzt entspannen Sie sich mal und lassen Sie uns das hier mit etwas Würde über die Bühne bringen. Schließlich ist es das große Finale! Es wäre doch ein Jammer, wenn Sie nach all Ihren Anstrengungen ausgerechnet jetzt versagen würden, oder?

Ann

Wie bei einer Schnitzeljagd. Nur, dass am Ende kein Schatz stand, sondern der Fund eines toten Kindes. Rote Schleifenbänder, die als Wegweiser zu den Leichen dienten, und nun ein rotes Band, das an einen Trieb des alten Oleanders auf unserer Terrasse geknotet ist. Für ein paar Sekunden stehe ich einfach nur da, starr und starrend und nicht fähig zu begreifen. Es ist wie bei einem Tsunami; sämtliche Gedanken und Gefühle ziehen sich in weite Ferne zurück, wo sie sich meterhoch sammeln, um anschließend auf mich zuzustürzen und mich niederzuwalzen.

Dann weiß ich es plötzlich: der Mörder.

Er ist frei, er war hier.

Er hat mir ein Zeichen hinterlassen.

Die Kaffeetasse rutscht mir aus der Hand, fällt zu Boden, birst und klirrt. Ich taumele, gerate gegen die Lehne der Couch, stolpere rücklings, bis ich eine Wand in meinem Rücken spüre, eine kalte, harte Wand, die mir Halt gibt und mich in ihrer Unnachgiebigkeit beruhigt.

Unsinn, alles Unsinn. Jetzt weiß ich es besser: Nicht der Schleifenmörder war hier, natürlich nicht, das ist absurd. Was sollte er von mir wollen? Wozu sollte er mich reizen, wo er doch froh sein muss, dass mein Vater an seiner Stelle einsitzt? Nein, offenbar ist einfach nur geschehen, wovor ich mich schon lange gefürchtet habe: Die Identität meines Vaters wurde gelüftet – so muss es sein. Er ist nicht länger ein verfremdetes Fotogesicht namens »Universitätsprofessor (55)«, er ist jetzt Professor Doktor Walter Lesniak, ein nachvollziehbarer Mensch mit einer Adresse und einer Tochter. Die nun aufgespürt wurde. Vielleicht von Jörg E., dem Mann, der ständig durch die Medien tingelt, dem Vater der kleinen Saskia, Opfer Nummer 7. Er war es, oder ein anderer Vater, eine Mutter, ein Großvater. Irgendjemand, der bei der Mordserie ein Kind verloren hat. Der nun mich gefunden hat und genauso quälen will, wie sein eigenes Kind gequält wurde. Weil ich auch jemandes Tochter bin. *Seine* Tochter. Auge um Auge.

Ich spanne die Kiefer an, Angst und Ohnmacht weichen gleißender Wut. Ich stürze zur Terrassentür, reiße sie auf, überprüfe die rote Schleife. Sie sieht neu aus, ist noch kaum von der Witterung durchfeuchtet, wie gerade erst um den Zweig geknotet. Mein Blick schießt umher. Fußspuren, Männergröße, definitiv. Ich folge ihnen durch den Schnee, sie führen vom hinteren Gartentürchen zu unserer Terrasse und von dort aus auch wieder zurück. Plötzlich stehe ich auf dem kleinen Weg, der an die Rückseite unseres Gartens anschließt. Die Fußspuren vermischen sich mit unzähligen anderen; hier gehen viele Anwohner spazieren oder mit ihren Hunden Gassi. Es ist unmöglich auszumachen, woher der Eindringling kam oder in welche Richtung er verschwunden ist. Ich drehe mich ein paarmal um die eigene Achse, mein Atem fiept besorgniserregend. Ich bin ohne Schuhe hinausgerannt, meine Socken saugen sich mit Nässe voll; die Kälte, die Aufregung. Wenn ich mich jetzt nicht beruhige, endet das wieder in einem Anfall. Atmen, egal wie. Vorsichtige Bewegungen, zurück ins Haus. Ich weiß nicht, ob ich die Terrassentür richtig zumache, ich denke nur an mein Asthmaspray. Ein Nachhall der Kälte pulsiert in meinen Füßen und plagt mich beim Auftreten, aber es hilft nichts, ich stakse in die Diele, zu meinem Rucksack. Nur für den Notfall, hat der Arzt gesagt. Dose schütteln, Mundstück ansetzen, Kopf nach hinten neigen, langsam und tief einatmen, gleichzeitig den Sprühknopf drücken, anschließend für fünf Sekunden die Luft anhalten. 5 – 4 – 3 – 2 – 1. Ich atme seufzend aus. Es geht schon wieder; ich bin nicht so krank wie andere. Mein Asthma ist eher wie ein Gummiband, das sich lange, lange strapazieren lässt, bevor es endgültig reißt. Ich sinke auf den Boden nieder, will sitzen, nur für einen Moment, nur, bis sich das Gummibandgefühl wieder etwas entspannt hat. Dann stecke ich das Spray zurück in den Rucksack und hole stattdessen mein Handy heraus. Beim ersten Versuch lande ich auf der Mailbox, beim zweiten geht Ludwig dran. Die Hintergrundgeräusche verraten mir, dass er noch im Auto unterwegs ist.

Ich versuche es so gefasst wie möglich: die rote Schleife am Oleander, die Fußspuren im Garten, jemand war hier.

»Was? Wovon redest du, Kind?«

Noch mal. Die rote Schleife, die Fußspuren. »Sie haben mich gefunden, Ludwig!«

»Wer hat dich gefunden?«

»Na, irgendwelche Angehörige! Schnallst du es nicht? Wir müssen der Polizei Bescheid sagen!«

»Ich befürchte, die werden kaum etwas tun können. Weder ist etwas kaputtgegangen, noch hat man dich körperlich angegriffen. Unbefugtes Betreten eines Privatgrundstücks, mehr ist das nicht.«

»Ist das dein Ernst?«

»Hör zu. Ich verstehe, dass du dich erschreckt hast, aber die Lage ist wie folgt: Jemand war auf eurem Grundstück und hat eine rote Schleife an den Oleander geknotet ...«

»Die Botschaft lautet: Wir haben dich gefunden.«

»Ann ...«

»Deiner Meinung nach soll ich das also einfach so hinnehmen?«

»Noch mal: Jemand war in eurem Garten und hat eine rote Schleife an den Oleander geknotet. Mehr ist faktisch nicht passiert. Die Polizei wird dir höchstens sagen, dass du ein bisschen vorsichtig sein und dich melden sollst, wenn etwas Schlimmeres geschieht, wenn derjenige zurückkommt oder du dich verfolgt fühlst ...«

Ich lege auf, konsterniert. Doch vermutlich hat Ludwig recht: Es nützt nichts, die Polizei zu informieren. Man würde mich nur für hysterisch halten. Mich genauso abfertigen, wie er es gesagt hat: Beobachten Sie die Lage, melden Sie sich, wenn *wirklich* etwas passiert. Ein *Wirklich*, das auf mehr beruht als auf einer Befindlichkeit, dem beklemmenden Gefühl, dass jemand mit der Grundstücksgrenze auch eine persönliche Grenze überschritten hat. Mein Zuhause, der Ort, wo zumindest in meiner Einbildung in manchen Momenten alles noch so sein kann, wie es einmal war. Mein altes Zuhause, das alles ist, was ich noch habe. Ich schiebe mir das Handy in die Hosentasche und hole den grauen Pappordner aus meinem Rucksack.

Ich darf keine Zeit verlieren. Ludwig wird nicht lange brauchen, um zu bemerken, dass ihm etwas Entscheidendes fehlt. Er wird den Tag noch einmal durchspielen und bald darauf kommen, dass er mich an der Tankstelle allein im Auto gelassen hat, allein mit der Aktentasche auf dem Rücksitz. Er wird sich auch daran erinnern, dass ich ihn nur Minuten zuvor darum gebeten hatte, mir seine Unterlagen ansehen zu dürfen.

Ich darf keine Zeit verlieren, nicht nur deswegen. Jemand war hier, diesmal bloß in unserem Garten. Nichtsdestotrotz gehört dieser Jemand zu den Menschen, die ich schleunigst von der Unschuld meines Vaters überzeugen muss, bevor er beim nächsten Mal weitergeht und ich doch noch ernsthaft in Gefahr gerate. Wer weiß schon, wozu verzweifelte Menschen fähig sind, wenn sie sich im Recht wähnen und ungeduldig werden? Wer weiß schon, ob die rote Schleife nicht als Druckmittel gedacht war, um den Mann, den man für den Mörder hält und der bis jetzt immer noch kein Geständnis abgelegt hat, endlich zum Reden zu bringen?

Papas Arbeitszimmer. Dort, wo er seine Vorlesungen vorbereitet und seine Abhandlungen geschrieben hat. Dort, wo er genial war und man ihn nicht stören durfte. Ein

Raum, zu dem die reale Welt keinen Zugang hatte, ein Ort wie aus einer anderen Dimension. Vielleicht hoffe ich insgeheim, dass etwas von dem besonderen Geist, der dieses Zimmer umgibt, auf mich abfärbt, als ich mit Ludwigs Ordner und einer neuen Tasse Kaffee die Treppe zum ersten Stock nach oben steige. Das Zimmer liegt am Ende des Flurs, hinter den Schlafzimmern und den beiden Bädern, seine Fenster sind zum Garten gerichtet. Der perfekte Blick auf mein Kinder-Ich, das dort unten jauchzend und grölend auf dem Trampolin herumspringt. Der perfekte Blick, falls der Eindringling zurückkommen sollte.

Es tut mir immer noch weh, daran zu denken, wie die Polizisten bei ihrer Durchsuchungsaktion auch in dieses Zimmer gestürmt sind. Wie sie es zuerst nur wollten, denn die Tür war abgeschlossen. Ich versuchte ihnen zu erklären, was es damit auf sich hatte. Dass dieses Zimmer privater als privat war, so intim wie ein Organ oder ein Gedanke, den man nicht teilt, der allein einem selbst gehört. Aber das kapierten sie natürlich nicht und drohten mir, die Tür aufzubrechen, wenn ich nicht unverzüglich den Schlüssel herausrückte. Im Schreibtisch fanden sie dann die verfluchten Zeitungsartikel; ich wette, der Staatsanwalt hat gejubelt. Ein ganzer Ordner mit Berichten zu den Schleifenmorden – selbstverständlich musste es sich dabei um eine Art Trophäensammlung handeln. Aber das stimmte nicht. Ich kenne den Ordner und weiß, dass mein Vater die Artikel für eine Vorlesungsreihe über ›Das Dunkle im Menschen‹ zusammengestellt hat. Diese Fälle waren natürlich ein ideales Beispiel aus der Realität, um die oft doch sehr theoretischen Diskussionen mit wahren Begebenheiten zu unterfüttern. Seine Studenten liebten ihren Professor dafür, dass er sie nicht mit der reinen Theorie quälte, die meisten zumindest. Zuhause haben wir auch ein paarmal über die Fälle gesprochen, zuletzt am Abend seiner Verhaftung.

Auf dem Küchentresen lag die aktuelle Ausgabe einer Tageszeitung, in der Jörg E., Saskias Vater, sich zum Tod eines anderen Mädchens äußerte. Papa fragte mich: »Denkst du, den Kindern war klar, dass sie sterben würden? Dass ihr unausgereifter Verstand diesen Sachverhalt erfassen konnte?«

»Nein«, antwortete ich. »Ich denke, sie haben bis zum letzten Moment auf ein Wunder gehofft. Das würde doch jeder tun, egal in welchem Alter, oder nicht? Denk mal an Mama. Bis zum Schluss hat sie gesagt: Das wird schon wieder.« Ich schüttelte den Kopf. »Aber es ist gut, Hoffnung zu haben, allein schon gegen die Angst. Etwas, an das man sich klammern kann, bevor das große schwarze Nichts kommt.«

»Das große schwarze Nichts? Ich dachte, du glaubst an Gott?«

»Das tue ich. Na ja, an Gott oder irgendetwas anderes, eine höhere Macht, das schon. Ich glaube nur nicht, dass wir im Jenseits sozusagen eine zweite Runde drehen. Ich glaube an dieses eine Leben, und wenn hier die Lichter ausgehen … tja, dann sind sie eben aus.«

»Oder eben auch nicht. Euripides hat gesagt: *Wer weiß, ob unser Leben nicht ein Tod nur ist, Gestorbensein dagegen Leben?*«

»Um das zweifelsfrei festzustellen, müsste ich wohl meinen eigenen Tod in Kauf nehmen, aber nein, danke. Mich würde vielmehr interessieren, wo zum Teufel unsere Pizza bleibt, sonst sterbe ich nämlich hier und jetzt vor Hunger …«

Die Pizza kam nicht, dafür das Blaulicht. Die Polizisten.

72

Sie brachten meinen Vater weg und durchsuchten das Haus, auch dieses Zimmer. Ich will nicht denken, dass sie es mit ihrer bloßen Anwesenheit entweiht haben. Ich will denken, dass immer noch genügend von meinem Vater hier ist, das mich hält und leitet. So wie ich manchmal noch die Restwärme in seiner Jacke spüre, wenn ich sie anziehe.

Ich fische den Zimmerschlüssel aus der großen Vase, die auf einer Konsole am Flurende steht, und schließe auf, fast andächtig. Und es ist wirklich so. Abgesehen davon, dass immer noch Dokumente und aus den Regalen gerissene Bücher auf dem Fußboden verstreut liegen und die Schubladen des Schreibtischs aufklaffen, weil ich mich bisher noch nicht dazu imstande gefühlt habe, dieses vom Durchsuchungstrupp hinterlassene Chaos zu beseitigen, muss ich nur einmal tief in die Luft hinein atmen. Der Geruch alten Papiers. Das Holz des Schreibtischs. Das Leder der Couch. Etwas tröstlich Abgestandenes und Staub, der im Sonnenlicht tänzelt – jede Menge Staub, da selbst unsere Putzfrau, die den Rest des Hauses klinisch rein hielt, keinen Zugang zu diesem Zimmer hatte. Ich atme und spüre seine Präsenz. Halte durch, Papa, nur noch ein bisschen. Ich werde etwas finden, das dich entlastet. Ich werde dich aus dem Gefängnis holen, versprochen.

Zuversicht. (Ann, 7 Jahre alt)

Zuversicht ist so was wie Hoffnung nur das man ganz genau weis das etwas gut wird und sich schon drauf freut während bei der Hoffnung auch die Möglichkeit besteht das etwas nicht gut wird. So wie damals als ich gehofft

habe das MAMA wieder gesund wird und sie doch
gestorben ist. Das heist das Zufersicht besser ist als
Hoffnung und wenn man die Wahl hat sollte man sich
lieber für die Zufersicht endscheiden.

Zuerst räume ich auf, wenigstens oberflächlich. Ich stopfe die Bücher zurück in die Regalfächer und den Papierkram in den Schreibtisch. Dabei finde ich eine Mappe mit kurzen Aufsätzen, in denen das kleine Käferchen in krakeliger Schrift seine Gefühle festgehalten hat, und eine abgegriffene Holzschatulle. Darin mein alter Schülerausweis, ein Rosenkranz mit kaputten Gliedern, die abgerissene Eintrittskarte von meinem Abiball, ein Nähset aus einem Hotel an der Ostsee, ein paar Muscheln und ein flacher, dreieckiger Stein, den Papa mir vor vielen, vielen Jahren geschenkt hat, um mich daran zu erinnern, dass ich stark genug bin, auch das Schlimmste zu überstehen. Mein alter Talisman. Ich lege ihn mir auf die Handfläche, befühle seine glatte, kalte Oberfläche, fahre sein Muster nach. Es verwirrt mich, wie er in diesem Sammelsurium aus Bedeutungslosigkeiten landen konnte. Wollte ich ihn nicht immer bei mir tragen? Ich sollte es tun, erst recht in dieser Situation, die »das Schlimmste« noch einmal vollkommen neu definiert. Als Letztes sortiere ich den Stiftehalter und rücke den Stuhl zurecht, nicht zu weit unter die Schreibtischplatte, sondern so, dass Papa sich direkt daraufsetzen könnte, beträte er in diesem Augenblick den Raum, um zu arbeiten. Nun bin ich so weit. Ich habe Ordnung geschaffen, um mich herum und gleichermaßen in mir drinnen. Mein Kopf ist klar, mein Verstand wach, mein Herz schlägt ein aufgeregtes Stakkato. Ich setze mich im Schneidersitz auf den Boden und verteile den Inhalt von Ludwigs Akte vor mir. Als Erstes sind da die Kopien sämtlicher Schriftstücke – Zeugenaussagen, Lebensläufe, Berichte der Rechtsmediziner, Zusammenstellungen über die mutmaßlichen Tathergänge und der derzeitige Ermittlungsstand inklusive sämtlicher Indizien –, das sind nur Worte, gefühllose Handbuchformulierungen. Doch dann kommen die Fotos, anfangs die, die wohl die Eltern der Polizei überlassen hatten, als ihre Töchter noch als vermisst galten. Fotos von lebendigen Mädchen in unterschiedlichen Alltagssituationen, die eins gemeinsam haben: Auf jedem wird gelacht. Ich fange an, es zu hören, erst nur ganz leise, wie aus einer Erinnerung heraus. Aber dabei bleibt es nicht. Ich kann sie sehen, als wären sie real: ein kleines blondes Mädchen, das in seinem Ballettröckchen durch das Arbeitszimmer tanzt. Noch eins, mit braunen Zöpfen, das mir mit einem stolzen Zahnlückenlächeln seine riesige Schultüte präsentiert. Ein weiteres, das plötzlich auf der alten Ledercouch sitzt, mit einem Hundewelpen auf dem Schoß. Das ist Saskia. Ich erkenne sie sofort, weil ihr Bild ständig neben dem ihres medienpräsenten Vaters abgedruckt wird. Der Raum füllt sich, das Lachen wird lauter und echter. Ich sehe ein, wie sehr ich mich geirrt habe. Das sind eben doch nicht nur zehn »Probleme«, wie ich heute Vormittag noch dachte, sondern echte Menschen mit Namen, Familien, liebsten Freizeitbeschäftigungen und einer Zukunft, die man ihnen geraubt hat. Keine ersten Küsse, kein erster Liebeskummer, kein Schulabschluss, kein Erwachsenwerden. Bloß ein großes schwarzes Nichts. Mir laufen die Tränen. Diese Ungerechtigkeit. Wer hat das getan? Wer hat sich da zum

Gott erhoben und mit welchem Recht? Warum darf so jemand leben, *erleben*, was er anderen mutwillig geraubt hat?

Ich dachte, du glaubst an Gott?

In solchen Momenten nicht, tut mir leid.

Ich springe auf und renne ins Bad, um mich zu übergeben. Dabei würge ich so laut, dass die Geräusche von den Fliesen widerhallen, Geräusche, die alles einnehmen und übertönen. Sogar die Schritte auf der Treppe. Die Schritte den Flur entlang. Die Schritte, die vor der geöffneten Badezimmertür stoppen. Ich habe sie einfach nicht gehört und merke erst auf, als sich in meinem Augenwinkel ein Schatten aufbaut.

Wir

Jetzt schau doch nicht so traurig, mein Schatz! Darüber haben wir doch gestern schon gesprochen. Mir ist schon klar, dass du lieber ein richtiges Weihnachten gefeiert hättest. Mit einem Baum und vielen Geschenken, so wie du es gewohnt bist. Letztes Jahr zum Beispiel. Du bekamst ein rosafarbenes Fahrrad, mit einem Prinzessin-Lillifee-Wimpel, der wie eine Antenne über dem Gepäckträger emporragte. Du freutest dich so sehr, fuhrst in der zugeschneiten Einfahrt auf und ab, und der Wimpel bewegte sich mit jedem Mal, dass du so herzzerreißend wackelig in die Pedale tratst wie ein außer Form geratener Scheibenwischer über dir. Aber weißt du, man muss dankbar sein für das, was man hat, und das sind wir doch, hm? Das sind wir. Wir haben uns, und Cosmo, schau, Cosmo ist auch hier! Dein Lieblingsteddy, mit dem Knopf anstelle seines linken Auges. Hör mal, was er dir zu sagen hat: »Hallo, kleine Prinzessin, ich bin's, dein Cosmo. Und ich finde unser neues Zuhause gar nicht so schlecht.« Und Milly, selbst an deine kleine Milly habe ich gedacht. Hörst du, wie sie schnurrt? Sie fühlt sich auch wohl hier … Nein? Du willst nicht lächeln? Nicht mal ein ganz kleines bisschen? Dabei hast du doch ein so zauberhaftes Lächeln … Oh, ich weiß! Ich weiß, was dich aufmuntern wird! Wir werden dich baden, mein Engel! Wir werden dich baden und hübsch machen! Dir deine süßen Löckchen bürsten und dir zur Feier des Tages ein besonders schönes Kleid anziehen. Und dann koche ich uns etwas Leckeres und wir werden zusammen essen, bei Kerzenschein. Wie wär's mit Ravioli in Tomatensoße? Dieses ungesunde, pampige Zeug, aber was soll's. Hier machen wir unsere eigenen Regeln, ha! Sind wir nicht glücklich? Ja, mein Schatz, das sind wir, wir sind unheimlich glücklich.

Ann

Berlin, 25.12.2017

Sie.
Der Schreck ist eine Wucht, eine gewaltige innere Explosion. Ich will aufspringen, doch mein Körper ist ein Chaos, meine Beine zucken nur, meine Hände finden keinen Halt. Sie dagegen steht groß und überlegen im Türrahmen, ein leichtes Lächeln umspielt ihre Lippen. Sie sagt nichts, das ist das Schlimmste. Ich will sie fragen, wie sie ins Haus ge-

langt ist. Was zur Hölle sie hier zu suchen hat, in unserem Haus und überhaupt hier, nach all den Jahren. Vielleicht sogar, ob sie echt ist oder auch nur eine Halluzination, so wie die Mädchen im Arbeitszimmer. Nur ist mein Mund wie verstopft und meine Kehle ganz eng. Und sie, sie denkt gar nicht daran, mir zu helfen und die Situation von sich aus aufzuklären. Sie scheint es zu genießen, wie ich da so überrumpelt und unfähig neben der Kloschüssel hocke. Ich schaffe nur: »Eva«, mehr nicht, aber selbst das ist eigentlich schon zu viel. Ein Gefühl, als öffnete ich einen über lange Zeit zugemüllten Abstellraum, der irgendwann so voll war, dass ich mich mit meinem ganzen Gewicht gegen die Tür stemmen musste, um sie zu verschließen. Jetzt habe ich sie wieder geöffnet und sämtlicher Inhalt quillt mir entgegen, erschlägt mich. Jahre, Bilder, Erinnerungen.

»Du erkennst mich noch«, stellt sie fest und lächelt breiter.

Natürlich tue ich das, auch wenn sie sich tatsächlich stark verändert hat. Ihre früher langen rotblonden Haare sind nur noch kinnlang und dunkelbraun gefärbt. Sie wirkt blass, wie aus Porzellan. Und abgenommen hat sie auch; zu viel, finde ich. Sie ist schmal wie ein Strich in ihrem weit geschnittenen Rollkragenpullover und der engen Jeans. Aber sie ist echt, real, nicht wegzublinzeln. Meine wunderschöne, wunderbare Eva, der hässlichste, gemeinste Mensch der Welt. Mein Herz hat sie mir gebrochen, als sie damals mit Nico weggegangen ist.

Ich versuche mich zu ordnen, zuerst meinen Körper. Ich stemme die Füße fest in den Boden, fasse nach dem Rand des Waschbeckens und richte mich auf. Ich hoffe, sie bemerkt nicht, wie alles an mir zittert. Ich will nicht, dass sie sich für meine Wunde hält. Ich bin überrascht, das ist alles, und sie, sie ist nicht mal mehr Schorf.

»Was machst du hier? Wie kommst du hier überhaupt rein?«

Sie zuckt die Schultern. »Eure Klingel scheint kaputt zu sein, ich hab es ein paarmal versucht …«

Ich nicke. Ich habe unsere Klingel schon vor einiger Zeit abgestellt. Es kam ja doch niemand, den ich hierhaben wollte; meist war es Evas Mutter, unsere Nachbarin Elke Harbert, die mich immer mal wieder zum Essen einladen wollte.

»… also bin ich ums Haus rum, so wie früher, und habe gesehen, dass die Terrassentür offensteht.« Die Terrassentür, die ich anscheinend vergessen habe richtig zu verschließen, nachdem ich wegen der roten Schleife am Oleander dermaßen aus der Fassung geraten war. »Auf so etwas solltest du wirklich achten, jetzt, wo du hier alleine wohnst.« Der amüsierte Blick, der überhebliche Ton – sie will mich provozieren und es gelingt ihr auch.

»Und du, Eva? Du findest es normal, einfach so in ein fremdes Haus reinzumarschieren, ja?«

»Dieses Haus war mir nicht immer fremd, falls du dich erinnerst. Im Gegenteil, hier war ich über lange Zeit mehr daheim als bei meinen eigenen Eltern.«

»Wie rührend.«

Sie lacht etwas künstlich. »Die Sache mit Nico trägst du mir wohl immer noch nach.«

»Blödsinn. Ich will einfach nur wissen, was du in meinem Haus zu suchen hast.«

»Meine Mutter hat mich geschickt, als schlagendes Argument, um dich doch noch zum Essen zu überreden. Sie will nicht, dass du an Weihnachten allein bist. Du tust ihr leid.«

»Sag ihr, du hast alles versucht.«

»Wie du willst«, sagt sie und wendet sich zum Gehen. Ich nehme die Hände nach oben und massiere mir mit den Handballen die Schläfen. Dabei lausche ich Evas Schritten, erleichtert, dass sie sich entfernen. Bis mir klar wird, dass sie in die falsche Richtung führen. Ich stürze ihr hinterher, erreiche sie jedoch erst, als sie bereits im Arbeitszimmer steht, inmitten der ausgebreiteten Schriftstücke und der Fotos glücklicher kleiner Mädchen.

»Heilige Scheiße.«

»Ja, genau: Heilige Scheiße! Was soll das, Eva? Geh endlich!«

»Was ist das?« Sie bückt sich nach einem der Fotos. »Woher hast du das alles?«

»Spielt keine Rolle, lass das liegen!« Ich will nach dem Bild schnappen, doch sie dreht sich damit weg.

»Weißt du eigentlich, dass ich noch nie in diesem Zimmer war? Seltsam, oder? Ich habe meine halbe Kindheit in eurem Haus verbracht, aber diese Tür war immer zu. Wir wussten, dass wir deinen Vater nicht bei der Arbeit stören durften, auch wenn er das nie von uns verlangt hat.«

»Sag mal, hörst du schlecht? Ich will, dass du verschwindest. Und zwar sofort!«

Sie sieht mich an, der Anblick, den sie heute bietet, verschwimmt erneut mit kindlichen Zügen. Eva, meine Eva, ein Teil von mir, über so viele Jahre lang. Meine Wut krümmt sich zusammen, lässt sich niederstrecken von den Gefühlen aus der zugemüllten Abstellkammer.

»Du bist einfach gegangen«, knirsche ich zwischen verkrampften Kiefern hervor. Es klingt erbärmlich und schwach.

Das Foto in ihrer Hand beginnt leicht zu zittern, das süffisante Lächeln ist wie weggewischt. Hat Eva auch so eine Abstellkammer? Dinge, die sie zu ihrem eigenen Schutz weggesperrt hat?

»Ich weiß«, antwortet sie leise.

»Ich war dir keinen Abschied wert, keine Erklärung.« Ich presse die Lippen aufeinander; ich will mich nicht anhören wie ein verletztes Vögelchen, mich nicht klein und zerbrechlich machen vor jemandem, der mir den Brustkorb aufgebrochen und mein Herz zerquetscht hat.

Sie nickt beklommen. »Man könnte von einem Notfall sprechen, oder nicht? Ihr wart meine zweite Familie, meine bessere Familie.«

»Und das fällt dir jetzt ein? Nach sechs verdammten Jahren?«

»Ich kaufe mir jede Zeitung, in der über den Fall berichtet wird.«

Ich schüttele den Kopf. »Ich nicht. Das macht mich nur wütend.«

»Auf deinen Vater oder auf die Journalisten?«

»Wie bitte? Auf die Journalisten natürlich! Du kennst doch meinen Vater, Eva! Du glaubst doch nicht allen Ernstes, dass er etwas damit zu tun hat.« Ich deute auf den Teppich aus Aktenmaterial zu unseren Füßen. »Irgendwo in diesem Konstrukt versteckt sich ein Fehler, und ich bin fest entschlossen, ihn zu finden.«

»Ann …« Jetzt ist sie es, die sich schwach anhört. »Vielleicht …«

»Nein, kein *Vielleicht*. Geh jetzt. Du bist hier nicht mehr willkommen. Du hast uns und dein früheres Leben zurückgelassen wie ein unnötiges Utensil, als du damals deinen Koffer gepackt hast, um mit Nico abzuhauen.«

Eva bewegt sich keinen Millimeter. Mühelos sieht sie in mich hinein, meine Haut ist aus Zellophan, ich bin durchsichtig. Denn es stimmt: in Wahrheit will ich gar nicht, dass sie geht. Ich habe nie aufgehört, sie zu vermissen. Und ich sehne mich nach Beistand.

»Wer ist das?«, fragt sie vorsichtig und meint damit das Mädchen auf dem Foto in ihrer Hand. Ich recke den Hals. Es ist eine Porträtaufnahme; die Kleine hat rote Haare und Sommersprossen im Gesicht.

»Ich weiß nicht«, antworte ich und bewege kreisend meinen Zeigefinger. »Dreh es mal um, die Namen sind auf der Rückseite notiert.«

»Larissa Meller«, liest Eva vor.

Ich nicke verständig. Larissa war das Mädchen, von dem Ludwig mir heute erzählt hat, die neueste Erkenntnis. »Sie war zehn Jahre alt, als sie im Juni 2003 bei einem Fahrradausflug verschwand«, wiederhole ich, was ich mir gemerkt habe. »Ihre Leiche wurde drei Monate später gefunden, in einer Hütte beim Weihenpfuhl. Die Ermittler vermuten, dass sie das erste Opfer des Schleifenmörders war.«

»Und wie genau hat er sie …« Eva stockt, aber mir ist klar, was sie wissen will. Es ist die Frage, deren Antwort sich noch in Ludwigs Ordner verbirgt, extra verschlossen durch einen großen braunen Briefumschlag. Eine Antwort, deren Details bisher nur wenige kennen. Nicht mal Jörg E., der Vater von Saskia, der ja sonst kein Detail auslässt, hat sich jemals dazu geäußert; vermutlich hat die Polizei ihn darauf eingeschworen, denn laut Ludwig hat sie Gründe, bestimmte

Einzelheiten zurückzuhalten. Sie sind verblutet, heißt es nur vage, wenn es darum geht, wie genau die Mädchen gestorben sind, Verblutungstod durch Schnittverletzungen.

»Auch davon gibt es Fotos«, sage ich leise.

Evas Augen werden groß. »Die willst du dir wirklich ansehen?«

»Ich muss. Deswegen, also ... sag deiner Mutter danke für die Einladung. Oder dass sie mich mal kann mit ihrem Mitleid. Was auch immer du für angebrachter hältst.« Ich versuche ein Lächeln, doch Eva schüttelt den Kopf.

»Vergiss es. Ich sage ihr, dass sie uns zwei Teller vorbereiten soll. Wir essen hier.«

Im nächsten Moment ist sie aus dem Arbeitszimmer verschwunden, so schnell, dass sie sogar vergessen hat, mir das Foto von Larissa zurückzugeben. Ich kann nur hoffen, ihr fällt auf, dass sie es immer noch in der Hand hat, bevor sie zu Hause eintrifft und Elke es sieht.

Es dauert eine gute halbe Stunde, bis sie zurückkommt. Fast habe ich schon nicht mehr mit ihr gerechnet und mich vielmehr über mich selbst geärgert, dass ich wieder auf sie hereingefallen bin.

»Tut mir leid«, sagt Eva, als sie nun eben doch noch vor unserer Haustür steht, in jeder Hand einen mit Alufolie abgedeckten Teller. Die Terrassentür hatte ich, nachdem sie gegangen war, sorgfältig verschlossen und stattdessen die Klingel wieder angestellt. »Ich musste erst eine Weile mit meiner Mutter diskutieren. Sie hat einfach nicht kapiert, warum wir lieber hier essen wollen.« Sie drückt mir die Teller in die Hand und zieht sich ihre Stiefel aus.

»Hast du es ihr gesagt?«

»Spinnst du? Du kennst meine Mutter.«

»Stimmt.« Ich bedeute ihr mit dem Kopf, mir nach oben zu folgen. Ein Teil von mir hat bereits Besteck und Servietten zurechtgelegt und eine Flasche Wein mit zwei Gläsern auf dem Schreibtisch platziert, der andere schüttelt darüber bloß den Kopf. Wie kann ich mich so schnell wieder auf Eva einlassen, nach allem, was war? Vielleicht, weil sich auch das zwischen all den Gefühlen in meiner zugemüllten, inneren Abstellkammer befand: die heimliche Hoffnung, sie eines Tages wiederzusehen. Ich bedeute ihr doch noch etwas, so muss es sein, sonst wäre sie nicht zurückgekommen.

Eva lüftet die Alufolie von einem der Teller; die Gänsekeule samt Rotkohlbegleitung verströmt sofort Weihnachtsduft, eine kleine Illusion, die uns wohl beiden schlagartig falsch vorkommt.

»Wir können ja auch einfach später essen«, sage ich und schäme mich für den Wein und die Gläser, die mir plötzlich genauso unpassend erscheinen – so, als versuchte ich, einen schrecklichen Anlass zu meinen Gunsten zu nutzen. Zwei ehemalige Freundinnen, die im Schatten von zehn toten Kindern mit einem Chardonnay auf ihre Wiedervereinigung anstoßen. Ich schenke trotzdem ein und bin froh zu sehen, wie Eva ihr Glas in einem Zug leert.

»Als du drüben bei deinen Eltern warst, habe ich schon mal angefangen, mich in den Schriftkram einzulesen, besonders in die Aufstellung der Indizien.«

Eva streckt mir ihr Glas entgegen, eine stumme Aufforderung.

»Und die Fotos von …«, setzt sie an, bringt dann aber doch nicht mehr heraus als: »Du weißt schon.«

»Nein, noch nicht.« Wir trinken synchron, beide gierig und schnell in der Hoffnung auf den nötigen Mut für das, was uns bevorsteht. »Hast du das Foto von Larissa wieder mitgebracht? Ich muss den Ordner vollständig zurückgeben, wenn wir damit durch sind, sonst bekomme ich noch größeren Ärger als ohnehin schon.«

Eva stellt ihr leeres Glas auf dem Schreibtisch ab. Dann greift sie sich in den Rücken und zieht das Foto unter ihrem Hosenbund hervor wie eine Waffe. »Hier.« Sie betrachtet es noch einmal eingehend, bevor sie es an mich zurückreicht. »Heute wäre sie so alt wie wir.«

»Ja, stimmt.«

»Was glaubst du, wo sie hinwollte, als sie an diesem Juninachmittag verschwand?«

Ich zucke die Schultern. »Vielleicht gab es gar kein festes Ziel und sie wollte einfach nur die Gegend erkunden. Wäre das so abwegig?«

In Larissas Alter waren Eva und ich auch oft mit den Fahrrädern unterwegs. Unsere Touren führten uns manchmal kilometerweit, über Feldwege, durch Wälder und Moore und zu einer alten Kiesgrube, die in unserer Fantasie ein Meer war. Am meisten Freude hatten wir, wenn Eva bei uns übernachten durfte und wir nicht auf die Uhr sehen mussten, damit sie rechtzeitig zum Abendessen wieder zu Hause wäre. Elke erlaubte Übernachtungen nur ungern; sie befürchtete, mein Vater würde sich nicht besonders darum scheren, ob wir gesund aßen oder pünktlich ins Bett gingen. Sie hatte recht – einerseits –, denn mein Vater ließ uns wirklich viel Freiraum. Aber nicht, weil er ignorant gewesen wäre, sondern weil er uns glücklich sehen wollte. Er pumpte – ungeschickt, aber dennoch – unsere Reifen auf, bevor wir losfuhren, steckte uns Geld zu, damit wir uns unterwegs Eis kaufen konnten, und wünschte uns viel Spaß.

Vierzehn Jahre später sind Eva und ich wieder zusammen unterwegs. Zehn Geschichten führen uns durch das gesamte Berliner Umland und enden jeweils mit dem Moment, als ein Tatortfotograf den Auslöser seiner Kamera drückte. Die Mädchen hießen Jana, Kati, Olivia, Laetitia, Hayet, Jenny, Saskia, Alina und Sophie. Wir finden sie in Waldhütten, Kellern, Lagerhallen. Dort liegen sie vor uns, die Gesichter nach oben gerichtet oder kraftlos zur Seite gekippt. Manche haben die Augen geschlossen und sehen aus, als würden sie schlafen. Andere starren erschrocken ins Leere. Und dann ist da noch Larissa, von der nur ein unkenntliches, schwarzes Etwas mit verfilzten, roten Haaren übriggeblieben ist.

Eva weint bitterlich; sie kann kaum sprechen. Ich will aber auch gar nicht, dass sie das tut. Ich bin die mit dem klaren Verstand, ich habe den Überblick, den Plan. »Wir müssen unbedingt herausfinden, was es mit dem Abstand zwischen den Morden auf sich hat. Er tötet 2003, 2004, 2005, 2007, 2008, 2011, 2013, 2014, 2016, 2017. Was ist das für ein Zyklus? Und was ist mit den Jahren 2006, 2009, 2010, 2012 und 2015? Da wiederum passiert gar nichts. Was macht der Mörder in dieser Zeit? Ist er krank? Sitzt er für andere Verbrechen im Gefängnis? Oder ist er im Ausland unterwegs und sucht sich dort seine Opfer?«

Eva schluchzt, ich gehe nicht darauf ein. Mein Kopf läuft auf Hochtouren.

»Wer auch immer die Mädchen getötet hat, muss ein paar Lücken in seinem Lebenslauf haben, die exakt diese Jahre betreffen. Mein Vater hat die schon mal nicht. Er war nie länger krank, geschweige denn, dass er jemals im Gefängnis gesessen hätte. Der ist doch sein Lebtag noch nicht mal über eine rote Ampel gefahren, aber das interessiert ja niemanden.«

Erneut gibt Eva einen Laut von sich; der Anblick der toten Mädchen muss sie wirklich zutiefst verstört haben. Aber sie wollte es ja so. Sie wollte bei meinen Recherchen dabei sein, und die Fotos gehören nun mal dazu.

»Sie kommen einfach daher mit ihren beliebigen Indizien, und ganz ehrlich, Eva, sag doch mal selbst, die sind doch wirklich beliebig, oder? Schuhgröße 42 und ein dunkler Audi? Ich bitte dich, wie viele andere Männer in Berlin kämen da noch in Frage? Zehntausende sicher, mindestens.« Ich deute auf die Unterlagen, darunter das Dokument mit der Aufstellung sämtlicher Indizien. »Ansonsten haben sie noch einen verschmierten und damit nicht zuzuordnenden Teilfingerabdruck und ein paar Textilfasern, vermutlich von einem Hemd. Was sie nicht haben: DNA! Oder meinetwegen auch Handydaten, die nachweisen würden, dass sich mein Vater in der Nähe der Tatorte aufgehalten hat. Irgendetwas wirklich Eindeutiges.«

Eva schüttelt den Kopf, als hätte ich ihr eine Frage gestellt. Dabei ist ihr Gesicht so verzerrt vom Schmerz, dass die verweinte Wimperntusche ganz merkwürdig krumme Bahnen zieht.

»Und dann der Bekannte, der meinen Vater in der Nähe des letzten Tatorts beim Spazierengehen getroffen haben will, okay«, fahre ich atemlos fort. »Aber auch das kann Zufall gewesen sein, oder nicht? Andersrum hat mein Vater ja auch diesen Bekannten dort getroffen. Wieso wird der nicht verdächtigt? Gut, die Sache mit den Zeitungsartikeln kann schon leicht missverständlich wirken, das gebe ich zu. Aber sie waren ja für diese Vorlesungsreihe gedacht, Herrgott! Es gehörte zu seiner Arbeit, solche Artikel im Rahmen seiner Forschung auszuwerten, weil nun mal genau das sein Spezialgebiet war: ›Das Böse im Menschen als anthropologische und kulturhistorische Konstante und philosophische Ansichten über den Tod.‹ Ich war immer sehr beeindruckt von dem Gewicht des Themas. Und sehr stolz auf ihn, denn seine Vorlesungen und Seminare waren heiß begehrt, die meisten Studenten fanden seine Herangehensweise cool, nur eben dieses eine Mädchen nicht, so eine überkorrekte Streberin …« Meine Gedanken rasen inzwischen dermaßen, dass ich mit dem Sprechen kaum hinterherkomme. »Sie beschwerte sich beim Dekan, weil sie es respektlos fand, dass mein Vater die toten Kinder quasi für« – ich male unsichtbare Anführungszeichen in die Luft – ›Studienzwecke‹ missbrauchte. Daraufhin gab es einige Diskussionen mit der Universitätsleitung und der Vorfall wurde offiziell protokolliert. Aber diese dämliche Tusse, die wahrscheinlich einfach nur zu viele Serienmörderdokus gesehen hat, musste natürlich auch noch zur Polizei gehen. Mein Vater wurde befragt, und natürlich konnte er den Polizisten klarmachen, dass sich Wissenschaft nun mal des Materials aus dem echten Leben bedienen *muss*, um ernstzunehmende Forschungsergebnisse zu erhalten. Der Polizei war das relativ leicht zu vermitteln. Damals zumindest. Tja, und schließlich das Phantombild, das nach den Angaben einer Frau angefertigt wurde, die Saskia zusammen mit einem unbekannten Mann gesehen haben will.« Ich reiße die besagte Zeichnung in die Höhe. »Das ist doch wohl ein Witz, oder?« Ich schwenke den Ausdruck durch die Luft, er flattert geräuschvoll. »Schau doch mal, diese Nase: viel zu kurz und zu breit, dann dieses schwammige Kinn und die eng stehenden Augen. Das sieht noch eher deinem Vater ähnlich als …«

»Bitte hör auf.«

»Oder Ludwig, das wäre doch auch ein prima Ludwig, oder nicht? Erinnerst du dich noch an ihn, an Ludwig? Früher war er oft hier …«

»Ann! Schluss jetzt!«

Ich fahre zusammen, blinzele, als hätte ich geträumt. Eva wischt sich mit dem Handrücken über die Augen, die schwarzen Bahnen ihrer verweinten Wimperntusche verwischen großflächig. Ihr Gesicht sieht jetzt aus wie verrußt, so als wäre sie gerade noch im letzten Moment einem Großbrand entkommen.

»Es tut mir so leid«, flüstert sie jetzt.

»Mir doch auch, Eva, nur … das Schicksal dieser Mädchen können wir nicht mehr ändern. Aber wir können …«

»Für dich tut es mir leid.« Ohne den Blick von mir zu lassen und wie in Zeitlupe zieht sie sich den linken Ärmel ihres Pullovers nach oben. »Du hast es doch auch gesehen, Ann. Zehnmal dasselbe, jedes Mädchen.« Sie legt sich den rechten Zeigefinger an den Puls und zeichnet eine unsichtbare Linie von dort in Richtung ihrer Ellenbeuge. Mein Herz vibriert, ich fühle keine einzelnen Schläge mehr, nur noch eine durchgängige Spannung.

»Das … das ist doch verrückt.«

»Wirklich?« Sie greift nach meiner linken Hand und dreht sie so, dass das Handgelenk nach oben zeigt. Wir betrachten meine Narbe. Wir wissen jetzt, wie die Mädchen getötet wurden. Aber es waren nicht die Fotos von den Tatorten, die es uns gezeigt haben – da war vor lauter Blut nichts Genaues zu erkennen –, sondern die anderen Bilder, die der braune Umschlag auch noch enthielt. Kleine, steife Körper, die mit gereinigten Wunden auf den kalten Metalltischen der Rechtsmedizin liegen.

Der Mörder hat den Mädchen die Pulsadern aufgeschnitten.

Ich war sechs, als meine Mutter an Blutkrebs starb. Mehr als ein paar flackernde Bilder, die eine glatzköpfige Frau in einem Bett liegend zeigen, hat mein Bewusstsein nicht parat. Ich weiß noch, dass sie immer schwach war und gezittert hat und dass sie einen Haufen Medikamente nehmen musste. Manchmal erlaubte sie mir, ihre Tablettenbox auszukippen und wieder neu einzuräumen. Dabei taten wir so, als wäre ich Aschenputtel, die Erbsen sortiert. Trotzdem habe ich sie sehr geliebt, nicht für das, was wir zusammen erlebten, denn da war ja nicht viel; unsere Welt spielte sich ausschließlich in einem Krankenzimmer ab. Sondern für das Gefühl, das sie mir gab. Weil sie so krank war, dass ihr jeder neue Tag wie ein Wunder erschien, behandelte sie auch mich, als wäre ich eins. Mit meinem Vater war es damals noch ganz anders. Nicht, dass er kalt gewesen wäre, auch nicht abweisend. Dennoch hatte er etwas Mechanisches an sich, was wahrscheinlich ganz normal ist, wenn man immer nur funktionieren muss. Und das musste er. Auf ihm lastete die Verantwortung für eine totkranke Frau und ein kleines Kind.

Doch dann gab es plötzlich nur noch uns beide. Er erzählte mir Geschichten von dem anderen Ort, an dem Mama nun sei, glücklich und gesund, ein wunderschöner

Garten unter einem ewig blauen Himmel. Ich versuchte mir vorzustellen, wie sie dort spazieren ging, zwischen kniehohen Blumen mit kohlkopfgroßen Blüten hindurch, und wie sie plötzlich wieder Haare hatte, lange, blonde Locken, die in der Sonne leuchteten. So hatte ich sie in der Realität nie gesehen, für mich war sie immer nur krank gewesen und hatte in einem Bett gelegen. Ich weinte trotzdem nicht um meine Mutter. Ich gestand es mir nicht zu, sie zu vermissen oder wütend zu sein, weil ich mich betrogen fühlte um eine Version von ihr, die ich nie hatte kennenlernen dürfen. Ich zeigte überhaupt keine Regung mehr, so lange, bis ich schließlich auch gar nichts mehr empfand. Mein Vater merkte, dass mit mir etwas nicht stimmte, und sorgte sich sehr. Er schleppte mich zu Kinderpsychologen und Trauerexperten und fragte ständig, wie ich mich fühlte. Er wollte alles ganz genau wissen, wollte, dass ich ihm ausführlich beschrieb, was in mir vorging, jede kleinste Nuance. Aber da war ja nichts. Eines Tages, es war Sommer und sehr heiß, stürzte ich beim Fahrradfahren auf dem Kiesweg hinter unserem Haus. Ein großer, spitzer Stein bohrte sich in mein linkes Handgelenk. Eva, die dabei war, fing sofort an zu schreien und rannte los, um meinen Vater zu holen. Ich dagegen saß einfach nur da, beobachtete, wie das Blut an meinem Arm hinablief, und fühlte staunend den Schmerz. Er war wie eine Erlösung nach den vielen Monaten, die ich wie betäubt verbracht hatte. Ich wollte nicht, dass er nachließ, dieser Schmerz. Ich wollte schreien und weinen und explodieren unter diesem Gefühl, also drehte ich den Stein noch etwas tiefer in die Wunde hinein. Genau in diesem Moment kamen mein Vater und Eva dazu …

»Hast du sie noch alle?« Mit einem Ruck ziehe ich meine

Hand weg. »Mein Vater ist damals fast durchgedreht, weil er befürchtete, seine Sechsjährige sei suizidgefährdet. Es hat Jahre gebraucht, bis er endlich eingesehen hat, dass das nur eine dumme, einmalige Sache gewesen ist. Und dann soll er etwas tun, was ihn genau daran erinnert? An eines der traumatischsten Erlebnisse seines Lebens?«

»Du bist diejenige, die es ausspricht«, sagt Eva und macht eine abwehrende Geste. »Ich habe lediglich festgestellt, dass du auch mal ein aufgeschnittenes Handgelenk hattest.«

»Aber es war doch nicht mein Vater, der das getan hat, sondern ich selbst!«

Eva schweigt. Ihr mascaraverschmiertes Gesicht macht mich aggressiv.

»Jetzt sag was!«

»Okay.«

»Okay?«

»Ich sehe ein, dass wir so nicht weiterkommen. Also lassen wir deinen Vater vorerst aus dem Spiel und gehen es ganz neutral an.«

»Das heißt?«

»Wir beginnen von vorn. Bei Serientätern spielt oft das erste Opfer eine entscheidende Rolle. Später mag die Auswahl der Opfer willkürlich geschehen, aber zum ersten hat der Täter oft einen engen Bezug oder sogar eine persönliche Beziehung.«

»Larissa also.«

Eva nickt. »Was haben wir über sie?«

Wir suchen sämtliche Dokumente zusammen, die sich explizit mit Larissa befassen. Ich will sie aufteilen und direkt loslegen, doch Eva bittet mich, ihr einen Kaffee zu kochen. Der Wein und die vielen Emotionen, sagt sie, haben sie ganz benommen gemacht. Als ich aus der Küche zurückkomme, sitzt sie in die Schriftstücke vertieft auf dem Fußboden.

»Also. Larissa lebte mit ihrer schwangeren Mutter, dem einjährigen Halbbruder und ihrem Stiefvater in einem Wohnblock in Hellersdorf. Wie du weißt, war sie drei Monate lang verschwunden, bevor man ihre Leiche am Weihenpfuhl fand. Außer den Schuhabdrücken in Größe 42 gab es keinerlei Spuren, daher wurden die Ermittlungen von offizieller Seite bald eingestellt. Nur der Stiefvater des Mädchens glaubte, eine Spur zu haben. Er verdächtigte einen Bekannten der Familie …« Sie streckt die Hand aus und macht klimpernde Fingerbewegungen in der Luft. Zuerst begreife ich nicht, was sie will. Dann wird mir klar, dass ich immer noch ihre Kaffeetasse halte.

»Oh, entschuldige«, sage ich und reiche sie ihr. »Was war das für ein Bekannter?«

Eva trinkt einen Schluck. Und noch einen. Ich werde nervös. Ich greife mir das erste Blatt aus dem Dokumentenstapel in ihrem Schoß und überfliege die Aussage von Larissas Stiefvater. Bei einer Feier ein paar Monate vor Larissas Verschwinden habe er besagten Bekannten erwischt, wie er mit Larissa in deren Zimmer auf dem Bett saß und ihr die Haare bürstete.

»Ein Bauleiter namens Marcus Steinhausen«, lese ich laut.

»Nicht so vorschnell«, sagt Eva, stellt endlich ihre Tasse beiseite und nimmt ein anderes Schriftstück aus ihrem Schoß zur Hand. »Der Stiefvater hatte der Polizei schon direkt nach Larissas Verschwinden seinen Verdacht mitgeteilt, aber Steinhausen konnte ein lückenloses Alibi vorweisen. Als Larissa dann tot aufgefunden wurde, ist der

Stiefvater, der wohl nie aufgehört hatte, Steinhausen zu verdächtigen, völlig durchgedreht. Er hat Steinhausen aufgesucht und heftig verprügelt, was ihm seine erste Haftstrafe einbrachte. Zwei Jahre später ging er erneut auf Steinhausen los, wobei dieser eine Schädelfraktur erlitt. Nach seiner Genesung zog Steinhausen weg – wohin, ist unklar. Zumindest ist in den Dokumenten keine neue Adresse angegeben.« Sie legt das Schriftstück ab und sieht mich mitleidig an; warum, verstehe ich nicht.

»Was wir da haben, ist eine Spur, Eva!«

»Was? Nein! Was wir da haben, ist ein Stiefvater, der sich dermaßen in seinen Verdacht hineingesteigert hat, dass er am Ende im Gefängnis gelandet ist. Ganz zu schweigen von einem Unschuldigen, der deswegen fast sein Leben verloren hätte.«

»Du hältst diesen Steinhausen für unschuldig, nur weil er ein Alibi vorweisen konnte? So was kann man sich notfalls organisieren. Wir sollten mit ihnen reden.«

»Mit wem?«

»Mit der Familie von Larissa Müller. Es muss einen Grund geben, warum der Stiefvater so felsenfest …«

»Meller.«

»Was?«

»Du hast dich versprochen. Nicht Müller, sondern Meller. Aber ich denke nicht, dass …«

»Meller«, wiederhole ich. Ein Name, der etwas in mir auslöst. Ein diffuses Gefühl bloß, wie ein Nebel. Ich überprüfe es in den Dokumenten, und der Nebel ist weg. Er lichtet sich nicht, er löst sich nicht allmählich auf – er ist mit einem Mal fort, wie auf Knopfdruck ausgeschaltet, und ich keuche: »Mein Gott, ich kenne sie!«

Wir

Na, dir muss es ja wirklich geschmeckt haben, mein Engel. Schau dir nur dein Kleid an, ganz schmutzig ist es geworden. Du süßer, kleiner Tollpatsch! Dann müssen wir dich wohl gleich wieder umziehen, aber das ist nicht schlimm. Es ist sowieso schon spät und höchste Zeit für den Schlafanzug. Komm, ich trage dich ins Bad … Weißt du, ich habe nachgedacht. Es ist doch Weihnachten und, na ja … du hattest wohl jedes Recht, ein wenig enttäuscht zu sein. Aber mir ist etwas eingefallen, das ultimative Geschenk für dich, Prinzessin: eine Freundin! Was hältst du davon? Soll ich dir eine Freundin besorgen, eine richtige, echte Freundin, nur für dich? Ich wüsste sogar schon wen. Ihr Name ist Sarah. Sie ist ein wenig älter als du, aber ich denke, ihr würdet euch wunderbar verstehen. Ich beobachte sie schon seit einer ganzen Weile, ich beobachte sie ganz genau. Ihre Blicke, mein Engel. Ich kann ihre Blicke lesen: Sie sehnt sich auch danach. Sie hat es nicht besonders gut zu Hause; ihre Mutter ist ein Drache. So ein liebes, reizendes Töchterchen hat sie gar nicht verdient. Und vor allem hat Sarah es nicht verdient, dass man sie nicht zu schätzen weiß. Soll sie uns besuchen? Soll ich es tun und sie zu uns holen? Ja, ich denke, ich sollte es tun. Allerdings erst morgen. Für heute ist es schon zu spät, wir müssen schlafen gehen. Komm her, mein Engel, ab ins Bett. Wir kuscheln uns ganz eng aneinander, so wie du es gerne hast. Ich halte dich, so fest ich kann, und bedecke deinen Scheitel mit tausend Küssen, bis du eingeschlafen bist.

Ann

»Du kanntest Larissa?« Eva reißt die Augen auf.

Mehr als eine unbestimmte Kopfbewegung bekomme ich vorerst nicht zustande. Der Nachname – ich fasse es nicht. Ludwig hat ihn bei unserem Gespräch im Gefängnis bereits erwähnt, und ich erinnere mich an ein ungutes Gefühl, das mich befiel. Ich bezog es auf meine Angst, er könnte gemeinsame Sache mit der Staatsanwaltschaft machen. Vielleicht war es aber in Wirklichkeit der Name, der an meinem Bewusstsein gekratzt hat. Und dann hat Eva ihn vorhin von Larissas Foto abgelesen. Ich habe ihn also schon mindestens zweimal gehört und doch bis jetzt nicht wirklich wahrgenommen. Dabei sehe ich ihn seit Wochen fast täglich auf die Brusttasche eines grünen Polyestershirts gestickt. Und Larissas Akte bestätigt es.

»Nein«, sage ich. »Aber ich kenne ihre Mutter.«

»Du kennst …?«

Erneut überfliege ich die Informationen, die ich zu Larissas Familie finde. Der Vorname ihrer Mutter lautet: Michelle.

»Sie muss es sein, es passt alles zusammen.«

Meine Kollegin Michelle, die mir doch an Heiligabend erst erzählt hat, dass ihre große Tochter schon seit Ewigkeiten kein Weihnachten mehr mit ihr feiere. Michelle mit einem Exmann, der wegen Körperverletzung zweimal im Gefängnis saß, und zwei inzwischen halbwüchsigen Söhnen. Michelle, von der ich vielleicht geahnt habe, dass sie manchmal bloß lacht, um nicht zu weinen; Tränen, die ich jedoch dem anstrengenden Alltag als Alleinerziehender und der Zusatzbelastung durch den Job zugeschrieben hatte. Jetzt dämmert mir, warum sie immer so viel Make-up trägt: Jeden Morgen steht sie vor dem Badezimmerspiegel und malt sich eine Maske ins Gesicht, hinter der sie der Welt entgegentreten kann.

Eva wird ungeduldig; ich kläre sie auf.

»Wow«, mehr fällt auch ihr zunächst nicht ein.

Ich denke laut: Wenn ich herausfinden will, welche Bedeutung ihre Tochter für den Mörder gehabt haben könnte, muss ich mit Michelle reden. Allerdings gibt es dabei ein Problem: Sie kennt mich unter dem Mädchennamen meiner verstorbenen Mutter, als Ann de Groot, und hält mich für ebenfalls alleinerziehend.

»Die Frau weiß also gar nicht, wer du wirklich bist?« Evas Blick spricht Bände. So, als hegte sie den Verdacht, dass ich mich absichtlich bei Big Murphy's beworben haben könnte, auf eine Stelle Seite an Seite mit der Mutter eines Opfers. Sie liegt falsch, aber ich will jetzt keine Zeit darauf verschwenden, mich zu erklären, mich zu rechtfertigen für einen Zufall.

»Ich muss sie anrufen und um ein Treffen bitten!« Ich schnappe mir mein Handy und beginne durch das Telefonbuch zu scrollen.

»Du hast ihre Nummer?«

»Natürlich. Wir sind Arbeitskolleginnen und müssen uns doch wegen der Schichten absprechen.«

»Du spinnst ja wohl!« Eva nimmt mir das Handy weg. »Die Arme hat keine Ahnung, was da auf sie zukommt. Du kannst sie nicht nachts um eins aus dem Schlaf reißen und unvorbereitet mit dem schlimmsten Alptraum ihres Lebens konfrontieren.«

Meine Güte, natürlich. »Okay, dann aber gleich morgen früh.«

»Es ist nicht gesagt, dass sie sich mit dir unterhalten will, das muss dir bewusst sein. Manche Menschen würden so ein Schicksal lieber verdrängen. Mal ganz abgesehen davon, dass du die Tochter des Hauptverdächtigen bist.«

Sie hat recht. Um Michelle die Dringlichkeit meines Anliegens klarzumachen, werde ich ungeachtet der Folgen meine Maske abnehmen müssen. Dass ich dadurch meinen Job bei Big Murphy's verlieren könnte, ist mir egal. Nur was, wenn Michelle ausflippt, sich an die Presse wendet und es am Ende heißt, ich belästige eine Hinterbliebene? So eine Schlagzeile würde meinem Vater bestimmt nicht helfen. Ein leises Knacken holt mich aus meinen Gedanken: Eva, die völlig versunken an ihrem Daumennagel herumnagt.

»Ich muss es riskieren, Eva. Du würdest es verstehen, wenn du ihn im Gefängnis erlebt hättest. Er ist vollkommen verändert, so leer und seltsam. So als wäre ein Teil von ihm abgestorben und durch irgendwelche Maschinenteile ersetzt worden.«

Eva rutscht an mich heran und umarmt mich wortlos für eine ganze Weile. Dann bietet sie mir an, mich zu begleiten, falls Michelle einem Treffen zustimmt.

Ich sage: »Ich überlege es mir.«

Den Rest der Nacht verbringe ich schlaflos. Eva ist nach Hause gegangen, und ich kann an nichts anderes denken als an mein bevorstehendes Gespräch mit Michelle. Ich hole mir ein Messer aus der Küche, schalte das Licht auf der Terrasse an, rücke mir einen Gartenstuhl neben den Topf mit dem Oleander und sitze da, in eine dicke Decke gewickelt, mit all meinen Gedanken und den elenden Stunden bis zum Morgen vor mir. Wie spricht man eine trauernde Mutter auf den Mord an ihrem Kind an? Wie bittet man sie um Hilfe, wenn man die Tochter des Hauptverdächtigen ist? Ich lege und falte mir Sätze zurecht, wiege einzelne Wörter ab, suche für die, die mir am empfindlichsten erscheinen, geeignete Verpackungen und komme mit jedem neuen Ansatz doch nur wieder zu der Einsicht, dass es in so einem Fall wohl einfach kein behutsames Vorgehen gibt. Ich werde Michelle erschrecken, aufwühlen, schockieren – ganz gleich, wie vorsichtig ich meine Sätze zu formulieren versuche. Der Inhalt bleibt immer der gleiche.

Ich fange an zu weinen. Mit welcherlei Dingen ich mich mittlerweile befassen muss. Wie sehr sich mein Leben verändert hat. Genau heute vor einem Jahr hat in diesem Haus eine Party stattgefunden, eine übertrieben kitschige Weihnachtsfeier, bei der alle hässliche Motivpullis tragen mussten und blinkende Plastikgeweihe auf dem Kopf. Alle waren sie da: Papa, Zoe und viele, viele andere, die ich für Freunde oder wenigstens gute Bekannte gehalten hatte. Ich habe mich oft gefragt, warum keiner von ihnen längst für ein nettes Taschengeld bei der Presse gewesen ist. Ich glaube, ich weiß es jetzt. Es ist die Angst, was das Ganze über sie selbst aussagen könnte. Sie haben gerne und viel Zeit mit einem mutmaßlichen Mörder verbracht. Sie haben seine Gesellschaft geschätzt und seinen Wein getrunken, und wenn sich herausstellen würde, dass die Vorwürfe stimmen, dann trügen sie eine Mitschuld, weil sie so dumm und blind gewesen sind. Dieses Risiko ist ihnen kein Taschengeld der Welt wert. Sie sind unecht und feige, alle miteinander. Ich sollte dankbar sein, durch die Sache mit meinem Vater ihr wahres Gesicht erkannt zu haben. Ich wische mir die sinnlosen Tränen ab; alles kann ein Antrieb sein, auch Hass.

Ich nehme mein Handy zur Hand, öffne das Internet und tippe den Namen ›Marcus Steinhausen‹ in die Suchmaschine ein. Nichts. Wie ist das möglich? Wenn Steinhausen, wie es in den Akten steht, als Bauleiter gearbeitet hat, müssten sich doch ein paar seiner betreuten Projekte finden lassen. Ich versuche es mit ›Steinhausen‹, ›Berlin‹ und ›Baugewerbe‹ in sämtlichen Variationen – es bleibt dabei: nichts. Ich bin frustriert. Und müde. Und vielleicht auch ein bisschen paranoid in Anbetracht der Tatsache, dass neben meinem Stuhl ein Küchenmesser mit einer geschätzt zwanzig Zentimeter langen Klinge griffbereit liegt und ich mir fast wünsche, derjenige, der die rote Schleife an den Oleander geknotet hat, käme zurück. Jetzt, genau jetzt, in dieser Nacht, die sich anfühlt, als würde sie niemals zu Ende gehen. Ich hätte jedes Recht, mich zu verteidigen, und keinerlei Skrupel. Letzteres einzusehen, entsetzt mich. Aber es ist die Wahrheit. Ich schüttele den Kopf. Heute vor einem Jahr. Egal, wie unecht es auch gewesen sein mag – es war schön. Wir haben gelacht und getanzt und uns ständig neue Vorwände ausgedacht, um uns unter dem Mistelzweig einzufinden, der am Kronleuchter in der Diele hing.

Ich schließe die Suche nach Marcus Steinhausen und öffne stattdessen mein Telefonbuch. 316 Einträge. Die letzte Nummer, die ich eingespeichert habe, gehört Jakob.

Er hat sie mir einmal diktiert, als wir draußen auf der Bank vor dem Big Murphy's saßen, und gesagt, ich solle bei Gelegenheit durchklingeln, damit er meine ebenfalls habe. Er hat sie immer noch nicht. Ich gehe in meine Nachrichten. Zuletzt hat Zoe mir geschrieben, vor fünf Wochen. *Bitte sei mir nicht böse.* Ich habe nie darauf geantwortet, bis jetzt.

Ich schreibe: *Ich vermisse dich, trotz allem.*

Ich vermisse euch alle.

Einsamkeit. (Ann, 8 Jahre alt)

Die Einsamkeit ist kein gutes Gefühl. Ich stelle mir vor dass sie ein scharfes Messer hat und einen mit einem einzigen Schnitt vom Rest der Welt abtrennen kann. Dann treibt man weg, raus ins Uniwersum. Eva denkt dass es schön ist im Weltall wegen den vielen Sternen. Aber das stimmt nicht. Es ist nur kalt und schwarz und man hat keine Luft zum atmen. Ohne Luft muss man aber sterben deswegen ist die Einsamkeit auch ein sehr gefährliches Gefühl.

»Hallo?«

Michelle klingt verschlafen – klar, es ist erst kurz nach halb acht, und das am zweiten Weihnachtsfeiertag. Ich frage, ob ich sie besuchen dürfe, ich müsse unbedingt mit ihr reden. Sie will wissen, worum es geht, doch das kann ich ihr natürlich nicht sagen, wenn ich nicht riskieren will, dass sie sofort wieder auflegt. Also stammele ich bloß irgendetwas über einen angeblichen Notfall zusammen und verlege mich ansonsten darauf, möglichst oft »bitte« zu sagen.

»Jetzt machst du mir ein wenig Angst, um ehrlich zu sein.« Ich höre ihrem Ton ein verunsichertes Lächeln an.

»Nein, nein, das will ich nicht … es ist nur … bitte, Michelle …«

»Schon gut, beruhige dich. Ich bin den ganzen Tag zu Hause, du kannst also jederzeit vorbeikommen.«

Keine zehn Minuten später verlasse ich das Haus. Letzte Nacht war ich mir noch nicht sicher, ob ich Evas Angebot, mich zu begleiten, tatsächlich annehmen würde. Aus Sorge um meinen Vater hatten wir uns für ein paar Stunden zusammengerauft – eine notdürftig geschweißte Naht, von der ich nicht weiß, wie lange sie hält, bis aufbricht, was darunterliegt. Und trotzdem stehe ich jetzt vor ihrer Tür und klingele. Vielleicht, weil Alleinsein ein schlimmerer Schmerz ist als alles andere.

Es ist Elke, die mir öffnet, in einen rosafarbenen Flauschbademantel gehüllt und mit blassem, verquollenem Gesicht. Sie sieht aus, als hätte sie nur wenig Schlaf gehabt, oder gar keinen, so wie ich. Eva erscheint nur kurz hinter der Schulter ihrer Mutter, bevor ich sie im nächsten Moment die Treppe hinaufpoltern höre, bestimmt, um sich anzuziehen.

»Komm doch rein«, sagt Elke. »Dann können wir in Ruhe zusammen frühstücken.«

Ich lehne dankend ab, wie immer. »Eva und ich haben was vor.«

Ihrem penetranten Versuch, mehr zu erfahren, entgehe ich, indem ich mich ein paar Schritte vom Eingang entferne und so tue, als verträte ich mir die Beine. Elke bleibt dennoch in der geöffneten Tür stehen und beobachtet mich; sehr unangenehm.

»Da bin ich!«, ruft Eva und drängt sich an ihrer Mutter vorbei aus dem Haus.

»Wäre es okay, wenn wir dein Auto nehmen?« Ohne eine Antwort abzuwarten, steuere ich direkt auf die Beifahrerseite des Minis mit dem Frankfurter Kennzeichen zu. Seit einem Wildunfall vor zwei Jahren habe ich nie wieder selbst hinter dem Lenkrad gesessen. Ich träume immer noch manchmal davon, wie die riesigen, erschrockenen Augen des Rehs in meine Scheinwerfer starren, von der Schiene und den Schrauben in meinem Kiefer ganz zu schweigen. Davon weiß Eva nichts, aber sie fragt auch nicht nach, sondern holt direkt den Autoschlüssel aus ihrer Jackentasche, um die Türverriegelung zu entsperren.

»Also, ich an ihrer Stelle wäre weggezogen«, konstatiert sie, während sie das Navi mit der Adresse programmiert, die Michelle mir am Telefon gegeben hat. Sie wohnt immer noch in Hellersdorf, in derselben Wohnung, in der sie mit Larissa gelebt hat. »Ich meine, ich verstehe es, wenn deine Tochter vermisst wird und die Hoffnung dich an einen bestimmten Ort bindet. Aber wenn du doch genau weißt, dass sie tot ist und es niemals ein *Eines Tages* geben wird, an dem sie unvermittelt wieder vor deiner Tür steht … Nein, das würde ich nicht ertragen.«

»Du meinst, wegen der ganzen Erinnerungen?«

Konzentriert lenkt Eva den Mini rückwärts aus der Einfahrt ihrer Eltern. »Erinnerungen sind nur schön, solange es Hoffnung gibt«, sagt sie dann. »Danach zerstören sie dich.«

Wir schweigen für eine Weile, bis mir dabei unwohl wird. »Du lebst jetzt also in Frankfurt?«

»Woher weißt du das?«

»Dein Nummernschild.« Ich lächle. Sie muss nicht erfahren, dass ich, besonders in den ersten Jahren nach ihrem Verschwinden, oft online nach ihr gesucht habe. Erfolglos. Keine Eva Harbert in Social Media, auf irgendwelchen Hochschul- oder Firmenseiten. Wie ein Geist schien sie sich aufgelöst zu haben, und auch aus ihrer Mutter war nicht herauszukriegen, wo sie sich aufhielt. Wobei ich ja bis gestern noch dachte, Elke hätte es selbst nicht gewusst und es nur aus Scham nicht zugegeben. Was hätten sonst die Leute von ihr gedacht? Genauso behalte ich für mich, dass ich sogar versucht habe, mit Nico zu reden. Er war damals mit Eva verschwunden und einige Monate später allein wieder zurückgekehrt, wenn auch nur für kurze Zeit. Er sagte mir nur, ich solle es lassen, Eva wünsche keinen Kontakt, und ich hatte das Gefühl, einen wunden Punkt getroffen zu haben. Vielleicht stimmten die Gerüchte ja doch, dass er sie geschwängert hatte, sie in einem kurzfristigen Anflug von Romantik zusammen durchgebrannt waren, dann aber eben doch einsahen, dass es einfach nicht passte zwischen ihnen.

Eva nickt. »Ach so, ja. Schon lange, von Anfang an sogar. Nico hat Verwandte in Frankfurt, wo wir für ein paar Wochen unterkamen, nachdem wir aus Berlin weggegangen waren.«

Ich zucke zusammen. Zwar hatte ich gerade selbst noch an Nico gedacht, aber seinen Namen aus Evas Mund zu hören, versetzt mir doch wieder einen Stich.

»Frag mich halt einfach«, sagt sie nach einem kurzen Seitenblick. »Frag, was du wissen willst.«

»Geht mich nichts an.«

»Und trotzdem interessiert es dich.« Sie lacht. »Wir waren lange zusammen, auch wenn Nico kurzfristig wieder in Berlin lebte. Sein Vater bekam eine Chemotherapie, und Nico musste seine Mutter für eine Weile bei allem unterstützen. Danach ist er zurück zu mir nach Frankfurt gekommen.«

»Verstehe.« Ich schlucke an einem Stein. Er ist nur klein, wie ein Kiesel vom Meeresgrund, der vom Wasser über die Jahre und Gezeiten hinweg abgeschliffen wurde, und doch ist er immer noch zu spüren. Ich räuspere mich. »Die Leute haben vermutet, du seist schwanger gewesen.«

»Das ist mal wieder typisch.« Sie lacht erneut. »Nein, im Ernst, ich war nicht schwanger. Nico und ich waren sehr verliebt und wollten den ganzen Scheiß hier hinter uns lassen. Es hielt bis vor ein paar Monaten.«

»Das ist lange.«

»Acht Jahre.« Eine Zeitlang schweigen wir wieder, dann fragt sie: »Und du? Hast du jemanden?«

»Schon, aber … es ist wohl einfach nicht der richtige Zeitpunkt.«

»Um mit jemand anderem glücklich zu sein, muss man erst gelernt haben, mit sich selbst klarzukommen.«

»Amen.«

»Und sonst? Als du mir gestern von Michelle und dem Fast-Food-Laden erzählt hast, hast du erwähnt, dass du eigentlich noch studierst.«

»Ja, Germanistik im vierten Semester. Mal sehen, ob und wann ich weitermachen werde. Vielleicht wechsle ich auch die Uni oder ich lasse es ganz, ich weiß es noch nicht.«

»Viertes Semester?«

Ich zucke die Schultern. »Ich habe nach den ersten beiden Jahren eine Pause eingelegt, um durch Frankreich zu reisen, und anschließend das Hauptfach gewechselt. Soll vorkommen, oder? Nicht jeder Lebenslauf ist lückenlos.«

»Ja.« Eva klingt nachdenklich.

»Was ist?«

»Wo du gerade von einem lückenlosen Lebenslauf sprichst: Du hast doch gestern festgestellt, dass es in bestimmten Jahren keine Morde gab. Was ist, wenn das gar nicht stimmt? Wenn der Mörder eben doch aktiv war, aber die Opfer ihm entkommen sind, bevor er sie töten konnte?«

Ich schüttele den Kopf. »Dann wären sie wohl zur Polizei gegangen, meinst du nicht?«

»Zur Polizei wären vielleicht die Erwachsenen gegangen, die Eltern. Aber das waren Kinder, Ann! Was, wenn sie sich ihren Eltern gar nicht erst anvertraut haben, weil ihnen überhaupt nicht klar war, was da mit ihnen passiert ist? Wenn sie es einfach falsch eingeordnet oder sich geschämt haben, weil sie dachten, sie wären selbst schuld gewesen?«

»Ich weiß nicht, Eva.«

»Wieso? Glaubst du, ein Kind könnte das nicht empfinden: Scham? Glaubst du, ein Kind würde sich nicht fragen, was es getan oder inwiefern es jemanden provoziert haben könnte, ihm das anzutun?«

»Doch, schon möglich, aber … ich denke, wahrscheinlicher ist es schon, dass der Täter nicht weitermachte, weil er eben einfach nicht konnte. Wir dürfen nicht zu kompliziert denken, sonst übersehen wir am Ende die einfachste Lösung.«

Eva brummt. Wir sprechen nicht mehr, bis sie auf dem Parkplatz vor Michelles Haus hält. »Soll ich mit reinkommen oder lieber auf dich warten?«

»Warten«, entscheide ich. »Ich weiß nicht, wie Michelle reagiert, wenn ich unangekündigt noch jemanden mitbringe.« Ich steige aus. »Aber danke, dass du da bist, wirklich«, füge ich noch hinzu, bevor ich die Autotür zuwerfe.

Den Weg zum Haus nehme ich wie zum Schafott, mit schweren Schritten, angespannten Schultern und eingezogenem Kopf. Zu meiner Rechten liegt zugeschneit ein Spielplatz. Vielleicht hat Larissa früher hier gespielt. Kaum habe ich das gedacht, tilgt meine Vorstellung den Schnee und lässt eine grüne Wiese sprießen. Larissa sitzt mit baumelnden Beinen auf der Schaukel und blinzelt in die Sonne, als sich im Gegenlicht bedrohlich die schwarze Silhouette eines Mannes vor ihr erhebt. Ich schüttele den Kopf; die Vorstellung löst sich auf. Der Spielplatz liegt wieder da wie zuvor, im grauen Schnee des frühen Morgens und ohne Larissa.

Ich erreiche den Hauseingang und suche das Klingelbrett nach dem Namen Meller ab. Zwanzig Parteien wohnen in dem hässlichen, mit hellgelber Farbe angestrichenen Klotz. Ich muss mehrmals läuten, bis es summt und ich die schlierige dicke Glastür aufdrücken kann. Als ich die siebte Etage erreiche, steht Michelle bereits im Türrahmen. Sie ist geschminkt wie immer, ihr blond gefärbtes Haar jedoch unfrisiert. Sie trägt eine graue Jogginghose und ein helles Oberteil mit Pünktchen darauf, das augenscheinlich zu einem Schlafanzug gehört. Ihr zaghaftes Lächeln kommt mir vor, als schwankte es zwischen Unsicherheit und einer Ahnung. Sie sagt: »Komm rein«, und tritt beiseite. Ich bedanke mich und ziehe auf dem Fußabtreter meine Stiefel aus.

Schon der Flur macht mir zu schaffen. Die Wände sind mit Fotos behangen. Fast jedes zeigt Larissa in sämtlichen Lebenssituationen vom Babyalter bis hin zu ihrer Schuleinführung.

»In den letzten Jahren habe ich kaum mehr Fotos von ihr gemacht«, sagt Michelle und schließt die Wohnungstür. Erschrocken drehe ich mich zu ihr um.

»Deswegen bist du doch gekommen, oder nicht? Wegen Larissa.«

»Ich …«

»Erst vor zwei Tagen gab es einen Zeitungsartikel, ein Interview mit dem Vater von Saskia. Darin stand, dass der mutmaßliche Täter ebenfalls eine Tochter hat.«

Vor zwei Tagen, schießt es mir durch den Kopf, *Lesen Sie weiter auf Seite 3*. Ein Artikel, den ich mir ersparen wollte – stattdessen habe ich den Zeitungskasten demoliert. Ich zucke unschlüssig die Schultern. Es gibt viele Töchter in Berlin, Hunderttausende.

»Und ebenfalls vor zwei Tagen hast du deine Auszahlung am Ende der Schicht mit ›Lesniak‹ unterschrieben statt wie sonst mit ›de Groot‹. Hast du gar nicht gemerkt, so durcheinander, wie du warst an diesem Tag, was?«

Ich presse die Lippen aufeinander, mein Herzschlag galoppiert davon. Dass mir so ein dummer Fehler unterlaufen ist. Nun bleibt es mir erspart, Michelle schonend beizubringen, wer ich wirklich bin, das schon. Andererseits schäme ich mich bloß umso mehr. Wie muss sie sich gefühlt haben, als ihr klar wurde, dass ihre Arbeitskollegin sie über Wochen hinweg belogen hat?

»Weißt du eigentlich, was man als Erstes findet, wenn man im Internet nach ›Lesniak‹ und ›Berlin‹ sucht?«

Ich nicke beklommen. Meinen Vater – den findet man. Walter Lesniak, der Universitätsprofessor ist, genau wie der Mann, der als mutmaßlicher Täter in Untersuchungshaft sitzt. »Dann hast du eins und eins zusammengezählt.«

»Ganz sicher war ich mir nicht. Aber als du heute Morgen angerufen hast, um diese ungewöhnliche Uhrzeit und so völlig aufgelöst, da wusste ich es, ja.«

»Und trotzdem bist du bereit, mit mir zu reden.«

»Sieht so aus. Bitte.«

Sie führt mich tatsächlich in ihr Wohnzimmer. Es ist klein und unordentlich, und auch hier hängen unzählige Fotos an den Wänden. Nur auf einigen davon sind Michelles Söhne abgebildet: zwei Teenagerjungs, rothaarig wie Larissa, mit mürrisch dreinschauenden Gesichtern. Michelle räumt einen überquellenden Wäschekorb vom Sofa und lässt mich Platz nehmen. Sie selbst bleibt stehen und sieht mit zuckenden Kiefermuskeln auf mich herab.

»Vor ungefähr vier Wochen teilte man mir mit, dass Larissas Tod wahrscheinlich auch zu der Mordserie gehört, seit ein paar Tagen gilt es als erwiesen. Ich müsste geschockt sein, oder? Aber ich bin es nicht. Es ist, als hätte ich es schon lange geahnt. Nur das mit dir kann ich mir einfach nicht erklären. Wie kommt es, dass die Tochter des mutmaßlichen Mörders meines Kindes ausgerechnet dort einen Job annimmt, wo auch ich arbeite? Das kann ja kaum ein Zufall sein.«

Obwohl ich weiterhin Papas dicke Jacke trage, ist mir plötzlich kalt. Ich verstehe Michelles Misstrauen, und doch habe ich keine andere Erklärung dafür als genau das: Es ist ein Zufall. Ein ganz irrer, unfassbarer Zufall, so wie ihn sich wohl nur das Schicksal ausdenken kann, wenn es Pläne hat mit den Menschen. Wenn sich zwei Wege unbedingt kreuzen sollen.

Ich will ehrlich sein, also erzähle ich ihr von den Wochen seit der Verhaftung. Dass ich nicht mehr zur Uni wollte, aus Angst vor den Blicken und dem Getuschel. Dass ich aber auch nicht den ganzen Tag untätig zu Hause sitzen konnte, wo meine Verzweiflung und meine Erinnerungen mich fast wahnsinnig machten. Dass ich mir nur deswegen eine Aufgabe gesucht habe, etwas, das mich mit der realen Welt verhaften und mir einen Grund geben würde, morgens aufzustehen. Eine Aufgabe, die ich in dem Job bei Big Murphy's fand. Ich weiß nicht, ob sie mir glaubt, aber wenigstens fordert sie mich nicht direkt wieder zum Gehen auf.

»Ich träume fast jede Nacht davon«, sagt sie stattdessen, tritt ans Fenster und schaut hinaus. »Ich sehe meine Kleine durch den Wald rennen, verzweifelt auf der Flucht vor ihrem Verfolger. Sie stolpert und strauchelt und rammt sich ständig die Schulter, weil sie in der Dunkelheit kaum etwas sieht. In Gedanken ruft sie nach ihrer Mama, aber ich bin nicht da. Sie ist ganz auf sich allein gestellt. Irgendwann ist sie so erschöpft, dass sie hinter einem dicken Baumstamm hinabsinkt. Sie macht sich klein wie ein Mäuschen, so wie früher, als sie sich beim Versteckenspielen hier im Wohnzimmer immer in den Spalt zwischen der Wand und der Rückenlehne des Sofas gequetscht hat. Sie weiß, dass sie ganz still sein muss, um sich nicht zu verraten. Vielleicht gibt er ja auf, wenn er sie nicht findet, oder er ändert zumindest die Richtung. Und tatsächlich: Sie hat Glück. Irgendwo in der Ferne hallt ein lautes Knacken, das seine Aufmerksamkeit auf sich zieht. Er folgt dem Geräusch und entfernt sich von ihr. Sie rappelt sich auf und rennt weiter, sie ist so tapfer – Mamas tapferes großes Mädchen. Und dann geschieht das Wunder: Der Wald endet an einer Straße. Sie hat es geschafft, sie ist ihm entkommen. Und da ist noch etwas: zwei leuchtende Kreise, die zunehmend größer werden – ein Auto. Sie setzt zu einem letzten Sprint an, rudert mit den Armen, ihr ganzer Körper schreit nach Aufmerksamkeit. In diesem Auto sitzt jemand, der ihr helfen kann. Der sie zurück zu ihrer Mama bringt. Der Fahrer stoppt den Wagen dicht vor ihr. Die Autotür öffnet sich – doch jetzt ist es zu spät. Er ist es: der Mann, der sie durch den Wald gejagt hat. Er zerrt sie zum Auto und sperrt sie in den Kofferraum, in dem es eng und stickig ist und genauso schwarz wie vorhin im Wald. Sie spürt, wie sie über holprige Wege fahren. Sie weiß, dass es zurück zur Hütte geht, wo furchtbare Werkzeuge an der Wand hängen. Alte Schraubenzieher, eine Axt mit einer rostigen Klinge und eine Säge mit scharfen Zähnen. Der Wagen hält. Als der Mann sie aus dem Kofferraum hebt, ist ihr Körper ganz schlapp. Alle Hoffnung hat ihn verlassen, da ist kein Kampfeswille mehr. Sie lässt sich zurück in die Hütte tragen. In ihrem Kopf singt sie sich selbst ein Schlaflied. *Gute Nacht, Mama. Ich hab dich trotzdem lieb ...*«

Michelle, die mit mir zugewandtem Rücken am Fenster stand, dreht sich so abrupt um, dass ich zusammenzucke. Schwarze Rinnsale aus verlaufener Mascara ziehen sich über ihr Gesicht, der Anblick ist schwer zu ertragen. Unsicher verändere ich meine Sitzposition auf dem Sofa, hinter dem Larissa so gerne Verstecken spielte, und suche nach Worten. Von Hinweisen, die darauf schließen lassen, dass sie vor ihrem Tod tatsächlich einen Fluchtversuch gewagt und es fast geschafft hätte, ihrem Mörder zu entkommen, stand nichts im rechtsmedizinischen Bericht. Aber ich verstehe, dass Michelle darunter leidet, nicht zu wissen, wie sich die Entführung und Larissas Zeit in der Gewalt ihres Mörders wirklich abgespielt haben. Alles, was sie hat, ist das Ergebnis: ihr totes Kind, ermordet von einem Fremden und monatelang zurückgelassen in einer einsamen Waldhütte, bis kaum mehr von ihm übrig war als ein schwarz verwesender Körper und ihr zerzaustes, rotes Haar. Ich nehme an, dass Michelles Unterbewusstsein die Wissenslücken auf seine Art zu stopfen versucht und sie unter der immer gleichen Tatsache leiden lässt, dass sie als Mutter nicht da war, als ihre Tochter sie am dringendsten gebraucht hätte.

»Es tut mir so wahnsinnig leid, Michelle«, sage ich leise. Es ist dumm, banal, wertlos, das ist mir klar. Etwas Besseres fällt mir trotzdem nicht ein.

»Du kannst nichts dafür«, sagt sie wieder gefasster und setzt sich in einigem Abstand zu mir auf die Sofalehne. »Kein Kind kann etwas für die Taten seiner Eltern.«

»Aber genau deswegen bin ich hier, Michelle! Mein Vater war das nicht! Es gibt keine Beweise, nur ein paar dürftige Indizien, die zum großen Teil auf Zufällen beruhen.«

»Niemand wird wegen ein paar Zufällen gleich in Untersuchungshaft gesteckt. Was wäre das denn für ein Rechtsstaat?«

»Das Problem ist, dass er sich einfach nicht äußert, was die Ermittler für ein Schuldeingeständnis halten.« Verständnisheischend sehe ich sie an, doch ihr Blick schwenkt abermals zum Fenster. »Nach Larissas Tod brach alles auseinander. Ich war zum damaligen Zeitpunkt schwanger mit Ben, und Toby war ja auch erst ein Jahr alt. Ich war zu nichts zu gebrauchen, ich lag tagelang nur im Bett und weinte. Ich schaffte es nicht mal, Toby Essen zu machen. Rainer, mein Exmann, konnte das nicht mitansehen. Er versuchte fast manisch herauszufinden, was mit Larissa geschehen war, und vor allem, wer ihr das angetan hatte.« Mitleidig lächelt sie mich an. »Ein wenig erinnerst du mich an ihn.«

Den Kommentar ignoriere ich, aber es ist gut, dass sie von sich aus auf ihren Exmann zu sprechen kommt. »Er hatte damals einen Bekannten von euch in Verdacht: Marcus Steinhausen.«

Sie nickt. »Marcus war ein seltsamer Mann, sehr gebildet, sehr höflich und zuvorkommend, aber … na ja …« Sie überlegt einen Moment, so als wüsste sie nicht genau, wo sie anfangen sollte. »Also, er war ja Bauleiter, eigentlich eine ganz andere Liga als mein Ex, der nur ein einfacher Arbeiter war. Trotzdem hatte er einen Narren an Rainer gefressen, er wollte unbedingt mit ihm befreundet sein. Rainer war früher sehr gesellig und hatte immer gute Laune. Das gefiel Marcus wohl, und Rainer mochte die Aufmerksamkeit. Schon bald brachte er Marcus mit zu uns nach Hause, und er war …« Sie scheint nach den richtigen Worten zu suchen. »… so unheimlich perfekt.« Sie nickt zufrieden. »Ja, anders kann man es nicht bezeichnen. Er schien für jeden von uns genau das zu sein, was wir im jeweiligen Moment brauchten. Wie auf Knopfdruck konnte er die Rolle wechseln. Mit Rainer trank er Bier und machte dreckige Witze, um nur ein paar Minuten später in der Küche zu stehen und mir beim Kochen zu assistieren. Er half Larissa bei den Hausaufgaben oder schaukelte Toby in seiner

Babywippe. Mit der Zeit fing er dann an, Sachen für uns zu bezahlen. Erst nur Kleinigkeiten wie Einkäufe, die er einfach mitbrachte, weil ihm aufgefallen war, dass die Milch knapp wurde oder das Bier. Später zahlte er Rainer sogar die Reparatur seines Autos, beziehungsweise hatte Rainer sich das Geld von ihm geliehen, aber Marcus wollte es partout nicht zurück und wurde richtiggehend böse, wenn Rainer Anstalten machte.«

»Und es kam euch nicht komisch vor, dass ein Fremder sich plötzlich dermaßen in eure Familie hineindrängte?«

Michelle seufzt. »Im Nachhinein natürlich schon. Aber damals … irgendwie wuchsen wir da so rein, es wurde schlichtweg normal. Zumal wir nie viel Geld hatten und ständig rechnen mussten. Da kamen Marcus' Zuwendungen nicht ganz unrecht.« Sie sieht mich an. »Das klingt, als hätte er für unsere Freundschaft zahlen müssen. Aber so war es nicht. Wir haben nie etwas verlangt und ihn nie um etwas gebeten. Er hat es einfach getan, ganz selbstverständlich, so als wäre er eben wirklich Teil unserer Familie.«

»Hatte er denn selbst keine?«

Michelle lacht auf. »Da kommen wir zum Punkt. Marcus war nach Feierabend zwar fast täglich bei uns, aber er blieb selten länger als bis acht. Man konnte die Uhr danach stellen, dass ab diesem Zeitpunkt die Anrufe beginnen würden. Wir hörten ihn dann beim Versuch, seine Frau zu beschwichtigen, die offenbar wollte, dass er nach Hause kam. Er hat uns erzählt, dass er verheiratet ist und auch eine Tochter hat. Rainer und ich hatten aber das Gefühl, dass es daheim nicht so gut lief, zumindest, was die Ehe betraf. Einmal sprach ich Marcus auf die Situation an, da zeigte er mir ein Foto von sich mit seiner Familie und tat sehr glücklich, was irgendwie nicht zu den Anrufen passte und schon gar nicht zu der Tatsache, dass er ständig bei uns war anstatt zu Hause. Aber ich sagte nichts, und Rainer meinte, das sei eben so ein Männerding. Dann kam der Abend, an dem Marcus zwar pünktlich heimfuhr, aber sein Handy hier vergessen hatte. Rainer beschloss, es ihm vorbeizubringen. Er wusste, wo Marcus wohnte, denn er hatte ihn mal zu Hause abgesetzt. Ein kleines, nettes Häuschen in Lichtenberg, ein bisschen altbacken, mit Garten samt Gartenzwergen und so. Rainer fuhr also hin. Aber es war nicht Marcus, der ihm öffnete, sondern eine sehr mürrische alte Dame. Marcus lebte noch bei seiner Mutter, die ihn an der kurzen Leine hielt. Frau und Tochter gab es gar nicht. Es war die Mutter, die immer anrief, wenn er sich verspätete. Rainer hat in diesem Moment jeglichen Respekt vor Marcus verloren, aber mir tat er irgendwie leid. Er stand wohl sein Leben lang im Schatten seines Bruders – jedenfalls war das Rainers Eindruck, als er sich mit der Mutter unterhielt. Jeden Satz, den sie mit Marcus begann, endete sie mit einem Vergleich zu seinem Bruder, und Marcus schnitt dabei nie gut ab. Klar, sein Bruder hatte wohl einen noch besseren Job, ein eigenes Haus und wirklich eine Familie. Aber letztlich war es ja Marcus, der auf so vieles verzichtete, um sich um die Mutter zu kümmern. Ich verstand, warum er den Leuten gerne von einem Leben erzählte, das er in Wirklichkeit gar nicht führte. Ich meine, stell dir das doch mal vor: Er hatte mir ja sogar ein Foto von sich und seiner angeblichen Familie gezeigt! Wie sich herausstellte, war nicht er das auf dem Bild, sondern sein Bruder mit Frau und Kind.« Michelle schüttelt den Kopf. »Na ja, aber wem erzähle ich das? Du müsstest ja wissen, wie das ist, wenn man die Realität so schwer erträgt, dass man anfängt, sich ein anderes Leben auszudenken.« Ich blicke zu Boden, ertappt. Zum Glück dehnt Michelle den unangenehmen Moment nicht länger und fährt fort: »Er tat mir leid, ja, er tat mir wirklich richtig leid. Also lud ich ihn zu meiner Geburtstagsfeier ein, bei der sich allerdings ein Vorfall ereignete: Rainer erwischte Marcus dabei, wie er mit Larissa in deren Zimmer auf dem Bett saß und ihr die Haare bürstete – allein das! Zusätzlich erzählte sie ihm wohl gerade, dass sie sich Sorgen mache, weil schon wieder ein neues Baby unterwegs sei, sie doch aber wegen Toby schon so wenig Aufmerksamkeit bekomme. Marcus entgegnete, sie brauche keine Angst zu haben, notfalls werde er sich um sie kümmern. Da platzte Rainer der Kragen. Er warf Marcus aus der Wohnung und verbot ihm, hier jemals wieder aufzutauchen.«

»Danach hattet ihr keinen Kontakt mehr zu ihm?«

»Na ja … In den ersten beiden Wochen nach der Geburtstagsfeier sahen wir ihn ein paarmal durch das Küchenfenster«, Michelle deutet unbestimmt über ihre Schulter in die entgegengesetzte Richtung der Wohnung, »wie er sich vor dem Haus herumtrieb, und ab und zu lagen auch Blumen oder Pralinen vor der Tür.« Sie schüttelt den Kopf. »Doch das hatte zum Zeitpunkt von Larissas Verschwinden schon längst wieder aufgehört. Aber Rainer war wie besessen von der Idee, Marcus könnte etwas mit ihrem Tod zu tun haben. Als dann 2005 die Leiche eines anderen kleinen Mädchens ausgerechnet auf einer stillgelegten Baustelle gefunden wurde, auf der Rainer und Marcus ein paar Jahre zuvor zusammengearbeitet hatten, war es endgültig vorbei. Für Rainer konnte das kein Zufall sein.«

»Für dich etwa schon?«, frage ich ungläubig und kassiere als Antwort erst mal nur einen spöttischen Blick. Immerhin war ich diejenige, die Michelle keine zehn Minuten zuvor von einem anderen irren Zufall überzeugen wollte. »Ich meine ja nur, weil …«

»Schon gut«, unterbricht sie mich. »Natürlich kam mir das zuerst auch merkwürdig vor. Aber auch in diesem Fall hatte Marcus ein wasserdichtes Alibi. Dass Rainer das nicht wahrhaben wollte, hat ihn wegen schwerer Körperverletzung ins Gefängnis gebracht. Und ich saß da, mit zwei kleinen Kindern. Und vor allem ohne meine Larissa.« Ein hilfloses Lächeln huscht über ihr Gesicht. »Weißt du, ich bin ihr keine besonders gute Mutter gewesen. Nicht nur, weil ich zugelassen habe, dass sie entführt und getötet wurde.« Erneut deutet sie über ihre Schulter, in Richtung Flur. »Das letzte Foto, das ich von ihr gemacht habe, ist an ihrem ersten Schultag entstanden, mehr als drei Jahre vor ihrem Tod. Aber es war eben so selbstverständlich, dass sie immer da war, und dann lernte ich Rainer kennen und, na ja. Es war so schön, wieder neu verliebt zu sein, nachdem Larissas Vater mich schon kurz nach ihrer Geburt sitzengelassen hatte. Mit Rainer konnte ich noch mal ganz von vorne anfangen; wir heirateten schnell.« Wieder lächelt sie kurz, dann werden ihre Züge bitter. »Das Foto, das die Polizei zur Vermisstensuche benutzte, musste ich von meinen Eltern organisieren. Ist das zu glauben? Was bin ich für eine Mutter, die erst rumtelefonieren muss, wenn sie nach einem aktuellen Bild von ihrer Tochter gefragt wird? Aber von so was hast du keine Ahnung.«

»Nein«, sage ich leise.

»Nein«, wiederholt Michelle. »Du weißt nichts vom

Muttersein. Du weißt überhaupt nichts. Er hat ihr die Pulsadern aufgeschnitten. Doch weil sie die Erste war und es so wenig Spuren gab, die auf ein Gewaltverbrechen hindeuteten, stand von Seiten der Polizei lange die Theorie im Raum, dass sie das vielleicht sogar selbst getan haben könnte. Wie schlecht muss es einer Zehnjährigen zu Hause gehen, wenn sie sich freiwillig das Leben nimmt? So was fragen die dich dann, und sie behandeln dich wie ein Monster. Sie prüfen sogar, ob es deinen anderen beiden Kindern gut geht oder ob sie nicht in einer Pflegefamilie besser aufgehoben wären.«

»Ich verstehe, dass du wütend bist, Michelle …«

»Nach vierzehn Jahren bin ich nicht mehr wütend, nein. Ich bin einfach nur müde, in jeglicher Hinsicht. Ich dachte immer, dass ich dem Täter in die Augen sehen und ihn fragen wollte, warum er sich mein Mädchen geholt hat. Jetzt, wo ich weiß, dass Larissa nur eine von vielen gewesen ist, nur ein Kind, das zur falschen Zeit am falschen Ort war, ist mir klar, dass ich sowieso keine zufriedenstellende Antwort erhalten würde. Sie sollen ihn einfach für den Rest seiner Tage ins Gefängnis stecken, damit nicht noch mehr Kinder sterben und deren Familien auf andere Art gleich mit.« Sie sieht mich durchdringend an. »Aber ob ich dir all das erzähle oder nicht, macht keinen Unterschied. Du kannst es nicht nachvollziehen, weil du keine Mutter bist. Du hast behauptet, du wärst eine, um dir den Job bei Big Murphy's und die Sympathien deiner Kollegen zu erschleichen.«

Ich nicke verlegen. Vermutlich wird Michelle mich nicht mehr allzu lange in ihrer Wohnung dulden, also muss ich schnellstmöglich an weitere Informationen kommen.

»Meinst du, ich könnte mich mal mit deinem Exmann unterhalten?«

»Mit Rainer?« Sie stößt einen Laut aus, irgendetwas zwischen Amüsement und Resignation. »Der hat sich über die letzten Jahre das halbe Hirn weggesoffen. Ich bin jedes Mal froh, wenn die Jungs unbeschadet von ihm zurückkommen. Seine Adresse kann ich dir geben, meinetwegen. Aber mehr als seine lächerlichen Verschwörungstheorien, dass die Polizei damals geschlampt hat, wirst du wahrscheinlich nicht von ihm hören.« Sie erhebt sich von der Sofalehne und tritt an eine Kommode, aus deren Schublade sie einen Notizblock und einen Stift zieht.

»Und Marcus Steinhausen? In den Polizeiakten steht, er sei weggezogen, aber nicht, wohin.«

»Keine Ahnung.« Michelle lacht auf. »Aber auch dazu hat Rainer bestimmt ein paar Theorien parat.« Sie dreht sich um und hält mir den Zettel mit der Adresse ihres Exmannes entgegen, lässt jedoch nicht los, selbst als ich längst danach gegriffen habe. »Ich will deinen Vater nicht vorverurteilen, Ann. Aber wenn er es war, dann kann er nur hoffen, dass man ihn für den Rest seines Lebens wegsperrt.«

Soll das eine Drohung sein? Ich öffne den Mund, traue mich dann aber doch nicht, nachzufragen.

Michelle lässt den Zettel los und umarmt mich unvermittelt. »Sei vorsichtig, Kleine«, flüstert sie in mein Ohr. »Es ist eine gefährliche Welt da draußen.«

Wir

Guten Morgen, Prinzessin! Hast du gut geschlafen? Ich bin schon lange auf, ein böser Traum hat mich gequält. Ich rannte durch den Wald, ich suchte dich überall. Ich rief deinen Namen, so verzweifelt, dass meine Stimme brach, und Tränen überströmten mein Gesicht. Ich wusste, dass du nur Verstecken spielen wolltest, aber ich konnte dich einfach nicht finden, bis ich zu einer Lichtung gelangte. Dort standen Menschen, Spaziergänger und auch ein Jäger mit einer Schrotflinte. Sie standen mit geneigten Köpfen in einem Kreis um etwas herum. Um *jemanden* herum. Ich wusste sofort, dass etwas Schlimmes geschehen sein musste, etwas, das mich betraf. Ich zwängte mich zwischen den Leuten hindurch und sah dich dort liegen. Du lagst auf dem Rücken, die Arme ausgestreckt wie Flügel, die Handflächen zeigten nach oben. Dein Körper war unversehrt und schön wie immer, nur deine Augen, Prinzessin. Deine Augen waren zwei schwarze Löcher, aus denen Würmer krochen. Ich sackte auf die Knie. Meine Tränen rannen, ich fasste mir ins Gesicht. Aber da waren keine Tränen; es waren ebenfalls Würmer, genau wie bei dir. Ich öffnete meinen Mund zu einem Schrei, doch keine Laute drangen aus meiner Kehle, sondern schwarze Schmetterlinge. An dieser Stelle wachte ich auf. Was war das, Prinzessin? Eine dunkle Ahnung? Eine Warnung? Wir müssen unser Glück beschützen, das ist mir jetzt nur umso klarer. Ich werde nicht zulassen, dass dir etwas Böses geschieht, hörst du? Niemand wird uns jemals wieder trennen. Hier, mein Schatz, nimm Cosmo und dein Lieblingsmärchenbuch mit den schönen Bildern. Dann bist du beschäftigt, bis ich wieder zurück bin. Wir machen es wie immer, wenn ich das Haus verlasse: Wir schließen dich sicher im Schlafzimmer ein und ich nehme den Schlüssel mit. Es ist besser so, mein Schatz, das weißt du. Wir schließen dich weg wie ein kostbares Schmuckstück im Tresor. Und du musst schön lieb sein, ja? Ich kann dir nicht sagen, wie lange es dauern wird. Ob es überhaupt heute klappt, schließlich ist immer noch Weihnachten, da bleiben die Leute daheim und spielen Familie. Selbst die, die in Wahrheit gar keine Familie sind. Oh, wie krank sie mich machen, wie sehr ich sie hasse. Ich denke lieber nicht weiter darüber nach, sonst werde ich bloß wieder wütend. Kann ich eine Umarmung haben? Ja, das ist gut, siehst du, schon entspanne ich mich, schon geht es wieder. Und vielleicht haben wir ja Glück, vielleicht klappt es ja gerade heute. Dann wäre das dein Weihnachtsgeschenk von mir: deine neue beste Freundin Sarah. Ist das nicht aufregend? Ich hoffe nur, sie ist genauso artig wie du, wenn ich sie hole. Stell dir vor, sie würde schreien und sich wehren, weil sie gar nicht so schnell begreift, was für ein Glück ihr widerfährt. Ja, das wäre wirklich schade, am allermeisten für sie selbst.

Ann

Berlin, 26.12.2017

Wir sind auf dem Weg zu Rainer Mellers Adresse in Marzahn. Draußen fliegt die Landsberger Chaussee vorbei, die vom grauen Waschküchendunst dieses Morgens fast völlig verschluckt wird. Straßenschilder, Hochhäuser und Bäume zu beiden Seiten der Fahrbahn sind nur noch diffus zu erahnen, und das auch nur, wenn man sich hier in der Gegend einigermaßen auskennt. Beinahe metaphorisch kommt mir das vor. Wie die Unschuld meines Vaters, die verschleiert wird von einem dichten Nebel aus Vorverurteilung, ermittlerischer Ignoranz und seinem eigenen Schweigen. Aber ich kenne diese Straßen und vor allem kenne ich dich, Papa. Ich weiß, dass hinter dem Nebel die Wahrheit liegt.

»Marcus Steinhausen hat zu Larissa gesagt, dass er sich um sie kümmern würde.«

Eva seufzt. »Mein Gott, er war 'ne arme Wurst mit einer übertriebenen Sehnsucht nach Familie.«

»Oder ein total gestörter Pädophiler!«

»Die Kinder wurden nicht sexuell missbraucht.«

»Was nicht heißt, dass er es nicht doch vorgehabt hatte, als er sie entführte!«

»Und dann macht er einen Rückzieher, weil sexueller Missbrauch ihm zu weit geht? Mord hingegen nicht?«

Ich schüttele den Kopf. »Ich weiß doch auch nicht. Lass uns einfach mit Rainer Meller reden. Vielleicht sind wir danach schlauer.«

»In dreihundert Metern haben Sie Ihr Ziel erreicht«, verkündet das Navi, woraufhin Eva die Geschwindigkeit verringert und sich nach Parkmöglichkeiten umblickt. Dabei betrachte ich eingehend ihr Profil. Sie sieht aus wie ihre Mutter, eine schmalere, fast knochige Elke Harbert ohne rosa Bluse und Perlenkette, dafür mit weißerem Teint, dunkel gefärbtem Haar und abgekauten Fingernägeln. Ich frage mich, wie es sein muss, wenn man nach jemandem gerät, den man verachtet. Wenn man das Gesicht ausgerechnet dieser Person jeden Morgen im eigenen Spiegelbild erkennt. Und ich glaube, dass es so ist: Wenn Eva damals nicht schwanger war und aus Angst vor der Reaktion ihrer Eltern von zu Hause abgehauen ist, muss es Elke an sich gewesen sein, die sie fortgetrieben hat. Elke mit ihrem Sauberkeitsfimmel, ihren hohen Ansprüchen, ihren aufgeklopften Sofakissen, ihrem ganzen Sein, das aus nichts als Fassade besteht. Ich erinnere mich, wie Eva in der sechsten Klasse einmal Hausarrest bekam, weil sie Elkes Meinung nach zu wenig für eine Englischprüfung gelernt hatte. Eine ganze Woche wegen einer Drei. Ich kam zu dieser Zeit selten mit besseren Noten nach Hause, und mein Vater zuckte bloß die Schultern. Er sagte: »Die Schule bringt dir ohnehin nur bei, Dinge auswendig zu lernen. Was wirklich zählt, ist, dass du lernst, selbstständig zu denken, zu fühlen, zu hinterfragen. Nur dann begreifst du die Welt.«

Ich vermisse ihn so sehr.

»Darf ich dich was fragen, Eva?«

»Sicher.«

»Warum bist du zurückgekommen? Ausgerechnet jetzt, nach so langer Zeit, zu deinen ...« Ich breche ab, höflichkeitshalber.

»... Eltern, die du doch eigentlich gar nicht leiden kannst?«, beendet Eva meinen Satz und lacht. Gleich darauf wird sie wieder ernst. »Mal ganz abgesehen davon, dass ich in der Presse von der Verhaftung deines Vaters gelesen habe, wäre es nach der Trennung von Nico auch das erste Weihnachten gewesen, das ich allein verbracht hätte. Die Vorstellung hat mich irgendwie geängstigt. Es ist ... weißt du, in den letzten Wochen ging es mir nicht so gut. Ich träume schlecht, ich bin ständig angespannt und nervös, ich finde einfach keine Ruhe mehr. Ich frage mich, ob es richtig war, damals einfach so davonzulaufen. Ob der Weg, der mir als der leichtere erschien, nicht doch der schwierigere gewesen ist.« Sie sieht zu mir herüber, ihr Blick ist traurig. »Na ja, und was meine Eltern angeht: Eltern tun immer ihr Bestes, aber nicht immer ist das Beste auch wirklich gut.«

Ich nicke. Eva tut mir leid.

»Was hältst du davon, wenn du diesmal mitkommst und wir zusammen mit Michelles Exmann reden? Dann ist es fast ein bisschen wie früher. Du und ich …«

»Das beste Team«, vervollständigt sie und lächelt. »Gerne.«

Rainer Meller wohnt in einem Haus, das sich bis auf die Farbe – ein schmutziges Grün – kaum von dem in Hellersdorf unterscheidet, in dem er mit Michelle zusammengelebt hat. Ein hässlicher Kasten, der nicht mehr als zweckmäßigen Wohnraum bietet. Hier gibt es keinen Spielplatz, dafür aber einen größeren Parkplatz, durch dessen matschige Schneedecke sich etliche Reifenspuren schlängeln und der für einen Feiertag erschreckend leer wirkt. Das bestätigt meine Theorie, dass man hier zwar wohnt, aber nicht wirklich zu Hause ist. Nachdem wir mehrmals vergeblich geklingelt haben und schon fast wieder den Rückzug antreten wollen, öffnet sich im dritten Stock ein Fenster.

»Was?«, blökt ein Mann zu uns herunter. Rainer Meller wohl, der mir schon auf die Distanz um einiges älter vorkommt als Michelle. Entweder er ist es tatsächlich oder er wirkt einfach nur abgeschlafft vom Kummer der letzten Jahre.

»Hallo«, gebe ich zurück und winke. »Herr Meller? Wir

kommen von Ihrer Exfrau und müssen uns dringend mit Ihnen unterhalten. Es geht um« – ich senke die Stimme, weil ich es unpassend finde, ihren Namen hier draußen so herumzubrüllen –»Larissa.« Kurz ist sein Gesicht starr, im nächsten Moment knallt er das Fenster zu. Geschlagen sehe ich zu Eva, die die Augenbrauen hebt und schon kehrtmachen will, als es doch noch summt zum Zeichen, dass Rainer Meller uns die Tür geöffnet hat.

»Sind Sie vom Jugendamt?«, will er sofort wissen, kaum dass wir das dritte Stockwerk erreicht haben.

»Nein«, sage ich überrascht.

»Polizei? Presse?« Zwischen seinen Fingern klemmt eine Zigarette, die er sich gerade erst angesteckt haben muss.

Ich schüttele den Kopf und will ihn aufklären, als Eva mir zuvorkommt:»Wir sind Privatermittlerinnen und haben einige Fragen an Sie.« Zuerst weiß ich nicht, was ich von dieser Lüge halten soll. Zumal sie mir so lächerlich und offensichtlich vorkommt. Dann jedoch sehe ich die Begeisterung in Rainer Mellers Augen und ahne, dass Eva den richtigen Nerv getroffen hat, um seine Gesprächsbereitschaft zu wecken.

»Ich wusste es! Kommen Sie, kommen Sie rein«, sagt er aufgeregt und gibt mit einem Satz den Eingang frei.

Abgesehen davon, dass die Wohnung völlig verraucht ist, ist sie fast schon übertrieben ordentlich. Im Flur stehen die Schuhe Spalier, die Jacken an der Wandgarderobe hängen in absurd regelmäßigen Abständen, das Linoleum schmatzt zwar unter jedem Schritt, glänzt aber und setzt dem kalten Rauch einen strengen Geruch von Bohnerwachs entgegen. Rainer Meller trägt einen grauen Bürstenhaarschnitt und ein olivgrünes Hemd mit einem steifen Kragen, eine Erscheinung, die eher an einen aussortierten Bundeswehrgeneral erinnert als an einen Bauarbeiter, wie man sich ihn typischerweise vorstellt. Als wir den Flur durchqueren, kommen wir an einer geöffneten Tür vorbei, die den Blick auf ein Jugendzimmer freigibt. Die beiden gemeinsamen Söhne von Michelle und Rainer Meller sitzen mit dem Rücken zu uns an einem PC; Schussgeräusche hallen, derbe Flüche fallen. Sie bemerken uns gar nicht. Ihr Vater schließt die Tür und dirigiert uns zum Wohnzimmer.

Schon im Türrahmen stockt mir der Atem. Die Möbel – das Sofa, der Couchtisch und ein Sideboard mit einem Fernseher darauf – sind zu einer winzigen Ecke zusammengerückt, während der Rest des Raums ausgestattet ist wie das Büro eines Privatdetektivs aus einer billigen Fernsehserie. Auf einem riesigen Schreibtisch steht ein Computermonitor, daneben eine angebrochene Flasche Korn. Auf der Wand dahinter ziehen sich über eine gewaltige Fläche unzählige Zeitungsartikel und Fotoausdrucke, teilweise schon leicht verblasst; dazu knüpft ein Spinnennetz aus Wollfäden Verbindungen, die auf den ersten Blick undurchschaubar wirken.

»Scheiße«, stößt Eva leise hervor.

Ich nicke.

Die Fotos sind unscharf, doch scheint es sich immer um denselben Mann zu handeln, der da aus der Ferne in den unterschiedlichsten Situationen abgelichtet ist. Wie er aus einem Auto steigt. Ein Haus betritt. Den Rasen mäht. Den Rollstuhl einer alten Frau schiebt. Mit gesenktem Kopf vor einem Grab steht.

Meller hält sich nicht mit Vorreden auf. »Marcus Steinhausen, geboren am 16.08.1971 in Beelitz.« Er lächelt; seine

Zähne sind gelb vom Nikotin. »Ich wusste, dass eines Tages jemand kommen würde, der mir hilft, ihn zu überführen. Ich habe Tonnen von Material über diesen Mistkerl.« Er macht eine ausschweifende Handbewegung zur Pinnwand. »Und mir war auch klar, dass ihr erst kommen würdet, wenn der Großteil der Drecksarbeit schon erledigt ist. So seid ihr von der Polizei nun mal, so seid ihr einfach! Solange es geht, klebt ihr mit euren Ärschen auf euren Bürostühlen fest, aber wenn der Zug erst mal rollt, dann, ja, dann springt ihr natürlich gerne mit auf. Genau wie die scheiß Presse. Wie oft habe ich bei den Redaktionen angerufen, um ihnen meine neuesten Ergebnisse mitzuteilen? Entweder bekomme ich zu hören, dass man nur gesicherte Informationen der Polizei bearbeiten will, oder sie lassen mich gleich in der Warteschleife hängen, bis die Verbindung irgendwann abbricht.« Fahrig zieht er an seiner Zigarette, den Rauch stößt er zusammen mit einem heiseren Lachen aus. »*Gesicherte Informationen!* Aber Hauptsache, sie interviewen dauernd den Vater von Saskia! Der kann doch inzwischen auf Knopfdruck heulen!« Resigniert schüttelt er den Kopf, dann hellen sich seine Züge schlagartig auf. »Aber ich wusste es!«

Eva und ich wechseln verunsicherte Blicke. Die Umgebung dieses lächerlichen Detektivbüros und Rainer Mellers Unverschämtheiten müssen wir erst einmal verkraften. Eva kommt zuerst wieder zu sich. »Was wussten Sie?«, fragt sie Meller, der uns erwartungsvoll ansieht.

»Na, dass der Kerl, den ihr in den letzten Wochen durch die Medien gezerrt habt, nichts weiter als ein armes, dummes Bauernopfer ist, weil ihr der Öffentlichkeit endlich jemanden präsentieren müsst! Aber der war's nicht, nein, der war's nicht, das wusste ich sofort. So ein verkopfter Uni-Schnösel! Ich hab oft für Leute wie den gearbeitet: Die können sich doch nicht mal selbst die Schuhe zubinden, wenn sie nicht vorher in irgendeinem Buch nachgelesen haben, wie das geht! Und so einer soll ein Mörder sein? Bullshit!« Nun schüttelt Meller dermaßen heftig den Kopf, dass sein ganzer Körper dabei in Bewegung gerät und die Asche seiner Zigarette zu Boden krümelt. Wie angestochen verlässt er das Zimmer, um gleich darauf mit einer Kehrschaufel und einem Handfeger zurückzukommen.

Eva wendet sich ab, als er sich nach unten bückt und mit dem Fegen beginnt, so als wäre es etwas sehr Intimes, das sie nicht stören will. »Wie Sie aber sicherlich auch mitbekommen haben, gibt es durchaus Indizien, die auf den Mann hindeuten.«

Ihr Einwand überrascht und erschreckt mich. Was soll das? Ich öffne den Mund, um Meller gegenüber abzuwiegeln, doch das ist offenbar gar nicht nötig.

»Ein paar kleine Zufälle nennen Sie Indizien?« Meller erhebt sich aus der Hocke und tritt scheppernd Kehrblech und Schaufel zur Seite, ein Geräusch, das Eva dazu veranlasst, herumzuwirbeln und nach meinem Arm zu fassen. Meller baut sich mit breiter Brust vor uns auf, sein Zeigefinger sticht uns drohend entgegen. »Was ich euch gegen Marcus Steinhausen vorgelegt habe – *das* sind Indizien! Himmelherrgott, gewinnt man so eine Polizeimarke eigentlich beim Lotto, oder wie kommt es, dass anscheinend nur unfähiges Gesocks bei eurem dämlichen Verein arbeitet?«

»Noch mal: Wir sind nicht von der Polizei, wir ermitteln privat«, wiederholt Eva entschieden.

Meller blickt uns an, als hörte er das zum ersten Mal.

»In wessen Auftrag?«, fragt er mit verengten Augenlidern.

»Das dürfen wir Ihnen leider nicht sagen«, schalte ich mich vorsichtig ein. »Aber Sie können sich darauf verlassen, dass wir die Wahrheit herausfinden wollen. Genau wie Sie.« Meller macht eine Geste: Zwischen seinem Daumen und dem Zeigefinger ist kaum ein halber Zentimeter Platz. »So nah bin ich dran«, knurrt er und nickt bekräftigend. Dann geht er zum Schreibtisch, schraubt den Verschluss von der Schnapsflasche und nimmt einen Schluck.

Ich sehe zu Eva, die vielsagend eine Augenbraue hebt und mit dem Kopf in Richtung Wohnzimmertür deutet. Aber ich will nicht gehen. So seltsam Mellers Auftreten auch ist, bin ich doch froh, endlich auf jemanden zu stoßen, der mich darin bestätigt: Mein Vater ist unschuldig.

»Das würde bedeuten, dass Marcus Steinhausen der Polizei mehrere falsche Alibis geliefert hat«, fasse ich zusammen.

»Falscher geht es gar nicht!« Meller wischt sich den Mund ab und stellt die Flasche zurück an ihren Platz. »Die angeblichen Freunde, die für ihn ausgesagt haben, hat er bestochen! Ich bin mir ganz sicher! Einer der Jungs arbeitete nämlich mit uns beim Bau. Der hatte privat nie was mit Marcus am Hut, außer dass er sich ständig Geld von ihm geborgt hat! Marcus hatte überhaupt keine Freunde, nur mich!« Er schlägt sich die Faust gegen die Brust. »Ich war sein einziger Freund! Und wie hat er es mir gedankt?«

»Haben Sie der Polizei denn gesagt, dass er die Zeugen möglicherweise bestochen hat?«

»Natürlich! Sie haben den Kollegen vom Bau auch danach befragt, aber das Arschloch hat alles abgestritten.«

Eva öffnet den Mund, doch ich komme ihr zuvor: »Haben Sie eine Idee, wo wir Marcus Steinhausen finden könnten?«

Meller tritt auf uns zu. Sein Gesicht verzerrt sich unter einem sonderbaren Grinsen, das mich augenblicklich frösteln lässt. »Ich habe Ihnen doch gesagt, dass ich den Großteil der Drecksarbeit schon erledigt habe.«

AUFNAHME 02
Berlin, 07.05.2021

– Ich möchte gerne über Larissa Meller sprechen.
– Warum ausgerechnet über sie?
– Aus zweierlei Gründen. Zum einen habe ich ihre Mutter kennengelernt, deswegen fühlt es sich irgendwie, na ja, persönlich an. Und dann war Larissa nun mal die Erste. Es heißt, dass das erste Opfer oft eine besondere Rolle für den Täter spiele.
– Ist das so?
– Das ist belegt, ja.
– (schmunzelt) Was haben Sie denn noch so für Klischees auf Lager? Der Täter hatte eine schwierige Kindheit, einen strengen oder gar keinen Vater, eine desinteressierte oder im Gegenteil kontrollsüchtige Mutter, und bereits im Grundschulalter fing er an, kleine Tiere zu quälen? Er war ein Einzelgänger, schon immer etwas seltsam, und später hatte er Probleme mit Frauen. Keine wollte ihn ranlassen, aber die kleinen Mädchen, die konnten sich nicht wehren, die konnte er beherrschen.
– Auch das ist tatsächlich oft der Fall, ja.

– (*lacht*) Erzählen Sie mir von Ihrer Kindheit.

– Von meiner …?

– Wieso nicht? Meine Geschichte können wir uns doch anscheinend sparen, Sie wissen ja längst Bescheid.

– Nein, ich habe nur … ich habe mich mit dem Thema beschäftigt und mich eingelesen.

– Ich bin kein Thema, ich bin ein Mensch, genau wie Sie.

– Mit Verlaub, Sie können uns nicht vergleichen. Ich käme nie auf den Gedanken, zehn kleine Mädchen zu entführen, ihnen die Pulsadern aufzuschneiden und dabei zuzusehen, wie sie verbluten.

– Haben Sie sich diesbezüglich auch eingelesen? Ein bisschen Biologie – na, wie wär's? Der Mensch hat ein Blutvolumen von drei bis sieben Litern. Verliert er mehr als 1,5 bis zwei Liter davon, wird er schwach, durstig und beginnt zu frieren. Wird der Blutverlust nicht spätestens jetzt gestoppt, kommt es zur Sauerstoffunterversorgung des Gehirns, zur Bewusstlosigkeit. Kurze Zeit später tritt der Tod ein. Je nachdem, wie groß das verletzte Gefäß ist, geschieht dies schneller oder langsamer …

– Ich glaube, das möchte ich nicht hören.

– Bei einer Schädigung der Aorta beispielsweise ist es oft nur eine Sache von Sekunden. Interessanter wird es, wenn Venen oder nur kleinere Arterien verletzt sind. Da dauert es mitunter Stunden.

– (*räuspert sich*) Zurück zu Larissa.

– Zwei Stunden und dreizehn Minuten.

– Oh Gott, das meinte ich nicht.

– Ich habe mir angewöhnt, die Zeit zu stoppen, wissen Sie. Manch ein Mädchen, obgleich jünger, kleiner oder zierlicher vom Körperbau her als ein anderes, brauchte dennoch länger zum Sterben. Das hatte sicherlich auch damit zu tun, dass sich die Schnitte, die ich ihnen gesetzt habe, immer ein wenig unterschieden. Ich bin ja kein Chirurg und ich hatte auch kein Skalpell. Trotzdem: Man sollte meinen, Pulsadern seien Pulsadern, oder nicht? Jedenfalls bin ich zu dem Schluss gekommen, dass Sterben nicht nur ein rein physischer Prozess ist. Natürlich kann man es nicht aufhalten, wenn der Körper erst einmal damit begonnen hat. Aber ich hatte doch des Öfteren den Eindruck, dass ein inneres Sträuben die ganze Angelegenheit durchaus hinauszögern konnte.

– Und dieser Anblick – ein wehrloses Mädchen, das gegen den Tod ankämpft, das viele Blut – hat Sie erregt?
– Erregt? Ach herrje, ich bitte Sie. Ich mag den Ausdruck nicht, da schwingt immer gleich eine sexuelle Komponente mit. Und er ist platt, dieser Ausdruck. So platt, dass er in keiner Weise dem gerecht wird, was ich empfunden habe.
– Was haben Sie denn empfunden?
– Alles.

Ann

Berlin, 26.12.2017

Dass er die Drecksarbeit schon erledigt habe.
Was das bedeute.
Das könne er uns nicht sagen, nur zeigen.

Okay.

Zusammen mit Rainer Meller verlassen wir dessen Wohnung in Marzahn. Zuvor hat er seinen Söhnen noch Bescheid gegeben, dass er für eine Weile wegmüsse. Im Gegenzug versprach er ihnen Pizza zum Mittagessen.

Auf dem Weg durch das Treppenhaus sprechen wir nicht. Meller geht voraus, hinter ihm steigen Eva und ich nebeneinander die Stufen hinab. Ein paarmal suche ich vergeblich ihren Blick. Sie wirkt in sich gekehrt, denkt vielleicht genauso über Mellers Worte nach wie ich. Dass er die Drecksarbeit schon erledigt habe. Sicher bedeutet das bloß, dass er Steinhausen, der als unbekannt verzogen gilt, auf eigene Faust aufgespürt hat. Das ist mir klar, das weiß ich. Und doch muss ich aufpassen, dass sich in mir kein Bild verfestigt, das Meller nachts in einem Wald zeigt, angestrengt bei der Arbeit mit einer Schaufel in der Hand, während sich zu seinen Füßen eine andere, eine fremde Hand aus der zugeschütteten Erde nach Hilfe und Erbarmen streckt. Ich weiß, dass es absurd ist und ich mich lieber freuen sollte, durch Mellers Engagement einer wichtigen Spur nachgehen zu können. Marcus Steinhausen, dieser eigenartige Typ, der selbst gegenüber seinen engsten Freunden eine Frau und eine Tochter erfunden hat, obwohl er in Wahrheit noch bei seiner Mutter lebte. Der sich sicherlich nicht grundlos ein Alibi gekauft hat. Vorausgesetzt natürlich, es stimmt, was Meller uns da erzählt hat. Aber das werden wir gleich herausfinden, und allein dieser Gedanke erfüllt mich mit einer Stimmung, die man fast schon als beschwingt bezeichnen müsste. Noch kann ich nicht genau erfassen, was da vor uns liegt, aber ich ahne, dass wir auf der richtigen Fährte sind. Wir folgen Meller über den Parkplatz zu seinem Auto, einem familientauglichen grauen Volvo.

»Steigen Sie ein«, sagt er, nachdem er den Wagen entriegelt hat, und ich will schon nach dem Griff der Beifahrertür fassen, als ich Evas Hand an meinem Arm spüre.

»Wir folgen Ihnen in unserem Auto, Herr Meller«, bestimmt sie und zerrt mich mit sich.

»Bist du wahnsinnig geworden?«, ist das Erste, was ich höre, als wir in ihrem Mini sitzen und sie den Motor startet. »Wärst du jetzt allen Ernstes bei diesem Verrückten mitgefahren?« Schroff legt sie den Rückwärtsgang ein, der Mini gibt einen missmutigen Laut von sich.

»Ist doch egal, wie wir zu Steinhausen kommen. Hauptsache, wir kommen überhaupt hin.«

»Nein, das ist absolut nicht egal! Rainer Meller ist ein sehr, sehr kranker Mann.« Sie steuert den Mini hinter Mellers Volvo über die Parkplatzausfahrt und setzt den Blinker. Nach rechts, was ich allerdings erst bemerke, als sie das Lenkrad ebenfalls nach rechts einschlägt.

»Was tust du denn da?« Ich greife zur Seite, bereit, gegenzusteuern. Mellers Volvo ist nämlich nach links abgebogen. Eva bremst so scharf, dass mir der Sicherheitsgurt durch meine dicke Jacke hindurch in die Brust schneidet. Erschrocken lasse ich vom Lenkrad ab und deute in Richtung des Volvos, der in einiger Entfernung am Seitenrand zum Stehen kommt. Meller hat wohl im Rückspiegel gesehen, dass wir angehalten haben. »Fahr! Er wartet!«

Eva schüttelt den Kopf. »Auf keinen Fall werden wir unsere Zeit noch länger mit diesem Typen verschwenden. Er hatte schon eine Fahne, als wir gekommen sind.«

Ich verdrehe die Augen. »Meine Güte …«

»Es ist doch nicht zu übersehen, was mit dem Mann los ist!«

»Er will die Wahrheit herausfinden, genau wie wir! Ehrlich, Eva, was stimmt nicht mir dir? Jetzt haben wir endlich eine Spur und du willst einen Rückzieher machen?«

»Nein, was zur Hölle stimmt mit *dir* nicht? Hast du mir nicht vorhin von den Fotos bei Michelle erzählt? Dass sie nach Larissas Schuleinführung kein einziges Foto mehr von ihr geschossen hat und ihre Eltern fragen musste, um der Polizei überhaupt ein aktuelles liefern zu können? Willst du wissen, wie ich das interpretiere? Ich sag's dir: Mit dem Moment, als Rainer Meller in Michelles Leben trat, fiel Larissa komplett hinten runter. Egal, ob er sie nach der Hochzeit adoptiert hat oder nicht – mehr als seinen Nachnamen hat Larissa nie von ihm bekommen. Michelle und er hatten ihren Neustart als Paar, bekamen noch ein eigenes Kind, das nächste war auch schon unterwegs, und Larissa war bloß noch ein Klotz am Bein. Dann jedoch wird sie ermordet und die beiden entwickeln ihre eigenen Mechanismen, um mit ihren Schuldgefühlen klarzukommen: Michelle versucht zu funktionieren, während sich Meller in völlig abstruse Theorien verstrickt … Ich meine, du warst doch auch in diesem Wohnzimmer! Du hast die Pinnwand gesehen, mit den Zeitungsartikeln und diesem irren Netz aus Wollfäden! Und dann die ganzen Fotos von Steinhausen! Er hat ihn verfolgt!«

»Und ist mit alldem immerhin weiter gekommen als die Polizei. Er hat herausgefunden, dass Steinhausen kein Alibi hat, wohl aber ein Motiv. Überleg doch mal …«

»Nein, genau das ist es doch!«, unterbricht sie mich. »Er *glaubt* herausgefunden zu haben, dass Steinhausen kein

Alibi hat! Denkst du wirklich, die Polizei hätte das bei so einer ernsten Sache nicht überprüft? Meller ist ein schwerer Alkoholiker mit Wahnvorstellungen!«

»Dafür, dass er so gestört sein soll, hat er seine Wohnung aber erstaunlich gut im Griff, findest du nicht? Alles ist sauber und ordentlich, was ja wohl durchaus für einen Menschen spricht, der noch Realitätsbezug hat.«

»Dieser äußere Ordnungszwang kann auch ein unbewusster Gegenmechanismus sein.«

Ich lache auf. »Was bist du, eine scheiß Psychologin?«

»Ja, Ann, exakt das bin ich!« Aufgebracht drischt sie ihre flache Hand aufs Lenkrad und erwischt dabei die Hupe. »Ich habe scheiß elf Semester Psychologie studiert! Ich habe meinen scheiß Master gemacht und arbeite seit einigen Monaten in der scheiß Psychologischen Beratungsstelle für Kriminalitätsopfer und deren Angehörige an der Frankfurter Uniklinik! Ich kenne Leute wie Rainer Meller! Ich arbeite täglich mit ihnen zusammen! Sie suchen sich eigene Wege, um mit dem Schmerz und den Schuldgefühlen klarzukommen, und weißt du was? Manchmal führen diese Wege direkt in die Psychiatrie.«

Ich bin verstummt. Starre sie an, fassungslos. Und irgendwie steht die Zeit still. Es ist, als hätte Eva mir ohne Vorwarnung ihre Faust ins Gesicht geschmettert. Dieses dünne, blasse Mädchen mit den abgekauten Fingernägeln soll eine studierte Expertin sein. Soll mir, die immer noch sinnlos im vierten Semester herumkrebst, so weit voraus sein. In ihrer Einschätzung der Situation, in ihrem Wissen, das bei diesem Lebenslauf zweifellos fundiert ist, überhaupt in allem. Ich fühle mich klein und abermals betrogen. Die Zeit läuft wieder, sie verrinnt in peinlicher Stille.

»Lass uns nicht streiten«, sagt Eva schließlich milde, dann zuckt sie zusammen und ihr entfährt ein kurzer Schrei. Ich erschrecke ebenfalls. Neben der Beifahrertür steht Rainer Meller und blickt zu uns hinein.

»Alles okay?«, hören wir ihn gedämpft durch das geschlossene Seitenfenster.

Wir nicken im Akkord.

»Na, dann los!«, ruft er ungeduldig. »Worauf warten wir noch?«

Marcus Steinhausen ist ein hagerer Typ. Ganz anders als auf den Fotos in Rainer Mellers Wohnzimmer, auf denen er gesund und gepflegt wirkte. Er hat aschblondes fettiges Haar, das ihm in dünnen Strähnen bis knapp unter das Kinn reicht. Hohle Wangen, pockige Haut. Und vor allem diese dunklen, fast schwarzen bohrenden Augen. Er lebt wieder in dem Haus in Lichtenberg, das er früher mit seiner Mutter zusammen bewohnt hat. Sie ist nicht da, sie ist im Pflegeheim oder tot. Er scheint nicht begeistert zu sein, als wir mit Meller vor seiner Tür stehen, lässt uns aber trotzdem eintreten. Eva und mich zumindest. Unseren Begleiter, der ihn zweimal fast totgeprügelt hätte, schickt er zum Teufel. Meller will einen Aufstand machen, doch Eva gelingt es, ihn zu beruhigen. Natürlich gelingt ihr das – schließlich ist sie Psychologin und weiß, wie man mit vor Wut und Schmerz fast wahnsinnigen Angehörigen umgehen muss.

Nun sitzen wir beide in einem Wohnzimmer, auf Sesseln, die mit rotbraunem Samt bezogen sind und auf deren Kopflehnen gehäkelte Zierdeckchen liegen. Zierdeckchen auch auf dem gefliesten Couchtisch. Die Luft ist staubig und verbraucht; sie riecht nach der Unfähigkeit, die Vergangenheit loszulassen, nach einem ernsthaften Problem. Obwohl seine Mutter nicht mehr hier ist, scheint Marcus Steinhausen es nicht zu wagen, auch nur eine Kleinigkeit zu verändern. Wir hören ihn in der Küche mit Geschirr klappern. Er wolle Kaffee machen, sagte er, nachdem er uns gebeten hatte, im Wohnzimmer Platz zu nehmen. Vor den Fenstern hängen schwere Gardinen mit Blümchenmuster und Rüschen, sie könnten grau sein, beige oder einfach nur vergilbt – das lässt sich nicht bestimmen, denn sie sind zugezogen und verdunkeln den Raum dermaßen, dass es das Licht einer verschnörkelten Messinglampe auf einem Beistelltisch braucht, um überhaupt etwas sehen zu können. Nachdem sich meine Augen an das Halbdunkel gewöhnt haben, lasse ich meinen Blick schweifen. Er bleibt an einem Klavier hängen. Ich stelle mir vor, wie Steinhausen als Kind Unterricht nahm und wie ihm seine Mutter auf die Finger schlug, wenn er beim Üben einen falschen Ton erwischte. Auf dem Klavier entdecke ich Fotos.

»Ann«, zischt Eva, als ich mich erhebe, um sie mir genauer anzusehen. »Nicht! Er wird gleich zurück sein und denken, dass wir hier rumschnüffeln!« Doch genau das wollen wir ja, genau deswegen sind wir hier, also lasse ich mich nicht aufhalten.

Die Fotos.

Zwei Knirpse, jeweils rechts und links an den Händen der Mutter, einer davon Marcus Steinhausen, der andere offenbar sein Bruder. Michelle hatte recht, sie sehen sich wirklich sehr ähnlich. Es ist Winter, sie tragen dicke Sachen und starren mit ernsten, ausdruckslosen Gesichtern in die Kamera. Das nächste Bild: die Mutter steif in einem der Wohnzimmersessel sitzend, das Zierdeckchen umrahmt ihren Kopf wie ein Heiligenschein. Marcus Steinhausen und sein Bruder hocken als Halbwüchsige rechts und links neben ihr auf den Lehnen, und wieder diese ernsten, verhärmten Gesichter, die nicht aussehen, als hätten sie jemals auch nur einen klitzekleinen Moment der Freude und des Glücks erlebt. Weiter ein Porträt von Frau Steinhausen allein, sepiafarben und wie aus einer anderen Zeit. Und dann noch ein Familienfoto. Es ist ein Bild der Mellers. Michelle und Larissa, so wie ich sie kenne – nur Rainer Mellers Gesicht ist überklebt mit dem von Steinhausen.

»Oh Gott«, stoße ich hervor, mehr nicht, denn das Muster wiederholt sich. Ein weiteres Foto: Larissa auf dem Arm eines Mannes, dessen Gesicht ebenfalls durch das von Marcus Steinhausen ersetzt wurde.

»Bitte komm da weg!« Evas Stimme klingt ängstlich. Wortlos und ohne mich umzudrehen, winke ich nach hinten, um sie aufzufordern, zu mir an das Klavier zu kommen.

Noch ein Foto, das nur Larissa zeigt. Es sieht nach Urlaub aus, sie trägt einen Badeanzug und hält ein Eis in der Hand.

»Eva, das musst du dir unbedingt …«

Ein Räuspern. Ein Räuspern und fremder Atem in meinem Nacken. Ich fahre zusammen, wirbele herum.

Dicht vor mir steht Steinhausen und grinst. »Na, Ann? Hast du gefunden, wonach du gesucht hast?«

Im Reflex reiße ich abwehrend die Hände nach oben.

Ein dröhnendes Lachen prasselt auf mich ein, dicke Hagelkörner aus kalten, schneidenden Tönen. »Du kennst doch bestimmt das Sprichwort, oder? Die Neugier ist der Katze Tod.«

Abermals zucke ich zusammen. »Was?«

»Ob du das Sprichwort kennst.« Eva blickt zur Seite.

»Die Neugier ist der Katze Tod. Hat meine Oma immer gesagt.« Mein Herz stolpert, ich lege mir eine Hand aufs Brustbein. Nein, wir sind nicht in Marcus Steinhausens Wohnzimmer, wir folgen immer noch Rainer Mellers Volvo. Zwar ging die Fahrt sehr wohl über Lichtenberg, wo Steinhausen früher mit seiner Mutter lebte, doch inzwischen sind wir schon mehr als zwanzig Kilometer davon entfernt und mir ist klar, wie jeder weitere Kilometer die horrorartige Vorstellung, in die ich mich gerade hineingesteigert hatte, nur umso irrsinniger macht.

»Ich meine ja bloß«, setzt Eva nach, die nicht mitbekommen hat, wie meine Fantasie mit mir durchgegangen ist. »Die Erfahrung habe ich selbst schon gemacht. Manchmal ist es gar nicht gut, allzu tief zu graben. Es kann dein ganzes Leben verändern.«

Ich muss lachen. »Ich denke, du bist Psychologin? Seid ihr nicht die, die allein von Berufswegen her total scharf drauf sind, möglichst tief zu graben?«

»Ja, aber wir sind auch die, die den Leuten nachher beibringen müssen, mit dem umzugehen, was sie gefunden haben.«

»Echt jetzt, Eva: Ich kapier's nicht. Du schlägst dir die halbe Nacht mit mir um die Ohren, angeblich, weil du genauso sehr die Wahrheit herausfinden willst wie ich. Doch kaum wird es ernst und wir haben tatsächlich eine Spur, fängst du plötzlich an zu blockieren. Was soll das? Was war das gestern für dich? Bloß ein Spiel, so wie wir früher als Kind manchmal Detektivinnen gespielt haben und am Waldrand irgendwelchen geheimnisvollen Tierspuren nachgegangen sind? Bloß ein aufregendes Spiel, um der Langeweile eures Familienessens zu entgehen?«

Eva schüttelt den Kopf. Kurz nimmt sie die Hand vom Lenkrad und deutet auf Mellers Volvo, der in diesem Moment die Richtung nach Henningsdorf einschlägt. »Das hier geht einfach zu weit. Wer weiß, wo der uns hinbringt.«

»Du kannst ihm bei Gelegenheit ja mal anbieten, ihn zu therapieren. Aber vorher sehen wir uns an, was er uns zeigen will.«

»Eine Baustelle?« Eva zwinkert ein paarmal dümmlich, als bestünde die Chance, dass ihre Augen ihr einen Streich spielen. »Was sollen wir denn hier?«

»Das werden wir gleich erfahren«, sage ich genervt und lasse meinen Gurt ausschnappen, noch ehe der Mini neben Mellers Volvo vor einem Bauzaun zum Stehen kommt, der das riesige Gelände im südlichen Randgebiet von Henningsdorf von der Zufahrtstraße abtrennt.

»Ann, bitte ...«, es klingt fast wie ein Flehen, aber da bin ich bereits ausgestiegen. Hinter dem Zaun liegt zugeschneit eine Fläche, die in einem gewaltigen Krater mündet. Um ihn herum stehen eine Handvoll verwitterte Bauwagen, dahinter türmt sich der halbfertige Rohbau eines Hochhauses auf. Ein Kran oder anderes Baumaschinengewerk sind nicht zu erkennen, dafür sind die Wände des Rohbaus mit zahlreichen, teils schon wieder verblassten Graffiti beschmiert – die Baustelle scheint seit Längerem nicht mehr in Betrieb zu sein. Kati, schießt es mir durch den Kopf. Das neunjährige Mädchen, dessen Leiche 2005 auf genau so einem Areal gefunden wurde. Auch Michelle hatte das erwähnt: *Als dann 2005 die Leiche eines anderen kleinen Mädchens ausgerechnet auf einer stillgelegten Baustelle gefunden wurde, auf der Rainer und Marcus ein paar Jahre zuvor zusammengearbeitet hatten, war es völlig vorbei. Für Rainer konnte das kein Zufall sein.*

Kein Zufall, hallt es in meinem Kopf.

Meller ist neben mich getreten. In der Hand hält er eine Taschenlampe. »Im Jahr 2000 wurde im Norden der Stadt ein Gewerbehof hochgezogen, aber der erwies sich schon kurz nach Baubeginn als zu klein.« Er nickt in Richtung der riesigen brachliegenden Fläche, die unter ihrer dicken Schneedecke nur umso trostloser wirkt. »Hier sollte alles noch größer und moderner werden, aber kaum hatten wir mit der Arbeit begonnen, stand der Umweltschutz auf dem Plan. Es ist wohl ein Nistgebiet für Rotmilane, was vorher niemand auf dem Schirm hatte … Was ist mit Ihrer Kollegin?«

Ich folge seinem Blick zu Evas Mini. Sie sitzt tatsächlich immer noch drin. »Warten Sie kurz.«

Im nächsten Moment klopfe ich an die Scheibe der Fahrertür, während mein Mund tonlos »Komm jetzt!« formt. Endlich steigt sie aus.

»Ich glaube, das ist die Baustelle, auf der die Leiche von Kati gefunden wurde«, raune ich ihr zu, als wir Meller im Abstand von einigen Metern über das Gelände folgen. »Er hat es nicht gesagt, aber es würde passen.«

»Und was sollen wir hier?«, flüstert Eva zurück. »Hat er was angedeutet, als ihr euch eben unterhalten habt?«

»Nein, aber überleg doch mal: Wenn das wirklich die besagte Baustelle sein sollte, dann hat Meller hier im Nachhinein vielleicht noch etwas entdeckt, das Steinhausen mit dem Mord an Kati in Verbindung bringt.« Zwar bin ich davon ausgegangen, dass Meller uns zu Steinhausen bringen würde, aber auch dieses Szenario nehme ich dankend an, solange es dabei hilft, meinen Vater zu entlasten.

»Gehen Sie vorsichtig!«, ruft Meller über seine Schulter hinweg. »Hier liegen noch jede Menge Bauchschutt und Gestänge rum, die man unter dem Schnee nicht gleich sieht.«

Ich hebe die Hand zum Zeichen, dass wir verstanden haben.

»Wohin zum Teufel bringt der uns?«, flüstert Eva, doch darauf habe ich ja auch keine Antwort.

Bis wir bei dem Rohbau enden.

Bis wir uns unter Mellers Aufsicht durch einen improvisierten, mit einer störrischen Bauplane verhangenen Eingang gezwängt und scheinbar endlose Gänge hinab in den unterirdischen Teil des Gebäudes hinter uns gebracht haben. Bis wir einen mit einer weiteren Plane abgetrennten Kellerraum erreicht haben, dessen Zugang noch zusätzlich mit einer aufrechtstehenden, alten Matratze verstellt wird. Bis wir den Raum betreten haben und Rainer Meller die Taschenlampe umherschwenkt, die er schon kurz zuvor angeschaltet hat, um uns den Weg durch die hier unten herrschende Dunkelheit zu erleichtern.

Da, genau da wird uns klar, wohin Rainer Meller uns gebracht hat: zu dem Ort, an dem er den mutmaßlichen Mörder seiner Stieftochter gefangen hält. Zu Marcus Steinhausen, der in der Mitte des Raumes auf einem Stuhl sitzt. Die Hände hinter seinem Rücken und vermutlich an die Lehne gefesselt, die Fußgelenke an die Stuhlbeine. Marcus Steinhausen mit einem blutigen Knebel im Mund. Mit einer geschwollenen, verfärbten linken Gesichtshälfte rund um das Auge. Mit einer verkrusteten Platzwunde an der Stirn und bräunlichen Flecken an den Innenseiten seiner Jeans. Nichts von alledem lässt übersehen, dass er Meller schon eine ganze Weile lang hier unten ausgeliefert sein muss. Kraftlos hebt er den Kopf und blinzelt mit seinem gesunden Auge träge in den Lichtstrahl der Taschenlampe.

Eva klammert sich an meinen Arm. Ich blicke sie an, sie blickt zurück, mit schreckgeweiteten Augen und geöffnetem, sprachlosem Mund. Ich erstarre, ich habe keinen Herzschlag und keine Atmung mehr. Das kann nicht wahr sein, nicht echt. Die Realität hat einen Riss bekommen, ich träume nur schlecht, genau wie vorhin im Auto.

Licht!

Wir fahren zusammen, als der Raum plötzlich mit Helligkeit geflutet wird. Meller hat eine Baulampe eingeschaltet, die an einem langen Kabel von einem der stählernen Deckenträger hängt und beim Pendeln irre Spiele mit Licht und Schatten veranstaltet. Zeitgleich ist im hinteren Teil des Raums knurrend und brummend ein Kasten angesprungen, der aussieht wie der großdimensionierte Korpus einer Motorsäge, nur ohne Blatt – ein Stromgenerator, wie ich vermute. Zu unserer Linken ist ein weiterer Stuhl an die Wand gerückt, auf seiner Sitzfläche steht eine leere Halbliterflasche Cola, zu seinen Füßen liegt ein Pizzakarton. Ich versuche mir vorzustellen, wie Meller sich Steinhausen gegenüber auf diesen Stuhl setzt und vor einem Mann, der nach wer weiß wie langer Zeit hier unten vor Hunger und Durst fast verrückt sein muss, genüsslich seine Pizza isst – vergebens. Nicht einmal meine Vorstellungskraft, die mühelos fähig war, um das Treffen mit Steinhausen die Gruselgeschichte der gefälschten Familienfotos zu stricken, reicht dazu aus.

»So, die Damen.« Mellers Stimme dröhnt über das Generatorenbrummen hinweg. »Dann lassen Sie uns das Schwein mal zum Reden bringen.« Nacheinander fasst er sich in die Taschen seines Anoraks, doch offenbar findet er nicht, wonach er gesucht hat. »Verdammt. Bin gleich zurück.« Bevor wir reagieren können, hat er den Raum verlassen.

Steinhausen windet sich in seinem Stuhl. Obwohl die Geräusche, die er dabei von sich gibt, durch den Knebel gedämpft werden, ist seine Panik nicht zu überhören. Es scheint, als wisse er, was ihn erwartet. Eva ist die Erste, die zur Besinnung kommt. Sie lässt von meinem Arm ab und stürzt auf Steinhausen zu. Erst, als ich begreife, dass sie versucht, die Fesseln hinter seinem Rücken zu lösen, geht ein Ruck durch meinen Körper und ich folge ihr, um die Kabelbinder zu übernehmen, mit denen Steinhausens Fußgelenke an die Stuhlbeine fixiert sind. Meine Finger sind schweißnass und zittrig, und der scharfe Geruch sämtlicher Ausscheidungen, der sich im Stoff seiner Hose festgesetzt hat, lässt mich immer wieder kurz den Kopf abwenden. Noch dazu sitzen die Verzahnungen der Kabelbinder unbeweglich fest.

»Es geht nicht, Eva! Ich krieg ihn nicht los!«

»Es muss gehen, Scheiße noch mal!« Ich weiß nicht, ob das mir gilt oder sich selbst, nachdem sie gleichermaßen festgestellt hat, dass wir eigentlich eine Schere oder ein Messer bräuchten, um Steinhausen zu befreien, und die Tatsache, dass nichts davon greifbar ist, in einer noch unvorstellbareren Bedeutung mündet: Meller wird gleich zurück sein, und dann sollen wir dabei zusehen, wie er Steinhausen ...

Ich stocke.

Steinhausen, der möglicherweise schuld daran ist, dass mein Vater im Gefängnis sitzt und aller Welt als Schleifenmörder vorgeführt wird.

»Ann!« Eva, die mein Zögern bemerkt haben muss. Dazu Steinhausen, dem genauso klar ist, wie uns die Zeit davonrennt, der nun, wo meine Hände sich nicht mehr an den Kabelbindern versuchen, anfängt, auf seinem Stuhl herumzuwackeln, und nur noch lauter in seinen Knebel hineinbellt.

»Keine Chance, ohne Schere«, sage ich und erhebe mich langsam aus der Hocke, um ihm den Knebel abzunehmen, der durchtränkt ist von Blut, Rotz und Spucke.

»Ich rufe die Polizei!« Eva zieht ihr Handy aus der Jackentasche.

Steinhausen schnappt nach Luft wie ein Fisch auf dem Trockenen. Seine Oberlippe ist wund und geschwollen, seine Unterlippe scheint nur noch aus Schorf zu bestehen. »Danke«, nuschelt er nur schwer verständlich.

»Kein Empfang hier unten!« Eva.

»Stimmt es?« Ich.

Steinhausen blinzelt einäugig, ich betrachte ihn wie ein abstraktes Kunstwerk. Er ist nicht das hagere Männchen mit den strähnigen halblangen Haaren und den bohrenden schwarzen Augen aus meiner Vision. Er sieht aus wie auf Mellers Fotos: erschreckend gewöhnlich. Ein ganz gewöhnlicher, unauffälliger Mann mit kurz geschnittenem, blondem Haar und Sommersprossen unter dem verquollenen Blick, die ihn fast sympathisch wirken lassen.

»Ich versuche es oben!« Eva rauscht an uns vorbei. Jetzt sind wir allein, Steinhausen und ich.

»Stimmt es?«, wiederhole ich, eindringlicher.

Er weint, er fleht. »Bitte ... nach Hause ... meine Frau ... Tochter ...«

Bevor ich den nächsten Gedanken gefasst habe, schießt meine Hand nach vorne und erwischt ihn flach am linken Ohr.

Steinhausen jault auf.

»Sie lügen selbst jetzt noch?« Ich hasse es, wie meine Stimme vibriert. Wie sie meine Unsicherheit verrät und den Schrecken darüber, dass ich gerade einen Mann geohrfeigt habe, den ein anderer bereits halb totgeprügelt hat. Mein linkes Ohr beginnt wie in einem Phantomschmerz ebenfalls zu brennen; wahrscheinlich ist es die Scham. Ich habe eine Grenze überschritten, ich bin nicht besser als Meller. Eva ist besser, Eva tut das Richtige. Sie ruft die Polizei, die Meller festnehmen und Steinhausen befreien wird. Die Polizei, die Steinhausen vermutlich wieder laufen lassen und sich stattdessen nur weiter an meinem Vater verbeißen wird.

Steinhausen nuschelt etwas, aber ich höre ihn nicht. Ich höre meinen Vater, der meinen Zwiespalt spürt und mich beruhigen will.

»Du bist ein guter Mensch, mein Käferchen.«

Bin ich das, Papa? Bin ich das auch noch, wenn ich mir wünsche, dass uns noch etwas länger Zeit mit Steinhausen allein bleibt, bevor die Polizei kommt?

»Das können Sie vergessen!« Das Donnern von Mellers Stimme erschüttert mich. Als ich mich umdrehe, schubst er Eva gerade zurück in den Kellerraum. Er hat ihr das

Handy abgenommen und in seiner Armbeuge klemmt eine Eisenstange. Eva stolpert mir entgegen. »Ihre Kollegin fühlt sich verpflichtet, die Polizei einzuschalten, um einen – wie war das noch gleich? – *schwerverletzten Unschuldigen vor unüberlegten Handlungen meinerseits zu bewahren.*« Er spuckt ein garstiges Lachen aus. »Und natürlich, um mich vor mir selbst zu schützen!« Er zieht die Eisenstange unter seinem Arm hervor und fuchtelt wie mit einem Degen in unsere Richtung. »Nichts da!« Sein Blick wechselt von mir zu Eva und fixiert sie, während er ihr Handy auf den Boden schmettert, wo es scheppernd zerbirst. »Haben Sie gehört? Es ist weder Ihre Verpflichtung noch Ihr verdammtes Recht! Das hier ist meine Mission, meine ganz allein!«

Eva hebt und senkt beruhigend die Hände, als versuchte sie, ein wildgewordenes Tier zu bändigen. »Herr Meller, die Polizei wird gleich hier sein …«

»Nein«, knurrt das Tier. »Ich werde nicht zulassen, dass Sie alles kaputtmachen. Ich bin so nah dran.« Mit der Eisenstange drängt er uns in die hintere Ecke des Kellerraums, während Steinhausen beginnt, um Hilfe zu brüllen. Meller lässt die Eisenstange fallen und verpasst ihm einen Kinnhaken. Alles in mir zieht sich zusammen – seit meinem Autounfall vor zwei Jahren weiß ich, wie es sich anhört, wenn ein Kiefer bricht. Winzige Blutströpfchen fliegen wie in Zeitlupe, ein feiner, im provisorischen Licht der Baulampe schwarz wirkender Sprühnebel, und Steinhausens Kopf, der kraftlos zu seiner linken Schulter sackt. Eine aufdringliche Stille erfasst den Raum, die unausgesprochene Frage, ob Steinhausen bewusstlos ist.

Das ist er, im besten Fall.

Das ist er, vielleicht – Meller überprüft es, indem er Steinhausens Kopf grob an den Haaren zurückreißt und mit dem Handrücken unter dessen Nase die Atmung kontrolliert.

Er ist es, zum Glück, denn Meller nickt zufrieden.

»Zweimal habe ich den Scheißkerl schon ins Krankenhaus gebracht«, erklärt er. »Und bin dafür eingefahren. Beim ersten Mal sechs Monate, reine Makulatur. Der Richter begriff, dass es sich um eine psychische Ausnamesituation handelte, was mir mildernde Umstände beschert hat. Doch als ich nach der Haftentlassung zurückkam, musste ich feststellen, dass Steinhausen so tat, als wäre nichts gewesen. Er lebte weiterhin in Lichtenberg. Ging zur Arbeit, schnitt die Hecken, schob seine Mutter im Rollstuhl durch die Gegend.« Ich denke an die Fotos an Mellers Pinnwand, die Steinhausen in sämtlichen Alltagssituationen zeigen und dementsprechend aus dieser Zeit stammen könnten. »Dann wurde die kleine Kati getötet – hier!« Meller streckt die Arme auseinander. »Ich habe versucht, die Wahrheit aus ihm herauszuprügeln, nur leider war ich dabei etwas zu forsch. Ein paar Tritte bloß und der Wichser hatte sofort einen Schädelbruch. Er: wieder Krankenhaus, ich: Knast. Fünf Jahre diesmal, kein Mitleid mehr vom Richter. Ich saß also gerade ein, als Steinhausen aus der Reha kam. Er hat die Chance genutzt und ist in einer Nacht-und-Nebel-Aktion abgehauen. Aber nicht nur das!« Ich sehe Spucketröpfchen fliegen. »Oder finden Sie es nicht seltsam, dass nie ein Kind entführt wurde, während dieser Scheißkerl im Krankenhaus lag und seine Verletzungen kurierte? Ich habe jeden Tag in der Haft die Zeitung gelesen – nichts! Kein Kindermord, solange er außer Gefecht war! Das soll Zufall sein?«

Er schüttelt den Kopf, wie hypnotisiert tue ich es ihm gleich. »Jedenfalls habe ich nach meiner Entlassung jahrelang ums Verrecken nicht herausgefunden, wo er steckt. Aber dann, vor ein paar Wochen, ist seine Mutter gestorben, und ich wusste, jetzt, jetzt würde der brave Sohn zurückkommen …« Während Meller als das wilde Tier, das er ist, nun den Kellerraum durchstreift wie eingesperrt in einen Käfig, gefährlich entrückt, von links nach rechts, von rechts nach links, berichtet er, wie er Steinhausen bei der Beerdigung aufgelauert hatte. Auch das hatte er fotografiert, wird mir klar. Steinhausen, wie er vor dem Grab seiner Mutter steht. Doch diesmal habe er schlauer sein wollen, fährt Meller fort. Anstatt sich Steinhausen direkt auf dem Friedhof zu schnappen, sei er ihm zu dessen neuem Zuhause gefolgt. »Schmerzensgeld hat er damals bekommen, und zwar nicht wenig. Sein Anwalt war ein richtig ausgekochter Hund. Zusammen mit der Kohle, die er sowieso auf der hohen Kante hatte, leistete sich das Arschloch jetzt einen schicken Bungalow im Grünen! Und das, während ich in meiner scheißkleinen Bude in Marzahn hockte und mir den Kopf zermarterte, was mit Larissa geschehen war.« Tagelang habe er Steinhausen nun beobachtet, getrieben von der unbestimmten Ahnung, dass bald etwas geschehen würde, etwas Schicksalhaftes, Unbestreitbares. »Und es geschah.« Meller stoppt abrupt und sieht uns triumphierend an. »Eines Vormittags folgte ich ihm zu einer Grundschule. Es war der 22. Dezember, der letzte Tag vor den Weihnachtsferien. Er trieb sich in der Nähe des Pausenhofs rum und beobachtete eine Gruppe kleiner Mädchen. Sie veranstalteten eine Schneeballschlacht, sie kicherten und lachten. Sie waren am Leben.« Sein Ausdruck verfinstert sich. »Noch.«

Er muss nicht weiterreden. Sowohl Eva als auch ich wissen, dass dies der Moment war, da Meller zuschlug, Steinhausen überwältigte und hier in diesen Keller verschleppte.

»Ursprünglich wollte ich ihn zu der Hütte am Weihenpfuhl bringen, aber das Gelände dort ist so unwegsam, dass ich es mit dem Auto samt Steinhausen im Kofferraum nicht hätte anfahren können. Und hierher verirrt sich wirklich niemand.« Sein Blick schweift durch den Raum, bis er am immer noch bewusstlosen Steinhausen hängen bleibt. »Ich hätte es längst zu Ende gebracht, aber es ist Weihnachten, und da muss ich mich in erster Linie um meine Söhne kümmern.«

Betreten blicke ich zu Boden, als ich noch ein Stückchen mehr von der Familientragödie um die Mellers begreife. Ein Vater, der allem Anschein nach nur noch dafür lebt, den Tod seiner Stieftochter aufzuklären, und doch diese, seine wichtigste Mission unterbricht, um seinen Söhnen wenigstens an Weihnachten etwas Normalität zu bieten.

»Was? Was glotzen Sie so?« Mellers Stimme entlädt sich wie ein plötzliches Gewitter. Hektisch wische ich mir über die Augen. »Ich habe ihn noch viel zu gut behandelt!« Mit einem Satz ist er bei einem Kanister neben dem Eingang, der mir bisher noch nicht aufgefallen war. Fahrig dreht er an dem roten Schraubverschluss, um gleich darauf den Inhalt in Steinhausens Gesicht zu schütten. Wie auf Knopfdruck kommt dieser zu sich, zappelnd und panisch japsend wie ein Ertrinkender.

»Stimmt doch, Marcus, oder?« Meller beugt sich Steinhausen dicht entgegen. »Ich habe dich während deines Aufenthaltes hier unten noch viel zu gut behandelt. Aber jetzt ist Schluss mit der weihnachtlichen Nachsicht.« Er lässt den

Kanister fallen, der dumpf auf den Boden prallt, richtet sich auf und zieht ein Handy aus seiner Jackentasche. Das muss also der Grund dafür gewesen sein, dass er den Keller vorhin noch einmal verlassen hat: er hatte sein Handy vergessen. Das er jetzt braucht, um – »Showtime, Arschloch!« – Steinhausens Geständnis aufzunehmen. »Und du erzählst alles, jede Kleinigkeit. Was du mit Larissa und den anderen Mädchen gemacht hast, und warum …« Unvermittelt fängt er an zu beben, erst sind es nur seine Schultern, schließlich ist es sein ganzer Körper, der sich schüttelt vor Schmerz. »Warum?«, wiederholt er. Ein *Warum*, das diesmal wohl ausschließlich seiner Stieftochter gilt und vielleicht noch mehr hinterfragt als die Tat an sich. Warum ist es überhaupt so weit gekommen? Warum hat er sich nicht mehr um Larissa bemüht, als sie noch am Leben war?

»… ich … ich … war … war das nicht …«, nuschelt Steinhausen mit seiner dick geschwollenen Lippe und heult. Es reizt Meller bloß umso mehr. Er lässt das Handy zurück in seine Jackentasche gleiten und bückt sich nach der Eisenstange.

Eva macht einen Schritt nach vorne. Ich halte sie zurück. Meller wird Steinhausen nicht töten. Er will nur Antworten. Genau wie wir.

Er holt aus.

Nein, er wird ihn nicht töten, ausgeschlossen, unmöglich. Nicht einmal hier, in dieser seltsamen Sphäre, in der die Realität längst ein Leck gelassen hat.

Die Stange zischt durch die Luft.

Meller blufft nur. Kurz bevor das Eisen Steinhausens Schädel treffen und zerschmettern wird, wird er seinen Schwung stoppen, da bin ich mir ganz sicher.

Und ich habe recht.

Meller tötet nicht Steinhausen.

Meller tötet Eva.

AUFNAHME 03

Berlin, 07.05.2021

– Bestimmt haben Sie sich auch schon einmal Gedanken über das Töten gemacht.

– Ja, natürlich. Deswegen frage ich Sie ja nach Ihren
Empfindungen. Ich könnte mir vorstellen, dass man
irgendwie, ich weiß nicht … in einen anderen Zustand
gerät? In eine Art Rausch, eine Ektase. Und Wut, Wut
muss sicherlich auch dabei sein, denn man braucht
Kraft, wenn man tötet wie Sie. Entweder Wut oder
eine tiefgreifende Überzeugung, auf jeden Fall etwas,
das einem diese Kraft verleiht.

– Hm, eher Letzteres. Ich bin kein wütender Mensch.
Und Sie? Neigen Sie zu Wutausbrüchen?

– Ich kann schon wütend werden, ja. Jeder wird doch
mal wütend, oder nicht?

– Ich nicht.

– Vielleicht merken Sie es nur nicht.

– Gut möglich. (*schmunzelt*) Aber um ehrlich zu sein,
war so viel Kraft gar nicht nötig, zumindest nicht, um
die Mädchen zu überwältigen. Sie standen ja völlig
unter Schock. Mein Angriff kam so überraschend,
dass die wenigsten sich auch nur annähernd gewehrt
haben. Ich habe sie zu Boden gerissen, mich auf sie gehockt und ihre Arme mit den Knien eingespannt. Das

ist nicht schwer bei derlei kleinen, zierlichen Körpern. Nur die Schnitte, das stimmt, die haben doch etwas Kraftaufwand erfordert. Die menschliche Haut ist sehr elastisch. Sie ist der von Schweinen ähnlich, wussten Sie das?

– Ja, ich glaube, davon habe ich schon mal gehört.

– Bezeichnend, oder nicht? Der Mensch, das Schwein. Weiter.

– Weiter?

– Wie Sie sich das Töten vorstellen. Na, kommen, Sie! Strengen Sie sich ein bisschen an!

– Na ja, ich nehme an, dass es vielleicht auch etwas mit Macht zu tun hat? Dass man sich … ich weiß nicht, wie Gott vorkommt, wenn man über das Leben eines anderen entscheidet?

– Vorsicht, jetzt rutschen Sie wieder ins Klischee ab.

– Ist es nicht so?

– Wäre es für Sie so? Wären Sie gerne einmal Gott?

– Nicht auf diese Art, nein. (*räuspert sich*) Können wir jetzt über Larissa sprechen?

– Gleich. Eines möchte ich zuvor noch wissen: Wen würden Sie töten, wenn Sie wüssten, es hätte keine Konsequenzen?

– Ich denke nicht …

– Kommen Sie, trauen Sie sich. Sie haben einen Frei-fahrtschein.

– Wollen Sie hören, dass ich *Sie* töten würde? Mir damit klarmachen, dass jeder zu einem Mord fähig wäre? Das ist doch lächerlich.

– Ist es. Zumal ich Ihnen das nicht klarmachen müsste, Sie wissen es selbst. Und Sie fühlen sich ertappt. Ich sehe es in Ihrem Blick und an der Art, wie Sie Ihre Hände verkrampfen. Sie sind wegen der Morde hier? Sie wollen wissen, wie sich alles zugetragen hat und warum? Sie hatten so viel Zeit, um sich auf mich vorzubereiten – und? Sie lassen sich ablenken und aus der Ruhe bringen wie ein kleines Mädchen. Wie *diese* kleinen Mädchen. Wie konnte es dem Täter gelingen, immer wieder Kinder zu verschleppen, ohne dass es jemand bemerkte? Ich sage es Ihnen: genau so! Ich musste keine Kinder jagen, ich konnte sie mir wie Äpfel von einem Baum pflücken. Ein bisschen Freundlichkeit, eine kleine Geschichte oder das Versprechen auf ein Eis oder einen besonderen Ort, den ich ihnen zeigen würde. Man lenkt die Menschen ab, indem man ihnen seine ungeteilte Aufmerksamkeit zukommen lässt, ihnen das Gefühl gibt, dass sich alles nur um sie dreht. Den einen schmeichelt es, die anderen verunsichert es, aber so oder so führt es immer zum Ziel.

– Womit haben Sie Larissa gelockt?

– Larissa? Mit einem Ausflug. Ich sagte ihr, ich wolle zum Weiher, könne mich aber nicht mehr an den Weg erinnern. Sie willigte ein, ihn mir zu zeigen, und fragte, ob wir ihr Fahrrad mitnehmen könnten. Sie traute sich nämlich nicht, zu Hause zu klingeln, um das Rad im Flur abzustellen, weil ihre Mutter gerade ein Mittagsschläfchen machte. Sie wollte es aber auch nicht draußen stehenlassen, weil ihr altes kurz zuvor erst gestohlen worden war, woraufhin sie mächtig Ärger mit ihrem Stiefvater bekam. Armes Mädchen.

– Ein armes Mädchen, das Sie noch zusätzlich ausnutzten.

– Das sehe ich anders.

– Und wie?

– Geben und nehmen. Wir haben uns gegenseitig geholfen.

– Wollen Sie damit andeuten, dass Sie dem Mädchen einen Gefallen getan haben, indem sie es ermordeten?

– Also bitte, was für ein einfältiger Gedanke. Sie hätte bestimmt gerne weitergelebt, wenn sie die Wahl gehabt hätte. Aber … Ist alles in Ordnung mit Ihnen? Sie sehen ein bisschen blass aus, und das jetzt schon, wo wir doch noch nicht mal richtig angefangen haben, uns zu unterhalten.

– Geht schon, kein Problem.

– Sind Sie sicher? Na gut. Dann geben Sie mir mal ihre linke Hand.

– Meine …? Wozu?

– Sie wollten doch alles ganz genau wissen, oder nicht?

Ann

Berlin, 26.12.2017

Ich kenne den Tod. Ich habe sein Wirken schon ein paarmal gesehen. Meiner Mutter hat er unerbittlich mitten ins Gesicht gegriffen. Er hat ihr die Augäpfel nach oben gedreht und ihr den Mund aufgerissen wie zu einem ewigen stummen Schrei. Meinen Großvater hat er im Schlaf geholt; er lächelte noch, als hätte er gerade einen wunderschönen Traum gehabt. Mein Onkel, der an einem Hirnaneurysma starb, sah überrascht aus, so als könnte er es gar nicht glauben. Neun Mädchen aus der gnädigen Distanz einer Fotobetrachtung, die er zurückgelassen hat wie aus einem Regal gefallene Puppen, und Larissa, die nicht mehr zu erkennen war. Jetzt besetzt er Evas Körper, der mit verdrehten Gliedmaßen auf dem kalten Betonboden des Kellers liegt, den Kopf in einer Blutlache. Die Augen wie im Halbschlaf geschlossen; sie bewegen sich nicht, egal, wie fest ich ihre Schultern packe, egal, wie laut ich schreie. Der Tod ist schlapp und schwer und ungelenk. Er ist ein Rauschen in meinem Kopf, das klingt wie das Tosen eines Wasserfalls. Er ist ein Raum, der sich zu drehen beginnt, erst langsam und dann immer schneller, schneller; er ist ein Karussell und ich finde den Absprung nicht. Er ist Sirenengeheul in der Ferne, das sich unter dem tosenden Wasserfall nur gedämpft in meine betäubte Wahrnehmung schleicht. Er ist ein plötzlicher Aufruhr im Keller, da sind Menschen, da sind Stimmen, da zerrt mich jemand von Eva weg. Sie selbst war es gewesen, die den Notruf noch abgesetzt hat, bevor Rainer Meller sie mit dem Handy erwischte und zurück in den Keller drängte. Jetzt ist sie tot. Tot. Erschlagen von Meller, als sie ihn daran hindern wollte, mit der Eisenstange auf Marcus Steinhausen loszugehen. Jemand fasst mich am Arm und will wissen, ob es mir gut gehe, ob ich ebenfalls verletzt sei. Ich kann nicht antworten, ich atme wie durch einen Strohhalm, ich starre und keuche, bis alles verschwimmt. Da setzt mir der Tod zwei kleine zarte Schmetterlinge auf die Wimpern, die flattern, bis ich schließlich nachgebe und meine Lider schließe. Dann bin ich weg, verschluckt von einem gnädigen, leeren Schwarz, und ich danke dem Tod, wenigstens dafür.

Schock. (Ann, 8 Jahre alt)

Wenn man einen Schock hat dann ist es als wenn man kurz ausgeschaltet wird, wie bei einem Gerät, einem Mixer oder so. Dann funktionirt erst mal gar nix mehr. Man kann sich nicht bewegen und auch nicht denken. Vielleicht zittert man nach ausen hin aber das merkt man selbst gar nicht. Meistens ist ein Schock schlimm aber manchmal auch nicht. Weil es Momente gibt wo man lieber nichts fülen möchte. Man muss nur aufpassen dass der Schock nicht zu lange dauert sonst stauen sich innen zu viele Gefüle auf und dann verstobft man oder man explodihrt.

Ich sitze in einer Reihe harter, mit abwaschbarem braunem Vinyl bezogener Stühle, den Kopf gegen eine weißgestrichene Wand gelehnt, den Blick nach oben ins kalte Licht der Neonröhren gerichtet. In meiner Nase beißt der Geruch von Desinfektionsmittel, ich atme bemüht tief und ruhig. Lieber würde ich schreien. Mir einen der scheiß abwaschbaren Stühle packen und gegen die scheiß weiße Wand dreschen, bis das Holz birst und splittert, bis Farbe und Beton rieseln, bis ich mich so kraftlos getobt habe, dass ich in mich zusammensacke, hinein in ein weiteres erholsames Schwarz, und wenn ich dann wieder aufwache, ist das alles nie geschehen, war das alles nur ein böser Traum. Atme, atme, atme. Ich ziehe die Knie auf die Sitzfläche und schließe die Augen. Schlechte Idee – hinter meinen geschlossenen Lidern liegt Evas regloser Körper, liegt ihr Kopf in einer Pfütze aus Blut. Hör auf, schimpfe ich mich. Sie lebt doch, sie lebt! Ihr Herz schlägt, wie es soll, und die Ärzte haben gesagt, so ein Koma sei ganz normal bei einem schweren Schädel-Hirn-Trauma. Schon in ein paar Stunden könnte sie wieder aufwachen. Sie haben auch gesagt, dass ich jemanden anrufen und mich abholen lassen soll. Aber ich will nicht weg. Eva soll spüren, dass ich hier bin. Das tut sie doch, oder? Bestimmt tut sie das.

Irgendwo in diesem Gebäude wird auch Steinhausen behandelt. Ich weiß nichts über seinen Zustand und ob er möglicherweise noch mehr Verletzungen hat als die, die ich im Keller oberflächlich sehen konnte. Ich weiß auch nicht, ob die Polizei ihn bereits zu den Geschehnissen und Zusammenhängen befragt hat und wenn ja, wie erfolgreich das gewesen ist. Ich mache mir nicht die Illusion zu denken, dass die Ermittler mit ihren Fragetechniken mehr aus ihm herausbekommen als Meller, dessen Fragetechnik aus Fäusten und einer Eisenstange bestand. Nein, Steinhausen wird schweigen – erst recht jetzt, wo er in Sicherheit ist. Und ich kann nichts dagegen tun. Selbst wenn ich herausbekäme, auf welcher Station und in welchem Zimmer er liegt, müsste er nur die Patientenklingel drücken und man würde mich von ihm fortschaffen, noch bevor ich überhaupt den Mund aufgemacht hätte. Und sowieso: Was sollte ich ihm sagen? Womit könnte ich ihm drohen, um ihn zum Reden zu bringen? Ich habe nichts. Meine einzige Möglichkeit besteht darin, die Polizei darum zu bitten, Steinhausen noch einmal genauer unter die Lupe zu nehmen, ohne dass ich dabei wirke wie ein durchgeknallter Rainer Meller.

Mein Handy vibriert. In einer besseren Realität hätte mir mein Vater jetzt eine Nachricht geschrieben: *Bleib einfach, wo du bist. Ich bin schon auf dem Weg, mein Käferchen.*

Ich weiß nicht, warum ich wider besseres Wissen trotzdem nachsehe. Es ist nur die Meldung, dass mein Akku fast leer ist. Und noch etwas, das mir bisher entgangen ist: eine ungelesene Nachricht von heute Morgen. Sie ist von Zoe, ausgerechnet. *Schön, dass du dich gemeldet hast. Ich habe mich oft gefragt, wie es dir wohl inzwischen geht. Bei mir ist alles gut. Erinnerst du dich noch …* Zoe, die sich so sehr gewünscht hatte, für ein Auslandssemester in Cornwall aufgenommen zu werden. Vor ein paar Tagen habe sie die Zusage bekommen. *Es hat funktioniert! PS: Ich vermisse dich auch.*

Meine Finger zucken über der Tastatur. Zoe wird weggehen, ein Gedanke, der schmerzt. Andererseits ist Zoe, was mich betrifft, ja eigentlich schon viel länger weg.

»Ann!« Die Stimme zieht einen präzisen Schnitt einmal über den gesamten Flur hinweg. Ich springe von meinem Stuhl auf. Elke und Caspian Harbert stürmen mir entgegen. Was zum Teufel passiert sei. Wie zum Teufel es überhaupt habe passieren können. Elke, deren derben Griff um meine Oberarme ich selbst durch Papas dicke Jacke hindurch bis auf die Knochen spüre. Ihr Gesicht, das der Schreck hat einfallen lassen, Haut wie von einem Ballon, aus dem die Luft gewichen ist, und weiß, so weiß, fast so weiß wie die Wände hier im Flur der neurologischen Intensivstation. Im Gegensatz dazu ihre Augen, die stechend und riesig sind und durchzogen von roten Adern, die ganze Wegenetze ergeben. Neben ihr steht die leere Hülle von Evas Vater Caspian. Er blinzelt nicht mal, er starrt mir nur entgegen mit ebenfalls geröteten Augen und halbgeöffnetem, sprachlosem Mund.

»In was hast du unsere Tochter da mit reingezogen?« Elke schüttelt mich, ich lasse es geschehen. Es spielt keine Rolle, dass es Rainer Meller war, der die Eisenstange geschwungen und Eva versehentlich damit erwischt hat. Entscheidend ist, dass sie nur meinetwegen in diesem Keller war. »Sieh mir in die Augen!« Ich kann nicht. Mein Blick klebt am Revers ihres purpurfarbenen Wollmantels, und die Tatsache, dass sie ihn falsch geknöpft hat, macht mir die Tragweite der ganzen Situation nur umso bewusster. Elke, die immer perfekt ist und niemals, niemals, niemals derart unachtsam das Haus verlassen würde. Es sei denn, man riefe sie an und sagte ihr, sie müsse sofort ins Krankenhaus kommen, weil etwas Schlimmes mit ihrer Tochter geschehen sei.

Ich ertrage es nicht, ich reiße mich los und renne über den Gang zum Fahrstuhl. Ich hämmere auf dem Bedienfeld herum, erwarte ungeduldig das Klingelgeräusch der Ankunft und quetsche mich schon in die Kabine hinein, kaum dass sich die Tür auch nur annähernd geöffnet hat, vorbei an Leuten, die ich am Aussteigen hindere, die motzen und schimpfen. Es ist mir egal, ich muss weg von Evas Eltern, ich muss raus, ich will heim. Aber anscheinend ist mir nicht mal das vergönnt, denn der Taxistand vor dem Klinikeingang ist leer. Genau wie mein Handyakku. Ich warte eine Weile, bis ein Wagen vorfährt, doch der Fahrer weigert sich, mich mitzunehmen. Er sei schon für jemand anderen bestellt. »Feiertag«, erklärt er mir knapp und zuckt die Schultern, also bleibt mir nichts anderes übrig, als in der Klinik nachzufragen, ob man mir ein Taxi rufen könne.

Wieder im Gebäude reihe ich mich hinter anderen Wartenden beim Empfangstresen ein. Ich bin nervös; ich muss nach Hause, bevor ich vollends die Fassung verliere und heulend zusammenbreche.

»Jetzt zappel doch nicht so rum!«, zischt die Frau vor mir.

Ich brauche eine Sekunde, um zu begreifen, dass sie nicht mich, sondern das kleine Mädchen neben sich meint, das unablässig an ihrem Jackenärmel herumzupft.

»Warum können wir nicht kurz auf den Spielplatz, Mami?«

»Ach, Amelie, da ist doch alles nass vom Schnee. Außerdem müssen wir erst nach Papa fragen«, erklärt die Frau und seufzt erleichtert, als der Platz vor dem Tresen frei wird. Meine Nase beginnt zu laufen, alles kommt zusammen, verflüssigt sich. Ich hatte nie eine Mutter, die ich nerven konnte. Ich hatte immer nur meinen Papa. Ich bin das Mädchen mit über dreihundert bedeutungslosen Telefonnummern im Handy. Das Mädchen, das für kurze Zeit seine beste Freundin zurückhatte. Eva, die von Anfang an dagegen war, Rainer Meller auf die Baustelle zu folgen. Eva, die es mir sogar noch ausreden wollte.

Ich reiße mir die Hand vor den Mund und keuche hinein. Ich brauche schnellstmöglich mein Taxi; ich fange an zu drängeln, egal, was der blaue Diskretionsklebestreifen auf dem Fußboden davon hält. Schließlich stehe ich so dicht hinter dem Mutter-Tochter-Gespann, dass die Frau, trüge sie nicht einen dicken Schal um ihren Hals, meinen Atem in ihrem Genick spüren müsste. Und da höre ich es. Wie sie sagt: »Mein Name ist Steinhausen. Ich wüsste gerne, auf welcher Station mein Mann liegt.«

Der Boden tut sich auf, das Loch ist tief und schwarz. Ich falle erst für eine ganze Weile, bis mir mit dem Aufschlag klar wird, was es bedeutet, dass es eine Frau Steinhausen gibt, die nach ihrem Mann fragt. Es bedeutet, dass Marcus Steinhausen heute Mittag im Keller die Wahrheit gesagt hat.

Bitte ... nach Hause ... meine Frau ... Tochter, höre ich ihn in meiner Erinnerung, bevor ich ihn im nächsten Moment dafür geohrfeigt habe. *Sie lügen selbst jetzt noch?*

Ich kann nicht fassen, wie bereitwillig ich mich von Rainer Mellers Wahnvorstellungen habe anstecken lassen. Nicht für eine Sekunde war mir in den Sinn gekommen, dass Marcus Steinhausen, der sich immer eine eigene Familie gewünscht hatte, inzwischen tatsächlich eine haben könnte. Dabei wäre es doch nur nachvollziehbar, wenn die zweimalige, noch dazu lebensbedrohliche Attacke durch Meller ihm den lang ersehnten Grund geliefert hätte, sich endlich von seiner Mutter zu lösen und ein komplett neues Leben zu beginnen. Eva hatte recht. Ich bin nicht besser gewesen als die Leute, die sich auf meinen Vater eingeschossen haben. Steinhausen ist unschuldig. Die Spur, die ich zu haben glaubte, hat in Wirklichkeit nie existiert.

Strom schießt durch meinen Körper, meine Beine stolpern los in Richtung Ausgang. Ich will kein Taxi mehr, ich will nur noch raus hier, nach Hause, meinetwegen laufen, rennen, bis ich zusammenbreche.

»Amelie, warte!«

Steinhausens Tochter tritt mit mir zusammen in die Drehtür und springt gleich darauf in Richtung des Spielplatzes davon, der sich dem Klinikgebäude linkerseits anschließt. Mit kurzer Verzögerung stürmt ihre Mutter hinterher. »Nicht auf die Rutsche, Amelie! Die ist voller Schnee! Wenn du nass bist, lassen sie uns nachher nicht zu Papa!«

Ich stocke, bleibe stehen. Beobachte die beiden. Und schließlich folge ich ihnen, ohne zu wissen, warum. Vielleicht ist es mein schlechtes Gewissen. Vielleicht will ich doch noch ein wenig anders sein als die Menschen, die ich aufgrund ihrer Voreingenommenheit so sehr verachte. Etwas Richtiges tun, wenigstens eine einzige Sache an diesem Tag, der sich so völlig falsch anfühlt. »Entschuldigen Sie?« Die Frau dreht sich zu mir um. Ich schätze sie auf Mitte vierzig, ungefähr so alt wie Michelle. Aus ihrem satten dunkelbraunen Haaransatz strecken sich wie verirrt ein paar einzelne graue Haare. Sie sieht freundlich aus, aber auch sehr müde. »Ja?«

»Ich habe mitbekommen, dass Sie die Frau von Herrn Steinhausen sind.«

»Ich bin Susanne Steinhausen, ja«, spezifiziert sie mit misstrauischem Blick. Ich sehe nicht aus wie eine Krankenhausmitarbeiterin, die ihr Bescheid geben will, dass sie nun zu ihrem Mann darf.

Unbestimmt deute ich auf das Klinikgebäude in meinem Rücken. »Mein Name ist Ann. Ich war dabei, als das mit Ihrem Mann passiert ist. Auf der Baustelle, meine ich …«

»Was?« Die Frau reißt die Augen auf.

»Meiner Freundin Eva ist es zu verdanken, dass ihr Mann nicht …« Ich breche ab, als ich sehe, wie sich Frau Steinhausens Augen mit Tränen füllen. Wie Elke und Caspian gehört wohl auch sie zu den Menschen, die heute einen Anruf entgegennehmen mussten, den sie lieber nie bekommen hätten. »Ist sein Zustand denn sehr kritisch?«

»Er ist außer Lebensgefahr, aber …« Sie schüttelt den Kopf. »Wissen Sie, Andreas und ich wollen uns scheiden lassen. Seitdem ich im Sommer ausgezogen bin, haben wir nichts anderes getan, als uns zu streiten. Ums Geld, ums Haus, und vor allem um unsere jüngste Tochter.« Sie nickt zu dem kleinen Mädchen hinüber, das gerade den Schnee von der Sitzfläche der Schaukel fegt. »Wenn er heute gestorben wäre, dann damit, dass ich ihn bei unserem letzten Treffen aufs Wüsteste beschimpft habe. Dabei haben wir uns doch mal so sehr geliebt.«

Unbeholfen strecke ich meine Hand aus und tätschele ihren Arm. »Vielleicht ist heute ein guter Tag, um Frieden zu schließen.« Ich lächle noch, bevor es mich trifft. »Andreas?«

Die Frau sieht mich irritiert an.

»Ihr Mann?«

»Andreas ist mein Mann, ja.«

»Nicht Marcus? Marcus Steinhausen?«

»Nein, mein Mann heißt Andreas.« Jetzt klingt sie ungeduldig. »Marcus ist sein Bruder.«

»Sein …« Der Mechanismus in meinem Kopf setzt sich nur schwerfällig in Gang; kleine, rostige Rädchen drehen sich langsam und klackernd wie ein altes Uhrwerk. Brüder, die sich so ähnlich sehen, dass Marcus sogar Michelle, die ihn gut kannte, ein Foto seines Bruders mit dessen Familie zeigen konnte, ohne dass sie den Unterschied bemerkt hat. Brüder, so ähnlich, dass Rainer Meller keine Sekunde lang daran zweifelte, sich den richtigen vom Schulhof gegriffen zu haben. Andreas Steinhausen, der sich dort wahrscheinlich nur aufgehalten hat, um seine kleine Tochter Amelie abzuholen. Ich stelle mir vor, wie er zuerst gar nicht versteht, was da vor sich geht, und dann versucht, Meller seinen Irrtum auszureden. Doch dieser ist so dermaßen in seinen Wahn verstrickt, dass er gar nicht zuhört. Endlos drischt er seine Faust in das Gesicht des Mannes, den er für den Mörder seiner Stieftochter hält, bis Andreas Steinhausen sowieso kaum mehr sprechen kann.

Erneut fasse ich nach dem Arm seiner Frau, diesmal

nicht, um sie zu trösten, sondern ganz eigennützig, um mich auf den Beinen zu halten, als das Räderwerk in meinem Kopf schließlich knarzend einrastet: Wenn es Andreas Steinhausen ist, der in diesem Moment als Patient in der Klinik liegt, dann läuft Marcus Steinhausen noch irgendwo da draußen rum. Gesund und frei und möglicherweise schuldig des zehnfachen Mordes.

Ob alles in Ordnung sei.

Ob mir schlecht sei.

Ob ich mich setzen müsse.

Ich sage nichts mehr, ich wanke, schwanke, glotze nur. Frau Steinhausen ergreift die Initiative. Sie zitiert ihre Tochter von der Schaukel und führt mich untergehakt zurück zur Klinik, in die Cafeteria, wo sie uns einen Tisch am Fenster aussucht. Vielleicht denkt sie, dass die Aussicht auf den zugeschneiten Park mich beruhigt oder zumindest nicht schaden kann. »Ich bin sofort wieder da«, gilt es sowohl mir als auch ihrer Tochter, die mir gegenübersitzt und sich während der Abwesenheit ihrer Mutter mit deren Handy beschäftigen darf. Ich merke nicht, wie unverhohlen ich das Kind anstarre, bis es aufsieht und lächelnd das Display vor mir schwenkt. Ein maskiertes Zeichentrickmädchen in einem Marienkäferanzug schwingt sich über die Dächer von Paris.

»Willst du mitgucken? Das ist Marinette. Sie ist eine Superheldin, aber keiner weiß es, weil sie eigentlich noch zur Schule geht.« Ich schüttele den Kopf. Als würde sie meine Unwissenheit beleidigen, streckt Amelie die Zunge heraus und erhebt sich von ihrem Stuhl, um sich im nächsten Moment mit dem Rücken zu mir am Nebentisch niederzulassen. Ich blicke aus dem Fenster und denke an Eva. Daran, wie sich innerhalb von Sekunden alles ändern kann. Dass zwischen dem Leben, wie man es kennt, und dem absoluten Chaos oft nur ein lächerlicher Atemzug liegt.

»Da bin ich wieder«, sagt Frau Steinhausen und stellt ein Tablett auf dem Tisch ab. Eine heiße Schokolade für ihre Tochter, ein Tee für sich und für mich eine Cola, die meinen Kreislauf wieder nach oben treiben soll. Ich bin so eingenommen von ihrer Fürsorge, dass ich fast anfange zu weinen. Aber das geht nicht, ich muss mich zusammenreißen; sie ist die Schwägerin von Marcus Steinhausen und kann mir weiterhelfen. Ich sage, was mir als Erstes einfällt: »Ich glaube, mein Vater sitzt wegen Marcus im Gefängnis«, und das ist unglücklich und unüberlegt, denn natürlich wird sie jetzt nachfragen. Wofür ist mein Vater inhaftiert? Was genau wirft man ihm vor? Was soll meiner Meinung nach stattdessen Marcus getan haben?

Doch nichts. Keine Neugier, keine erstaunt geweiteten Augen. Nur: »Wundert mich nicht.« Sie lässt sich das Handy von ihrer Tochter geben – »bloß kurz«, wie sie dem protestierenden Kind versichert – und zeigt mir Fotos vom letzten gemeinsamen Familienurlaub an der Ostsee. Andreas, sie und zwei ihrer drei Töchter, die beiden jüngeren. »Amelie, schau, weißt du noch?«, fragt sie zum Nebentisch, aber die Kleine schmollt.

Ich verstehe Frau Steinhausen. Sie kann es kaum erwarten, dass man sie zu ihrem Mann lässt, um ihm zu sagen, dass das letzte halbe Jahr nicht mehr von Bedeutung ist. Ich beneide sie um dieses Gefühl, die Chance, genau das zu tun: die letzten Monate einfach wie eine unachtsame Kleckerei vom Tisch wischen.

»Frau Steinhausen«, mache ich mich bemerkbar.

»Hm?« Sie blickt auf. »Ach ja, entschuldigen Sie. Hier, Amelie.« Ihre Tochter bekommt das Handy zurück.

»Aber das ist nicht alles«, fahre ich fort, woraufhin sie mich zuerst nur fragend anblickt. »Dass mein Vater wegen Marcus im Gefängnis sitzt, meine ich. Auch die Sache mit Ihrem Mann ist nur passiert, weil ihn jemand mit Marcus verwechselt hat.« Ich beuge mich ihr entgegen, meine Stimme gedämpft: »Von den Schleifenmorden haben Sie doch sicher schon gehört, oder?«

Sie nickt perplex.

»Der Stiefvater eines der Opfer ist davon überzeugt, dass Marcus der Schleifenmörder ist.«

»Und deswegen hat er Andreas …?« Erschrocken nimmt sie die Hand vor den Mund. »Oh mein Gott.«

»Können Sie mir etwas über ihn erzählen? Bitte, Frau Steinhausen. Genau wie Ihr Mann ist mein Vater das Opfer einer Verwechslung geworden, und das alles nur wegen …«

»Ihm?« Frau Steinhausen verengt die Augenlider, ein ungläubiger Blick, zu Recht. Erst die Sache mit ihrem Mann und nun ich, eine völlig Fremde, die aus heiterem Himmel auftaucht und ihren Schwager mehrerer Morde bezichtigt. Ich kann förmlich sehen, wie es in ihr arbeitet, wie sie sich fragt, ob das hier alles gerade wirklich geschieht. Ich kenne das Gefühl nur allzu gut.

»Frau Steinhausen, ich weiß, das klingt womöglich total absurd und …«

Sie unterbricht mich mit einem schweren Seufzen. »Oder auch nicht. Wissen Sie …« Sie nimmt die Hand nach oben und reibt sich die Stirn. »Wenn ich es mir recht überlege … oh Gott. Dieser Mensch hat ja im Grunde immer nur Ärger gemacht.« Ich lasse ihr einen Moment, um sich zu sammeln. »Andreas ist gerade mal ein knappes Jahr älter als Marcus«, setzt sie schließlich an. »Aber da der Vater der beiden schon früh verstorben ist, war er für Marcus alles: Bruder, Vater, ein Vorbild in jeglicher Hinsicht. Sie wurden oft für Zwillinge gehalten, wobei …«

»Guck mal!« Frau Steinhausens Tochter, Amelie. Ihr Stuhl scharrt quietschend über den gefliesten Boden der Cafeteria, als sie aufspringt. Gleich darauf steht sie neben mir, das Handy so dicht vor meine Augen haltend, dass mir die Sicht verschwimmt. »Das ist Adrian. Er ist auch ein Superheld, genau wie Marinette, aber sie kapiert es einfach nicht, obwohl sie beste Freunde sind. Ganz schön doof, oder?« Sie grinst mich an. »So was merkt man doch!«

»Amelie!«, mahnt ihre Mutter. »Lass die Frau in Ruhe und setz dich wieder auf deinen Platz.« Wir warten, bis Amelie der Aufforderung nachgekommen ist.

»Zwillinge«, erinnere ich Susanne Steinhausen an das, was sie sagte, bevor wir unterbrochen wurden.

Sie schüttelt den Kopf. »Totaler Quatsch. Sie sehen sich ähnlich – ja –, aber das liegt in erster Linie daran, dass Marcus Andreas schon immer kopiert hat. Egal, welchen Haarschnitt Andreas trug, ließ sich Marcus den gleichen schneiden. Die Klamotten, sogar einzelne Gesten und sein Lachen – Marcus schien einfach alles zu imitieren.«

»Wow, das ist …«

»Unheimlich? Und wie. Am Anfang meiner Beziehung mit Andreas nahm ich das noch nicht so ernst, doch es wurde zunehmend zum Problem. Es war, als wäre er für Marcus so eine Art Studienobjekt. Marcus war einfach immer da! Er wollte überall mit dabei sein. Wenn er wusste, dass wir Essen gingen, tauchte er im Restaurant auf und setzte sich zu uns, als wären wir verabredet gewesen. Oder im Kino. Besonders schlimm wurde es nach der Geburt unserer ersten Tochter. Wir hatten inzwischen ein eigenes Haus, doch er kam ständig zu Besuch und mischte sich ein. Einmal kam ich dazu, wie er das schreiende Baby auf dem Arm trug, ihm den Rücken klopfte und so etwas sagte wie: ›Der Papa ist doch da.‹ *Der Papa!* Können Sie sich das vorstellen?« Ja, das kann ich, denn in abgeschwächter Form habe ich eine ähnliche Geschichte von Michelle gehört. »Irgendwann war das Maß für mich voll. Ich verstand ja, dass mein Mann sich als großer Bruder verantwortlich fühlte. Und dass er ein schlechtes Gewissen hatte, weil Marcus es war, der sich allein um die Mutter kümmerte. Aber so konnte es ja auch nicht weitergehen. Schließlich willigte Andreas ein, wenigstens nach Potsdam umzuziehen. Das war immerhin weit genug weg, dass Marcus nicht mehr jeden Tag auf der Matte stand. Mit den Jahren kam er tatsächlich immer seltener, was wohl aber auch daran lag, dass er endlich eine Freundin gefunden hatte.«

»Eine Freundin?« Vor Aufregung stoße ich beinahe meine Cola um.

»Ja. Wie hieß sie noch gleich?« Frau Steinhausen zögert. »Ach, egal. Wahrscheinlich sind die sowieso nicht mehr zusammen, das ist ja alles schon Ewigkeiten her.«

»Das heißt, Sie haben schon länger keinen Kontakt mehr zu Marcus?«

»Seit Jahren schon nicht mehr, nein. Er war irgendwann mal in einer Reha, das weiß ich noch. Danach hat er meine Schwiegermutter im Pflegeheim untergebracht und war weg. Wir konnten ihn nicht mal wegen der Beerdigung erreichen, weil wir keine aktuelle Telefonnummer von ihm hatten.« Sie legt die Hände um ihre Tasse und schaut für ein paar Sekunden schweigend in ihren Tee. »Ehrlich gesagt, ist uns nie der Gedanke gekommen, nach ihm zu suchen. Wir waren froh, ihn los zu sein.«

»Aber haben Sie vielleicht eine Ahnung, wo er inzwischen sein könnte? Nur eine Idee?«

Sie sieht auf, ihr Blick durchstößt mich mit Kälte. »Er ist eine Ratte. Und eine Ratte findet immer irgendwo ein Loch, in das sie sich verkriechen kann.«

Ich nicke. Marcus Steinhausen, die Ratte. Das Monster. Ich bedanke mich bei seiner Schwägerin und verabschiede mich, nicht ohne ihr meine Telefonnummer diktiert zu haben, die sie direkt in ihr Handy einspeichert. Für den Fall, dass ihr noch etwas einfällt, was mir weiterhelfen könnte. Und genau das geschieht, viel schneller als erwartet. Gerade als ich mich zum Gehen gewendet habe.

»Ann!«, ruft sie mir hinterher. Ich drehe mich um, trete wieder näher. »Irgendwas mit M. Melanie, Manuela ...«

Ich zucke unverständig die Schultern.

»Na, der Name seiner damaligen Freundin!«, klärt sie mich auf. »Ich weiß es wieder: Es war irgendwas mit M.«

»M.?« Ich keuche; das gibt's nicht, das kann doch nicht wahr sein. Ich bitte Susanne Steinhausen um ihr Handy, was bedeutet, dass ich ihr einen weiteren kleinen Kampf mit Amelie zumute, die sich immer noch ihre Videos darauf ansieht. Nur mit dem Versprechen auf ein Eis lässt sich die Kleine erweichen. Zuerst gehe ich ins Internet. Weil mein Akku leer ist, kann ich nicht mehr auf mein Telefonbuch zugreifen, und auswendig kenne ich Ludwigs Nummer nicht. Die, die als Festnetz unter seiner Wohnadresse eingetragen ist, gilt als unbekannt; bestimmt hat er den

Anschluss abgemeldet, seitdem er den Großteil seiner Zeit als Privatier in Polen verbringt. Aber es gibt einen Eintrag unter dem Namen seiner Haushälterin, die sporadisch noch für ihn arbeitet, wenn er, wie derzeit, sein altes Haus in Berlin bewohnt. Zunächst ist ihr Mann am Telefon, dann sie, die mich schon lange kennt – die kleine Anni, ach, wie schön, dass sie sich zu Weihnachten meldet. Sie fragt, wie es mir geht, doch ich habe keine Zeit für ein Schwätzchen, zumal ich das fremde Handy nicht über Gebühr strapazieren will. Ich bitte sie um Ludwigs Handynummer, die sie mir dann etwas verwundert durchgibt. Endlich, ich erreiche Ludwig. Verwundert fragt er mich, was das für eine Nummer sei, von der aus ich anrufe. Ich verspreche, dass ich ihm später alles erklären werde, aber zuerst: »Ich muss dich sofort treffen. Vor dem Polizeipräsidium.«

»Was?«

»Ich kann da nicht allein hin, ich brauche deine Unterstützung. Wir müssen unbedingt mit dem Kommissar reden, der für Papas Fall zuständig ist.« Als er nicht reagiert, schiebe ich hinterher: »Es gab heute einen Vorfall auf einer Baustelle in Henningsdorf, etwas Schlimmes, Ludwig.«

»Was? Was für ein Vorfall denn? Geht es dir gut?«

»Der Bruder von Marcus Steinhausen wurde schwer verletzt, und meine Freundin Eva …« Meine Stimme bricht, ich räuspere mich. »Ich war dabei, Ludwig. Ich bin eine Zeugin und muss eine Aussage machen. Wir treffen uns dort, ja?« Damit lege ich auf. Zuletzt bestelle ich mir noch ein Taxi, dann bedanke ich mich bei der geduldigen Frau Steinhausen und verlasse eilig das Gebäude.

Wir

Sarah, Sarah, süße kleine Sarah. So allein, so traurig. Du zitterst ja, du armes Ding. Komm mit mir, fürchte dich nicht. Wir gehen in den Wald, zum Spielen. Es ist ein Märchenspiel. Du magst doch Märchen? Natürlich tust du das, alle Kinder lieben Märchen. Und weißt du was? Jetzt bist du die Hauptfigur. Ist das nicht toll? Du bist die Hauptfigur! Willst du deine Geschichte hören? Na schön, pass gut auf: Es war einmal ein kleines Mädchen, das wurde mit einem Herzen aus purem Gold geboren. So zumindest erzählte man es sich in dem Dorf, in dem es lebte. Eines Tages erfuhr ein böser Drache davon und nahm sich vor, das goldene Herz des Mädchens zu stehlen. Er wollte es zerstören, denn alles Gute und Schöne reizte seinen Hass; es erinnerte ihn daran, dass er selbst nur ein widerwärtiger, alter Drache war. Das Mädchen musste fliehen. Es lief, so schnell es konnte, um dem Drachen zu entkommen … Na los, lauf, Süße, lauf! Lauf schneller, dreh dich bloß nicht um! Hast du das gehört? Das Knacken im Gebüsch? Das ist er! Er ist dir dicht auf den Fersen! Komm her, wir verstecken uns, gleich hier, hinter dem dicken Baumstamm. Soll ich dir ein Geheimnis verraten? Drachen sehen nicht immer aus wie Drachen. Nicht alle sind riesengroß und schwarz oder dunkelgrün, mit Stacheln und Schuppen und Feuer, das sie aus ihren riesigen Mäulern stoßen. Einige sind meisterlich in ihrer Tarnung. Sie sehen wie ganz normale Menschen aus, wie Männer oder Frauen. Sie führen dich in die Irre und dann ins Verderben. Manch einen kann man mit etwas Zauberkraft verwandeln, dann sieht er nicht nur aus wie ein Mensch, sondern wird auch wirklich zu einem. Bei anderen klappt es nicht, das Böse ist zu stark in ihnen. Das sind verlorene Seelen. Hast du Angst? Nein, nein, hab keine Angst. Bei mir bist du sicher. Ich bringe dich zu einem geheimen Ort, zu einem magischen Ort. Es ist ein Schloss. Darin wohnt noch ein Mädchen mit einem goldenen Herzen, eine Prinzessin. Möchtest du sie gerne kennenlernen? Ja? Das dachte ich mir. Sie möchte dich auch kennenlernen, sie freut sich schon auf dich. Wir werden gleich zu ihr gehen, ja? Aber vorher müssen wir hier im Wald noch ein paar von den roten Schleifen verteilen, die ich mitgebracht habe, schau. Wozu sie gut sind? Ach, das muss dich nicht interessieren, Süße. Sagen wir einfach: Es ist eine Überraschung für die Drachen.

Ann

Berlin, 26.12.2017

»Herrgott, wo bleibst du denn?« Ludwigs graue Haare sehen völlig zerzaust aus; vermutlich ist er sich immer wieder mit den Fingern hindurchgefahren, während er im Nieselregen vor dem Präsidium auf mich wartete und dabei zunehmend nervöser wurde.

»Tut mir leid, tut mir echt leid! Das Taxi kam ewig nicht.«

Es folgt eine Standpauke. Nur seinem riesengroßen Ochsenherzen habe ich es zu verdanken, dass er nicht längst wieder gegangen sei. Zumal nach allem, was ich getan habe. Ich weiß sofort, dass er damit den Aktenordner meint.

»Ich kann es erklären.«

»Was gibt es denn da zu erklären, Anni? Du hast mich gefragt, ob du meine Unterlagen haben kannst, und ich habe in aller Deutlichkeit nein gesagt. Doch anstatt das zu respektieren, hast du sie mir gestohlen. Mir ist gestern Abend schon aufgefallen, dass der Ordner fehlt. Du hattest Glück, dass ich dem Impuls widerstanden habe, mich in mein Auto zu setzen und zu dir zu fahren, um dir die Leviten zu lesen.«

»Du hättest ja auch anrufen können.«

»Wärst du drangegangen, wenn du meine Nummer gesehen hättest?«

»Nein.«

»Nein«, wiederholt er und schüttelt resigniert den Kopf.

»Entschuldige.«

»Das Thema ist noch nicht erledigt, meine Liebe.« Er deutet auf das Gebäude vor uns. »Also: Was tun wir hier?«

Mein Bericht ist lang und verworren, das sehe ich ein. Genauso wie ich einsehe, dass lange verworrene Berichte von diensthabenden Kommissaren lieber an regulären Arbeitstagen angehört werden anstatt zum Ausklang des zweiten Weihnachtsfeiertages, wo sie lediglich Überstunden bedeuten, die man lieber im Kreis seiner Familie verbracht hätte. Ich nehme es Kommissar Brandner nicht übel, dass er mich all das spüren lässt, als er mich über seinen Schreibtisch hinweg ansieht. Er ist ungefähr in Ludwigs Alter, mit schütterem Haar, dicken Tränensäcken und Stirnfurchen, die darauf schließen lassen, dass er über den ganzen Dingen, die er in seinen vielen Berufsjahren gesehen und gehört hat, wohl schon oft die Augen zusammengekniffen hat. Doch selbst wenn er es nicht tut, sieht er skeptisch aus. Wahrscheinlich habe ich es auch allein der Tatsache, dass er Ludwig persönlich kennt und schätzt, zu verdanken, überhaupt hier sitzen zu dürfen und nicht längst mit einem »Kommen Sie einfach die Tage noch mal vorbei« abgespeist worden zu sein. Andererseits sollte ich schon heute Mittag im Krankenhaus von zwei Beamten zu den Geschehnissen auf der Baustelle befragt werden, doch ich war nutzlos im Schockzustand. Also baten sie mich, auf das Präsidium zu kommen, sobald es mir besser gehe.

Jetzt geht es mir besser und ich bin hier, mit der kompletten Chronologie dieses Tages, endend bei meinem Gespräch mit der Schwägerin von Marcus Steinhausen.

»Gut, Frau Lesniak, zur Kenntnis genommen. Danke.« Mehr nicht.

Hilfesuchend sehe ich zu Ludwig, der neben mir sitzt wie ein beschämter Vater vor dem Schuldirektor seiner verhaltensauffälligen Tochter. Und er schweigt, das ist das Schlimmste.

»Zuerst war Marcus Steinhausen von der Familie seines Bruders besessen, und dann von den Mellers. Seiner Schwägerin hat er erzählt, er hätte eine Freundin gefunden. Sie erinnert sich, dass deren Name mit einem M begann. M wie Michelle. Verstehen Sie nicht? Marcus Steinhausen hat gelogen! Genauso wie er Michelle angelogen hat, als er die Familie seines Bruders als seine eigene ausgab.«

Keine Reaktion, weder von Ludwig noch von Brandner.

»Okay«, gebe ich mich geschlagen. »Ich räume ein, dass ich keine Ahnung habe, wie genau das alles zusammenhängt. Aber *dass* es zusammenhängt, ist ja wohl klar. Und dass Marcus Steinhausen ein Typ ist, den es sich lohnt noch einmal genauer unter die Lupe zu nehmen. Mit seiner Vorgeschichte und seinen offensichtlichen psychischen Anomalien passt er als Schleifenmörder viel besser ins Profil als mein Vater.«

Der Kommissar hebt erstaunt die Augenbrauen. »Ins Profil?«

Ich nicke eifrig. »Egal, was Rainer Meller getan hat und wie falsch das war – ich glaube, er hatte recht. Marcus Steinhausen …«

Brandner wendet sich an Ludwig. »Hat sie gerade etwas von ›Profil‹ gesagt?«

Und das war's. Brandner lacht, als hätte er gerade einen grandiosen Witz gehört. Und ich bin die Pointe. Eine Zivilistin, die sich zur Ermittlerin berufen fühlt, zum Totlachen. Danach ein Vortrag, in ernstem Ton. Mein Vater sitze nicht aus einer Laune heraus in Untersuchungshaft, und schon gar nicht unbegründet. Und Marcus Steinhausen habe man aufgrund seiner Alibis schon vor Jahren als möglichen Täter ausgeschlossen. Vielleicht – künstlich mitfühlender Blick – sollte ich in Betracht ziehen, mir von einem Profi dabei helfen zu lassen, mich in meine sicherlich schwierige persönliche Situation einzufinden. Kein Profi von der Polizei jedoch, sondern einer, der sich mit der Psyche des Menschen auskennt. Ein Profi wie Eva.

Ich sage nichts mehr. Ich lasse es über mich ergehen, bis Brandner endlich fertig ist und uns verabschiedet – natürlich nicht, ohne mir »Gute Besserung« zu wünschen.

Scham. (Ann, 9 Jahre alt)

*Wenn man sich schämt fühlt es sich an, als wenn man
zusammenschrummft, bis man nur noch ganz klein ist.
Man wünscht sich aber noch kleiner zu sein und am aller liebsten wäre man kurz unsichtbar. Aber das ist man
leider nicht was man daran merkt, dass alle einen anstarren. Und das Gestarre brennt so sehr, dass einem das
Gesicht rot anläuft und die Ohren ganz heiß werden.
Das ist sehr peinlich.*

Wir fahren in Ludwigs Auto. Er bietet mir an, heute in seinem Gästezimmer zu übernachten. Wir könnten zuvor
noch in ein Restaurant gehen oder uns etwas bestellen, falls
ich keine Lust mehr habe, unter Menschen zu sein. Ich will
nur nach Hause. Er versucht es mit: »Es war ein schwerer
Tag, Anni. Es ist überhaupt eine schwere Zeit für dich,
bloß ...«

»Bitte spar's dir.«

Er schüttelt den Kopf. »Das kann ich nicht, Mädchen.
Dein Vater ist nicht hier, um auf dich aufzupassen. Aber
ich bin es.«

»Und deswegen lässt du mich vor Kommissar Brandner
derart auflaufen? Ich hätte deine Unterstützung gebraucht.«

»Anni, hör auf, dich in diese Sache reinzusteigern. Du
hast erlebt, was heute mit deiner Freundin Eva geschehen
ist. Reicht das nicht? Muss noch mehr passieren?«

»Ich will nicht über Eva sprechen.«

»Das müssen wir aber.«

»Nein, worüber wir wirklich sprechen müssen, ist, warum du als unser Anwalt die Chance vergeudest, die Polizei auf eine vielversprechende Spur anzusetzen! Du willst doch auch, dass der wahre Täter gefasst wird, oder etwa nicht?«

»Anni«, und dieses erschöpfte Seufzen – ich kann es nicht mehr hören. Ich lehne die Schläfe gegen die Seitenscheibe und schalte mich ab. Ludwigs Worte sind nur noch unbestimmte Töne, während die vorbeifliegenden Lichter der Straßenbeleuchtung und der Häuser in der Dunkelheit verschwimmen. Es ist wie ein Sog, der mich mit sich zieht, hinein in eine andere Szenerie, in der es auch Lichter gibt, Lichter an einem Weihnachtsbaum. Er ist nur aus Plastik, aber er hat Tradition. Ein Kaminfeuer prasselt, ich höre leise Musik und das Lachen eines kleinen Mädchens. Weihnachten, Papa, so wie wir es früher gefeiert haben. So wie wir es vielleicht nie wieder feiern können. So wie vielleicht überhaupt gar nichts jemals wieder so sein wird, wie es einmal war. Ich weiß nicht, ob ich diese Aussicht ertrage, Papa. Ich fürchte mich so schrecklich.

»Ach, mein Käferchen«, müsstest du jetzt sagen, »erinnerst du dich noch an die Geschichte, die ich dir einmal erzählt habe, als du noch ein Kind warst? Die Geschichte von der Furcht?«

Ja, aber bitte erzähl sie mir noch mal. Ich hätte so gerne etwas, an das ich glauben kann.

»Gut, hör zu … Es war einmal ein Bauer, der mit seinem Eselskarren nach Konstantinopel fahren wollte. Unterwegs wurde er von einem buckligen alten Weib angehalten, das ihn anflehte, es mitzunehmen. Er ließ sie aufsteigen, doch als sie neben ihm auf dem Kutschbock saß und er einen Blick auf ihr Gesicht werfen konnte, erschrak er. ›Wer bist du?‹, fragte er sie, und die Alte antwortete: ›Ich bin die Cholera.‹ Sofort wies der Bauer sie an, wieder abzusteigen und allein ihres Weges zu gehen. Er hatte furchtbare Angst. Doch die Alte versprach ihm, ihn zu verschonen und nur fünf Personen aus Konstantinopel zu töten, wenn er sie mitfahren ließ. Als Pfand überreichte sie ihm einen speziellen Dolch, die einzige Waffe, die sie umbringen konnte. Dazu sagte sie: ›In zwei Tagen werden wir uns wiedersehen. Sollte ich mein Versprechen gebrochen haben, kannst du mich töten.‹«

Innerhalb der nächsten beiden Tage starben in Konstantinopel jedoch 125 Menschen. Tatsächlich traf der Bauer, der selbst wohlauf war, erneut auf die alte Frau und wollte ihr sogleich den Dolch ins Herz rammen. »Tu das nicht«, sprach sie. »Ich habe mein Versprechen gehalten und lediglich fünf Menschen getötet. Es war die Furcht, die die anderen hundertzwanzig umgebracht hat.«

Hast du dich jemals gefürchtet, Papa?

»Ja, mein Käferchen. Damals, als du dich mit dem spitzen Stein verletzt hast. Dieses Gefühl werde ich niemals vergessen …«

»Ann?«, unterbricht Ludwig meine Gedanken. »Hast du mir zugehört?«

Ich sage ja, zu was auch immer.

»Gut, dann also lieber Thai oder Chinesisch?«

»Was?«

»Welches Essen ich uns besorgen soll. Du hast mir also doch nicht zugehört.«

»Doch, doch. Es ist nur … ich habe echt keinen Appetit.«

»Der kommt beim Essen. Und jetzt keine Widerrede

mehr, sonst erzähle ich deinem Vater, dass du mir meinen Aktenordner geklaut hast.«

Ich zucke die Schultern. Ludwig müsste wissen, dass meinen Vater so schnell nichts aus der Fassung bringt; er ist viel von mir gewohnt. Ann und die Sache mit dem aufgeschnittenen Handgelenk, als sie sechs ist. Ann und ihre schwierige Pubertät. Ann, die Mist macht, weil sie unglücklich verliebt ist, Ann, die sich mit dem Auto überschlägt. Wann hätte er sich jemals vergessen, Ludwig? Wann hätte er mich jemals angeschrien? Mein Vater, der sich immer unter Kontrolle gehabt hat, sein analytischer Blick. Er würde mich fragen, warum ich getan habe, was ich getan habe, und was ich dabei fühlte. Ich würde ihm meine Verzweiflung beschreiben, meine Wut, meine Furcht, und er würde mich verstehen.

»Vergiss nicht, dass er inzwischen im Gefängnis sitzt«, sagt Ludwig, als hätte er meine Gedanken gelesen. »Du hast bei deinem letzten Besuch selbst festgestellt, wie sehr ihn die Situation verändert hat. Er hat momentan genug Probleme, du solltest nicht auch noch eins davon sein.«

Ich könnte jetzt einwenden, dass ich anscheinend aber auch die Einzige bin, die ernsthaft versucht, seine Probleme zu lösen, doch ich verkneife es mir. Ich will nicht streiten, ich habe keine Kraft dazu, nicht nach diesem Tag.

Als Ludwig den Wagen vor unserem Haus parkt, stelle ich fest, dass es bei den Harberts nebenan genauso dunkel ist wie bei uns. Elke und Caspian sind sicher immer noch im Krankenhaus. Vielleicht sollte ich heute Abend wirklich nicht allein sein. Ich denke an meinen Vater, an Eva, an Zoe und Jakob, an alle, deren Gesellschaft mir um so vieles lieber wäre als Ludwigs. Aber sie sind ja alle fort. Ich ziehe die Nase hoch und rede mir ein, dass ein Abend mit Ludwig mir wenigstens die Möglichkeit gibt, ihn doch noch von meiner Theorie über Marcus Steinhausen zu überzeugen.

»Thai«, entscheide ich also, bevor ich nach dem Türöffner fasse, um auszusteigen. »Irgendwas mit Kokosmilch und Curry, aber nicht zu scharf.«

»Na also, geht doch«, sagt Ludwig und lächelt. »Ich beeile mich.«

Ich werfe die Beifahrertür zu und sehe dem Wagen hinterher, bis die Dunkelheit seine Rücklichter verschluckt hat. Dann wende ich mich in Richtung unseres Hauses, wobei mein Blick eines der Fenster im oberen Stock streift, mein Schlafzimmer. Ich begreife es nicht sofort und nicht in Gänze – nur, dass etwas anders ist. Dass der schwarze Schemen dort nicht hingehört und sich meine Vorhänge nicht bewegen sollten.

Ich blinzele irritiert. Nichts ist mehr da oben. Keine schwarze Gestalt, keine Bewegung in den Vorhängen. Wieder bloß eine Einbildung, beruhige ich mich. Nur ein kleiner Kurzschluss in meinem überlasteten Gehirn. Ich sollte trotzdem nachsehen, mich vergewissern. Undenkbar, dass Ludwig zurückkommt und das Sorgenkind immer noch in der Einfahrt steht, weil es sich nicht mal mehr in sein eigenes Haus hineintraut.

Trotzdem trete ich nur zögerlich auf die Haustür zu.

»Erinnere dich an die Geschichte von der Furcht, mein Käferchen«, höre ich meinen Vater in meinem Kopf. »Die Angst vor der Angst erzeugt mehr Leid als die eigentliche Ursache.«

Ja, Papa.

Die Stille ist laut. Sie ist das metallische Kratzen des Schlüssels im Schloss. Sie ist das Seufzen der Tür, die in den Rahmen gedrückt wird, und das Fiepen der Klinke. Sie ist das Ticken der Uhr aus der Küche. Sie ist jeder einzelne Schritt, die schweren Sohlen meiner Stiefel auf dem Fliesenboden. Sie ist das gleitende Geräusch des Tranchiermessers, das ich vorsichtig aus dem Holzblock auf der Arbeitsfläche ziehe. Sie ist mein krachender Herzschlag, meine hechelnde Atmung. Sie ist das Knacken meines linken Knies, als ich die erste Stufe der Treppe betrete, und das Ächzen im Holz der zweiten. Sie ist noch ein Schritt und noch einer und sie wird lauter mit jedem folgenden, der mich nach oben führt, bis die Treppe vor dem Flur endet.

Ich bleibe stehen. Lausche. Mein Zimmer ist das zweite rechter Hand. Ich höre nichts. Ich bräuchte nur neben mich zu fassen, wo an der Wand der Lichtschalter angebracht ist. Ich tue es nicht, ich schalte das Licht nicht an. Etwas hält mich zurück, ein Gefühl. Ich schiebe mich vorwärts, zu meinem Zimmer. Die Tür ist offen. Ich denke, das war ich selbst, ich habe sie offenstehen lassen.

Dennoch, das Gefühl. Es hat sich mit spitzen Zähnen in meinem Nacken verbissen.

Mein Zimmer ist mein Zimmer ist mein Zimmer. Ich erkenne keine Störung im System der Formen und Umrisse, die sich akzentuiert durch die Straßenlaternen von draußen im dunklen Raum absetzen. Ich trete auf das Fenster zu.

Hier ist niemand, war niemand.

Gute Besserung, sagt Kommissar Brandner in meinen Gedanken. Ich schüttele den Kopf, resigniert über mich selbst.

Draußen nähert sich ein Auto. Das kann nicht schon

Ludwig sein, er wird mindestens eine halbe Stunde brauchen, bis er mit unserem Essen zurück ist. Ich schiebe die Vorhänge auseinander und recke meinen Hals. Es ist der Wagen der Harberts, der gerade in die Einfahrt nebenan steuert. Die Außenbeleuchtung springt an, Elke und Caspian steigen aus. Ich beobachte, wie sie zum Haus gehen; schlurfend kommt es mir vor, kraftlos und müde, nach dem schlimmsten aller Tage. Es knarzt, als Elke den Schlüssel im Schloss dreht. Es knarzt noch einmal, als sich die Haustür hinter den beiden schließt.

Der Blick aus meinem Zimmerfenster ist wirklich ideal, wenn man nachsehen will, was draußen vor sich geht. Wenn ein Wagen hält. Wenn jemand nach Hause kommt, der einen unterbrechen könnte. Vor allem aber ist mein Zimmerfenster geschlossen. Deswegen können es Elke und Caspian nicht gewesen sein, die die knarzenden Geräusche verursacht haben.

Aber ich weiß genau, woher sie kommen.

Ich habe sie täglich gehört, als mein Vater noch gedankenverloren auf den alten Holzdielen in seinem Arbeitszimmer auf und ab gegangen ist. Vorsichtig streife ich mir die Stiefel von den Füßen. Dann schleiche ich zurück in den Flur, das Messer halte ich dabei direkt vor meinen Bauch, seinen Griff fest umklammert.

Zuerst fällt mein Blick auf die Konsole am Ende des Ganges, auf die Vase darauf, die unverrückbar ihren Platz in der Mitte hat. Symmetrie birgt etwas Tröstliches, Verlässliches. Ich kneife ein Auge zu, um mich selbst zu überprüfen, was schwer ist in der Dunkelheit, die nur kläglich vom Straßenlaternenlicht durchbrochen wird. Doch ich habe recht, ich bin mir sicher: Die Vase steht nicht mehr genau in der Mitte der Konsole, sondern ungefähr eine halbe Handbreit zu weit rechts. Ich schleiche weiter. Es sind noch ein paar Schritte bis zum Arbeitszimmer linker Hand, aber ich sehe es bereits jetzt: die Tür.

Die einzige Tür, die in diesem Haus – normalerweise – niemals offensteht. Die ich abschließe, um eine Bedeutung zu wahren, und deren Schlüssel ich in der Vase auf der Konsole verstecke.

Mein Herzschlag explodiert, Blut tost in meinen Ohren. Ich spanne jeden Muskel an, ein Tier, bereit zum Sprung, mit einem Satz ins Arbeitszimmer hinein.

Und dann geht alles ganz schnell. Wie ich im Dunklen gegen einen Widerstand pralle und von den Füßen gerissen werde. Wie der Raum kippt und ich mein Messer verliere. Wie es *tack – tacktacktack* macht, als es auf den Boden fällt. Gleich danach treffe ich unbarmherzig auf den Holzdielen auf, ein erstickter Schrei. Auch der Widerstand ist ins Wanken geraten, stürzt ebenfalls, ein heiseres Keuchen. Panisch taste ich den Boden ab auf der Suche nach meinem Messer. Der Widerstand verschwindet hinkend durch die Tür. Ich finde meine Waffe, will aufstehen, ein Schmerz in meiner rechten Schulter drückt mich nieder, ich kämpfe dagegen an, rappele mich hoch, dem Widerstand hinterher. Seine Schritte poltern bereits auf den Treppenstufen. Ich bin schneller, ich kenne die Treppe, ich habe sie schon oft auch im Dunkeln genommen. Meine linke Hand schießt nach vorne, erwischt Stoff, zerrt, der Widerstand strauchelt. Gerade noch rechtzeitig lasse ich los und finde Halt am Geländer, bevor er mich auf den letzten Stufen mit sich reißen kann, dumpfer Tumult, und plötzlich: wieder Stille. Nur zwei Menschen, die abgehackt in die Dunkelheit hineinatmen, beide betäubt vom Schock. Dann ein Stöhnen. Mit zitternden Knien bewege ich mich nach unten, mein Messer auf den Laut gerichtet. Am Ende der Treppe drücke ich auf den Lichtschalter, kurz hört das Stöhnen auf. Ich mache mich groß. Blicke hinab auf den Feind, der vom Schmerz gekrümmt zu meinen Füßen liegt. Ein Mann. Er trägt dunkle Kleidung und eine schwarze Skimaske, die sein ganzes Gesicht verbirgt, bis auf die blauen Augen, die aufgerissen zu mir emporstarren und etwas auslösen, das ich nicht benennen kann. Ich drehe das Messer in meiner Hand, um ihm zu signalisieren, dass er besser liegen bleiben und keine Dummheiten wagen soll. Er blinzelt ein paarmal schnell hintereinander. Entweder hat er meine Warnung verstanden oder er schärft nur seinen Blick unter der überraschenden Helligkeit der Dielenbeleuchtung. Wie ein stotternder Motor springt mein Verstand an. Vor mir liegt niedergestreckt niemand anderer als Marcus Steinhausen. Der Mann, den ich finden wollte. Der mich zuerst gefunden hat. Langsam, ganz langsam gehe ich vor ihm in die Knie, mein Messer weiterhin fest mit rechts gepackt, mit links nach der Skimaske greifend. Ich ziehe sie ihm vom Gesicht.

Und erstarre.

Nun weiß ich, was es mit diesen blauen Augen auf sich hat. Ich kenne sie. Ich habe sie leuchten sehen, wenn der Mann, zu dem sie gehören, mir in den Mittagspausen davon erzählte, wie er die alten Kartonagen auf dem Recyclinghof zusammenstampft.

AUFNAHME 04
Berlin, 07.05.2021

– (*lacht*) Oh, Sie haben Angst.
– Habe ich nicht.
– Na, dann geben Sie mir Ihre Hand. Ich will Ihnen zeigen, wo genau ich den Schnitt gesetzt habe.
– Nein, ich glaube, Sie wollen einfach nur meine Reaktion austesten und mich verunsichern.
– Na ja, so richtig bei der Sache scheinen Sie mir nicht zu sein. Denn würden Sie sich etwas mehr anstrengen, hätte ich Sie längst über Ihren Irrtum aufgeklärt.
– Welchen Irrtum?
– Nein, erst Sie. Sie hinterfragen meine Motivation, ich wüsste genauso gerne über Ihre Bescheid. Sie sagen, Sie wollen begreifen.
– Ja.
– Warum? Fühlen Sie sich persönlich betroffen?
– Na, wie ich Ihnen schon sagte: Ich habe Larissa Mellers Mutter kennengelernt.
– Oh, das ist aber nicht alles, oder? Im Gegenteil ist das der kleinste Teil, vielleicht sogar bloß ein Vorwand. Ich habe mich über Sie informiert, bevor ich unserem Treffen zugestimmt habe.
– Und wennschon. Ich habe keine Leichen im Keller.
– Die haben wir alle.
– In Ihrem Fall sind es zehn, und nicht nur die sprichwörtlichen. Womit ich gerne wieder auf Larissa zu sprechen käme. Was hat sie in Ihnen ausgelöst? Hat sie Sie an jemanden erinnert? Warum ist ausgerechnet sie zu Ihrem ersten Opfer geworden?

– Ah, richtig, Ihr Irrtum. Sie waren der Meinung, dass Larissa eine besondere Bedeutung gehabt haben müsse, weil sie die Erste war.

– Ja.

– Nein.

– Nein? Sie hatte keine besondere Bedeutung?

– Doch, natürlich! Die hatten sie alle! Ich kann mich an jeden einzelnen Namen und an jedes Gesicht erinnern. Ich weiß, aus welchen familiären Verhältnissen sie stammten, ob sie Geschwister oder Haustiere hatten oder welches ihre Lieblingsfächer in der Schule waren. Das haben sie mir alles ganz offen und bereitwillig erzählt, weil sie mein wahrhaftiges Interesse spürten. Für den kurzen Moment, in dem sich unsere Leben überschnitten, gab es nichts Wichtigeres für mich als das jeweilige Mädchen. Ihr Vertrauen überwog ihre Angst, das mulmige Gefühl, die Warnungen ihrer Eltern. Immerhin ist es das, was wir unseren Kindern von klein auf eintrichtern, nicht wahr? Gehe nie mit einem Fremden mit. Aber sind wir Erwachsenen selbst besser? Wir gehen aus, wir trinken ein Glas zu viel und prompt landen wir im Bett mit jemandem, der einfach nur im richtigen Moment am selben Ort war.

– Hat das etwas mit Ihrer Motivation zu tun? Geht es um die Leichtgläubigkeit der Menschen? Oder wollten Sie Eltern bestrafen, die Ihrer Meinung nach nicht gut genug auf ihre Kinder aufgepasst haben?

– Nein, das sind nur Feststellungen. Dabei fällt mir ein: Ich weiß, dass Sie in Ihrer Jugendzeit ein paar Probleme hatten.

– Worauf wollen Sie hinaus?

– So viel zum Thema, dass Sie angeblich keine Leichen im Keller haben. Sie wurden nach Jugendstrafrecht wegen Sachbeschädigung verurteilt, weil Sie einem Ihrer Lehrer die Autoreifen aufgeschlitzt haben. Zwanzig Stunden Freizeitarbeit und ein Beratungsgespräch bei der Jugendgerichtshilfe, richtig?

– Und? Das war eine dumme Aktion. Ich war naiv und in der falschen Clique.

– Ich denke, so ähnlich können Sie sich das vorstellen.

– Was meinen Sie?

– Na, Sie wollten doch wissen, wie viel an Kraft es bedarf, durch Haut zu schneiden. So ähnlich könnte es sein: als ob man einen Reifen aufschlitzen würde. Wobei man natürlich dazusagen muss, dass ich für meinen Teil noch niemandem die Reifen aufgeschlitzt habe. (*schnalzt mehrmals mit der Zunge*) Also wirklich, so ein sinnloser, unnützer Akt.

Ann

Berlin, 26.12.2017

Es ist kurz nach halb zehn am Abend, ich bin wieder auf dem Präsidium, wieder in Brandners Büro. Diesmal wecke ich in ihm anscheinend eine andere Art von Mitleid, denn zu der Tasse Kaffee, die ich bekommen habe, stellt der Kommissar außerdem noch eine Blechdose vor mich hin. Die Aufschrift auf dem Deckel wünscht mir gehässig ein »Frohes Fest«. Ich öffne die Dose schon allein deshalb, damit ich den Deckel auf den Rücken legen kann.

»Hat meine Frau gebacken«, sagt Brandner und lächelt angespannt über seinen Schreibtisch hinweg. Mir ist übel, ich fingere trotzdem in der Dose herum und entscheide mich für einen Lebkuchen mit Schokoladenglasur. Ludwig ist auch da. Kurz nachdem ich dem Einbrecher die Maske vom Gesicht gerissen hatte, war Ludwig mit unserem Essen zurückgekommen. Er war es auch, der die Polizei rief. Jetzt sitzt er neben mir, seinen Arm über meine Stuhllehne gelegt, eine Geste, die mir wohl Schutz signalisieren soll. Er hat ein schlechtes Gewissen, genau wie Brandner, der nicht grundlos die Backkunstwerke seiner Frau mit mir teilt. Von wegen *Gute Besserung*. Nach dem roten Band an unserem Oleander und all meinen Recherchen bin ich heute Abend nun auch noch überfallen und dabei sogar verletzt worden. Meine rechte Schulter wurde geprellt und meine Augenbraue, ebenfalls rechts, ist aufgeplatzt. Die Wunde macht wirklich etwas her; das Klammerpflaster mahnt die beiden Männer mit jedem Blick, nachsichtig mit mir zu sein.

»Das mit der Akte könnte zum Problem werden«, sagt Brandner erst, nachdem ich aufgegessen habe. So als hätte ich keinen Lebkuchen zu mir genommen, sondern eine Beruhigungspille, die bis zum Wirkungseintritt etwas Zeit erfordert. »Mit wem haben Sie darüber geredet, dass sie sich in Ihrem Besitz befand?«

»Meine Freundin Eva wusste davon, sonst niemand.«

Der Kommissar unterdrückt seinen Unmut, so gut er kann, nur seine zuckenden Kiefer hat er nicht gänzlich unter Kontrolle.

»Woran denkst du, Martin?«, fragt ihn Ludwig.

»Nun, es gibt mehrere Möglichkeiten, wer Nutzen aus

den Informationen schlagen könnte. Angefangen von dieser Brut, diesen Souvenirjägern, die im Internet angebliches Tatortmaterial versteigern, über Angehörige, denen die Ermittlungen nicht schnell genug vorangehen. Dann natürlich die Presse, die mit bisher unveröffentlichten Details ihre Auflage steigern will. Oder eben …«

»Der echte Schleifenmörder, der herausfinden will, ob und wie nah Sie ihm auf den Fersen sind«, beende ich seinen Satz.

Brandner nickt nur kurz und missmutig, ehe er sich wieder Ludwig zuwendet. »Ich muss dir nicht sagen, was ich davon halte, dass du ihr diese Unterlagen überlassen hast.«

»Nein«, antwortet Ludwig. Wie genau der Aktenordner überhaupt in meinen Besitz gelangt war, lässt er unerwähnt.

»Und Sie sind sich sicher, dass weiter nichts gestohlen wurde, Frau Lesniak? Weder aus dem Arbeitszimmer noch aus dem Rest des Hauses? Nur die Akte?«

Ich zucke die Schultern, was mir die rechte Seite mit einem stechenden Schmerz quittiert. »Das wird einen ordentlichen blauen Fleck geben«, hatte der Arzt festgestellt, der meinen körperlichen Zustand zu Protokollzwecken aufnehmen musste.

»Mir wäre nichts aufgefallen.«

Brandner brummt. »Dass die Akte das Einzige ist, was entwendet wurde, spricht dafür, dass der Einbrecher es zielgerichtet darauf abgesehen hatte. Das passt aber wiederum nicht zu Ihrer Angabe, dass niemand davon hätte wissen können.«

»Niemand außer Eva Harbert«, spezifiziert Ludwig und sieht mich an.

»Nein, völlig ausgeschlossen! Wem hätte Eva das erzählen sollen? Und wann? Wir waren die ganze Zeit zusammen, bis …« Ich zwinkere wild, als sich erneut das Bild ihres reglosen Körpers vor mir aufbauen will, ihr Kopf in einer Blutlache, ihre starren halbgeschlossenen Augen. »Völlig ausgeschlossen«, wiederhole ich brüchig.

»Schon gut.« Ludwig verlagert seine Hand von der Stuhllehne auf meinen Rücken.

»Es tut mir leid, Frau Lesniak«, sagt auch Brandner und schiebt demonstrativ die Plätzchendose in meine Richtung. Seiner Meinung nach habe ich wohl eine weitere Dosis nötig. »Ich will Sie nicht aufregen, ich will Sie beschützen.«

Ich greife zu, auch wenn mir nicht danach ist, ein Mürbteigherz mit Marmeladenfüllung diesmal. Wieder wartet Brandner, bis ich aufgegessen habe, um mir die Frage zu stellen, die ich heute Abend schon mehrmals beantworten musste. »Und Sie sind sich wirklich ganz sicher, dass Sie den Einbrecher nicht erkannt haben?«

»Ganz sicher«, sage ich und nicke bekräftigend. »Ich hatte kein Licht eingeschaltet. Deswegen war es vollkommen dunkel im Haus, als ich ihm die Maske vom Kopf gerissen habe. Dann hat er mich umgestoßen und ist über die Terrassentür nach draußen abgehauen.«

Du wärst einverstanden, Papa.

Vielleicht wärst du sogar ein bisschen stolz auf mich. Ich folge den großen Philosophen: Machiavelli, Bentham, Kant. Ich habe den Zweck geprüft und die Mittel. Der Zweck ist kein ausschließlich eigennütziger, sondern ein moralisch richtiger und zudem von Bedeutung für das Gemeinwohl: Je länger du im Gefängnis sitzt, desto länger ist der wahre Mörder frei und kann sich weitere unschuldige Opfer holen. Der Zweck ist, den eingeschränkten Blick der Polizei zu erweitern, das Mittel ist der Einbruch. Diesem müssen sie nachgehen und dabei jede Möglichkeit prüfen, auch die, dass Marcus Steinhausen dahinterstecken könnte. Nur ich weiß, dass er es nicht war; der Polizei hingegen bleibt nichts anderes übrig, als ihn sich noch einmal genauer anzusehen. Sie müssen sich überhaupt jeden ansehen, der einen Grund hätte, in unser Haus einzubrechen, nachdem ich begonnen habe, Fragen zu stellen. Ich bin mir weiterhin sicher, dass sie dabei so oder so auf Steinhausen stoßen werden, aber solange ich nicht den einen, eindeutigen, endgültigen Beweis für seine Schuld habe, muss ich nach außen hin vorsichtig sein. Sie dürfen nicht denken, dass ich wie Rainer Meller einen Wahn in Bezug auf diesen Mann entwickelt habe. Sie müssen mich ernstnehmen, wenn es drauf ankommt.

Der Zweck heiligt die Mittel.

Es ist okay, dass ich gelogen und die Umstände des Überfalls zu meinen Gunsten etwas verbogen habe. Es ist okay, ich bin kein schlechter Mensch deswegen. Oder, Papa?

»Mach dir keine Sorgen, Anni«, sagt Ludwig an deiner Stelle, während ich, leicht verkrümmt unter den Schmerzen in meiner Schulter, neben ihm im Beifahrersitz hänge. Noch dazu bin ich nervös, aber nicht, weil, wie er vermutlich denkt, der Überfall mich traumatisiert hätte. »Ab jetzt werde ich besser auf dich aufpassen.«

»Mir geht es gut, Ludwig«, entgegne ich zum wiederholten Mal, und langsam klinge ich genervt. Was jedoch nicht förderlich ist, denn er darf nicht misstrauisch werden. Ich bin Anni, die in der geöffneten Haustür stand, als er vorhin mit dem Essen zurückkam. Anni, wie versteinert und mit einer schwarzen Skimaske in der Hand. Anni, die nur stammeln konnte, als sie ihm von dem Einbrecher berichtete, den sie im Arbeitszimmer überrascht hatte. Ein Mann war es gewesen, so viel stand fest. Aber sie hatte ihn in der Dunkelheit nicht erkennen können. Er hatte sie zu Boden gerissen und war dann über die Terrasse entkommen. Ludwig setzte sie sofort in sein Auto, wo sie sich sicher fühlen sollte, während er ins Haus ging, die Lichter einschaltete und alles inspizierte, bevor er die Polizei rief.

»Wirklich«, schiebt Anni jetzt hinterher und lächelt versöhnlich. »Letztlich ist ja nichts Schlimmes passiert. Ich will einfach nur nach Hause und in mein Bett.«

»Du willst was?« Ludwig sieht mich völlig entgeistert an, dann schüttelt er den Kopf. »Kommt nicht in Frage, du übernachtest heute bei mir.«

»Das ist nicht nötig, ehrlich. Ich …«

»Ach ja? Und was, wenn der Einbrecher zurückkommt?«

»Nach dem Aufgebot? Ich bitte dich. Die Polizei hat über zwei Stunden lang das gesamte Haus, den Garten und die Garage durchsucht und Spuren gesichert. Ich an Stelle des Einbrechers würde schnellstmöglich die Stadt verlassen.«

»Es stellt sich immer noch die Frage, wie er überhaupt ins Haus hineingelangt ist.«

Ich senke schuldbewusst den Blick, genau wie vorhin, bei meiner Aussage vor Kommissar Brandner. »Die Terrassentür. Ich muss sie mal wieder offengelassen haben, anders kann ich es mir auch nicht erklären.«

Ludwig seufzt. »Mir ist klar, dass du in letzter Zeit ganz schön durch den Wind bist, Anni. Und ich verstehe es auch, aber …«

»Auf so etwas muss ich achten, besonders jetzt, wo ich allein im Haus wohne«, beende ich seinen Satz mit den Worten, die Eva gestern zu mir gesagt hat. Ein Gestern, das mir vorkommt, als wäre es eine Ewigkeit her. »Ich weiß, Ludwig.«

»Abgesehen davon, muss man jetzt auch die Botschaft der roten Schleife an eurem Oleander noch mal hinterfragen. Vielleicht kam die ja auch von ihm.«

»Du meinst, dass er mich schon länger beobachtet hat?«

Ludwig gibt nur ein leises Knurren von sich, die Einsicht des Menschen, der genau diesen Umstand gestern noch heruntergespielt und mich davon abgehalten hat, die Polizei zu alarmieren. *Jemand war in eurem Garten und hat eine rote Schleife an den Oleander geknotet. Mehr ist faktisch nicht passiert*, Schulterzucken. Trotzdem protestiere ich nicht länger, als er die falsche Abzweigung nimmt. Ich will unbedingt nach Hause, das schon. Aber Ludwig hat die besseren Argumente, ein glaubwürdigeres Szenario. Wir schweigen, bis er den Wagen in seine Einfahrt hineinsteuert.

»So, da wären wir.« Er greift zum Rücksitz, wo die Tüte mit beiden Styroporboxen vom Thailänder liegt.

Wir steigen aus. Vor uns baut sich protzig seine Villa auf, ein Haus, das mit seiner Jugendstilopulenz jedem Gast erst einmal ein dickes, fettes »Ätsch« ins Gesicht spuckt. So lebt jemand, der es geschafft hat, der nicht weiß, wohin mit seinem Geld. Ludwig hätte es verkaufen können, nachdem er in den Ruhestand gegangen ist, den er in den Wäldern seiner polnischen Heimat verbringt, und sich für seine sporadischen Berlinbesuche einfach in einem Hotel einmieten. Aber das tut er nicht, weil er es nicht muss. Er kann es sich leisten, ein Haus zu behalten, das er schon gar nicht mehr bewohnt, wie eine übergroße Trophäe, ein Denkmal für sein Lebenswerk.

»Die Welt wird gleich ganz anders aussehen, nachdem du dich mal wieder eine Nacht ordentlich ausgeschlafen hast«, sagt er und tippt einen Code in das Tastenfeld neben der Haustür. Leute wie Ludwig werden nicht von Einbrechern in ihren Arbeitszimmern überrascht; an solchen Alarmsystemen kommt von vornherein niemand vorbei. In der Diele werfe ich meinen Rucksack ab und ziehe mir die Stiefel aus. Am liebsten würde ich mich direkt ins Bett verabschieden, doch ich kenne Ludwig. Er wird erst sicher sein wollen, dass es mir wirklich gut geht. Und vor allem wird er selbst nicht schlafen können, bevor er sein Gewissen nicht mit etwas väterlicher Fürsorge mir gegenüber beruhigt hat. Das muss er aber – er muss schlafen, wenn er nicht mitbekommen soll, wie ich mich mitten in der Nacht aus seinem Haus stehle. Ich habe es mir genau überlegt: Ich werde das Bettzeug im Gästezimmer etwas durcheinanderbringen, noch eine Weile warten und dann abhauen. Und morgen, wenn er mein Fehlen bemerkt und mich daraufhin anruft, werde ich ihm einfach sagen, dass ich früh aufgestanden bin und ihn nicht wecken wollte. Ich habe alles im Griff, Papa. Ich lasse mich nicht länger wehrlos vom Chaos durchschütteln; es ist genug.

Ich gehe in die Küche, hole zwei Tassen aus dem Oberschrank und tippe mich anschließend durch die Funktionsleiste am Kaffeeautomaten, die kompliziert wirkt, wenn man sie noch nie bedient hat. Doch das habe ich, unzählige Male bereits. Ich weiß, in welcher Schublade ich ein Päckchen Zigaretten finde. Ludwig, der, von der ein oder anderen Zigarre zu besonderen Anlässen einmal abgesehen, schon lange nicht mehr raucht, bewahrt es für Notfälle auf. Für Notfälle wie mich. Ich weiß auch, dass neben einigen Putzutensilien im Spülschrank ein Aschenbecher versteckt ist und in welcher Schublade die Streichhölzer sind. Ich weiß, dass ich das Fenster öffnen muss, nicht wegen Ludwig, sondern wegen Frau Cluth, der Haushälterin, die immer noch sporadisch für ihn arbeitet und mir früher an diesem Tag mit seiner Handynummer ausgeholfen hat. Sie schimpft, wenn man die Bude achtlos vollqualmt, das hat sie schon immer. Ich weiß das alles, weil ich schon oft hier war. Schon als kleines Mädchen saß ich an diesem Küchentisch, vor einer Tasse Kakao und einer Butterschrippe, die mir Frau Cluth geschmiert hatte. Ich bin auf den Ledersesseln in der Bibliothek herumgeklettert oder habe mir auf dem Dachboden ein Lager gebaut, während Ludwig und mein Vater in ihre Unterhaltungen vertieft waren.

»Du rauchst wieder?«, fragt Ludwig, als er nun ebenfalls die Küche betritt und die Tüte mit unserem Essen auf der Arbeitsplatte abstellt. Er hat sich umgezogen, trägt jetzt eine Strickjacke mit Schalkragen anstatt seines Jacketts. Ich sitze am Tisch und puste Rauchkringel in die Luft. Zoe hat mir erklärt, wie man das macht, nach einer durchtanzten Nacht, die auf dem Balkon des Studentenwohnheims geendet hatte, in dem sie damals noch wohnte. Den Rauch in den leicht geblähten Backen halten. Mit den Lippen ein »O« formen. Und dann vorsichtig die Zunge nach vorne schieben. Etwas so Einfaches, und ich habe es partout nicht hingekriegt. Jetzt, wo ich es kann, lebt Zoe allein in unserer Wohnung und bereitet sich auf ihr Auslandssemester vor; Cornwall, ohne mich.

»Ab und an«, sage ich zu Ludwig. »Aber erzähl das bloß nicht Papa. Du weißt schon, Asthma und so.«

Er brummt und holt sich eine Zigarre. Wir trinken unseren Kaffee, wir rauchen. Das Essen bleibt unangetastet in seiner Tüte.

»Ich weiß, dass du genauso wenig von meiner Theorie über Marcus Steinhausen hältst wie Brandner und der Rest der Polizei. Aber ich weiß auch, dass ich richtigliege. Ich kann dir nicht genau sagen, woher das kommt, nur, dass es ein unheimlich starkes Gefühl ist.«

»Du bist unverkennbar die Tochter deines Vaters.« Ludwig lacht. »Für ihn sind Gefühle auch immer wichtiger gewesen als Fakten. Ein Wunder, dass trotzdem so ein erfolgreicher Wissenschaftler aus ihm geworden ist.«

Ich schüttele den Kopf. »Das stimmt so nicht ganz. Gefühle führen zu Handlungen und Handlungen zu Fakten, hat er immer gesagt. Er hat sie als Basis betrachtet, für alles. Und damit hat er doch recht, oder nicht? Es gibt wahrscheinlich keine Frage, die er mir in meinem Leben öfter gestellt hat, als: *Und was hast du dabei gefühlt?* Er hat sich nie abspeisen lassen, er wollte es immer ganz genau wissen. Als Kind musste ich meine Gefühle wie in kurzen Aufsätzen sogar aufschreiben und ihm später geben, damit er sah, dass ich mich wirklich damit befasst hatte.« Ich lache auch, nur kurz jedoch. »Umso schlimmer finde ich es, dass jemand wie er – jemand, der immer so aufrichtig an anderen interessiert war – jetzt weggesperrt in einer winzigen kalten Zelle sitzt. Und niemand fragt, was *er* dabei fühlt.«

»Er könnte sich viel ersparen, wenn er reden würde, Anni. Du tust so, als würde ihm niemand zuhören wollen. Aber so ist das nicht. Im Gegenteil.«

»Du verstehst ihn nicht.« Mit harschen, kleinen Bewegungen drücke ich meine Zigarette aus. »Ihr versteht ihn alle nicht. Er ist ein höchst sensibler Mensch. Diese Anschuldigungen haben ihn gebrochen.«

Ludwig lehnt sich zurück und verschränkt die Arme.

Ich dagegen beuge mich über den Tisch nach vorne. »Marcus Steinhausen, Ludwig. Die Polizei wird ihn in Hinblick auf den Einbruch überprüfen. Und du musst dafür sorgen, dass das gründlich geschieht.«

»Du brauchst Schlaf, Kind.«

»Die Frage ist nicht, ob er für den heutigen Abend ein Alibi hat. Die Frage ist, ob er der Schleifenmörder ist.«

Ludwig erhebt sich, um ohne weitere Erklärung die Küche zu verlassen. Ich sehe auf meine Armbanduhr – kurz vor Mitternacht. Knapp vier Stunden ist es her, dass ich den Einbrecher in unserem Haus erwischt habe. Ludwig hat recht; ich sollte endlich schlafen gehen.

Ich habe mich gerade erhoben, als er mit zwei Gläsern zurückkommt, darin bräunliche Flüssigkeit. Single Malt, rate ich. Aus der Globus-Bar in der Bibliothek. Als Kind hat es mich fasziniert, wie Ludwig einfach die nördliche Hälfte der Welt nach hinten klappte, um aus ihrem Inneren eine der wertvollen Flaschen zu fischen. Er platziert die Gläser auf dem Tisch und ersetzt damit die beiden Kaffeetassen. Ich nehme wieder Platz, ohne Protest. Ein kleiner Schluck kann nicht schaden, auf diesen Tag, dem eigentlich nur ein großer Schluck gerecht werden könnte.

»Irgendwas stimmt nicht an dem Fall, so wie die Ermittler ihn darstellen wollen«, sage ich und stelle mein Glas ab. Offenbar habe ich doch einen größeren Schluck genommen – egal, ich vertrage einiges. »Irgendwas entgeht ihnen.«

»Etwas, das du finden wirst.« Der Satz überrascht mich genauso wie das Lächeln, das ihn begleitet. Immerhin hat Ludwig mir bis eben noch den Eindruck vermittelt, dass er zwar den Einbruch ernstnimmt, aber meine Theorien zu Marcus Steinhausen nicht unbedingt. Trotzdem nicke ich. Was sich seltsam anfühlt. So als hätte das Gewicht meines Kopfes zugenommen; er ist schwer wie ein Stein, den ich auf dem dünnen, schwachen Stöckchen zu balancieren versuche, das bis eben noch mein Hals gewesen ist.

»Das Motiv«, sage ich bemüht unbeeindruckt. »Ich habe dich schon einmal danach gefragt, aber du hast mir keine Antwort gegeben, und in deinen Unterlagen habe ich dazu auch nichts gefunden. Was für einen Grund sollte mein Vater gehabt haben, zehn kleine Mädchen zu töten?«

Erneut prostet Ludwig mir zu, und ich trinke mit, in der Hoffnung, der Alkohol mache ihn gesprächig.

»Also?«

»Du hast die Akte gelesen. Somit weißt du, dass den Mädchen die Pulsadern aufgeschnitten wurden. Links, genau wie bei dir.« Er beugt sich mir entgegen. »Die Rechtsmedizin kann sich nicht genau festlegen, vermutet aber, dass es ein Messer mit einer sehr stumpfen Klinge war, das der Täter benutzt hat. Kannst du dir auch nur annähernd vorstellen, wie viel an Kraft es bedarf, jemandem mit einer stumpfen Klinge die Pulsadern aufzuschneiden?«

»Aber genau das ist es doch, Ludwig! Niemand hat mir das damals angetan! Da gab es keinen Verrückten mit einem Messer. Ich war das, ich selbst!«

»Das linke Handgelenk, Anni«, insistiert er. »Glaubst du im Ernst an solche Zufälle?«

»Ein paar Wochen, nachdem ich angefangen habe, bei

Big Murphy's zu arbeiten, stellt sich heraus, dass meine Arbeitskollegin die Mutter des ersten Opfers ist, also: Ja, Ludwig! Es gibt Zufälle! Es gibt sogar ganz unfassbare Zufälle!«

»Ach, Kind.« Ludwig, dessen Konturen nun leicht verschwimmen.

Ich zwinkere ein paarmal hintereinander, bis meine Sicht wieder scharf ist. »Und das ist immer noch kein Grund!«, lasse ich nicht locker, nicht diesmal.

Ludwig deutet mit dem Kinn auf mein Glas. Ich trinke, meinetwegen. »Als Anthropologe ist er ein Wissenschaftler, Anni. Und als Philosoph ein Denker, der danach strebt, Antworten auf die grundlegenden Fragen des Lebens zu finden.«

Ich will etwas einwenden, aber meine Zunge klebt an meinem Gaumen. Ludwig legt seine Hand auf meine. »Auch der Tod ist ein Teil des Lebens.«

Sein Gesicht löst sich auf, alles löst sich auf. Es ist, als wäre die ganze Szenerie ein gemaltes Bild und jemand hätte Wasser darüber verschüttet, Farben verlaufen, münden ineinander, keine abgegrenzten Umrisse mehr, alles fließt. Etwas stimmt nicht mit mir, mein steinschwerer Kopf sackt auf meine Brust. Wieder versuche ich, etwas zu sagen, aber mein Mund ist wie zugenäht.

»Anni«, höre ich Ludwig gedämpft. »Du bist da in etwas hineingeraten, das nicht gut für dich ist.«

Mit aller Kraft gelingt es mir, meinen Kopf anzuheben. Unkontrolliert kugelt er auf meinem Hals herum.

»Aber vertrau mir.« Mit einem Mal ist seine Stimme an meinem Ohr, sehr nah, sie ist ein Flüstern und ein warmer Atem. Wann ist er von seinem Stuhl aufgestanden und um den Tisch herumgetreten? »Alles wird gut.«

Weißt du noch …?

Vor sechs Jahren, als Eva von heute auf morgen aus der Stadt verschwand.

Schon länger hatte mein Herz gelitten; sie und Nico, das fühlte sich an wie mein Asthma. Eine chronische Krankheit, die nicht angenehm war, aber mit der ich zu leben gelernt hatte. Zumindest war mir klar, dass ich Eva nicht einsperren konnte, nicht wie damals, mit vierzehn, als ich verhindern wollte, dass sie rechtzeitig zum Vorsprechen in der Theater-AG erschien. Da hatte ich sie einfach in eine Kabine der Schultoilette geschubst und diese von außen mit dem Besen des Hausmeisters verrammelt. Ich wollte nicht, dass sie die Rolle der Luise in Schillers ›Kabale und Liebe‹ bekam. Ich kannte das Stück aus dem Deutschunterricht und wusste, dass es einen Ferdinand geben würde, den sie lieben müsste. Drei Jahre später hieß dieser Ferdinand Nico und ich war machtlos. Ich musste ihre Liebe ertragen, wenn ich nicht Gefahr laufen wollte, Eva gänzlich zu verlieren. Doch genau das geschah, nur ein Jahr später, gleich nach der Abifeier. Eva und Nico fuhren zusammen weg und kamen nicht mehr zurück. Mit jedem Tag, der verstrich, brach mein Herz aufs Neue und ich fing an, mich zu wundern, warum ich nicht längst mit einem Infarkt niedergestreckt auf dem Boden lag und einfach starb. Ich war so erschöpft von meiner Trauer und kam gleichzeitig nicht zur Ruhe; alles, was ich wollte, war schlafen – schlafen, nicht sterben, verdammt! –, mich nur einmal wieder richtig lange und erholsam ausschlafen. Und wenn ich dann wieder aufwachte, hätten sich mein Körper und mein Geist regeneriert, ich hätte wieder Appetit und eingesehen, dass eine Welt ohne Eva zwar anders, aber trotzdem noch schön und lebenswert wäre.

Es waren deine Tabletten, Papa. Du hattest immer wieder Phasen gehabt, in denen dich deine Arbeit so sehr verschlang, dass du nicht mal nachts deinen Kopf ausschalten konntest. Ich nahm zu viele, ein dummes Versehen. Es fühlte sich an, als läge ich ausgestreckt in einem Moor. Mit jedem Atemzug wurde mein Körper schwerer und sank ein Stückchen tiefer. Mein Herzschlag verlangsamte sich, verlangsamte sich immer mehr, was mir falsch vorkam in Anbetracht der wachsenden Panik, die ich empfand. Ich spürte, dass ich unterging, und es machte mir eine Heidenangst. Ich schaffte es noch, nach dir zu rufen und dich mit einer trägen Geste auf das Tablettenröhrchen auf meinem Nachttisch aufmerksam zu machen.

»Muss ich jetzt sterben, Papa?« Auch das schaffte ich noch, dich zu fragen.

»Keine Sorge, mein törichtes Käferchen«, sagtest du und legtest mir deine Hand auf die Stirn. »Diese Tabletten müsstest du kiloweise schlucken, bevor sie dich töten. Du wirst einfach nur sehr fest und lange schlafen.«

Dann versank ich im Moor.

Es ist ähnlich, in diesem Moment in Ludwigs Küche. Mein Körper, der unsäglich schwer ist, mein Herzschlag, der sich anfühlt wie tiefe, lange Seufzer. Ich sacke in meinem Stuhl zusammen, hinein in einen dichten grauen Nebel. Ich merke noch, wie Ludwig mich unter den Achseln packt, und spüre auch den Schmerz in meiner rechten Schulter. Muss ich jetzt sterben, Ludwig?, will ich fragen, aber das sind zu viele Worte, das ist zu anstrengend. Alles, was mir noch gelingt, ist ein klägliches, kleines: »Warum?«

Wir

Trink, Sarah, trink schön aus. Das ist ein Zaubertrank. Der verhilft dir zu einem wunderschönen Traum. Und wenn du wieder aufwachst, lasse ich dich zur Prinzessin. Sie muss sich ausruhen, genau wie du, denn es ist schon spät und es war ein aufregender Tag. Ich werde noch einmal rausgehen, ich muss. Sie haben angefangen, nach dir zu suchen. Die Polizei ist auch schon da, mit ihren Männern und Hunden, mit ihren Scheinwerfern und einem Helikopter sogar. Sie spielen Blinde Kuh – kalt, kalt, ganz kalt, möchte ich ihnen zurufen. Doch das tue ich natürlich nicht, denn ihre Ahnungslosigkeit kommt uns ja nur gelegen. Im Gegenteil, wir wollen und dürfen kein Risiko eingehen. Deswegen werde ich mich ihnen anschließen, der Polizei und den Leuten aus dem Dorf. Ich werde bei der Suche dabei sein, nur so bleibe ich auf dem neuesten Stand und erfahre, wenn es gefährlich für uns wird. Ein ganz alter Trick: da sein und trotzdem unsichtbar, wie ein Geist oder ein Schatten in der Nacht. Nun schlaf schön, Süße, komm zur Ruh. Und wenn ich zurück bin, dann lege ich mich zu dir. Ganz nah werde ich dir sein, ganz fest werde ich dich halten und dein schönes, weiches Haar streicheln. Du wirst es spüren, selbst im Schlaf; du wirst dich sicher und geborgen fühlen, so wie du es verdient hast. Die Prinzessin bittet mich auch immer darum, dass ich mich zu ihr lege, nur sie und ich und der Rest der Welt ganz weit weg. Und natürlich gebe ich gerne nach, ich tue doch alles für sie. Nichts sehnlicher wünschst du dir auch, Süße, oder? Jemanden, der alles für dich tut. Du wärst auch gerne eine Prinzessin, stimmt's?

Ann

Berlin, 27.12.2017

Panisch schrecke ich hoch, Herz und Atmung auf Anschlag. Ich bin in Ludwigs Gästezimmer, im Bett. Die Digitalziffern des Weckers auf dem Nachttisch behaupten, dass ich gut zehn Stunden lang geschlafen habe; es ist schon fast Mittag. Meine Gedanken sind schwarz. Kurz ist da sogar die Möglichkeit, dass Ludwig mir etwas angetan haben könnte. Ich schiebe die Bettdecke von mir. Es ist nur der Pullover über meinem T-Shirt, den er mir ausgezogen hat, ansonsten bin ich vollständig bekleidet. Trotzdem fühle ich mich nackt, weil ich ihm ausgeliefert war. Er hat entschieden, mich mit Schlaftabletten oder irgendeinem anderen Mittel ruhigzustellen; er hat über mich bestimmt. Dabei spielt es auch keine Rolle, ob er das nur aus Sorge heraus getan hat. Ich reiße die Decke zur Seite und schwinge meine Beine über die Bettkante. Mein Körper wehrt sich mit einem Schwindel gegen die zackigen Bewegungen, ich gebe nicht nach. Mehr als vierzehn Stunden sind vergangen, seitdem ich den Einbrecher gestellt habe. Ich muss nach Hause. Ich ziehe mir meinen Pullover über, der auf dem Sessel neben dem Bett liegt, greife mir meinen Rucksack und bin mit einem Satz an der Tür. Die Idee, dass Ludwig sie abgeschlossen und mich hier drinnen eingesperrt haben könnte, blitzt in meinem Kopf auf. Aber ich irre mich, zum Glück. Ich beeile mich die Treppe hinunter, stolpere fast.

»Guten Morgen, Schlafmütze!«, ruft Ludwig, als ich an

der Küche vorbeikomme, und erhebt sich vom reichlich gedeckten Frühstückstisch. Ohne zu reagieren, presche ich weiter durch den Flur zur Garderobe, um mir meine Jacke und meine Stiefel anzuziehen.

»Anni? Ist alles in Ordnung?« Jetzt steht er da und blickt mich ganz entgeistert an, während ich meine Jacke vom Bügel zerre und mit meiner verletzten Schulter umständlich in die Ärmel schlüpfe.

»Gar nichts ist in Ordnung. Du solltest dich schämen!«

»Wovon redest du?« Er tritt einen weiteren Schritt auf mich zu und macht Anstalten, mir mit der Jacke zu helfen. Ich drehe mich weg. »Anni, ich weiß wirklich nicht …«

»Echt jetzt? Du streitest es auch noch ab? Du hast mir ein Schlafmittel gegeben!«

»Ich hab … was?«

Ich antworte nicht. Er weiß genau, was er getan hat. Aber ich will nicht mehr diskutieren; ich habe weder die Lust noch die Zeit dazu. Ich muss nach Hause, sofort. Ludwig hat meinen Plan vereitelt, schon in der Nacht zurückzukehren. Inzwischen ist ein halber Tag vergangen und ich weiß nicht, was das schlimmstenfalls bedeutet.

»Anni …« Der Ton ändert sich, ein scheinheiliges Säuseln. »Ich mache mir Sorgen um dich.«

»Ach ja? So wie du dich auch um Papa sorgst?«

»Was soll denn das nun wieder heißen?«

»Dass du erstaunlich untätig bist in Anbetracht der Tatsache, dass sich mit Marcus Steinhausen eine ernstzunehmende neue Spur ergeben hat. Eine Spur, die immerhin dabei helfen könnte, deinen Mandanten zu entlasten.« Ungelenk lasse ich mich auf dem Boden nieder, um mir meine Stiefel anzuziehen. »Solltest du also nicht längst in Kommissar Brandners Büro sitzen und dafür sorgen, dass er sich Steinhausen noch einmal vornimmt?«

»Ich will dich doch nur schützen, Kind.«

»Vor Steinhausen? Dann hast du aber eine seltsame Art, das …«

»Vor dir selbst, Ann.«

Ein Satz, als hätte er mir eine Ohrfeige verpasst. Ich sehe zu ihm auf wie erstarrt. »Ach, leck mich doch.« Das ist das Letzte, was er von mir hört, bevor ich sein Haus verlasse.

Ich laufe, als ginge es um mein Leben.

Meine Schulter schmerzt unter der Erschütterung meiner Schritte, meine Augenbraue pocht. Erst am Richard-Wagner-Platz erwische ich ein Taxi. Dem Fahrer scheine ich suspekt zu sein, seinem ständigen Blick in den Rückspiegel nach zu urteilen. Ich könnte eine durchzechte Nacht hinter mir haben, zumindest sehe ich wie ein Ärgernis aus, mit meinen zerzausten schwarzen Haaren und dem Pflaster im Gesicht, und ich höre einfach nicht auf zu keuchen.

»Sie sagen Bescheid, wenn ich kurz anhalten soll, ja?« Wahrscheinlich denkt er, mir wäre schlecht, und hat Angst um seinen Sitzbezug.

»Alles okay. Ich hab es nur echt eilig.« Schließlich ist es Winter, und selbst tagsüber liegen die Temperaturen beachtlich unter null, von den Nächten ganz zu schweigen. Ein Gefühl schnürt sich um meinen Brustkorb. Was, wenn ich eine riesengroße Dummheit begangen habe?

»Wirklich alles in Ordnung?« Der Fahrer wieder.

»Können Sie nicht einfach etwas schneller fahren?«

»50 km/h sind 50 km/h.«

Und ein Leben ist ein Leben. Ich schiebe meine Hände

unter die Oberschenkel, alles an mir zittert. Hinter meinen geschlossenen Lidern liegt Eva und mit ihr die Einsicht, wie sich innerhalb von Sekunden alles ändern kann. Eine Einsicht, zu der ich doch längst gekommen war. Ich muss aufstoßen, ein Mund voll sauer gegorenem Whiskey von letzter Nacht. Mein Plan war ein anderer gewesen. Ich wollte nur einen kleinen Schluck mit Ludwig trinken, um sein Gewissen zu beruhigen, und mich dann heimlich davonmachen. Ich wäre rechtzeitig zu Hause gewesen. Und nun?

Unser Wohngebiet ist eine Tempo-30-Zone, ich werde verrückt. Ich bitte den Fahrer, mich aussteigen zu lassen, jetzt, sofort, zwei Straßen vor zuhause. Ich höre nicht mal, welchen Preis er mir nennt, sondern drücke ihm direkt einen Zwanziger in die Hand, springe aus dem Wagen, renne wieder.

Bitte, ich wollte nicht …

Ich pulsiere vor Schmerz und Anspannung, ich detoniere unter Konjunktiven. Was, wenn …?

Ich laufe schneller. Taste in meiner Jackentasche bereits nach dem fremden Schlüssel. Der Jeep steht an einer Straßenecke, etwa zweihundert Meter von unserem Haus entfernt. Jetzt am Tag schreit seine rote Farbe im Schnee und in der Sonne förmlich nach Aufmerksamkeit – gestern Abend jedoch, als ich mit Ludwig nach dem Besuch bei Brandner direkt daran vorbeifuhr, war er mir nicht aufgefallen.

Bitte …

Noch im Rennen ziele ich mit dem Autoschlüssel auf das Fahrzeug, um die Türen zu entriegeln.

Ich reiße die Kofferraumklappe auf.

Er zuckt zusammen, er blinzelt. Er lebt noch.

Ich lächle und sage: »Hallo, Jakob. Dann können wir uns ja jetzt in Ruhe unterhalten.«

Rückblick:

Am Donnerstag, den 09.11.2017, wurde gegen 21 Uhr ein noch namenloser Tatverdächtiger im Fall der seit Jahren andauernden Berliner Schleifenmordserie in seinem Haus verhaftet. Eine Kurznachricht, die um genau 21.24 Uhr in der Redaktion einging, wo der Journalist Jakob Wesseling in diesem Moment Überstunden für einen anderen Artikel machte. Wie ein Tier, das dem restlichen Rudel voraus zuerst bei der Beute anlangt, riss er das Thema sofort an sich, nicht ohne dabei die Beförderung zum stellvertretenden Redaktionsleiter zu wittern. Obwohl die Polizei die Identität des Verdächtigen unter Verschluss hielt, wusste Jakob genau, wen er auf dem Präsidium anrufen musste, um an den Namen zu gelangen. Einen Namen, den er, auch zum Schutz seiner Quelle, zunächst zwar nicht veröffentlichen durfte, der ihm jedoch einen gewaltigen Recherchevorsprung vor der Konkurrenz sicherte. Und Jakob recherchierte. Etwas Großes sollte es werden. Eine Reportage, ein Blick hinter die Kulissen, mitten in die Abgründe der Beteiligten hinein, geplante Sonderseiten oder sogar eine ganze Sonderausgabe, er, der als umworbener Experte zu Fernsehtalkshows und Podcasts eingeladen wäre, sobald die Anonymität des Verdächtigen aufgehoben werden würde. Wer war Professor Doktor Walter Lesniak? Wie konnte es einem Mörder gelingen, ein Kind aufzuziehen? Warum hatte seine Tochter von alldem nichts mitbekommen? Oder wusste sie womöglich davon? Welche Geheimnisse verbarg sie?

Jakob, für den es nun ein Leichtes war, Lesniaks Adresse herauszufinden. Dessen Tochter lebte dort inzwischen sehr zurückgezogen. Jakob fing an, sie zu beobachten. Wenn jemand bei ihr klingelte, schickte sie ihn weg, und sie selbst verließ nur selten das Haus, höchstens zum Einkaufen. Vor allem aber war sie in den ersten beiden Wochen nach der Verhaftung ihres Vaters noch blond. Er spürte, dass es keinen Sinn hätte, sie abzufangen und um ein Interview zu bitten. Und an ihrer Tür zu klingeln bräuchte er auch nicht, wenn sie schon Bekannte innerhalb von Sekunden abservierte. Doch dann kam sie eines Morgens mit schwarzen Haaren aus dem Haus. Die neue Farbe schien sie verändert zu haben, ihr zuvor gebückter Gang kam ihm plötzlich aufrechter vor. Er folgte ihr zu einem Fast-Food-Restaurant namens Big Murphy's, wo sie an diesem Tag ein Vorstellungsgespräch hatte, und kam auf eine Idee: Er würde sich mit ihr anfreunden.

Durch die zahllosen Interviews, die er als Journalist ständig führte, hatte er ein sicheres Gespür für Menschen entwickelt. Sie war jemand, mit dem man Geduld haben musste. Jemand, der einsam war. Also dachte er sich eine Rolle für sich aus, den unkomplizierten, unbeschwerten und gut gelaunten Jakob vom Recyclinghof. Ein Typ, der nicht wirkte, als lastete er ihr zusätzliche Probleme auf. Mit dem man einfach nur Bier trinken und Musik hören konnte. Ein Freund, der es einem leicht machte, sich zu öffnen, ein Vertrauter.

An Heiligabend hatte er es geschafft.

Sie tranken, sie tanzten, sie erzählte.

Jakob, der am Ende dieses Abends eine maßlos betrunkene Ann auf der Couch ablegte. Sie zudeckte und noch einen Moment lang neben ihr sitzenblieb, um ihr das strähnige Haar aus dem Gesicht zu streichen. Um sicherzugehen, dass sie wirklich eingeschlafen war. Jakob, der die Chance nutzte, von der die Konkurrenz nur träumen konnte: sich ungestört im Haus von Professor Doktor Walter Lesniak umzusehen. Er schaltete das Licht aus und durchstreifte mit Hilfe der Taschenlampenfunktion seines Handys jedes Zimmer. Er inspizierte den Inhalt der Besteckkästen in der Küche genau wie die Buchrücken im Wohnzimmerregal. Als er unten fertig war, nahm er sich das obere Stockwerk vor. Er wusste jetzt, welches Aftershave Lesniak benutzt (»Fahrenheit« von Dior), und dass Ann keine Stringtangas trug (sondern Hüfthöschen mit Beinansatz, vornehmlich in Rosa und Hellgrau). Am meisten aber interessierte ihn das Zimmer am Ende des Flurs, das sicherlich nicht grundlos abgeschlossen war. Jakob fasste zum Türstock, doch dort war kein Schlüssel abgelegt. Er sah sich um. Entdeckte die Konsole vor dem Fenster, öffnete die Schubladen. In der linken bewahrten die Lesniaks Kerzen auf, in der rechten kleine Willkürlichkeiten, die andernorts keinen Platz gefunden zu haben schienen: Ersatzknöpfe, Tesafilm, eine Rolle Paketschnur, ein paar hüllenlose CDs. Auf der Ablage darunter Bücher, schnöde Unterhaltungsliteratur, zu unwürdig für das Regal im Wohnzimmer. Doch: kein Schlüssel. Warum Jakob nun nach der Vase griff, wusste er selbst nicht so genau. Zufall, Instinkt oder einfach bloß ein allerletzter, wenig ernstgemeinter Versuch, der ihm das Gefühl geben sollte, wirklich alles in diesem Haus durchsucht zu haben. Damit hatte er den Schlüssel. Nur hörte er ausgerechnet jetzt Geräusche von unten. Ein Seufzen, ein paar gebrabbelte Worte im Schlaf – oder nur noch im Halbschlaf? Sein Blick zuckte zu dem Fenster über der Konsole. Ihm war nicht aufgefallen, dass er die Taschenlampe in seinem Handy schon eine ganze Weile lang nicht mehr benutzt hatte, dabei war es draußen längt hell geworden. Er würde zu einem anderen Zeitpunkt zurückkommen müssen, um herauszufinden, was sich hinter der abgeschlossenen Tür befand. Kurz überlegte er, den Schlüssel einfach einzustecken, aber das erschien ihm zu riskant. Was, wenn Ann sein Fehlen bemerkte? Wer einen Grund hatte, ein Zimmer abzusperren, hatte auch einen Grund, auf den Schlüssel aufzupassen. Also legte er ihn zurück in die Vase und verließ das obere Stockwerk. Er sah nach Ann, die schon nicht mehr ganz so tief und langsam atmete. Bis sie aufwachte – und lange konnte das nicht mehr dauern –, musste er sich überlegen, wie er beim nächsten Mal unbemerkt ins Haus kommen wollte. Ann regte sich. Jakob huschte in die Diele. Er dachte an Filme, in denen Haustürschlösser spielend leicht mit Kreditkarten geknackt wurden. Aber Jakob war kein gewiefter Hollywood-Einbrecher, er konnte so etwas nicht. Dafür war er ein gewiefter Journalist und als solcher von Berufswegen her mit einem Blick für Details ausgestattet. Neben der Garderobe hing ein Schlüsselbund, an diesem der Schlüssel für den Audi. Der Audi wiederum gehörte Walter Lesniak, also konnte Jakob davon ausgehen, dass es sich auch insgesamt um Walter Lesniaks Schlüsselbund handelte. Jeder der fünf Schlüssel war mit einem Plastikanhänger versehen. Auf dem roten stand »Uni Büro«, auf dem blauen »Uni Biblio«, auf dem grünen »Garage« und auf dem gelben schließlich, wonach er gesucht hatte: »Zuhause«. Jakob friemelte den Schlüssel aus dem kleinen Metallring und schob ihn sich in die Hosentasche. Dann machte er Kaffee. Für Ann, die bald aufwachen würde …

»… Für Ann, die er gnadenlos verarscht hat.« Ich stehe mit verschränkten Armen gegen die Küchenzeile gelehnt und schüttele fassungslos den Kopf. Jakob sitzt am Tisch. Er sieht blass aus, mitgenommen von der wohl längsten Nacht seines Lebens und der Frage, ob er sie überleben würde. Die Wolldecke, die ich ihm aus dem Wohnzimmer geholt habe, liegt über seinen Schultern wie ein Mantel. Seine Hände wärmt er an einem Becher Tee. Trotzdem scheint er sich kein bisschen zu schämen; er hat es sogar geschafft, mir während seiner Erzählung unverhohlen in die Augen zu blicken.

»Als ob du etwas anderes getan hättest.«

»Wie bitte?«

»Denk mal dran, was du deinen Kollegen bei Big Murphy's vorgespielt hast.«

»Ach so, und deswegen hatte ich diese Scharade deiner Meinung nach verdient.«

»Wir können gerne darüber diskutieren, ob ich es verdient hatte, einen halben Tag lang in meinen Kofferraum gesperrt zu werden.« Er donnert seine Handflächen auf die Tischplatte und erhebt sich. »Ich hätte sterben können, Ann!«

»Setz. Dich.« Neben mir auf der Arbeitsfläche liegen griffbereit ein Messer und mein Handy. Es reichen ein Blick darauf und die Tatsache, dass er mich nach letzter Nacht nicht mehr einschätzen kann. Ich könnte Ann sein, die aus einem spontanen Impuls heraus gehandelt hat, oder Ann, der mittlerweile alles egal ist. Ich könnte die Polizei anrufen und ihn als den Einbrecher von gestern Abend melden oder ihm mein Messer zwischen die Rippen jagen. Ich könnte auch beides tun und das eine als Notwehr vor dem anderen rechtfertigen. Also tut er, was ich sage, und sinkt zurück auf seinen Stuhl.

»Gut. Und nun?«

Ich presse meine Kiefer aufeinander. Er soll nicht wissen, wie ich mich fühle. Dass ich selbst kaum glauben kann, wie wir in diese Situation hineingeraten sind. Wie er da lag, gestern Abend, am Fuß unserer Treppe. Wie ich über ihm kniete in der Erwartung, dass Marcus Steinhausens Gesicht unter der Skimaske zum Vorschein käme. Stattdessen sah ich Jakob, meinen Freund. Wir hatten zusammen zu Lou Reed getanzt. Wir waren wie Flugzeuge durch einen sommerblauen Himmel gekreist. Jakob, der Verräter. Er hat die Platte zerkratzt und mir die Flügel gebrochen.

Enttäuschung. (Ann, 9 Jahre alt)

Enttäuschung fühlt sich an als würde man Wasser ins Gesicht geschüttet bekommen. Erst ist man traurig und möchte am liebsten weinen, weil man hätte halt nie gedacht, dass jemand den man mochte so gemein sein kann. Und dann wird man wütend auf sich selbst, weil man so blöd war dem Menschen zu vertrauen. Deswegen ist man selbst auch mit Schuld an der Enttäuschung und man sollte das nächste Mal lieber schlauer sein.

Gestern Abend.

Ich fuchtelte mit dem Messer, während ich Jakobs Körper abtastete. »Wer bist du?« Ich schrie und heulte zugleich. Er dagegen lag nur da, benommen von seinem Treppensturz, benommen vom Schreck über seine Enttarnung. In der Innentasche seiner Jacke fand ich neben seinem Autoschlüssel auch sein Portemonnaie und darin den Presseausweis. Wut legte meinen Verstand lahm. Plötzlich war da nichts mehr, nur beißender Hass und der Gedanke, dass Ludwig bald mit dem Essen zurückkäme und ich deswegen nicht viel Zeit hätte. Ich zerrte an Jakobs Körper, bis ich ihn auf die Füße gezwungen hatte. Er machte einen Ansatz, sich zu wehren, aber letztlich war ich es, die ein Messer hatte. Ich würde ihn nicht gehen lassen. Die Garage, fiel es mir ein. Oder besser unser Auto, wenn ich verhindern wollte, dass er durch Rufen und Klopfen auf sich aufmerksam machen würde. Und noch eine Idee. Ich konnte den Einbruch dafür nutzen, die Ermittlungen wieder auf Steinhausen zu lenken. Doch dann würde die Polizei in unserem Haus nach Spuren suchen und sich dabei bestimmt auch die Garage vornehmen.

»Wo hast du geparkt?«, fragte ich, und Jakob, der in seinem Zustand wohl dachte, ich wollte ihn einfach bloß schnellstmöglich loswerden, sagte es mir. Zuvor machten wir aber doch noch einen Abstecher über die Garage. Ich wusste, dass dort eine Rolle Malerkrepp herumlag, von der Renovierung des Wohnzimmers, bei der ich meinem Vater vor ein paar Monaten geholfen hatte …

»Dir ist klar, dass du mich nicht ewig hier festhalten kannst«, sagt Jakob jetzt, in diesem Moment in unserer Küche, und reibt sich über die Mundpartie. Das Malerkrepp, das mir als Knebel gedient hatte, hat eine sichtbare Rötung hinterlassen. »Gestern Abend, nach meinem Treppensturz, hattest du leichtes Spiel mit mir. Ich war total neben der Spur und du hattest ein Messer in der Hand.«

»Letzteres hat sich nicht geändert«, entgegne ich und nicke in Richtung des Messers neben mir.

Er schüttelt den Kopf. »So bist du nicht, Ann. Das glaube ich einfach nicht.«

»Steh gerne auf und geh zur Tür, wenn du es herausfinden willst.«

»Einigen wir uns darauf, dass die ganze Sache etwas aus dem Ruder gelaufen ist. Wir haben beide Fehler gemacht.«

»Netter Versuch.«

»Ich muss zu einem Arzt, Ann!« Nun ringt er die Hände und zwängt sich einen schmerzerfüllten Ausdruck ins Gesicht. »Ich bin die Treppe hinuntergestürzt und habe einen halben Tag lang bei Minusgraden in einem Kofferraum gelegen! Ich bin total unterkühlt, vielleicht habe ich mir beim Sturz einen Wirbel verletzt. Scheiße, Ann, ehrlich, was soll das?«

Ohne darauf zu antworten, greife ich nach meinem Messer und bewege mich auf ihn zu. Jakob springt von seinem Stuhl auf und macht einen Satz nach hinten. Lächelnd ziehe ich mich auf meine ursprüngliche Position zurück und lege das Messer wieder neben mich. »Ich würde sagen, es geht dir gut.«

Jakob knurrt, seine Reflexe haben ihn verraten. »Na schön. Was willst du?«

»Wie ich gesagt habe: reden.« Ich bedeute ihm mit dem

Kinn, sich wieder hinzusetzen. »Wonach hast du im Arbeitszimmer meines Vaters gesucht? Nach Beweisen, die die Polizei übersehen hat?«

»Weiß nicht, vielleicht. Zumindest kam es mir merkwürdig vor, dass das Zimmer abgeschlossen war. Und dann habe ich die Dokumente gefunden.«

Die Dokumente, Ludwigs Ordner, von dem ich behauptet hatte, der Einbrecher hätte ihn mitgenommen. Den ich in Wahrheit in meinem Rucksack versteckte, bevor Ludwig zurückkam, und der jetzt mit geschlossenem Deckel vor Jakob auf dem Küchentisch liegt.

»Du weißt, dass du dich auf dünnem Eis bewegst, Ann.«

Ich nicke schwach. Er hat ja recht. Das hier bin ich nicht. Der Riss, der sich seit der Verhaftung meines Vaters durch mein Leben zieht, scheint in einen Krater zu münden, der sich weitet und weitet und immer größere Teile meiner alten Welt verschluckt. Und vielleicht auch mich selbst. Ich habe den Ordner versteckt, weil ich dachte, es wäre gut, wenn der Einbrecher etwas mitgenommen hätte, das mit dem Fall in Verbindung steht. Außerdem kann es nicht schaden, auch weiterhin über die Informationen zu verfügen. Allein das, solche Gedanken. So etwas Abgestumpftes, Berechnendes. Es hat mir nichts ausgemacht, Jakob in seinen Kofferraum hineinzuzwingen, zurück im Haus alle Lichter auszuschalten und dann als bestürztes Opfer auf Ludwig zu warten.

Der Zweck heiligt die Mittel, sage ich mir. Ich bin nicht schlecht, nur entschlossen.

»Du bist keine Geisel, Jakob. Du kannst gehen, wenn du willst.« Demonstrativ nehme ich das Messer und stecke es zurück in seinen Schlitz in dem Holzblock auf der Arbeitsfläche. »Geh zurück in deine Redaktion, setz dich vor deine Tastatur und schreib einen Artikel über deine erbärmliche Nacht im Kofferraum. Oder …« Ich lächle.

»Oder?«

»Du hilfst mir und schreibst am Ende den Artikel deines Lebens über einen der größten Justizirrtümer, der sich in diesem Land jemals zugetragen hat.«

Es ist das *Oder*, natürlich. Jemand, der so weit gegangen ist wie Jakob, trollt sich nicht auf halbem Weg wieder davon. Ich erinnere mich noch an seine Worte am ersten Weihnachtsfeiertag: *Such dir gezielt einen vertrauenswürdigen Journalisten, dem du ein Exklusivinterview gibst, mit deiner Darstellung der Geschichte. Er* wollte dieser Journalist sein, von Anfang an. Auch, dass er mich nach meiner Zeitungskasten-Attacke auf meine angebliche Tochter angesprochen hat, war nur ein Versuch gewesen, meine Schale aufzubrechen. Er wusste längst, dass ich kein Kind hatte; er hatte mich schließlich über Wochen hinweg beobachtet und studiert.

Ich vertraue ihm kein Stück, Papa. Aber ich vertraue auf sein Ego. Er wird alles für seine Geschichte tun. Und ich, ich habe wieder Unterstützung.

Jakob trägt inzwischen einen deiner Pullover. Er hat dein Duschgel und dein Haarshampoo benutzt. Es ist mir unangenehm, aber ich wollte nicht, dass er nur wegen einer heißen Dusche nach Hause fuhr. Wir dürfen keine Zeit verlieren. Er hat sich sämtliche Dokumente aus Ludwigs Ordner durchgelesen und mir aufmerksam zugehört, als ich ihm von den letzten beiden Tagen erzählte. Er glaubt mir oder hält es zumindest nicht für ausgeschlossen, dass Marcus

Steinhausen mit seiner Geschichte der wahre Schleifenmörder sein könnte.

»Irgendwo muss der Kerl doch stecken«, war das Letzte,
was er sagte, bevor er sich meinen Laptop entsperren ließ,
um das Internet zu durchforsten. Ich sitze ihm gegenüber
und habe einen Zeitstrahl der Morde gezeichnet, in der
Hoffnung, auf ein Muster zu stoßen.

Juni 2003 – Larissa, 10 Jahre
Januar 2004 – Jana, 8 Jahre
Juni 2005 – Kati, 9 Jahre
2006 – Pause
September 2007 – Olivia, 7 Jahre
März 2008 – Laetitia, 10 Jahre
2009 – Pause
2010 – Pause
April 2011 – Hayet, 9 Jahre
2012 – Pause
Oktober 2013 – Jenny, 6 Jahre
Dezember 2014 – Saskia, 8 Jahre
2015 – Pause
Juli 2016 – Alina, 9 Jahre
November 2017 – Sophie, 7 Jahre

»Ein Mord pro Jahr, allerdings zu unterschiedlichen Jahres-
zeiten und mal ganz abgesehen von den komplett inaktiven
Phasen 2006, 2009, 2010, 2012 und 2015«, fasse ich zusammen und seufze. »Das ist kein Muster. Das kann …« Mein
Handy, das zum Aufladen neben der leeren Obstschale auf
der Arbeitsfläche liegt, unterbricht mich mit seinem Klingeln. Ich erhebe mich vom Tisch und sehe nach. Laut Dis-

play ist es Ludwig. Der mir ins Gewissen reden oder sich entschuldigen will. Ich drücke ihn weg.

»Also, wenn du mich fragst, ist ein Mord pro Jahr Muster genug«, sagt Jakob, als er merkt, dass ich das Gespräch nicht annehme. »Was die Pausen angeht, gebe ich dir recht: Entweder tötete er da nicht, weil er nicht konnte, oder er tat es im Ausland. Oder, auch möglich: Die Mädchen wurden einfach noch nicht gefunden. Wann genau war denn dieser Steinhausen in der Reha?«

Ich sehe in den Dokumenten nach. »September bis Oktober 2003 und dann noch mal von Juni bis Oktober 2005.«

»Er könnte also …«

»Ja, er könnte. Was hast du?«

»Ich habe …« Jakob macht Anstalten, den Laptop in meine Richtung zu drehen, stockt dann aber doch. »Ein Geständnis.«

»Okay?«

»Möglicherweise war es nicht Steinhausen, der die rote Schleife an deinen Olivenbaum gebunden hat.«

»Sondern?«

»Möglicherweise gibt es den ein oder anderen Journalisten, der sich gedacht hat, dass ein bisschen psychischer Druck nicht schaden könnte, damit du dich öffnest.« Er senkt den Blick, wohl in Erwartung meines nächsten Ausbruchs, von Geschrei, Gezeter, Gefuchtel mit dem Messer. Ich zucke nicht einmal; ich bin nicht überrascht.

»Sag was, Ann.«

»Es ist ein Oleander, du Idiot.«

»Das meine ich nicht.«

»Ist mir schon klar.« Ich schüttele den Kopf. »Das ändert nichts.«

»An der Sache mit Steinhausen oder zwischen uns?«

»Mit Steinhausen. Ich bin sowieso nicht draufgekommen, warum er mich bedrohen und dadurch riskieren sollte, aufzufliegen.«

»Und zwischen uns?«

»*Möglicherweise*«, sage ich betont scharf, »weißt du inzwischen, dass ich mich wehren kann, und sparst es dir in Zukunft, mich zu provozieren.« Ich nicke zum Laptop. »Und jetzt zeig mir, was du gefunden hast.«

Eine Website. Aus Spanien. *Servicio de artesano*, ein Handwerkerservice in der Nähe von Málaga. Mein Herz macht einen Satz, als Jakob mich auf das Impressum hinweist, das einen M. Steinhausen aufführt. Ich hole bereits aufgeregt Luft, doch Jakob kommt mir zuvor: »Nicht so vorschnell. Die Seite wurde schon seit über drei Jahren nicht mehr aktualisiert, und ich kann auch nicht mit Bestimmtheit sagen, dass es sich dabei um unseren Steinhausen handelt.«

»Aber Steinhausen hat früher als Bauleiter gearbeitet ...«

»Was ihn nicht automatisch zu einem Handwerker macht.«

»Das lässt sich doch bestimmt rauskriegen, oder?«

Mein Handy klingelt erneut. Wieder ist es Ludwig, und wieder will ich ihn zuerst wegdrücken. Bloß: Würde ich das tun, käme er vielleicht noch auf die Idee, sich in sein Auto zu setzen und hier aufzutauchen.

»Entschuldige kurz«, sage ich zu Jakob, und dann in mein Handy: »Hallo, Ludwig.«

»Anni.« Es klingt wie so oft nach einem Seufzen, nur weniger resigniert als vielmehr abgeschlagen, erschöpft. Unser Streit scheint ihn ernstlich getroffen zu haben.

»Lass uns ein andermal drüber reden, Ludwig, okay? Es passt gerade nicht so …«

»Nein, hör mir zu«, unterbricht er mich forsch. »Ich habe mindestens eine halbe Stunde lang überlegt, ob es richtig ist, dich anzurufen. Aber ich denke, ich muss es tun, um dir zu beweisen, dass du keinen Grund hast, an mir zu zweifeln. Anni, es ist folgendermaßen …«

Ludwig redet am Band – ich nicht mehr, keinen Ton.

Erst als er mich fragt, ob ich ihn verstanden habe, schaffe ich ein »Ja«. Eine Lüge. Ich habe seine Worte gehört, doch im Hinblick auf ihre Bedeutung lässt mein Verstand mich im Stich.

Sechs Minuten vierzehn Sekunden, sehe ich auf dem Display, nachdem wir aufgelegt haben. So lange hat das Telefonat gedauert. Jakob steht neben mir und berührt mich am Arm. Ich habe nicht mitbekommen, wie er vom Tisch aufgestanden ist.

»Ann? Was ist los?« Jetzt fühle ich seine Hand an meiner Wange.

Ich schüttele den Kopf. Manchmal reicht eine Sekunde, um ein ganzes Leben zu verändern. So war es bei Papas Verhaftung gewesen und auch mit Eva im Keller der Baustelle. Manchmal hingegen braucht es einen Moment länger. Sechs Minuten und vierzehn Sekunden, um genau zu sein.

Ich sehe Jakob an. »Steinhausen ist nicht in Spanien. Aber ich weiß, wo wir ihn finden können.«

»Was?«

Ich nicke. Was Ludwig mir gerade gesagt hat, ist schrecklich und ein Wunder zugleich: *Anni, es ist folgendermaßen: Es scheint einen neuen Fall zu geben. In Schergel, im Bayerischen Wald.*

Wir

Sarah, Süße, wach auf, wach auf. Ich weiß, du fühlst dich noch etwas benommen, aber das ist nicht schlimm. Das ist der Zauber, der wirkt, verstehst du? Wir wollen jetzt zusammen essen, du, ich und die Prinzessin. Ja, ganz recht, die Prinzessin. Es ist so weit, jetzt wirst du sie endlich kennenlernen. Zuvor müssen wir aber noch ins Bad mit dir. Du musst Pipi machen, Sarah, schön Pipi machen, nicht, dass noch ein Malheur passiert. Das wäre dir sicherlich sehr unangenehm. Weißt du, in deinem Alter habe ich oft in die Hose gemacht. Das Geschrei meiner Mutter hat mich so verängstigt, dass ich die Kontrolle über meinen Körper verlor. Ich will nicht behaupten, dass sie böse war, eher nervenschwach und unfähig, ihren eigenen Groll mit sich selbst auszumachen. Aber das ist rum, vorbei und nicht mehr von Bedeutung. Oje, deine Haare. Sie sehen ganz zerzaust aus. Lass mich dich kämmen, Schatz, ja? Und dann gehen wir in die Küche. Deine Beine sind noch zu schwach, ich trage dich lieber, komm her. Ach ja, ich habe übrigens Würstcheneintopf gemacht. Magst du das? Ich hoffe doch; es soll dir bei uns richtig gut gehen. Hier ist dein Platz, setz dich, Sarah, setz dich doch. Oh nein, nicht vom Stuhl kippen, Süße! Lehn dich an; am besten wird es sein, wenn ich dich füttere. Brav den Mund aufmachen – ja, so ist es gut. Wie du sie ansiehst … ich verstehe es. Sie ist hinreißend, nicht wahr? Und du, Prinzessin? Bist du noch böse, dass ich letzte Nacht bei Sarah geschlafen habe? Ich wollte doch nur, dass sie sich sicher fühlt, immerhin ist hier alles noch fremd für sie. Das verstehst du doch? Natürlich verstehst du das. Ach, ist es nicht herrlich mit uns dreien? Ich könnte mich daran gewöhnen. Ihr seid beides so liebe Mädchen, so liebe, artige, wunderschöne Mädchen … Na, na, na, Sarah, Vorsicht! Langsam kauen und schlucken, nicht schlingen, sonst ist es ja kein Wunder, dass du dich übergeben musst. Jetzt machen wir dich erst mal sauber und dann legen wir dich lieber noch ein bisschen hin. Ich kann euch eine Geschichte vorlesen, wenn ihr möchtet. Welches ist dein Lieblingsmärchen, Sarah? Dornröschen? Na, das trifft sich doch ausgezeichnet.

Ann

Berlin – Schergel, 27.12.2017

»Ein siebenjähriges Mädchen, Sarah, aus Schergel, einer knapp Tausend-Seelen-Gemeinde im Bayerischen Wald. Sie war gestern Mittag mit ihrer Mutter bei Bekannten, die ebenfalls im Dorf wohnen, zum Weihnachtsessen gewesen. Die Mutter schickte sie früher heim. Sie hatte es nicht weit; nur ein paar Straßen in einem Ort, aus dem es eigentlich unmöglich ist, unbemerkt zu verschwinden. Doch als die Mutter am Nachmittag nach Hause kam und Sarah dort nicht vorfand, schien genau das geschehen zu sein: Sarah war weg und niemand hatte sie gesehen. Gegen Abend waren sämtliche Freunde und die Nachbarschaft zusammengetrommelt, um das Dorf und die umliegende Umgebung nach ihr abzusuchen. Sarah fanden sie nicht, doch dafür in einem Waldstück: rote Schleifenbänder.«

»Rote Schleifen, aber keine Leiche?« Jakob kneift unverständig das rechte Auge zu einem Schlitz. »Wohin führten die Schleifen denn dann?«

»Laut dem Anwalt meines Vaters einfach nur ziellos durch den Wald.«

»Das ergibt keinen Sinn.«

»Doch, vielleicht schon«, sage ich und berichte vom Rest des Telefonats mit Ludwig, von den beiden Möglichkeiten, die die Ermittler in den Vorkommnissen in Schergel sehen. »Erstens: Der Entführer hat Sarah noch in seiner Gewalt, aber aus irgendwelchen Gründen war es ihm wichtig, der Polizei mitzuteilen, dass er wieder aktiv ist und sie den falschen Mann in Haft haben. Es könnte sich aber auch um einen Trittbrettfahrer oder einen schlechten Scherz handeln. Dann bleibt trotzdem die Frage: Wo ist Sarah? Sie wird kaum weggelaufen sein und die roten Schleifen selbst verteilt haben.«

»Was willst du jetzt machen?«

»Das kannst du dir doch denken, oder?«

»Gut«, sagt Jakob und nickt entschieden. »Bin dabei.«

Sein Jeep steht in unserer Einfahrt, das Heck in Richtung Garage geparkt. Ich selbst hatte den Wagen heute Mittag von der Straßenecke dorthin gesteuert. Ich wollte nicht, dass jemand aus der Nachbarschaft Jakob aus dem Kofferraum steigen sah, geschweige denn auf offener Straße eine Szene riskieren. Die Bedenken davor waren größer gewesen als meine grundsätzlichen Bedenken, ein Auto zu bewegen, und schließlich waren es ja auch nur ein paar Meter. Nun schlägt Jakob vor, uns auf der Fahrt nach Schergel abzuwechseln und dass ich den ersten Teil der Strecke übernehmen soll. So könne er nebenbei noch etwas recherchieren, vor allem aber seinen Polizeikontakt anzapfen und versuchen, weitere Details zu erfahren. Ich sage: »Ich bin seit einem Unfall vor zwei Jahren nicht mehr gefahren«, und lächle hilflos.

»Dann wird's Zeit.« Er nimmt mir die Reisetasche ab, die ich eilig zusammengepackt habe, verstaut sie im Kofferraum und begibt sich dann wie selbstverständlich auf die Beifahrerseite. Ich will keine Schwäche zeigen, also steige ich ein und starte den Motor, während Jakob das Navi programmiert. Scheinbar ist Schergel so klein, dass mehr als seine Hauptstraße in der Zieleingabe nicht aufgeführt ist.

»Fünf Stunden zwanzig Minuten«, sagt er und rechnet. »Vor acht, halb neun werden wir nicht ankommen.« Zumal wir vorher noch zu seiner Wohnung müssen, damit er ein paar Sachen zusammenpacken und seinen eigenen Laptop holen kann.

Ich zucke die Schultern, rechts macht sich sofort wieder der Schmerz bemerkbar.

»Alles okay?«

»Geht schon«, sage ich und bitte ihn, das Radio auf einen Nachrichtensender einzustellen. »Das Risiko, dass wir zu spät kommen, müssen wir wohl eingehen. Aber solange wir nicht hören, dass Sarah gefunden wurde, besteht die Möglichkeit, dass der Mörder sie noch bei sich hat. Und solange das so ist, ist es auch wahrscheinlich, dass er sich in der Umgebung von Schergel aufhält. Er hätte keinen Grund, sie woanders hinzuschaffen. Bei den Berliner Fällen ist er auch immer im Umland geblieben.«

»Das ist nicht gesagt. Er könnte sein Muster ändern. Und hat er das nicht auch schon getan? Immerhin gab es dieses Jahr bereits ein Opfer: das kleine Mädchen, das man im

Königswald gefunden hat. Es wäre das erste Mal, dass er innerhalb eines Jahres zweimal mordet. Und er hat sich eine neue Region ausgesucht.«

»Es ist aber auch das erste Mal, dass jemand anders im Gefängnis sitzt und ihm den zweifelhaften Ruhm als Schleifenmörder wegnimmt.«

Jakob seufzt.

»Was?«

»Oder es handelt sich wirklich um einen Trittbrettfahrer.«

Ich schüttele den Kopf. »Nenn mich verrückt, aber ich weiß, dass wir auf der richtigen Spur sind. Ich fühle es einfach.«

»Rot!«

Gerade noch rechtzeitig bremse ich vor einer Ampel ab; harsch werden wir nach vorne geschoben und im nächsten Moment zurück in die Sitze gedrückt. Mein Herz stolpert, die Erinnerung. Die unsägliche Samstagnacht damals, vor zwei Jahren: Zoe und ich, auf einer Party in Spreenhagen. Wir stritten uns, ich fuhr ohne sie nach Hause, wütend und übermüdet, vor allem aber als diejenige von uns beiden, die keinesfalls mehr hinters Steuer gehört hätte, weil sie zu viel getrunken hatte. Eine Abkürzung, die ich für eine gute Idee hielt. Eine Straße durch einen Wald, deren Enge und Kurvenführung eine Art von Aufmerksamkeit erforderte, die ich mir mit ein paar Flaschen Bier längst aus dem Kopf gespült hatte. Und dann, wie in einem schlechten Film: das Reh, das plötzlich mitten auf der Straße stand. Ich verriss das Lenkrad und geriet einen Abhang hinunter. Die Zeit verlor ihre Dimension, sie streckte und dehnte sich, und ich hörte überlaut das Knacken. Das Kna-

cken von Ästen, von Metall und schließlich das meines
Kiefers. Der Airbag ging zu spät auf. Die Fahrertür hatte
sich mit einem Baumstamm verkeilt, doch ich schaffte es,
aus der Beifahrerseite zu kriechen und mit dem Handy
meinen Vater anzurufen. Ich weiß noch, wie Blut aus meinem Mund über mein Handgelenk lief, als ich ins Telefon
sprach beim Versuch, ihm zu vermitteln, wo ich war. Er
kam. Der Krankenwagen kam auch. Ich lag auf der Trage,
mein Vater hielt meine zitternde Hand. »Wie fühlst du
dich?«, fragte er, und ich lachte gequält aus meinem blutigen Mund. Er sah doch, wie es mir ging; er konnte es sich
denken. Im Krankenhaus implantierte man mir Schienen
und Schrauben in den Kiefer und ich konnte in den nächsten Wochen nur Suppe und Joghurt essen.

»Ann?«

»Ja?«

»Grün.«

»Sorry.«

Jakob brummt.

»Was?«

»Ich überlege nur gerade … Du hast gesagt, die roten
Bänder führen scheinbar ziellos durch den Wald. Das
heißt, man kann weder den Anfang noch das Ende ihrer
Fährte bestimmen?«

»So habe ich das verstanden, ja. Warum?«

Er sagt nichts. Ich tippe an seinen Oberschenkel, erst
dann reagiert er. »Nur weil Sarah da nicht irgendwo offensichtlich herumliegt, heißt das nicht, dass sie nicht trotzdem da sein könnte.« Er stockt. »Vielleicht sollten sie graben.«

»Vielleicht«, wiederhole ich und schnaube einen frustrierten Laut aus der Nase. »Weißt du, genau das ist es, was mich so fertigmacht. Alles ist nur noch *vielleicht, möglicherweise, eventuell,* scheiß Spekulation. Mein ganzes Leben ist nur noch ein Konjunktiv. Es ist nichts Echtes mehr übrig, nichts, auf das ich mich verlassen kann.«

»Auf mich kannst du dich verlassen.«

Ich schnaube erneut, amüsiert diesmal. »Zwei Lügner, die sich aufmachen, die Wahrheit herauszufinden. Klingt wie der Anfang eines ziemlich bescheuerten Witzes.«

»Oder wie der einer hochkarätigen Reportage.« Er streckt die Hand aus. »Da vorne links wohne ich. Du kannst direkt vor dem Haus halten. Ich brauche nicht lange.«

Der Anfang einer hochkarätigen Reportage. Gut, dass er mich daran erinnert, mit wem ich es zu tun habe. Wir sind keine Freunde, wir waren es nie. Wir sind einander von Nutzen, nicht mehr, nicht weniger. Und es ist wie ein Spiel, ein Tausch. Ich erzähle ihm von meiner Kindheit, die sich anfühlt wie ein Sommertag, und von einem kleinen Mädchen, das mit ausgestreckten Armen auf den Schultern ihres Vaters sitzt. Dafür muss Jakob im Krankenhaus anrufen und sich als Journalist ausgeben, der angeblich über den Vorfall auf der Baustelle berichtet, damit sie ihm Auskunft über Evas Zustand geben. Mir würde man bestimmt nichts sagen; ich bin nicht mit Eva verwandt und die, die es sind – Elke und Caspian –, wünschen mich zum Teufel.

»Unverändert, aber stabil«, ist, was Jakob schließlich erfahren hat. »Ihr behandelnder Arzt sagt, es habe bisher keinerlei Komplikationen gegeben, was ein gutes Zeichen sei.«

Ich bedanke mich, indem ich ihm von meiner Pubertät

erzähle. Ich als eine schwierige Jugendliche, die ständig Ärger machte, und mein wunderbarer Vater, eine lebende Anleitung für Kindererziehung. Jemand, der immer kontrolliert und verlässlich war. Nicht einmal, kein einziges Mal in meinem Leben, hat er mich angeschrien oder ist auch nur annähernd laut oder ausfallend geworden, von einer Ohrfeige in mein freches Teenie-Gesicht oder anderen körperlichen Übergriffen ganz zu schweigen. Und so jemand soll zehn kleinen Mädchen die Pulsadern aufgeschnitten haben? Jakob lässt die Diktierfunktion seines Handys mitlaufen und kritzelt nebenbei noch in ein Notizbuch auf seinem Schoß.

Dann ist er wieder an der Reihe. Diesmal ruft er seinen Kontakt bei der Polizei an, die Sekretärin von Kommissar Brandner, wie er mir verrät. Eine junge Frau, die er außerhalb des Jobs ab und zu mal auf einen Drink treffe, nichts Ernstes, aber etwas äußerst Praktisches. Ich kommentiere es nicht. Jakobs Privatleben und seine Moral sind mir egal, ich will nur wissen, was sie gesagt hat. Das Ergebnis ist ernüchternd, doch wenig überraschend. »Sarah zu finden hat oberste Priorität. Die Einsatzkräfte vor Ort werden durch Suchmannschaften aus den anliegenden Städten unterstützt. Bis jetzt haben sie aber keine neuen Spuren und …« Er bricht ab.

»Sprich's aus, ich kann es mir eh schon denken.«

»Sie wollen keine Möglichkeit ausschließen, aber ihre Vermutungen gehen immer stärker in Richtung eines Trittbrettfahrers. Tut mir leid, Ann.« Er schafft es tatsächlich, betroffen zu klingen. »Sie sagen, es sei die wahrscheinlichste Theorie …«

»Alles, was lediglich wahrscheinlich ist, ist wahrscheinlich

falsch«, unterbreche ich ihn und lächle, als sich ein verwirrter Ausdruck in seinem Gesicht abzeichnet. »Ein Zitat von René Descartes. Der war nicht nur Philosoph, sondern auch Mathematiker und Naturwissenschaftler. Grundlage aller Erkenntnis war bei ihm der Zweifel an sämtlichem Wissen.«

»Also: Ich weiß, dass ich nichts weiß?«

Ich schüttele den Kopf. »Falsche Baustelle. Das war Sokrates. Der im Übrigen gesagt hat: *Ich weiß, dass ich* nicht *weiß*. Das zusätzliche ›s‹ ist ein Übersetzungsfehler. Sokrates behauptet also nicht, dass er nichts wisse. Vielmehr hinterfragt er das, was er zu wissen meint.«

»O Gott.« Jakob lacht. »Vielleicht hättest du lieber auch Philosophie statt Germanistik studieren sollen.«

»Ursprünglich habe ich das sogar, vier Semester lang. Aber die Welt wird unangenehm, wenn man nur noch Fragen stellt, anstatt einfach zu leben. Es reicht, wenn das einer in der Familie tut.«

»Und deine Mutter?«

»Hast du das nicht herausgefunden bei deinen Recherchen? Sie starb an Krebs, als ich sechs war.«

»Tut mir leid.«

»Schon okay.«

»Meine Mutter ist auch tot, letztes Jahr nach einem Schlaganfall gestorben. Ich vermisse sie sehr.«

Ich seufze. »Ich meine auch, obwohl ich eigentlich kaum Erinnerungen an sie habe. Aber ich denke, das ist ganz normal. Immerhin bestimmen unsere Eltern einen großen Teil unserer Identität, oder nicht?«

»Das heißt: angenommen – wirklich nur mal rein hypothetisch und ohne, dass du gleich ausflippst und mich sofort wieder in den Kofferraum sperrst –, man würde deinen Vater zweifelsfrei als den Schleifenmörder überführen …?«

»Dann würde ich wohl nicht nur meinen Vater verlieren, sondern meine gesamte Identität.«

Jakob kritzelt; anscheinend habe ich ihm gerade ein Zitat für seinen Artikel geliefert. Er sagt: »Verstehe«, aber das tut er nicht, das kann er gar nicht. Für ihn sind es bloß Worte, für mich hängt meine Existenz davon ab. Wer wäre ich denn noch – was bliebe von mir übrig –, wenn alles, was ich bis hierhin war, sich als Lüge herausstellen würde?

Sicherheit. (Ann, 9 Jahre alt)

Sicherheit heißt, dass man sich keine Sorgen machen muss auch wenn was Schlimmes passiert. Wie wenn man nachts im Bett liegt und draußen blizt und donnert es, aber man weiß ja, dass nichts passieren kann, weil Papa dafür gesorgt hat, dass unser Haus einen Blizableiter hat. Ohne den könnte der Bliz einschlagen und dann würde mein Zimmer vielleicht brennen und ich würde vielleicht sterben. Aber ich glaube nicht, dass das passiert. Wegen dem Blizableiter und weil ja schon Mama tot ist. Es kann ja nicht dauernd jemand aus ein und derselben Familie sterben, sonst ist am Ende ja gar keiner mehr übrig.

Obwohl Jakob mit Einbruch der Dämmerung das Fahren übernommen hat, sind wir trotzdem nicht schneller vorangekommen. Ständig mussten wir anhalten, damit er pinkeln konnte. Er vermutet, dass er sich während seiner Nacht im Kofferraum verkühlt hat, verzichtet aber auf vorwurfs-volle Blicke. Als wir Schergel erreichen, ist es kurz nach halb zehn. Wie eingekesselt liegt das Dorf zwischen den Bergen, ein tiefes Loch, aus dem man, einmal hineingefallen, nur beschwerlich wieder herausklettern kann. Wir folgen der einzigen Straße, die sich an weit voneinander abgerückten Häusern vorbeischlängelt. Kaum Straßenlaternen, bedrückende Schwärze, die mich irritiert. Ich hatte Licht erwartet, jede Menge Licht. Licht in den Häusern, das Licht der Suchscheinwerfer, rotierende Blaulichter. Aber dass hier ein Kind verschwunden sein soll, mutmaßlich entführt von einem gefährlichen Serienverbrecher, merkt man nicht ansatzweise.

»Sind wir hier wirklich richtig?«

Jakob schmunzelt nur. Natürlich sind wir hier richtig; das hat das Ortsschild bestätigt, das bestätigt auch das Navi.

Wir folgen der Straße weiter, bis sich die Häuser um ein Rondell herum verdichten, dessen Mitte vom langen, dürren Stamm eines kronenlosen Maibaums markiert wird. Der Ortskern. Hier stehen ein halbes Dutzend Einsatzwagen und -busse der Polizei geparkt. Doch wo zum Teufel ist das Engagement? Menschen, die ihre Taschenlampen schwenkend in sämtliche Richtungen strömen, Suchhunde, die aufgeregt an ihren Leinen zerren, verzweifelte Rufe nach Sarah?

Nichts dergleichen. Nur ein Dorf, das wirkt, als hätte es bereits die Nachtruhe eingeläutet.

»Und nun?«, frage ich, woraufhin Jakob auf das große Gebäude oberhalb des Rondells deutet: ein Gasthaus. Wenigstens dort scheint hinter gelbbeleuchteten Bleiglasfenstern noch etwas Leben zu existieren, Schemen von Menschen, die sich durch den Raum bewegen.

»Ich komme ursprünglich auch aus so einem Dorf«, sagt er und steuert den Jeep vor einen kleinen Lebensmittelladen gegenüber. »Da läuft vieles anders als in der Stadt: Meist herrscht ein großer Zusammenhalt unter den Leuten, das hat Vorteile. Andererseits sorgt aber auch genau das für eine Art Feindseligkeit gegenüber allem, was von außerhalb kommt.«

»Du meinst, dass sie die Polizei vielleicht gar nicht hierhaben wollen?«

»Nein, das nicht. Nur, dass sie die Suchaktion möglicherweise nicht in dem Maße unterstützen, wie du es erwartest, weil es ihnen wie ein Makel vorkommt, dass ausgerechnet hier ein Kind verschwunden ist. Das passt nicht in ihre Selbstwahrnehmung, das kratzt an ihrem Stolz. Immerhin ist es ja genau das, was sie von einer Großstadt wie Berlin unterscheidet: die Behütetheit, die Sicherheit, das Achtgeben aufeinander.« Er dreht die Zündung aus und wendet sich mir zu. »Irgendwo lehnt immer eine Tante Erna aus dem Küchenfenster und spielt den Dorfsheriff.«

»Wow, wie gut, dass du keine Vorurteile hast.« Ich hole mein Handy aus dem Rucksack. Mehrere Anrufe sind mir unterwegs entgangen. Zwei vom Anschluss des Big Murphy's aus, einer von Michelle, die mir zudem eine Nachricht geschickt hat. Ich hätte heute wieder arbeiten müssen, in der Spätschicht ab vier. *Die anderen wissen nichts. Ich habe ihnen gesagt, dass du krank bist. Nimm dir ein paar Tage und überleg in Ruhe, ob du den Job weitermachen möchtest. LG, Michelle.* Dann Ludwig, der vor ungefähr einer Stunde versucht hat anzurufen, bestimmt, um sich nach meinem Befinden zu erkundigen. Er hat keine Ahnung, dass wir nach Schergel aufgebrochen sind, er würde mir die Hölle heißmachen.

»Alles okay, Ann?«

»Ja.« Schnell schiebe ich das Handy in meine Tasche zurück. »Ich staune nur über dich, ernsthaft. Gerade als Journalist solltest du doch immer neutral und unvoreingenommen sein, oder?«

»Wie gesagt: Ich bin selbst in so einem Dorf großgeworden.«

Wir steigen aus. Jakob verriegelt das Auto und wir gehen auf das Gasthaus zu. »Und ich will ja auch nur, dass du mental vorbereitet bist. Wenn wir dort gleich reingehen, dann wird es sein wie in einem alten Cowboyfilm: Zwei Fremde betreten den Saloon, die Unterhaltungen werden unterbrochen, alle Augenpaare werden uns misstrauisch mustern ...«

Wir sind nur noch ein paar Schritte vom Eingang entfernt, als sich unvermittelt die Tür öffnet. Polizisten drängen heraus und begeben sich zu ihren Fahrzeugen. Jakob berührt mich am Arm. »Siehst du. Sie wollen hier keine Eindringlinge. Wir müssen behutsam vorgehen, sonst werden wir keine Informationen bekommen.«

Ich verdrehe die Augen und marschiere voraus. »Das heißt doch nicht, dass man sie herauskomplimentiert hat. Vielleicht haben sie einfach nur Pause gemacht und was gegessen, und jetzt sind sie eben fertig.«

»Zum alten Brock« heißt das Gasthaus. Die Einrichtung ist aus rustikaler Eiche, die Luft ist dick, der Fliesenboden klebt. Es riecht nach verschüttetem Bier, nach Schweiß und Bratensoße. Zuerst bemerke ich die silbernen Servierplatten, auf jedem Tisch mindestens fünf davon. Auf einigen sind noch ein paar belegte Brote übrig, andere sind schon leer, bis auf ein paar Krümel und die Deko-Petersilie. Ein dicker älterer Mann mit glänzender Glatze schält sich mit ausgebreiteten Armen aus einer Gruppe von Menschen in Zivil, von denen manche einen Bierkrug in der Hand halten.

»Willkommen, willkommen!«, ruft er und alle Augen richten sich auf uns. »Kommissariat? Psychologisches Betreuungsteam? Presse?«

»Nein, nein«, stammelt Jakob neben mir. »Wir sind nur … auf der Durchreise.«

Der Mann wirkt sichtlich enttäuscht. »Ein Zimmer können Sie haben, aber die Küche hat schon geschlossen.« Damit wendet er sich direkt wieder ab. Ich denke an Eva, die sofort gespürt hatte, wer wir für Rainer Meller sein mussten, damit er bereit war, mit uns zu reden.

Ich rufe: »Presse! Aus Berlin!«, und dann gedämpfter zu Jakob: »Los, zeig ihm deinen Presseausweis.«

Der Mann heißt Brock. Zusammen mit seiner Frau, die er uns ebenfalls vorstellt, gehört ihm das Gasthaus in dritter Generation. Ein Urgestein, ein Dorfältester, Gemeinderatsvorsitzender und Schatzmeister des Heimatvereins – er findet viele Beschreibungen, um uns verständlich zu machen, an wessen Servierplatten wir uns nun bedienen dürfen. Dazu bekommen wir zwei Humpen Bier aufs Haus und das Versprechen auf die beste Unterbringung. Denn wir sind Journalisten, endlich Journalisten, noch dazu aus Berlin. Die Regionalzeitung sei heute zwar auch schon da gewesen, aber mehr als ein paar Fotos von der Suchaktion der Polizei habe der Kollege nicht gemacht. Was Brock vor Entrüstung die Röte ins Gesicht treibt.

»Für die wird es erst interessant, wenn eine Leiche ins Spiel kommt«, schimpft er, vermutlich zu Recht. Solange Sarah noch als vermisst gilt, besteht Hoffnung, und Hoffnung erzielt keine Auflage. »Sie glauben nicht mal, dass es wirklich der Schleifenmörder war, der sich die Kleine geholt hat, weil der ja angeblich schon in Berlin im Knast sitzt. Aber wer soll denn dann die ganzen roten Schleifen im Wald verteilt haben?«

Um meine Zustimmung zu signalisieren, hebe ich meinen Bierkrug und trinke einen Schluck. Die Gruppe, die bei unserem Eintreten in der Mitte des Gastraums zusammenstand, hat sich mittlerweile auch um den Tisch geschart, an dem Brock uns platziert hat. Es sei der beste Tisch und normalerweise für den Gemeinderat reserviert. Jakob sitzt neben mir auf der mit grobem Webstoff bezogenen Eckbank, steif und fassungslos. *Hier läuft es anders*, hat er mir eben noch zugeflüstert. Häppchenplatten hatte er damit aber wohl nicht gemeint.

»Was ist mit der Polizei?«, frage ich Brock nach den Männern, die wir eben das Lokal verlassen gesehen haben. »Haben die schon Feierabend gemacht?«

»Nein, nein, die brauchten nur eine kleine Pause, um sich zu stärken. Für heute Nacht haben sie das Suchgebiet sogar noch ausgeweitet. Wir als Dorfgemeinschaft waren auch den ganzen Tag mit draußen und haben nach der Kleinen gesucht. Die Polizisten wollten es uns ausreden, aus Angst, wir könnten Spuren verwischen. Aber da haben sie bei uns auf Granit gebissen.« Er wendet sich an die Gruppe der Umstehenden. »Sarah wird wieder nach Hause kommen!« Allgemeine Zustimmung, Bierkrüge klingen aneinander. »Wissen Sie, das Mädchen ist die Tochter von der Kerstin. Kerstin Seiler, die hier im Ort die Metzgerei betreibt, eine gute Frau. Ist ganz allein mit dem Kind und macht nebenher noch ihre Arbeit.« Er schüttelt den Kopf. »Das hat sie nicht verdient.«

»Wer hat das schon?«, sage ich leise und denke an Michelle, deren ganze Familie mit Larissa zusammen gestorben ist.

»Die Polizei hat Sie alle bestimmt schon befragt«, schaltet sich Jakob ein, der endlich aus seiner Starre erwacht zu sein scheint. »Aber ist Ihnen in den Tagen vor Sarahs Entführung irgendetwas aufgefallen? Waren Fremde im Ort?«

»Na ja.« Brock reibt sich das Kinn. »Bei den Suchaktionen gestern und heute waren jede Menge Leute von außerhalb dabei. Aber in den Tagen zuvor …« Er zuckt die Schultern. »Es war ja Weihnachten, da ist hier nicht so viel los. Dabei ist es eine herrliche Gegend, um den Weihnachtsurlaub zu verbringen. Die Wälder, die Berge, die alte Burgruine. Wir arbeiten schon seit Jahren daran, touristisch mehr wahrgenommen zu werden. Mir gehören auch einige Ferienhäuser oben auf dem Anger, falls Sie sich die bei Gelegenheit mal ansehen wollen.« Wieder klingen Bierkrüge, auf die herrliche Landschaft wahrscheinlich.

»So ein Mist, dass es im Internet kein Foto von Steinhausen gibt«, raune ich Jakob zu, doch kaum habe ich das ausgesprochen, fällt mir etwas ein: Brüder, deren Ähnlichkeit schon viele Leute getäuscht hat. Ein Geistesblitz, der mich sofort elektrisiert. Mit zittrigen Fingern hole ich mein Handy hervor und tippe Andreas Steinhausens Namen in die Onlinebildersuche ein. Obwohl er außer der blonden Haarfarbe und den Sommersprossen kaum etwas gemein hat mit dem Mann, der mit zugeschwollenem Auge und aufgeplatzter Lippe im Keller der Baustelle auf einen Stuhl gefesselt saß, erkenne ich ihn sofort. Das Architekturbüro, dessen Inhaber er ist, hat eine Website, auf der sämtliche Mitarbeiter mit Foto vorgestellt werden. Ich strecke Brock und den anderen mein Display entgegen. »Kommt Ihnen der bekannt vor?«

»Schwer zu sagen, vielleicht, vielleicht auch nicht. Ist er das etwa? Ist das der Mann, der unsere Sarah entführt hat?«

»Ja«, sage ich.

»Nein«, sagt Jakob. »Aber es ist jemand, mit dem wir uns gerne mal unterhalten würden. Apropos: Meinen Sie, es wäre möglich, mit Sarahs Mutter zu sprechen?«

Brock erhebt sich umgehend. »Kommen Sie.«

Gleich. Zuvor müssen wir noch etwas klären, Jakob und ich, nur unter uns. Wir tun es draußen vor der Tür, flüsternd und zischend. Ob ich noch ganz bei Trost sei, die Dorfmeute gegen Steinhausen aufzuhetzen. »Stell dir vor, der taucht hier wirklich auf, und sie erkennen ihn von dem Foto, das du ihnen gezeigt hast. Die lynchen den, Ann! Und wenn es später heißt: *Wie konnte das passieren?*, dann kommen die beiden Journalisten aus Berlin ins Spiel, die so unverantwortlich mit ihren Informationen umgegangen sind.«

»Geht es dir um deinen Ruf oder hättest du ernsthaft Mitleid mit dem Kerl? Steinhausen ist ein Mörder, Jakob!«

Jakob packt mich bei den Oberarmen, in meiner verletzten Schulter sticht sofort der Schmerz. »Nein, zum jetzigen Zeitpunkt ist dein Vater der Mörder und Marcus Steinhausen bloß eine Spur. Geht das vielleicht in deinen Kopf?«

Ich mache eine ruckartige Bewegung, um mich aus seinem Griff zu befreien; mehr Schmerz, vor allem aber spüre ich Wut. Auf Jakob, der recht hat. Ich darf jetzt keinen Fehler machen. Steinhausen könnte ganz in der Nähe sein. Was, wenn ihm zu Ohren käme, dass er kein Phantom mehr ist? Dass der Dorfmob explizit nach einem blonden Mann mit Sommersprossen sucht? Er würde verschwinden, vielleicht ein für alle Mal. Und Sarah würde er entweder mitnehmen oder für immer loswerden.

»Ich hab's verstanden«, knurre ich.

»Gut. Dann lass uns jetzt mit der Mutter reden.«

Eine Mutter wie Michelle. Ich male mir aus, wie sie auf dem Teppich in ihrem Wohnzimmer liegt, zappelnd vor Angst und mit offenem Brustkorb, und wir, die angeblichen Journalisten, die Sensationslüsternen, beugen uns über sie, wühlen in ihrem Schmerz, weiden sie aus. Am schlimmsten ist, dass Jakob offensichtlich nichts dabei findet. Sein Schritt ist beschwingt, als wir neben Brock zur Metzgerei laufen, die dem Gasthaus, nur getrennt durch das Marktplatzrondell, gegenüberliegt. Jakob, der sich um die Sicherheit eines Mörders sorgt, aber keinerlei Skrupel zu haben scheint, wenn es um die Opfer geht. Mir ist schlecht.

Ein paar Minuten später sitzen wir in der großen, kalten Küche der Metzgerei Seiler. Es ist unwirtlich hier, der Raum vom Boden über die Wände bis zur Decke gefliest. Wie ein zweckentfremdeter Schlachtraum, denke ich, erst recht, als ich neben meinem Fuß in Bierdeckelgröße einen Abfluss entdecke. Einzig die Einbauzeile samt Herd und Kühlschrank und die Essecke aus massivem Holz lassen überhaupt auf eine Küche schließen. Sarahs Mutter, Kerstin Seiler, ist eine sehr zierliche Frau, eher ein zu groß geratenes Mädchen. Eine seltsame Vorstellung, dass jemand wie sie Tiere schlachtet und zu den entsprechenden Resten verarbeitet, die später in der Auslage ihres Ladens landen. Ihr Gesicht ist jung und blass, ihr dunkler Pferdeschwanz sieht aus, als hätte sie ihn sich schon vor Tagen gemacht und seitdem nicht mehr aufgefrischt. Sie sitzt kraftlos auf einem Stuhl, als Zentrum einer Tragödie, etwas abgerückt von dem Tisch, an dem Jakob und ich Platz genommen haben. Ein Mann mit streng zur Seite gescheitelter Gelfrisur steht rechts neben ihrem Stuhl, die Hand schützend auf ihre Schulter gelegt. Er ist kaum größer als ich, ein krasser Kontrast zu seinem bulligen Oberkörper mit den aufgepumpten Bizepsen, die er ungerührt von den Temperaturen in einem fleckigen weißen Muskelshirt zur Schau trägt. Das sei Schmitti, von Schmittis Garage, hat Brock gesagt. Kerstin Seilers Verlobter, ein guter Kerl, ein Schrauber für alles, was den Schergelern kaputtgehe, vom Auto bis zum Toaster. Links neben ihr hockt eine Freundin, eine attraktive blonde Frau, die ihr Knie streichelt und ihr in unregelmäßigen Abständen ein frisches Tempotaschentuch reicht. Mit ihrem Gesicht, in dem alles so zart, perfekt und symmetrisch wirkt, erinnert sie mich an Zoe. Zoe habe ich oft angestarrt, grundlos, einfach nur fasziniert vom Zusammenspiel ihrer Züge. Ertappt sehe ich weg, als die Frau meinen Blick bemerkt. Brock lehnt an der Tischkante. Er macht richtig Werbung für uns bei Kerstin Seiler: Jakob und ich, zwei wichtige Journalisten, die die Suche nach Sarah landesweit in die Medien bringen werden. Frau Seiler scheint ihn gar nicht zu hören, sie schluchzt nur. Schmitti dagegen mustert uns stellvertretend misstrauisch. Ich mit meiner ausgebeulten türkisblauen Strickmütze über den ungewaschenen, pechschwarz gefärbten Haaren und dem Pflaster über meiner Augenbraue wie frisch nach einem

Straßenkampf, und Jakob, der immer noch den Pullover meines Vaters trägt und in dem altmodischen Rhombenmuster eher wirkt wie ein abgebrannter Student.

»Was soll Sarah landesweit in der Zeitung?«, knirscht er Brock entgegen. »Wichtig ist, dass die Polizei hier ist und nach ihr sucht. Und genau das ist der Fall. Was hätten wir also davon?«

»Na, dass die Menschen Schergel auf dem Schirm haben, Schmitti! Es werden sich noch mehr Freiwillige für die Suche nach Sarah verpflichten. Und falls der Entführer versucht, mit ihr zu fliehen, dann wird er nicht weit kommen, weil jeder Sarah als das gesuchte Mädchen erkennt.«

Schmitti knurrt. »*Dass die Menschen Schergel auf dem Schirm haben* … Ist das deine neue Masche, um Touristen anzulocken, Peter? Oder irgendwelche Gestörte, die sich einen Sport daraus machen, Verbrechensschauplätze zu besuchen? Auch solche Leute müssen irgendwo absteigen und was essen, stimmt's?«

Brock macht einen Schritt nach vorne, genau wie Schmitti, der sich wie ein Schutzwall vor Kerstin Seiler aufbaut.

»Wie kannst du es wagen, mir zu unterstellen, Profit aus dem Verschwinden eines unschuldigen kleinen Mädchens schlagen zu wollen?«

»Nein, Peter! Wie kannst du es wagen, in dieser Situation …«

»Warten Sie!« Ich erhebe mich. »Wir werden nichts veröffentlichen, mit dem Sie nicht einverstanden sind. Wir wollen wirklich nur helfen.« Ich sehe zu Jakob, der mir beipflichten sollte, stattdessen aber mit verschränkten Armen auf seinem Stuhl sitzt wie ein unbeteiligter Zuschauer.

»Wir haben uns gestritten«, klingt es leise hinter Schmittis Rücken hervor. Kerstin Seiler, die nun alle Blicke auf sich zieht.

»Kerstin, du musst nicht …«, setzt ihr Verlobter an, doch sie schüttelt den Kopf.

»Wir waren zum Weihnachtsessen bei Bekannten eingeladen. Ich habe Sarah früher nach Hause geschickt, weil sie sich danebenbenommen hat. Sie war so laut und aufgedreht und hat ständig jedes Gespräch unterbrochen, unmöglich. Ich habe sie am Arm gepackt, sie in den Flur gezerrt, ihr den Anorak in die Hand gedrückt und ihr gesagt, dass sie eine Plage ist.« Sie bricht in ein lautes Schluchzen aus. Ihre blonde Freundin umarmt sie. »Nur wegen mir war sie da draußen allein unterwegs. Wenn ich bei ihr gewesen wäre …«

»Das dürfen Sie nicht schreiben!«, faucht Schmitti. »Niemand darf das wissen, besonders nicht die Polizei.«

Ich sehe ihn unverständig an.

»Na, dass es einen Streit gab!«, klärt er mich auf. »Am Ende nimmt die Polizei die ganze Sache nicht mehr ernst, weil sie denkt, Sarah wäre bloß weggelaufen. Vielleicht würden sie sogar die Suchaktion einstellen.«

»Die Gefahr besteht sicher nicht, schließlich hat man die roten Bänder gefunden, so wie sie …« Ich unterbreche mich beschämt.

»So wie sie der Schleifenmörder immer verteilt hat«, vervollständigt Kerstin Seilers Freundin meinen Satz und tupft sich mit einem Taschentuch über die Augen.

»Tut mir leid«, sage ich leise, aber es ist zu spät. Die Luft ist dick und schwer von unausgesprochenen Mutmaßungen und Angst. Es ist Schmitti, der der unangenehmen Situation ein Ende bereitet.

»Also schön, hier ist der Plan. Sie gehen jetzt, und zwar alle. Es ist spät und Kerstin braucht dringend etwas Ruhe. Du« – er zeigt auf Brock – »hältst dich ab jetzt etwas zurück. Sie beide« – Jakob und ich – »können sich nützlich machen und morgen zur Suchaktion mitkommen. Wir wollen uns den oberen Anger vornehmen. Je mehr wir sind, desto besser. Und Nathalie« – so heißt die Freundin also – »dich bringe ich jetzt auch nach Hause. Deine Kleine wird sich schon fragen, wo ihre Mama bleibt.«

»Aber Kerstin kann doch nicht allein ...«, will die Frau einwenden.

»Ich bleibe über Nacht bei ihr«, bestimmt Schmitti. »Und dann treffen wir uns morgen früh alle wieder hier, sieben Uhr.« Er sieht Jakob und mich herausfordernd an. »Wer nicht pünktlich ist, hat Pech gehabt.«

Wir

Hört ihr das, Mädchen? Die Rufe. Sie schallen aus dem Tal. Es sind die roten Schleifen im Wald, die sie noch schriller, lauter, panischer klingen lassen. War es zu früh, die Schleifen zu verteilen? Möglich. Aber sie gehören nun mal dazu, so wie der verlorene Schuh zu Aschenputtel oder der vergiftete Apfel zu Schneewittchen. Schau, Sarah! Komm her, ich hebe dich hoch, damit du aus dem Fenster sehen kannst. Die Männer vom Suchkommando haben Pause gemacht, aber jetzt legen sie wieder los. Es heißt, die ersten vierundzwanzig Stunden nach dem Verschwinden seien die wichtigsten – du bist inzwischen schon um einiges länger weg. Abgesehen davon, sollen die Temperaturen heute Nacht wieder im zweistelligen Minusbereich liegen; die Sorge ist groß. Die tanzenden Lichter der Taschenlampen im Wald, die Rufe, die ganze Aufregung, nur für dich, Süße, nur für dich. Was würden sie geben, um dich unversehrt zurückzubekommen, hm? Was meinst du? Ihr Leben, würden sie antworten, wenn man sie fragte. Das haben sie alle gesagt, in der Zeitung, im Fernsehen, alle Eltern, die sich jemals öffentlich dazu geäußert haben. *Ich hätte mein Leben gegen das meiner Tochter getauscht.* So etwas sagt sich leicht, wenn es keine Option ist. Schließlich hat man ihnen so eine Art von Tausch nie angeboten: *Du hast die Wahl. Dein Kind stirbt, es sei denn, du selbst opferst dich.* Darum ging es nie, das war niemals Teil dieser Geschichte. Nichtsdestotrotz klingt es wohl einfach gut, so etwas zu sagen. Ein Satz, wie ihn die Gesellschaft von einem erwartet in dieser Situation. Bloß: Wie viele dieser Leute haben es wirklich ernstgemeint? Wie viele hätten es wirklich getan, wäre ihnen jemals so ein Tauschgeschäft angeboten worden? Ich sage es dir, Süße: niemand. Aber deine Mami, sie könnte inzwischen so weit sein. Ganz unten, gebrochen, geläutert. Du weißt, was das bedeutet, oder? Es bedeutet, dass es Zeit ist, Sarah. Der letzte Akt, und dann das Ende.

Ann

Schergel, 28.12.2017

Eine unruhige Nacht, ein eigenartiger Traum. Ich, wie ich regungslos auf dem Bett von Zimmer 113 sitze. Es ist ein einfaches Zimmer, nur das Bett, über dem mahnend Jesus an seinem Kreuz hängt, ein zweitüriger Kleiderschrank und ein schmaler Schreibtisch. Den annähernd einzigen Luxus bilden der kleine Fernseher und der Wasserkocher, dazu ein Körbchen mit einer Auswahl an Teesorten, Zuckertütchen und Kondensmilchkapseln, dazu eine Tasse. Ich bin immer noch vollständig bekleidet, samt Jacke, Mütze und Stiefeln. Neben dem Bett steht meine Reisetasche, darin die Jogginghose und das frische Sweatshirt, die ich zum Schlafen anziehen könnte, nachdem ich mir eine Dusche gegönnt hätte. Jakob hat das Zimmer direkt nebenan. Ich bin dankbar für die Wand zwischen uns, für etwas Abstand. Ich bin erschöpft und verwirrt. Als wäre ich gefangen in einer dieser psychedelischen Spiralen, die sich öffnen und wieder schließen und sich unaufhörlich neu anzuordnen scheinen, während ich verzweifelt nach einem fixen Punkt zum Festhalten suche. Aber die Spirale dreht und zwirbelt sich, sie überlastet mein Gehirn. Warum ausgerechnet Schergel, dieses kleine unbekannte Örtchen im Bayerischen Wald? Was hat Steinhausen hierhergetrieben?

Ich träume, dass ich mich vom Bett erhebe, in Trance geraten, ferngesteuert. Dass ich mein Zimmer verlasse, über den Flur zur Treppe und dann nach unten schleiche. Dass ich den Schlüssel drehe, der von innen im Schloss des Hintereingangs steckt, und hinaustrete in die Nacht. Ich träume, dass ich laufe. Ich habe kein bestimmtes Ziel; ich rede mir ein, dass mein Instinkt mich leitet. Die Hauptstraße entlang, vorbei an Häusern, in denen nur noch vereinzelt Lichter brennen. Ein paar Schlaflose, denen es genauso falsch vorkommt, sich seelenruhig niederzulegen, während Sarah irgendwo da draußen ist, in der Kälte, in Gefahr, in Todesangst. Vielleicht lebt sie auch schon gar nicht mehr. Vielleicht liegt sie unentdeckt im Wald, ihr Gesicht ist blau, und das Blut aus der tiefen Wunde an ihrem Handgelenk bereits gefroren. Etwas treibt mich, träume ich, treibt mich weiter. Der Abstand zwischen den Häusern nimmt zu, die breite Straße wird schmal und uneben unter ihrer Schneedecke. Kein Licht mehr, das mir zur Orientierung dient, eine Dunkelheit, wie ich sie aus der Stadt nicht kenne. Ich hole mein Handy aus der Jacke und schalte die Taschenlampe ein, doch ihr Radius ist winzig. Ich wirbele herum, erst in die eine, dann in die andere Richtung. Mein Atem rasselt. Ich bin eingekesselt von der Schwärze, sie rückt auf mich zu. *Die Angst vor der Angst erzeugt mehr Leid als die eigentliche Ursache ...* Ich glaube mir nicht. Ich will nach Hilfe rufen, doch die Kälte drückt mir den Hals zu. Mein Brustkorb zieht sich zusammen. Mein Spray, denke ich nur. Mein Asthmaspray, das in meinem Rucksack ist, der wiederum auf dem Schreibtisch von Zimmer 113 liegt. Ich träume, dass ich auf die Knie sacke, auf allen vieren hocke ich jetzt im Schnee und weiß nicht weiter. Man stirbt nicht im Traum, heißt es. Man wacht immer rechtzeitig auf. Also lasse ich mich auf die Seite fallen, rolle mich zusammen und warte. Gleich, bestimmt, gleich werde ich aufwachen ...

Mein Handy klingelt. Töne, die sich in meinen Schädel schrauben wie ein fieser, kleiner Kastanienbohrer. Ich schrecke hoch, sitze senkrecht im Bett. Orientierung. Zimmer 113 und Sonne, die grell durch das Fenster schneidet, und mein Herz, das rast, und mein Mund, der panisch nach Sauerstoff japst, als hätte ich zuvor über Minuten hinweg die Luft angehalten. Jakob, der sich auf die Bettkante niederlässt. Seine ausgestreckte Hand, die über meine Wange streichelt.

»Hey, ganz ruhig«, sagt er leise, und dann von mir abgewandt: »Sie glüht richtig.«

Ich zucke zurück, schiere Panik. Was hat Jakob in meinem Zimmer zu suchen? Wie kommt er hier rein? Was ist passiert?

»Wir sollten auf jeden Fall Fieber messen«, sagt eine Frauenstimme, und im nächsten Moment taucht auch Frau Brock, die Gastwirtin, in meinem Sichtfeld auf. Sie setzt sich auf die andere Seite des Bettes und reicht mir ein Fieberthermometer. »Hier, schieben Sie sich das unter die Achsel. Und dann trinken Sie erst mal Ihren Tee.«

Ich bekomme eine Tasse in die Hand gedrückt und von beiden Seiten ein mitleidiges Lächeln.

»Du hast uns einen ziemlichen Schrecken eingejagt.«

Ich bekomme kaum einen Ton heraus; Jakob scheint mich trotzdem zu verstehen. »Der Verlobte von Kerstin Seiler, Schmitti, hat dich heute Nacht um kurz nach drei auf dem Feldweg dorfauswärts in Richtung der Wälder gefunden«, klärt er mich auf. »Du warst völlig unterkühlt und apathisch.«

»Er hat meinen Mann angerufen und versucht, Sie warmzuhalten, bis Peter mit dem Auto kam, um Sie zum Gasthaus zurückzubringen«, fügt Frau Brock hinzu.

Ich schüttele den Kopf, verwirrt. Ich erinnere mich an meinen Traum, der damit endet, dass ich zusammengerollt im Schnee liege, mehr nicht. Da sind kein Schmitti, der mich findet, und auch kein Brock, der mich in sein Auto hievt. Da ist niemand, der mich die Treppen nach oben ins Zimmer 113 schleppt, mich bis auf die Unterwäsche aus meinen nassen Klamotten schält und ins Bett legt.

»Was hattest du denn bloß vor?«, fragt Jakob, doch ich

schüttele nur abermals den Kopf. Nach Sarah suchen? Nach Steinhausen? Ich weiß es nicht; mir war ja nicht mal bewusst, dass ich wirklich das Gasthaus verlassen habe.

Das Fieberthermometer piept.

»Bloß ein bisschen erhöhte Temperatur, kein Grund zur Sorge«, stellt Frau Brock fest und lächelt erneut. Ich fühle mich immer noch völlig benommen, und die Sonne sticht mir so grell in die Augen, dass mir die Tränen kommen. Pünktlich um sieben, fällt es mir ein, wollten wir uns bei der Metzgerei treffen. Wegen der Suchaktion am oberen Anger. Da wäre es noch dunkel gewesen.

»Wie spät ist es?«

»Kurz nach neun«, antwortet Jakob.

»Und die Suchaktion?«

»Ein paar sind schon losgezogen«, sagt Frau Brock und erhebt sich von der Bettkante. »Ihr Kollege und ich wollten nur sicherstellen, dass es Ihnen gut geht, bevor wir uns auch auf den Weg machen.«

»Was? Nein!« Ich reiße die Bettdecke zur Seite und stehe mit einem Satz auf meinen wackligen Beinen. »Ich will mitkommen! Ihr müsst auf mich warten! Ich ziehe mich an, geht ganz schnell.«

»Ach, Ann …« Jakob findet mich stur.

Ja, ja, das bin ich, schon immer gewesen.

Er findet auch, dass ich mich schonen sollte.

Danke, aber nicht nötig. Seltsame Sache, das mit letzter Nacht, das sehe ich ein. Doch wollen wir mal nicht übertreiben. Wahrscheinlich waren es die Nerven, ein kleiner Blackout, kann wohl mal vorkommen, nach allem, was ich in der letzten Zeit erlebt habe. Diskussion beendet, ich verschwinde ins Bad, Jakob bleibt in meinem Zimmer zurück.

Frau Brock ist derweil nach unten gegangen, um mir ein Frühstück zum Mitnehmen herzurichten. Ich will nichts essen und habe ihr das auch gesagt, aber sie meinte, ich müsse unbedingt etwas in den Magen bekommen, und wenn es bloß ein trockenes Brötchen sei.

»Du hast doch niemandem von meinem Vater erzählt, oder?«, frage ich Jakob durch die geschlossene Badezimmertür. Ein furchtbarer Raum, dieses Bad. Eng und fensterlos, mit einer Lüftung, die klingt wie ein kaputter Fön, mit gelbem Licht und muffigem Geruch. Ich versuche, so wenig wie möglich durch die Nase zu atmen.

»Du meinst, um ihnen deine verrückte kleine Nachtwanderung zu erklären? Natürlich nicht. Ich habe gesagt, dass wir in den vergangenen Wochen für eine aufwendige Reportage recherchiert haben und du deswegen zu wenig Schlaf hattest. Apropos … schläfst du genug in letzter Zeit? Laut Studien kann das menschliche Gehirn schon nach vierundzwanzig Stunden ohne Schlaf Informationen nicht mehr so gut verarbeiten. Mitunter entwickelt man sogar Symptome, wie sie Schizophreniepatienten aufweisen, die krankheitsbedingt Wichtiges von Unwichtigem nur noch schlecht oder überhaupt nicht mehr trennen können.«

Mein Spiegelbild verdreht die Augen und murmelt: »So was weiß er, aber einen Oleander von einer Olive kann er nicht unterscheiden.«

»Fertig«, verkünde ich kurz darauf, als ich aus dem Bad trete. Jakob steht neben dem Schreibtisch, auf dem mein Handy liegt. Ich sehe, wie er seine Hand wegzieht – ertappt.

»Es hat heute Morgen schon drei- oder viermal geklingelt. Vielleicht solltest du mal nachsehen.«

Das tue ich. Es ist Ludwig, der angerufen und mir zusätzlich noch eine Nachricht geschickt hat. *Wo steckst du?*

Gleich, vertröste ich ihn in Gedanken, verstaue das Handy in meinem Rucksack und greife nach meiner Jacke.

»Wie kam es eigentlich, dass Schmitti mich gefunden hat? Weißt du da was?«

Jakob merkt auf. »Hm?«

»Na, ihr habt euch doch gewundert, was ich mitten in der Nacht auf dem Feldweg zu suchen hatte. Was ist mit Schmitti? Warum war er dort?«

»Er sagte, Kerstin Seiler wäre etwas eingefallen. Es gäbe da in der Nähe einen alten Heuschober, bei dem Sarah ab und zu mal gespielt hat. Schmitti wollte direkt nachsehen und ist dabei quasi über dich gestolpert.«

»Er war ganz allein unterwegs?«

»Genau wie du.«

»Ja, aber ich war ja auch … nicht ganz ich selbst.«

Jakob grinst. »Wer ist das schon?«

Als wir in den Gastraum kommen, unterbrechen wir Brock und seine Frau im Gespräch. In der Mitte des Tisches, an dem sie sitzen, steht eine Thermosflasche. Daneben liegen eine Fotokamera und zwei in Alufolie eingewickelte, männerfaustgroße Gebilde. Ich vermute, das sind meine Brötchen.

»Gut, dann können wir ja los«, sagt Brock und erhebt sich.

»Eine Minute noch«, entgegne ich, denn in meinem Rucksack klingelt es schon wieder. Es ist Ludwig, das weiß ich schon, bevor ich mein Handy hervorgeholt und nachgesehen habe. Ich beeile mich vor die Tür, die anderen sollen mein Gespräch nicht mitbekommen. Draußen ist es klirrend kalt. Die Sonne hat sich wieder zurückgezogen. Alles, was sie übriglässt, ist ein hässliches Wintergrau. Einige Menschen sind gruppenweise unterwegs, und von irgendwo in der Ferne schallt Sarahs Name.

Ich nehme den Anruf an. »Hallo, Ludwig.«

Er habe schon ein halbes Dutzend Mal versucht, mich zu erreichen. Nun stehe er vor unserem Haus, aber niemand mache auf. Wo zum Teufel ich also stecke.

»Ich bin nach Schergel gefahren.«

Das könne ja wohl nicht mein Ernst sein. Ob ich von allen guten Geistern verlassen sei. Und jede Menge Schimpfwörter für einen gebildeten Mann im besten Alter.

»Ich musste es einfach tun, Ludwig. Ich weiß, dass er hier ist.«

»Wer? Dieser Steinhausen? Verdammt, Anni, hör auf, dich einzumischen, und lass die Polizei ihre Arbeit machen!« Er schreit so laut, dass es in der Hörmuschel meines Handys kratzt, und das ist so unangenehm und ekelhaft, dass mir ein paar Fäden reißen. Ich habe keine Lust mehr, mich bevormunden zu lassen.

»Ach, ich soll es machen wie du, ja? Nur dumm rumsitzen und gar nichts tun?«

»Also, das ist ja wohl …«

»Stimmt, was für eine Frechheit. Du tust ja alles für deinen Mandanten, nicht wahr? Dein Engagement reicht sogar so weit, mir Schlaftabletten zu verabreichen.«

»Wie kannst du so was von mir denken? Gar nichts habe ich dir verabreicht, hörst du? Ich würde doch niemals …«

Was auch immer er sagt, es geht verloren, als mein Blick sich im Geschehen auf der anderen Seite des Marktplatzes verfängt. Menschen sammeln sich vor der Metzgerei. Wie in Strahlen streben sie auf ein Zentrum zu, auf einen einzigen Punkt. Mir rutscht fast das Telefon aus der Hand, als ich begreife, was es mit diesem Punkt auf sich hat: Das ist Sarah.

Ich reiße die Tür zum Gasthaus auf. Schreie: »Sarah! Sarah ist wieder da!« Sehe Jakob und die anderen vom Tisch aufspringen, höre die Stühle poltern. Wir stürzen über den Marktplatz zur Metzgerei, mitten hinein in einen Wall aus Menschen. Es könnten dreißig sein, oder fünfzig. Der massige Brock bahnt uns den Weg nach vorne, wo es im Gegensatz zu weiter hinten fast ehrfürchtig still ist. Schmitti hebt Sarah gerade auf seinen Arm. Er hat seine Jacke ausgezogen und sie darin eingewickelt wie in einen Kokon. Sie hat ein Gesicht wie eine Puppe, mit großen runden Augen und einem herzförmigen Mund. Doch sie verzieht keine Miene, sie starrt wie durch die Leute hindurch. Neben ihr steht Kerstin Seiler, blass und steif, das Gesicht genauso ausdruckslos wie das ihrer Tochter. Ein irritierender Anblick, aber wahrscheinlich steht sie einfach unter Schock. Ihre Freundin, die zierliche Blonde, ist auch da und hält Kerstin Seiler ein Taschentuch hin, das sie offensichtlich gar nicht benötigt. Ich zucke zusammen, als Brocks Ellenbogen gegen meine Seite stößt, während er seine Hände nach oben reißt, um ein Foto von dem wahrgewordenen Wunder zu machen. Mein Blick trifft auf Jakobs. Er scheint es genauso wenig glauben zu können wie ich. Wie alle. Sarah ist wieder da, sie lebt. Sie ist Steinhausen entkommen.

Wir

Du hast den Weg zurückgefunden – Respekt, kleine Sarah. Die weite Strecke, noch dazu bei dieser Kälte, das zeugt von einem starken Willen und bemerkenswerter Entschlossenheit. Freilich hat dein Auftauchen einen Riesentumult verursacht. Wie sie regelrecht über dich herfallen, wie sie alle gaffen. Du bist jetzt eine Sensation. Das Mädchen, das dem Schleifenmörder entwischt ist. Dieser Schmitti präsentiert dich wie einen Pokal, deine Mutter ist ein Klotz.

Es ist schiefgelaufen, total schiefgelaufen.

Das falsche Ende.

Wenn ich könnte, wie ich wollte, würde ich sie zur Seite schubsen und dich schnappen, gleich jetzt und hier. Ich würde dich aus Schmittis Armen reißen und mit dir davonrennen. Nur wäre es dann erst recht vorbei, das ist mir klar. Man würde mich verhaften. Also bleibt mir nichts anderes zu tun, als aus meiner Deckung heraus die Situation zu beobachten.

Du wirst doch nichts verraten, Sarah, oder? Du wirst mich doch nicht enttarnen? Nein, das wirst du nicht; die Konsequenzen sind dir bewusst, du weißt, was auf dem Spiel steht.

Ruhig bleiben, ruhig, ruhig, ruhig, sage ich mir. Dann ist es eben schiefgelaufen. Aber das heißt nicht, dass es schon vorbei ist. Und ist das nicht das Schöne an einer Geschichte? Sie ist dynamisch und veränderbar mit jedem neuen Wort. Und wer sonst hätte die Macht über die Figuren und den Verlauf, wenn nicht derjenige, der sie erfunden hat?

Ann

Schon wieder ein Krankenhausflur, schon wieder dieser typisch sterile Geruch. Ich denke an Eva und daran, dass es erst zwei Tage her ist, seit auch sie ins Krankenhaus eingeliefert wurde. Zwei Tage, die sich endlos anfühlen, so wie die ganzen letzten Wochen, eine gewaltige Kluft zwischen mir und meinem früheren Leben. Damals, denke ich, vor Papas Verhaftung. Eine Zeit, in die ich mich kaum mehr einfühlen kann, an die ich mich allmählich nur noch erinnere wie an einen Film, in dem die Hauptfigur mir ähnlich sieht. In meiner neuen Realität treibe ich mich seit zweieinhalb Stunden mit Jakob beim Kaffeeautomaten in der Warteecke der Kinderstation herum. Von hier aus können wir die geschlossene Tür zu dem Zimmer sehen, in dem Sarah liegt. Ihre Mutter ist bei ihr, genau wie zwei Polizisten und eine Psychologin, die eine erste Befragung durchführen. Das wissen wir von Brock, Schmitti und Kerstin Seilers blonder Freundin, die bis eben auch noch in Sarahs Zimmer waren, für die Befragung nun aber nach draußen geschickt wurden. Schmitti steht bei uns, die Blonde hat sich entschuldigt, weil sie ihre Mutter anrufen will, und Brock klebt mit einem Ohr an der Zimmertür, was unmöglich und praktisch zugleich ist. Denn alles, was er von drinnen aufschnappt, wird er sicherlich brandheiß an uns weitertragen.

»Körperlich fehlt ihr nichts, bis auf einige blaue Flecken«, berichtet uns Schmitti von der ärztlichen Diagnose.

Er ist wie ausgewechselt, so viel freundlicher und aufge-
schlossener als gestern Abend in der Metzgerei. »Aber man
hat Spuren einer unbekannten Substanz in ihrem Urin entdeckt, deswegen testen sie jetzt auch noch ihr Blut. Und sie
spricht nicht. Kein Wort. Der Schock sicherlich.«

Ich nicke. Der Schock ist es nur bestenfalls, wenn ich
mich auf das Gespräch besinne, das ich vor zwei Tagen mit
Eva geführt hatte. Über die Lücken in der Chronologie der
Morde. Eva glaubte, dass es möglicherweise Opfer gab, die
Steinhausen entkommen waren, die sich aber aus Scham
niemandem anvertrauen wollten. Bis heute nicht, Jahre des
Schweigens, vielleicht für immer. Verdrossen setze ich den
Pappbecher an, den Jakob für mich aus dem Automaten
gezogen hat. Es ist bereits mein dritter Kaffee und ich
trinke ihn nur, damit ich überhaupt etwas zu tun habe.

»Hat die Kleine eigentlich keinen Vater?«, fragt Jakob
und nickt in Richtung des Krankenzimmers.

»Ach«, antwortet Schmitti in abschätzigem Ton. Er hat
ebenfalls einen Becher Kaffee in der Hand. »Ein Komplett-
versager. Er ist ja derjenige, der ursprünglich aus Schergel
stammt – nicht Kerstin. Die Metzgerei gehörte seinem Onkel, der allerdings schon lange verstorben ist. Kerstin ist nur
wegen Sarahs Vater hierhergezogen, sie haben das Kind bekommen und zusammen die Metzgerei betrieben. Wobei:
Im Grunde hat sie das damals auch schon allein gemacht.
Der ist lieber rüber nach Tschechien, zu den Nutten. Irgendwann ist er nicht mehr zurückgekommen. Seitdem hat Kerstin niemanden außer uns – tja, Segen und Fluch.« Er zeigt
auf Brock und lacht. »Nein, im Ernst. Das macht unser
Dorf so besonders. Wir nehmen jeden auf, der bereit ist,
sich in die Gemeinschaft zu integrieren. Und Kerstin ist ja

auch nicht die einzige Alleinerziehende bei uns. Nathalie gehört auch dazu.« Er deutet unbestimmt über seine Schulter. Nathalie – genau, so heißt sie, Kerstin Seilers blonde Freundin, die mich so schön und gleichermaßen schmerzlich an Zoe erinnert. Ich hatte den ganzen Vormittag überlegt, aber ihr Name war mir nicht mehr eingefallen. »Sie ist aus Wuppertal hierhergezogen, förmlich geflohen vor ihrem gewalttätigen Ex, die Arme. Noch vor ein paar Wochen hat sie sich völlig abgekapselt, doch inzwischen arbeitet sie sogar bei Kerstin in der Metzgerei. Und bei uns im Kindergarten haben wir ein schwules Erzieherpärchen. Die kommen aus München, wollten aber raus aus der Konsumgesellschaft, mit einem eigenen kleinen Haus und ein paar Hühnern.«

Wieder zwei Dinge, die mich sofort an Zoe erinnern. Wuppertal, wo sie ursprünglich herstammt, und der Traum vom Aussteigen, irgendwann, ganz woandershin. Dort, wo der Himmel nur blau ist und keine Kondensstreifen hat. Ein kleines Häuschen mit bunten Fensterläden und einem Garten, den sie kunstvoll verwildern ließe, am liebsten in Cornwall. Ein Gefühl überschwappt mich, eine Szene aus der Vergangenheit: Zoes Kopf liegt in meinem Schoß, mein Zeigefinger zeichnet ihre Gesichtszüge nach. »Und was wird aus mir, wenn du barfuß durch deinen englischen Zaubergarten tanzt?«, frage ich, woraufhin sie lacht.

»Du kannst entweder in Berlin hocken bleiben und dich vor Sehnsucht verzehren. Oder du kommst einfach mit …«

Hastig nippe ich an meinem Kaffee, als wäre er eine Medizin für das Vergessen. Eva hatte recht: *Erinnerungen sind nur schön, solange es Hoffnung gibt.*

»Grundgütiger!«, ein überraschter Ausruf aus Brocks

Richtung, der unser aller Aufmerksamkeit auf sich zieht. Direkt vor seiner Nase hat sich die Tür zu Sarahs Kranken- zimmer geöffnet. Kaum sind die beiden Polizisten und die Psychologin herausgetreten, schlüpft er hinein. Und auch Schmitti drückt mir seinen noch halbvollen Kaffeebecher in die Hand und eilt zurück in Sarahs Zimmer.

Jakob räuspert sich. »Jetzt kannst du einen Profi bei der Arbeit erleben«, kündigt er an und schnappt sich die Po- lizisten und die Psychologin. Er sei von der Presse und bitte um Informationen. Doch er blitzt ab. Laufende Ermitt- lung. »Gedulden Sie sich, bis wir eine offizielle Mitteilung rausgeben, Karla Kolumna«, versucht einer der Beamten einen Scherz, bevor sich die Gruppe zu den Aufzügen da- vonmacht. Jakob sticht seinen Zeigefinger in meine Rich- tung und sagt nur: »Wag es nicht«, aber mir ist sowieso nicht nach einem Kommentar. Denn so erleichtert ich bin, dass Sarah unversehrt nach Hause zurückgekehrt ist, so sehr verunsichert es mich auch. Was bedeutet es, dass Stein- hausen sein Opfer abhandengekommen ist? Verschwindet er? Holt er sich einfach das nächste Mädchen, oder ver- sucht er, noch mal an Sarah heranzukommen? Immerhin ist sie eine Zeugin, die ihn beschreiben und identifizieren könnte. Ich blicke mich um, der Krankenhausflur ist leer; bis auf uns treibt sich niemand hier herum. Trotzdem wäre es mir lieber, die Polizei würde jemanden vor Sarahs Zim- mer postieren, so wie man das in Filmen manchmal sieht. »Hier ist sie doch sicher?«, frage ich Jakob, der seufzt.

»Wir wissen doch noch nicht mal, was wirklich passiert ist, Ann. Aber du brauchst dir bestimmt keine Sorgen zu ...«

»Wo sind denn alle?«, wird er von Nathalie unterbrochen, die in dieser Sekunde vom Telefonieren zurückkommt.

Jakob zeigt auf Sarahs Zimmer. »Vielleicht sollten wir auch einfach reingehen«, sagt er, als wir ihr hinterhersehen. »Sarahs Mutter stört es offenbar nicht, dass es da zugeht wie im Taubenschlag. Das arme Kind.«

»Oder sie ist einfach nur froh, das nicht allein durchstehen zu müssen.«

Er lacht. »Du wärst eine furchtbare Journalistin. Viel zu gefühlsbetont.«

»Das hat mein Vater mir beigebracht«, sage ich. Es ist ein kurzer Schmerz, nur wie das Abreißen eines Heftpflasters, aber er ist da, nicht zu verleugnen. »Alles, was geschieht auf der Welt, jede einzelne Handlung und jede Konsequenz beruht auf einem Gefühl.«

»Ich dachte immer, Wissenschaftler seien reine Faktenmenschen.« Jakob greift nach Schmittis Kaffeebecher, den ich immer noch in der Hand halte, nimmt einen Schluck und verzieht das Gesicht.

»Herrschaften!«, so unvermittelt, dass wir beide zusammenfahren. Brock tritt aus Sarahs Zimmer und fliegt aufgeregt auf uns zu. »Ich habe was für Sie!«

»Gibt's neue Informationen?«

Er schwenkt den Fotoapparat in seiner Hand. »Schmitti und Nathalie waren dagegen, aber – ha!«

»Nun reden Sie schon!«

»Kostet fünfzig Euro«, sagt er und zeigt uns, nachdem Jakob und ich einhellig genickt haben, ein Foto auf dem Kameradisplay. Sarah in ihrem Krankenbett. Er habe sie extra für die Aufnahme die Augen schließen lassen. Er sagt bloß: »Ich dachte, das kommt gut in Ihrem Artikel«, Augenzwinkern. Doch was er meint, ist offensichtlich: Das Mädchen – das Gesicht weiß, die farblosen Lippen, vor allem aber die

Art, wie sie da liegt, mit ihren geschlossenen Augen und den über der Bettdecke gefalteten Händen – wirkt wie tot.

Kurzschluss. »Was für ein rücksichtsloses Arschloch sind Sie eigentlich?«

»Ann!« Jakob, der mich bremsen will. Gleichzeitig der entrüstete Brock: »Also hören Sie mal! Ich kann meine Informationen auch gerne an eine andere Zeitung verkaufen!«

»Nein, nein, Herr Brock.« Jakob wieder. »Sie hat es nicht so gemeint.«

Doch, das hat sie. Aber sie sieht ein, dass neue Informationen wichtiger sind als ihre persönliche Meinung. Also entschuldigt sie sich zähneknirschend. Brock nimmt die Entschuldigung an, genau wie die fünfzig Euro aus ihrem Portemonnaie. Dafür lassen wir ihn unter unserer Aufsicht das Foto löschen und nehmen ihm das Versprechen ab, kein weiteres von Sarah im Krankenbett zu machen.

»Sie hat den Polizisten erzählt, sie wäre bei einer Prinzessin gewesen, in einem Schloss«, beginnt er nun, während er seinen schwammigen Körper theatralisch auf einem der Stühle im Wartebereich niederlässt. »Um sich vor dem bösen Drachen zu verstecken.«

»Welche Prinzessin?«, fragt Jakob.

»Was für ein Schloss?«, frage ich.

Auf beides hat Brock keine Antwort; mehr hat Sarah angeblich nicht gesagt. Fünfzig Euro für einen einzigen und noch dazu völlig unverständlichen Satz. Ich seufze. »Gibt es denn ein Schloss in der Nähe, das sie gemeint haben könnte?«

Brock verneint; kein Schloss, aber eine alte Burgruine.

»Vielleicht sollten wir uns dort mal umschauen«, sagt Jakob.

»Oder«, überlege ich, »sie meint etwas ganz anderes damit. Meine Freundin Eva und ich hatten als Kinder auch andere Namen für die Orte, an denen wir gespielt haben. Es gab einen Hochsitz, den wir Turm genannt haben, und eine alte Kiesgrube war das Meer für uns.«

Jakob sieht mich an, als hätte ich sie nicht alle; er muss ein sehr fantasieloses Kind gewesen sein.

»Na, sie wird wohl auch kaum bei einer echten Prinzessin gewesen sein,«, setze ich nach. »Und Drachen gibt es, so viel ich weiß, auch nicht.« Mein Blick erfasst Kerstin Seiler, die in diesem Moment aus dem Krankenzimmer ihrer Tochter tritt, zusammen mit Schmitti und Nathalie. Zielstrebig steuere ich auf sie zu. »Entschuldigen Sie, Frau Seiler, nur kurz: Können Sie sich vorstellen, welchen Ort Sarah gemeint hat, als sie von einem Schloss sprach? Oder wer die Prinzessin und der Drache sein könnten?«

»Scheren Sie sich zum Teufel!«, herrscht sie mich an und rennt davon, Schmitti folgt ihr. Hilflos wende ich mich an Nathalie.

»Sie wissen doch, dass die Ärzte blaue Flecken bei Sarah festgestellt haben«, erklärt sie gedämpft.

Ich versuche, diese Tatsache mit Kerstin Seilers ungehaltener Reaktion zusammenzubringen. *Ein total gestörter Pädophiler*, fällt es mir ein. Das war der Ausdruck, den ich Eva gegenüber benutzt hatte, als wir überlegten, welches Motiv den Schleifenmörder antreiben könnte.

»Der Täter hat sie doch nicht …« Ich reiße mir die Hand vor den Mund.

Nathalie schüttelt den Kopf. »Nein, nein, darum geht es nicht. Sondern darum, dass die blauen Flecken um einiges älter sind.« Sie sieht mich eindringlich an. »Sarah hat sie nicht von ihrem Entführer.«

– Eine Sachbeschädigung empfinden Sie also als einen unnützen Akt, Mord hingegen nicht?

– Wenn Sie mich so fragen: ja. Oder warum haben Sie Ihrem Lehrer damals die Reifen aufgeschlitzt?

– Wie gesagt, ich war in der falschen Clique. Ich denke, ich wollte einfach cool sein. Es hatte keine höheren Beweggründe.

– Sehen Sie.

– (*seufzt*) Gut, ich beiße an. Also?

– Also was?

– Ihre *höheren Beweggründe*.

– Ach herrje, dieser Ton.

– Na, was erwarten Sie denn?

– Erwarten? Gar nichts. Wünschen eher. Ich würde mir Unvoreingenommenheit wünschen, mehr noch Ihnen selbst zuliebe als meinetwegen. Denn Sie sagen, Sie wollen begreifen, und das glaube ich Ihnen sogar. Nur wie sollte Ihnen das gelingen, wenn Ihnen Ihre vorgefertigte Meinung im Weg steht? Sie halten mich für einen Psychopathen, richtig?

– Ich … ich weiß nicht …

– Keine Scheu, sagen Sie es ruhig, Sie stünden damit nicht allein da. Wonach gilt jemand in Ihren Augen als Psychopath?

– Nun ja, soweit ich informiert bin, sind Psychopathen Menschen, die nichts empfinden, weder Empathie noch Reue oder Schuldbewusstsein bezüglich ihrer Taten.

– Es gibt eine offizielle Checkliste zur Diagnose von Psychopathie, wussten Sie das? PCL-R heißt sie, und sie enthält zwanzig Punkte, mangelnde Empathie oder fehlendes Schuldbewusstsein sind nur zwei davon. Weitere zum Beispiel sind, dass man sich schnell langweilt, zu Untreue neigt, in der Jugend bereits straffällig geworden ist, impulsiv ist oder einen parasitären Lebensstil pflegt, indem man andere im Hinblick auf Geld oder Gefälligkeiten ausnutzt. Kaum zu glauben, dass solche Alltäglichkeiten zu einem derart gewichtigen Urteil führen sollen, oder?

– Ich verstehe ehrlich gesagt nicht so recht, worauf Sie hinauswollen.

– Ich will Ihnen damit klarmachen, dass ich wahrscheinlich genauso sehr oder wenig ein Psychopath bin wie Sie und dass es mit dem Begreifen schwierig wird, sobald man sich auf allzu starre Denkmuster festlegt.

– Dass Sie das schlimmste Verbrechen, zu dem ein Mensch fähig ist, begangen haben – und das sogar zehnmal, immer und immer wieder –, ist mit Verlaub kein Denkmuster, sondern eine Tatsache. Und das wissen Sie doch auch selbst, das weiß jeder, darüber müssen wir nicht diskutieren: Mord ist im biblischen Sinn eine Sünde und im juristischen eine schwere Straftat. Aber genau deswegen will ich ja nur umso mehr verstehen, was Sie dazu bewogen hat, diese Grenze zu überschreiten. Was hat Larissa in Ihnen ausgelöst, das Sie zum Mörder werden ließ?

– Ach ja, richtig: Sie wollten wissen, warum ausgerechnet sie die Erste gewesen ist, woraufhin ich Ihnen sagte, dass Sie sich irren.

– Ja?

– Nun denken Sie nach. Da kommen Sie selbst drauf.

– Noch mal: So läuft das nicht. Ich bin nicht hier, um Spielchen mit Ihnen zu spielen, sondern um über die Morde zu reden. Über Larissa und all die anderen Mädchen.

– Laura, Miriam, Jana, Kati, Olivia, Laetitia, Hayet, Jenny, Saskia, Alina, Sophie. Sehen Sie, ich habe nicht gelogen. Ich kenne immer noch ihre Namen und habe auch zu jedem ein Gesicht vor Augen. Die kleine Laura zum Beispiel. Blond, große blaue Augen, pinkfarbenes T-Shirt mit Pferdemotiv darauf. Sie saß mit ihren Rollschuhen und einem frisch aufgeschlagenen Knie an der Bordsteinkante, aber sie weinte nicht. Es war in Hellersdorf, ganz in der Nähe von dort, wo auch Larissa wohnte. Ich kam zufällig mit dem Wagen vorbei, hielt an und fragte, ob ich ihr helfen könne. Sie lehnte dankend ab.

– Aber das haben Sie offenbar nicht akzeptiert.

– Nein, ich überredete sie, in meinen Wagen zu steigen, indem ich ihr sagte, ich kenne da eine Strecke, auf der noch jedes kleine Mädchen das Rollschuhlaufen gelernt habe. Sind Sie als Kind auch Rollschuh gelaufen?

– Inliner, ja. Inliner, Roller, Fahrrad, Skatebord, ich bin so ziemlich alles gefahren und wahrscheinlich auch ständig hingefallen.

– Das wissen Sie nicht mehr so genau?

– Nein, ich … man vergisst wohl vieles aus der Kindheit.

– Oder man verzerrt es im Nachhinein.

– Ja, möglich. Je mehr Zeit vergeht, desto weiter rückt die Kindheit in den Hintergrund, bis auf die ganz prägenden Erlebnisse.

– Oh, ich glaube, da täuschen Sie sich. Besonders, was die prägenden Erlebnisse angeht, ist es oft wie mit Geschichten, die man sich so lange erzählt, bis sie eines Tages einen völlig neuen Inhalt ergeben. Welche ist Ihre?

– Meine was?

– Die prägendste Geschichte aus Ihrer Kindheit?

Ann

Schergel, 28.12.2017

Wir sind vom Krankenhaus zurück im Gasthaus, Lagebesprechung an dem Tisch, der normalerweise für den Gemeinderat reserviert ist, und vor uns zwei riesige Teller mit Knödeln, Bohnen, Schweinebraten und einem See aus tiefbrauner Soße, über dem sich eine dünne Haut gebildet hat. Ich bin nicht hungrig, esse aber trotzdem, pure Vernunft. Alles, was ich in den vergangenen Tagen zu mir genommen habe, waren zwei Plätzchen aus der Keksdose von Kommissar Brandners Frau und ein halbes Schinkenbrot vom Gasthaus-Catering für die Polizisten gestern Abend. Mir fallen die beiden Teller ein, die immer noch im Arbeitszimmer meines Vaters stehen. Das Essen, das Elke für Eva und mich zurechtgemacht hatte, Gänsekeulen und Rotkohl. Wenn ich wieder nach Hause komme, wird der Geruch der verdorbenen Speisen den ganzen Raum verpestet haben.

Jakob nimmt riesige Bissen, so wie damals in den Mittagspausen bei Big Murphy's, als er gefühlt innerhalb von Sekunden die größten Burger verdrückte. »Fressmaschine«, damit hatte ich ihn aufgezogen, und wir hatten gelacht. Ich mochte ihn wirklich gerne, meinen Freund Jakob vom Recyclinghof, mit seinen wippenden dunklen Locken und dem kindlichen Übermut in seinen blauen Augen.

»Ist was?«, fragt er kauend. Ich schüttele den Kopf.

Brock hatte uns angeboten, nach dem Essen mit uns zur Burgruine zu fahren. Sie liege hinter einem der angrenzenden Waldgebiete in der Nähe einer Schlucht. Fahrtzeit mit dem Auto: circa eine halbe Stunde, dann noch ein paar Minuten Fußmarsch. Ich will nicht. Ich glaube nämlich nicht, dass Sarah mit dem Schloss die Ruine gemeint hat. Und ich glaube auch nicht, dass wir dort zwischen verfallenen Mauern irgendwo zusammengekauert Marcus Steinhausen finden werden.

»Jetzt denk doch mal nach, Jakob. Du hast bei diesen Temperaturen nur eine Nacht in deinem Kofferraum verbracht und rennst ständig aufs Klo. Sarah hingegen weist nicht die geringsten Anzeichen einer Unterkühlung auf, dabei soll sie zwei komplette Tage und Nächte draußen im Wald verbracht haben. Das ist doch total unwahrscheinlich, verstehst du? Sie muss irgendwo drinnen festgehalten worden sein, wo es geschützt und annähernd warm war.«

»Alles eine Frage der richtigen Ausrüstung. Es gibt Thermoschlafsäcke, Isomatten, und ein Feuer hätte er auch machen können.« Eilig kaut Jakob eine Gabel Bohnen hinunter. »Und die Ruine einer alten Burg kommt einem Schloss doch schon ziemlich nahe, oder? Ich verstehe echt nicht, warum du dir diese Möglichkeit entgehen lassen willst.«

»Die Möglichkeit, die Ruinen zu sehen? Wir sind doch keine verdammten Touristen, Mann!« Grob lege ich mein Besteck auf dem Tellerrand ab, es klirrt unangenehm. Ich beuge mich Jakob entgegen und dämpfe meine Stimme. Brock, der Bierkrüge abtrocknend hinter der Theke steht, muss nicht alles mitbekommen. Es wundert mich sowieso, dass er nicht mit Schmitti und Nathalie bei Kerstin Seiler und Sarah im Krankenhaus geblieben ist. Doch anscheinend ist es ihm wichtiger, die Arbeit der angereisten Journalisten im Auge zu behalten. Oder ein neues Gerücht zu streuen. Sarah mit ihren blauen Flecken, besonders aber die Frage, ob ihre eigene Mutter etwas damit zu tun haben könnte. »Du hast Brock doch gehört: Um zu den Ruinen zu gelangen, braucht es eine halbe Stunde mit dem Auto, und dann noch einen Fußmarsch. Und glaubst du im Ernst, dass ein siebenjähriges Mädchen so einen Weg auf sich alleingestellt bewältigt hätte? Nie im Leben hätte sie zurück ins Dorf gefunden. Nein.« Ich schüttele energisch den Kopf. Eva hatte sich mal verlaufen, da waren wir zehn. In einem Teil des Grunewalds, unweit unseres Wohngebiets. Dort hatten wir oft gespielt; dort lag auch unser Turm, ein alter Hochsitz. Wir kannten den Weg im Schlaf. Trotzdem irrte sie über Stunden umher, bis mein Vater sie schließlich fand.

»Sie muss hier ganz in der Nähe gewesen sein. Im Dorf.«

»Du meinst das Dorf, das die Polizei zwei Tage lang komplett auf den Kopf gestellt hat? Hier soll sich ihr Entführer verstecken, unbemerkt von Sherlock Brock und den ganzen anderen?« Sein Lachen geht in ein Seufzen über. »Ann, wenn du ehrlich zu dir selbst bist, dann weißt du inzwischen, dass es ein Trittbrettfahrer gewesen sein muss.

Vielleicht sogar nur irgendein blöder Teenie, der sich mit den roten Bändern einen schlechten Scherz erlaubt hat, um die Gemeinde mal so richtig zu schocken. Doch als die Polizei mit diesem Riesenaufgebot hier ankam, hat er kalte Füße bekommen und Sarah gehen lassen.« Unbeeindruckt schneidet er sich ein Stück Fleisch ab. »Wäre es nicht möglich, dass genau das der Grund ist, warum Sarah nicht spricht? Sie kennt den Täter, aber sie will nicht, dass er in Schwierigkeiten gerät?«

Ich bin perplex. Und erschüttert. Jakobs Theorie ergibt Sinn. Und dennoch weiß ich, dass sie falsch ist; ich weiß es, weiß es, weiß es einfach. Ich fange an zu zittern, aus einem anderen Grund. Jakob sitzt hier und isst sich seelenruhig an der Tagesempfehlung satt. Mir wird klar, dass es ihm völlig egal ist, welche Geschichte er am Ende bekommt. Hauptsache, sie unterscheidet sich von dem, was die Konkurrenz über den Fall des Schleifenmörders schreibt. Und das tut sie, so oder so, denn niemand anders als er begleitet exklusiv die Tochter des Hauptverdächtigen. Ich bin ein Job für ihn, daran hat er nie einen Zweifel gelassen. Und trotzdem tut es in diesem Moment wieder weh.

»Ann? Alles in Ordnung?« Irgendetwas an meinem Anblick lässt nun auch Jakob sein Besteck weglegen. Vielleicht bin ich blass geworden oder habe im Gegenteil nervöse rote Flecken angesetzt.

»Ich muss mal an die Luft.«

Jakob macht Anstalten, sich zu erheben.

»Nein, iss ruhig fertig«, stoppe ich ihn. »Ich brauche ein paar Minuten für mich.«

»Und was ist mit der Ruine?«

»Ich überleg's mir.« Damit schnappe ich mir meinen

Rucksack, verlasse den Tisch und gleich darauf auch den Gastraum.

Ich will jetzt eine Zigarette. Und vielleicht noch etwas Süßes. Der kleine Lebensmittelladen, vor dem immer noch Jakobs roter Jeep geparkt steht, hat geöffnet. Die Kassiererin richtet sich das leicht verdrehte Namensschild an ihrem Kittel und begrüßt mich überschwänglich. Ich bin ja schließlich eine wichtige Journalistin, das hat sie längst mitbekommen. Ich gehe die Gänge entlang und treffe auf ein bekanntes Gesicht. Nathalie. Sie lädt Konservendosen in einen Einkaufstrolley, zu ihren Füßen steht auch noch ein überfüllter Korb, darin Toastbrot, Katzenfutter, Margarine und jede Menge anderer Kram.

»Sie sind aus dem Krankenhaus zurück«, stelle ich dümmlich fest und zeige auf ihre Einkäufe. »Sieht ja aus, als wollten Sie eine ganze Kompanie verpflegen.«

»Ja.« Fast wirkt es verlegen, wie sie sich eine Haarsträhne hinter das Ohr streicht. »Ich gehe nicht so gerne einkaufen, deshalb kaufe ich immer möglichst viele Vorräte.« Sie bewegt den Trolley, der sich unter dem Gewicht seiner Ladung störrisch gibt wie ein alter Hund. Ich bücke mich nach ihrem Korb, um ihn ihr zur Kasse zu tragen. Sie lässt mir den Vortritt, immerhin kaufe ich lediglich eine Schachtel Zigaretten und eine Tafel Schokolade.

Nachdem die Kassiererin alles eingescannt hat, helfe ich Nathalie, die zahlreichen Konserven wieder einzupacken, und bin in Gedanken für einen kurzen Moment mit Zoe bei unserem wöchentlichen Samstagseinkauf. Wir kaufen nur dummen Mist, der sich für unseren Filmabend in kleine Schälchen füllen lässt und auf die Hüften geht, egal, morgen zum Frühstück werden wir uns zum Ausgleich einfach einen Smoothie mixen. Ich ziehe die Nase hoch. Berlin ist Schergel und Zoe ist Nathalie, und die Verkäuferin fragt, ob es schon was Neues von Sarah gibt.

»Es geht ihr den Umständen entsprechend gut«, sagt Nathalie.

Die Verkäuferin sieht etwas enttäuscht aus, kein neuer Klatsch.

»Stimmt es denn?«, versucht sie es weiter. Sie meint die Sache mit den blauen Flecken, dem schattenhaften Verdacht, der nun auf Kerstin Seiler lastet.

Nathalie ringt sichtlich um Fassung, dann platzt es doch aus ihr heraus. »Jeder Mensch macht Fehler. Manchmal auch sehr große. Und trotzdem hat auch jeder eine zweite Chance verdient. Erst, wenn er die nicht nutzt ...« Sie bricht ab. Sie hat das Gerücht bestätigt, ob sie wollte oder nicht. Als auch ihr das klar zu werden scheint, gibt sie ein erschrecktes Keuchen von sich. Die Verkäuferin lächelt beschämt.

»Kommen Sie, wir gehen jetzt lieber«, sage ich leise, und so verlassen wir den Laden: Nathalie, die an ihrem Trolley zerrt, und ich mit ihrem überfüllten Korb.

»Wo steht Ihr Auto?«, will ich wissen, doch sie hat keins. »Okay«, sage ich erstaunt. »Haben Sie es denn weit nach Hause?«

»Das geht schon«, gibt sie ausweichend zurück und will nach dem Korb greifen. Dabei fallen die Packung mit dem Toast und ein Näpfchen Katzenfutter in den Schnee.

»Oje. Was halten Sie davon, wenn ich Sie ein Stück begleite? Ich wollte sowieso spazieren gehen, um meinen Kopf ein wenig freizubekommen.« Ohne eine Antwort abzuwarten, lasse ich meinen Rucksack von den Schultern gleiten und stopfe eilig den Toast und das Katzenfutter hinein.

»Na gut, ein Stück.« Nathalies Lächeln erinnert mich an das von Papa bei meinem letzten Besuch im Gefängnis; es sieht irgendwie imitiert aus, so als hätte ihr Gesicht schon fast vergessen, wie das geht. Und überhaupt kommt sie mir so vor: scheu und seltsam verloren außerhalb von Schmittis und Kerstin Seilers Gegenwart. Sie sagt, sie bewohne eins von Brocks Ferienhäusern am oberen Anger, zusammen mit ihrer Mutter und ihrer Tochter. »Ein ganz schön weiter Weg. Den will ich Ihnen dann doch nicht zumuten.«

»Schon okay.« Ich versuche mir nicht anmerken zu lassen, wie sehr es mich anstrengt, ihren Korb zu schleppen. Es geht nur mit links, rechts quält meine Schulter. »Schmitti hat erzählt, dass Sie bei Kerstin Seiler in der Metzgerei arbeiten.«

»Ach, nur ein paar kleinere Hilfstätigkeiten im Hintergrund. Fleisch vakuumieren, putzen. Können Sie sich vorstellen, wie es nach einer Schlachtung aussieht? Das Blut spritzt durch den ganzen Raum, bis hoch zur Decke. Man muss die Fliesen mit einem Schlauch abspritzen.«

Ich betrachte sie von der Seite. Ihre Stiefel sehen hochwertig aus und ihre Jacke ist von einer teuren Marke. Sie stammen offenbar aus Zeiten, in denen Nathalie nicht im Traum daran gedacht hätte, eines Tages für ein Taschengeld in einer Metzgerei zu putzen.

»Es ist einfach überall. Da, sehen Sie!« Abrupt bleibt sie stehen und zeigt auf einen Fleck auf ihrer Jeans. Er ist nur klein, aber deutlich erkennbar.

»Geht das wieder raus?«

»Mit Bleiche, ja.« Sie seufzt. »Ich sage mir jeden Tag, dass ich das für meine Tochter tue.«

Ich nicke. Nathalie ist meine Chance. Sie ist mit Kerstin Seiler befreundet und verbringt allein durch ihren Job viel Zeit mit der Familie. »Sarah hat von einem Schloss gesprochen. Haben Sie eine Idee, welchen Ort sie damit gemeint haben könnte?«

Sie schüttelt den Kopf, dann setzt sie sich wieder in Bewegung. Ich tue es ihr nach. Für eine Weile sprechen wir nicht; sie wirkt versunken. Womöglich denkt sie immer noch an ihren Ausbruch vor der Kassiererin, oder sie fragt sich, was die Leute jetzt von ihr halten. Denn wenn Kerstin Seiler ihre Tochter wirklich geschlagen hat, dann hätten sie und Schmitti doch etwas mitbekommen und entsprechend handeln müssen. Ich würde ihr gerne sagen, dass ich weiß, wie sich so etwas anfühlt. Nur wäre ich dann keine respektable Journalistin mehr, sondern Ann, die Tochter des mutmaßlichen Schleifenmörders. Ich würde sie bestimmt verschrecken, sie und das ganze Dorf, und meine Jagd nach Marcus Steinhausen wäre beendet.

Der Weg steigt an, es ist beschwerlich, aber schön. Ein Winterpanorama, das einem Postkartenmotiv entstammen könnte. Vor uns liegt bloß noch weiße Weite, die sich wie eine Zunge in das Waldgebiet in der Ferne hineinschiebt, und mittendrin, von ein paar einzelnen Bäumen umfasst: ein kleines Häuschen.

»Da wohnen Sie?«

»Ja«, sagt Nathalie und lächelt. »Idyllisch, nicht?«

»Auf jeden Fall, nur …« Ich drehe mich um, um den Weg zum Dorf zu bemessen. »… auch ein bisschen einsam, oder nicht?«

»Das geht nicht anders«, entgegnet sie, stellt den Trolley ab und stützt die Hände auf die Knie, als müsste sie eine kurze Pause machen. »Sie haben doch bestimmt schon gehört, unter welchen Bedingungen wir hier in Schergel gelandet sind, oder?« Sie blickt mich aus ihrer gebückten Haltung prüfend an. »Keine Scheu. Ich wohne seit knapp zwei Monaten hier und weiß mittlerweile nur allzu gut, wie es sich mit dem Dorfgeschwätz verhält.«

»Na ja, ich habe gehört, dass Sie Schwierigkeiten mit Ihrem Exmann hatten.« Ich setze den Korb ab, um mich ebenfalls kurz zu entlasten.

Nathalie richtet sich auf, ihr Blick ist traurig und ernst. »Das trifft es nicht ganz. Es ist eher … wir verstecken uns vor ihm.« Sie deutet auf das kleine Haus in der Ferne. »Meine Tochter würde so gerne in den Kindergarten gehen, aber sie ist noch nicht so weit. Sie erschrickt beim kleinsten Geräusch und hat immer noch Alpträume.«

»Das wusste ich nicht. Tut mir leid.«

Sie nickt. »Ja. In den ersten Wochen haben wir uns komplett abgeschottet, aber die Leute im Dorf sind sehr interessiert. Sie wollen nur helfen, aber, na ja … Jedenfalls ist mir klargeworden, dass man wohl nirgends auf der Welt wirklich allein ist und ich mit offenen Karten spielen muss. Letztlich ist es ja auch zu unserer eigenen Sicherheit, dass alle Bescheid wissen.« Sie lacht auf. »Brock hat sich die Hemdsärmel in die Ellenbeugen gekrempelt und gesagt: Wenn dein Ex hier auftauchen sollte, verpassen wir ihm erst mal eine ordentliche Abreibung.« Sie schnappt nach dem Griff des Trolleys und setzt sich wieder in Bewegung. Ich folge ihr, gedankenschwer. Nathalie ist wie ich, nur dass sie in einer Metzgerei und nicht in einem Fast-Food-

Restaurant arbeitet, ein Versuch, sich wenigstens ein bisschen Normalität zu bewahren und nicht verrückt zu werden unter der Last der eigenen Geschichte.

Wir nähern uns dem Haus. Es ist zur Hälfte mit querlaufenden Brettern verschalt und hat einen Balkon unter dem Spitzdach, der sicherlich einen atemberaubenden Blick über das Tal bietet.

»Woher kommen Sie denn ursprünglich?«

»Wiesbaden. Und Sie sind aus Berlin, nicht wahr?« Erklärend fügt sie hinzu: »Der Dorffunk.«

»Ach so, ja. Berlin, genau.«

»Kennen Sie den Wochenmarkt in der Nestorstraße?« Wie auf Knopfdruck weicht der Ansatz eines Lächelns einem ernsten Ausdruck. »Und das ist dann wohl auch der Grund, warum sie hier sind, stimmt's? Weil die anderen elf Mädchen alle aus Berlin stammten.«

»So ist es, ja. Mein Kollege und ich schreiben über den Fall.«

Wir stoppen vor dem Haus. Es ist klein, aber dreigeschossig, auf zwei Parteien ausgerichtet. Die untere Wohnung steht laut Nathalie leer. Damit das so bleibt, habe sie sie direkt mitgemietet. Durch seine Hanglage ist die Haustür zur oberen, größeren Wohnung, die Nathalie mit ihrer Familie bewohnt, über eine an der linken Seite angebrachte Treppe zu erreichen. Jede Menge Stufen, die noch einmal jede Menge Kraftaufwand erfordern werden. »Stellen Sie den Korb einfach hier ab, ich hole ihn dann gleich rein«, sagt Nathalie, als hätte sie meine Gedanken gelesen, und hievt den Trolley über die ersten Stufen.

»Ich lasse Sie doch auf die letzten Meter nicht hängen«, antworte ich und lache. Erst jetzt fällt mir auf, dass die

Fensterläden alle geschlossen sind. »Und wenn Sie in der Metzgerei arbeiten oder einkaufen gehen, passt Ihre Mutter auf Ihre Tochter auf?«

»Ja, sie ist schon fast achtzig und körperlich nicht mehr besonders fit. Deswegen traut sie sich auch nicht mehr allein nach draußen. Aber mit Lenia kommt sie wunderbar klar. Ich weiß nicht, was ich ohne sie machen würde.« Nathalie schließt die Haustür auf und ruft: »Bin wieder da!« Die Antwort bekomme ich nicht mit, ich liege noch einige Stufen zurück. Sie bugsiert den Trolley in den Eingang und kommt mir dann entgegen, um mir den Korb abzunehmen. »Vielen Dank. Finden Sie denn ins Dorf zurück oder hätten wir ein paar Brotkrumen auswerfen sollen?«

»Immer geradeaus, ich weiß Bescheid.«

»Nochmals vielen Dank.«

»Kein Problem, hab ich gerne …« Ich stocke, als Nathalie mich unvermittelt umarmt. Vielleicht hat sie auch gespürt, wie ähnlich wir uns sind. Für ein paar Sekunden befürchte ich, dass mir die Tränen kommen, aber der Moment geht vorbei, genau wie der Impuls, ihr zu erzählen, wer ich wirklich bin. Sie lässt mich los und sagt: »Also dann«, mein Stichwort zu gehen. Von oberhalb der Treppe aus winkt sie mir nach; ich drehe mich immer wieder um, um zu sehen, ob sie noch immer dort steht. So ein schöner Anblick, trotz all ihres Schmerzes. Dann ist sie plötzlich im Haus verschwunden und ich schüttele den Kopf, amüsiert über mich selbst. Ach, Ann …

Verbundenheit. (Ann, 10 Jahre alt)

Verbundenheit ist ein Zaubergefühl und deswegen auch ein bisschen unglaublich. Man muss sich nie groß anstrengen und überlegen was man sagt, weil man weiß, dass der andere einen auch so versteht. Man ist wie Zwillinge auch wenn man nicht verwandt ist, und niemand kann uns trennen auch wenn Eva manchmal meint, dass Mädchen lieber Jungs lieben sollten. Aber es geht nicht darum was man tun sollte, sondern nur darum, dass man einen Menschen findet mit dem man sich wie ein Zwilling fühlt.

Mein Kopf ist leer und zugleich verstopft mit tausend Gedanken, von denen sich keiner klar herausfischen lässt. Mit jedem Meter, jedem Schritt, den ich mich dem Ortskern nähere, setze ich Schwere an, Unmut, Verdrossenheit, bis ich schließlich das Gasthaus betrete und ausnahmslos wütend bin. Wir haben keine neue Spur. Bloß ein schweigendes Kind und ansonsten keine Ahnung. Jakob sitzt immer noch an demselben Tisch, nur steht jetzt kein Teller mehr vor ihm, sondern sein aufgeklappter Laptop. Als er mich sieht, springt er auf.

»Wo warst du denn? Ich hab dich schon gesucht!«

»Warum?« Ich bedeute ihm, sich wieder zu setzen, und sinke auf den Stuhl gegenüber, derselbe Stuhl, auf dem ich schon vorhin beim Essen saß, scheiß Metaphorik, alles gleich, nichts hat sich bewegt, und wahrscheinlich sitzen wir auch morgen wieder so da und übermorgen, weil wir feststecken, verdammt noch mal feststecken, solange kein

Wunder geschieht und Sarah redet. »Hast du dir Sorgen gemacht, dass der Trittbrettfahrer mich geholt haben könnte?«

»Was denn für ein Trittbrettfahrer?« Frau Brock kommt
an unseren Tisch und serviert Jakob eine Tasse Kaffee. »Für
Sie auch einen?«

Ich schüttele den Kopf. *Der Dorffunk*, fällt es mir ein.
Ein Ausdruck, den Nathalie verwendet hatte. Vor allem
aber eine Möglichkeit. »Sagen Sie mal, Frau Brock: die Sache mit Sarahs Verschwinden und die roten Schleifenbänder im Wald ...«

»Ja?« Augenblicklich sitzt sie ebenfalls an unserem Tisch.
Jakob rückt den Laptop ein Stück zur Seite, denn Frau
Brocks auf der Tischplatte verschränkte Arme nehmen
Platz ein.

»Sie sind doch alle sehr aufmerksam hier in Schergel.
Was munkelt man? Wer könnte so etwas getan haben und
warum?«

Verschwörerisch beugt sie sich über den Tisch. »Mein
Mann hat gesagt, es ist der echte Schleifenmörder. Er ist es,
definitiv.«

Ich blicke mich um. Von Brock ist nichts zu sehen; kein
gutes Zeichen in Anbetracht der Tatsache, dass er sich, seitdem wir in Schergel sind, ständig in unserem Dunstkreis
aufgehalten hat.

»Für heute Abend wurde deswegen eine Versammlung
einberufen«, fährt seine Frau aufgeregt fort. »Wir wollen die
Schutzmaßnahmen besprechen und einen Plan machen,
wie wir der Polizei bei der Aufklärung helfen können.«

»Die Einladung zu dieser Versammlung ist sogar über-
regional rausgegangen«, fügt Jakob sarkastisch hinzu. »Deswegen habe ich dich gesucht.« Er dreht den Laptop, damit

ich einen Blick auf den Bildschirm werfen kann. Es ist die Onlineausgabe einer der bekanntesten Tagezeitungen Deutschlands, eine noch größere als die, für die er arbeitet. Ein Foto. Sarah mit opferschutzverpixeltem Gesicht auf dem Arm von Schmitti, neben ihr Kerstin Seiler und Nathalie, alle ohne Pixel und klar erkennbar. Das war heute Morgen vor der Metzgerei. Sarah, die plötzlich wiederaufgetaucht war, das wahrgewordene Wunder, und Brock, der diesen Moment mit seiner Kamera festhielt.

Meine Hände schießen über die Tischplatte und ziehen den Laptop näher heran. Der zum Bild gehörige Artikel, die Schlagzeile titelt: *Haben sie den Falschen?* Daneben im Kleinformat ein unkenntlich gemachtes Foto meines Vaters. Der Bildschirm verschwimmt, ich erfasse keine Sätze, nur Fetzen. Ein kleines Mädchen, entführt nach dem Muster des berüchtigten Schleifenmörders. Ein idyllisches Örtchen in großer Gefahr. Die Polizei, die zwar eine großangelegte Suchaktion gestartet, sonst jedoch nicht viel getan habe, weder für die verängstigten Anwohner noch zur Aufklärung des Falles. Vor allem aber ein Zitat des ortsansässigen Gastwirtes und Vorsitzenden des Gemeinderats Peter Brock: »Wir suchen ganz konkret nach einem Mann mit kurzen blonden Haaren und Sommersprossen.«

Ich sehe auf, direkt in Jakobs Gesicht. »Das ist eine Katastrophe«, mehr schaffe ich zunächst nicht zu sagen. Hätte es mich vor ein paar Tagen noch gefreut, wenn die Berichterstattung zugunsten meines Vaters ausgefallen wäre, ist jetzt der denkbar schlechteste Zeitpunkt dafür. Mein Kopf produziert Bilder, das schlimmste Szenario: Menschen von überallher, die nach Schergel strömen, weil sie neugierig sind und mitmachen wollen bei der Mörderjagd, als handle es sich um ein touristisches Event. Andere Journalisten, die nun, da der erste größere Artikel über Schergel erschienen ist, schnellstmöglich nachziehen wollen und dazu ebenfalls anreisen werden. Und vor allem Steinhausen, der, sollte er sich nach Sarahs Flucht überhaupt noch in der Gegend aufgehalten haben, spätestens jetzt das Weite suchen wird.

»Hoffentlich hat sich Kerstin bis heute Abend ausgeschlafen«, mischt sich Frau Brocks Stimme unter meine Gedanken. »Ihre Anwesenheit als Mutter des Opfers wäre gut, um den Leuten den Ernst der Lage klarzumachen.«

Jakob und ich sehen erst einander und dann Frau Brock an.

»Gott weiß, dass wir alle zutiefst schockiert wären, wenn sich die Gerüchte als wahr herausstellen würden«, schiebt sie hinterher. »Aber sollte sie nicht eine Chance haben, sich zu erklären? Es kann ja auch sein, dass Sarah sich die blauen Flecken beim Spielen zugezogen hat.«

Jakob begreift es zuerst. »Das heißt, Kerstin Seiler ist wieder zu Hause?«

»Ja, wieso?«

»Sie ist nicht mehr im Krankenhaus, bei Sarah?«

»Nein, seit dem frühen Nachmittag schon nicht mehr. Sie wollte sich ein bisschen ausruhen, ein heißes Bad nehmen und dann etwas schlafen.«

Jakob klappt den Laptop zu, synchron springen wir von unseren Stühlen auf. Wir brauchen unser Vorhaben nicht abzusprechen, wir wissen es beide: Wir müssen zu Kerstin Seiler, und zwar sofort. Vielleicht können wir sie doch noch davon überzeugen, wie wichtig es ist, Sarahs Worte zu entschlüsseln, ohne dass sie sich gleich wieder angegriffen fühlt. Einen Versuch ist es wert, und vielleicht haben wir ja Glück und finden Steinhausen noch in seinem Versteck, bevor er verschwindet.

Wir verlassen das Gasthaus im Laufschritt; ich stocke erst, als wir das Marktplatzrondell zur Hälfte überquert haben.

»Was ist?«

»Sarah.« Ich fasse nach Jakobs Ärmel. »Sie ist jetzt ganz allein im Krankenhaus.«

»Quatsch, bestimmt sind Schmitti oder Nathalie bei ihr geblieben, solange ihre Mutter ...«

»Erst mal in Ruhe ein Bad nimmt?« Ein absurder Gedanke; ich schüttele den Kopf. »Nein, also Nathalie auf keinen Fall. Die habe ich vorhin beim Einkaufen getroffen.«

Jakob macht eine Geste, die mich zum Weitergehen animieren soll. »Irgendjemand wird schon da sein. Und mit Sicherheit hat die Polizei auch noch jemanden dort abgestellt.«

»Hoffentlich.«

»Ganz sicher.«

Da die Metzgerei ebenso ein Wohngebäude ist, klingeln wir zunächst beim Hauseingang – vergeblich. Also versuchen wir es über den Laden. Die Beleuchtung ist aus, obwohl es draußen schon wieder dämmerig wird, und Bewegung ist auch keine zu erkennen. Jakob drückt auf Gutdünken die Klinke, tatsächlich ist der Laden offen. Ein oberhalb des Türstocks angebrachtes Glöckchen kündigt unser Eintreten an.

»Hallo?«, ruft Jakob. »Frau Seiler?«

Unsere Schritte schmatzen auf dem Fliesenboden, der Getränkekühlschrank brummt monoton. Bläuliches Licht bestrahlt die leere Auslage, die einzige und nur unzureichende Lichtquelle im Raum.

»Riechst du das?«, flüstere ich. Ein seltsamer, unangenehm süßlicher Geruch.

»So riecht frisch geschlachtet«, flüstert Jakob zurück. »Der Geruch hängt sich fest. Ich kenne das. Mein Großvater war auch Metzger. Sein Haus hat noch so gerochen, nachdem er schon jahrelang in Rente war und die Metzgerei stillgelegt hatte.«

Wir erreichen den mit einem Plastikvorhang abgetrennten Durchgang hinter der Theke.

»Frau Seiler!«, ruft Jakob erneut. Als wieder keine Antwort kommt, sieht er mich fragend an. Ich deute mit dem Kinn auf den Vorhang, doch er zögert.

»Und wenn sie gerade in der Badewanne sitzt?«

»Dann hätte sie wohl kaum den Laden offengelassen, oder?«

Jakob zuckt mit den Schultern.

»Nennen wir es Investigativjournalismus«, sage ich und dränge voraus.

Ein kalter, dunkler Flur, gefliest wie alles hier. Ich denke an Nathalie, die mir erzählt hat, wie sie die Fliesen nach einer Schlachtung mit dem Wasserschlauch abspritzen muss. »Frau Seiler! Sind Sie hier?« Rechts und links des Flurs gehen jeweils zwei Räume ab, geradeaus erhebt sich die Treppe zum Wohnbereich. »Wir sind es: Ann und Jakob von der Zeitung!«

Die sich, eingeschüchtert von der Dunkelheit, dem Geruch und der Tatsache, dass alles in diesem Haus abwaschbar ist, nur langsam voranschieben, bis sie schließlich zu einer offenstehenden Tür auf der rechten Seite gelangen. Es ist ein Kühlraum, Licht flackert nur schwach, aber es genügt trotzdem. Ich greife unbestimmt hinter mich, nach Jakob, nach Halt. Jemand stößt einen Laut aus, vermutlich auch ich. Jemand schreit »Scheiße!«, vermutlich Jakob, der mich nun zur Seite stößt und in den Raum hineinstürzt. Auf den Körper zu, der dort am Boden liegt. In all dem Blut, auf den abwaschbaren Fliesen.

AUFNAHME 06
Berlin, 07. 05. 2021

– Nun, Ihr Schweigen soll wohl bedeuten, dass Sie Ihre Kindheitserlebnisse nicht mit mir teilen wollen. Na schön, passen Sie auf, ich mache den Anfang. Meine Kindheit also. Mit Ihrer Freude an Klischees werden Sie sich jetzt bestätigt fühlen, aber tatsächlich wurde ich recht streng erzogen. Es gab keine Schläge oder andere ungerechtfertigte Bestrafungen. Doch es ging um Disziplin, darum, sich an Regeln zu halten und Leistung zu zeigen. Besonders mein Bruder hatte ständig das Gefühl, sich beweisen zu müssen. Wir konkurrierten von klein auf miteinander, und es blieb nicht lange bei den üblichen Vergleichsmarken wie Schulnoten oder gutes Benehmen, für die man ein elterliches Lob bekam. Einmal, das weiß ich noch genau, saß ich auf einem Baum in unserem Garten und gab damit an, wie hoch ich geklettert war. Mein Bruder kletterte daraufhin über das Rosengitter auf unser Garagendach und sprang anschließend mit Anlauf hinunter. Aber er kam falsch auf und brach sich den linken Fußknöchel.

Das Geräusch habe ich nie vergessen, genauso wenig wie seinen Schrei. Ich hatte ihn noch nie zuvor so einen Laut ausstoßen hören, ich hatte überhaupt noch niemanden so gehört.

– Und dieser Laut gefiel Ihnen? Die Mädchen haben sicherlich auch geschrien.

– Einige schon, ja. Die meisten jedoch waren wegen des Schocks zunächst völlig stumm. Haben Sie eigentlich Geschwister?

– Nein, ich bin ein Einzelkind.

– Hätten Sie gerne welche gehabt?

– Nein, im Grunde … Es war okay, so wie es war. Ich hatte immer viele Freunde.

– Ob Sie es glauben oder nicht: ich auch. Und dennoch habe ich nie so recht dazugehört.

– Weil Sie sich anders fühlten?

– Hm, so in etwa, ja. Es gab da Dinge, über die ich schon früh angefangen habe nachzudenken. Dinge, die mich in manchen Nächten nicht schlafen ließen.

– Bestimmte … Fantasien?

– Nein. Nein, nein. Fantasien, das klingt so … nein, also wirklich, das klingt vollkommen falsch. Genau wie der Ausdruck »erregt«, den Sie vorhin verwendeten. Sie wissen doch wohl, dass ich keins der Mädchen jemals unsittlich berührt habe.

– Sie haben sie nur getötet.

– Aber ich habe ihnen nicht die Würde genommen. Im Gegenteil. Ich habe ihnen eine Bedeutung gegeben. Und sie mir.

– Eine Bedeutung, die Ihnen in Ihrem sonstigen Leben fehlte?

– Ja. Genauso war es. Sagen Sie, haben Sie sich eigentlich die Akten zu den Mordfällen durchgelesen?

– Mehrmals sogar, natürlich. Warum fragen Sie?

– Darüber können Sie bis zu unserem nächsten Treffen nachdenken.

– Was? Nein, Moment! Sie wollen mich nach Hause schicken? Jetzt?

– Was war Ihr Lieblingsfach in der Schule?

– Mein … ähm, Deutsch. Deutsch und Sport, würde ich sagen.

– Ah ja.

– Ah ja? Und nun?

– Nun gehen Sie heim und denken nach.

Ann

Schergel, 28.12.2017

Wie zurückgeschleudert in der Zeit, zurück in den Keller, wo Eva so daliegt, auf einem kalten Boden, in ihrem Blut. Wie sicher ich mir war, dass sie tot sein musste, doch sie lebte, Gott sei Dank, sie lebte. Genauso muss es jetzt auch sein. Ein furchtbarer Anblick, ein Schreck, der mir für einen Moment jede Ader abklemmt und alles zum Stillstand bringt. Aber es sieht schlimmer aus, als es ist. Kerstin Seiler ist nicht tot. Sie liegt da, Blut überall, als treibe ihr Körper auf einem See, Blut auf ihrer Kleidung und verschmiert in ihrem starren Gesicht. Der Fleischerhaken, der seitlich in ihrem Hals steckt. Jakob, der über ihr kniet und nach einem Puls sucht, während ich immer noch in der Tür stehe und einfach nur versuche, mich auf den Beinen zu halten. Es gibt keinen Grund, jetzt zusammenzubrechen, denn gleich wird er zu mir hinübersehen und sagen, dass sie lebt.

Aber sie braucht Hilfe, natürlich, sie braucht Hilfe, sofort. Ich taste hektisch nach meinem Handy, wähle den Notruf. Jakob, der nun wirklich zu mir aufsieht. Der nur den Kopf schüttelt. Ich weiß nicht, was das bedeuten soll; ich brülle ins Telefon – Schergel, die Metzgerei, eine Frau mit einer schlimmen Wunde im Hals, »bitte, kommen Sie schnell!«.

Jakob, der sich erhebt, von den Knien abwärts sind seine Hosenbeine rot, genau wie seine Hände, mit denen er Kerstin Seiler berührt hat.

Ich: »Sie sind auf dem Weg«, und er: »Es ist zu spät.« Das will ich nicht glauben, das kann ich nicht glauben. Weil es doch genau wie bei Eva ist. Ich will selbst nachsehen, ich will zu Kerstin Seiler. Ich will ihren Kopf in meinem Schoß halten und ihr versichern, dass alles wieder gut wird und der Krankenwagen unterwegs ist. Jakob lässt mich nicht, er hält mich fest gepackt mit seinen blutigen Händen, bis ich mich beruhigt habe. Dann führt er mich aus dem Kühlraum, zurück durch den dunklen kalten Flur, zurück durch den Laden, nach draußen. Wir hinterlassen rote Fußabdrücke. Man wird die Fliesen mit einem Schlauch abspritzen müssen.

Fassungslosigkeit. (Ann, 10 Jahre alt)

Fassungslosigkeit fühlt sich an als würde man über einen zugefrohrenen See gehen und dann bricht man plötzlich

im Eis ein und man ist wie gelähmt vom Schreck und
von der Kälte, sogar das Gehirn. Man kann das gar nicht
verstehen, was da gerade passiert und deswegen vergisst
man auch kurz, dass man sich bewegen muss und schnell
aus der Einbruchstelle heraus krabbeln, sonst gerät man
unter die Eisfläche und ertrinkt. Deswegen ist Fassungs-
losigkeit ein sehr gefährliches Gefühl, man darf nicht zu
lange fassungslos bleiben, sonst stirbt man daran.

Ich verschiebe die Gardine vor meinem Fenster in Zimmer 113. Vor der Metzgerei haben sich Menschen versammelt, die Kerzen mitgebracht haben. Ich halte angestrengt nach Nathalie Ausschau. In den letzten Stunden habe ich oft an sie gedacht. Der Tod von Kerstin Seiler wird sie hart treffen, ein heftiger Schlag in den Magen, eine unerbittliche Faust ins Gesicht. Ich weiß es, als würde ich sie kennen, und irgendwie tue ich das auch, auf eine merkwürdige unbewusste Art und Weise. Ich habe es gespürt, als sie mich umarmte.

Ich muss einsehen, dass es draußen zu dunkel ist; sämtliche Gesichter sind nur kleine, von den Kerzenlichtern verwaschene Flecken im Schwarz. Der Leichenwagen ist schon weg, bloß zwei Polizeiautos sind noch da. Man hat den Tatort gesichert, Jakob und ich wurden befragt, unsere Personalien aufgenommen. Wie es kam, dass wir Kerstin Seiler gefunden haben, was wir von ihr wollten. Die Wahrheit: Jakob ist ein Journalist, der über den Fall des Schleifenmörders schreibt, und ich bin die Tochter des Hauptverdächtigen. Stirnrunzeln, Unverständnis. Eine Geschichte und Zusammenhänge, die sich in der Kürze nicht erfassen lassen. Also sollen wir morgen Vormittag noch mal auf das Präsidium nach Bad Kötzting kommen und die Verständnislücken füllen. Ich fühle mich wie Bill Murray am Murmeltiertag; Präsidium, Krankenhaus, blutende Leute; ich stecke in einer verdammten Zeitschleife fest, in einem Alptraum. Und wofür? Mein Vater sitzt immer noch im Gefängnis. Ich habe nichts erreicht, im Gegenteil. Ich bringe nichts als Chaos.

In der Spiegelung der Fensterscheibe taucht Jakobs Gesicht auf. Er steht nah hinter mir, legt seine Hand auf meine Schulter. Ich sehe immer noch das Blut daran, obwohl er sich längst gewaschen hat. Wir haben beide geduscht, erst er, dann ich. So, als ließe sich mit dem Blut auch das Erlebte einfach so in den Abfluss spülen. Die Polizei hat unsere Kleidung mitgenommen, in einer Plastiktüte. Jakobs Jacke und seine blutverschmierte Hose, zur Spurensicherung. Um zu bestätigen, dass das viele Blut an ihn geriet, als er Kerstin Seiler auf ein Lebenszeichen überprüfte, und nicht etwa, als er sie abgeschlachtet hat. Meine – *Papas* – Jacke ist auch weg, nachdem Jakob mich mit seinen blutigen Händen angefasst hatte. Ich vermisse sie jetzt schon, ich habe damit mehr verloren als nur ein Kleidungsstück.

Ich drehe mich um, direkt in Jakobs Umarmung hinein. Jakob, der mich festhält, meine Wange an seiner Brust und sein Herz, das tröstlich schlägt. Er streichelt mein Haar. Es gibt keine Worte. Ich denke an Sarah. Stelle mir vor, wie die Polizeipsychologin versucht, ihr verständlich zu machen, was geschehen ist. Man hat uns gesagt, dass ihr Krankenzimmer rund um die Uhr bewacht wird. Denn es könnte Sarahs Entführer gewesen sein, der Kerstin Seiler ermordet hat. Nur warum? Nichts ergibt mehr Sinn, nur eins ist klarer denn je: Sarah muss reden. Sie muss sagen, was sie erlebt hat von dem Moment an, als sie, allein auf dem Heimweg am zweiten Weihnachtsfeiertag, auf ihren Entführer traf. Wie er aussah. Wohin er sie gebracht hat. Wie sie ihm entkommen konnte. Ein lautes Schluchzen holt mich aus meinen wirren Gedanken. Das bin ich selbst; ich weine und schluchze so hemmungslos, dass mein ganzer Körper vibriert. Jakob hält mich weiter, stoisch, fest, verlässlich.

»Ich will einfach nur aufwachen.«

»Ich weiß«, sagt er. Dann hebt er mein Kinn an und küsst mich. Es ist die Situation, die tiefe Verzweiflung, ein Sichaneinanderklammern, weil sonst nichts mehr übrig ist. Es ist gut, irgendwie, und trotzdem … Ich ziehe mich zurück, wende mich ab.

»Hab ich was falsch gemacht?«

Ich schüttele den Kopf. Denke zurück. Wie wir da immer saßen, in der Mittagspause auf dem Parkplatz des Big Murphy's, im verschämten Abstand zweier Leute, die sich eigentlich gerne zu einem richtigen Date verabreden würden. Aber sie tun es nicht; das Mädchen hat Gründe.

»Es gibt da jemanden«, erkläre ich ihm, ziehe die Nase hoch und reibe mir die Tränen aus dem Gesicht. »Das heißt, es gab jemanden, bis vor kurzem. Ich bin noch nicht so richtig drüber hinweg.«

»Okay, das verstehe ich. Tut mir leid.«

»Ja, mir auch.«

»Ist es wegen der Sache mit deinem Vater kaputtgegangen?«

»Ja.«

Ich sinke auf das Bett, Jakob setzt sich neben mich.

»Dann ist er ein Idiot, Ann, ehrlich. Was auch immer

dein Vater getan oder nicht getan hat, hat nichts mit dir zu tun. Du bist ein guter Mensch. Meistens zumindest.«

»Das mit dem Kofferraum nimmst du mir wohl immer noch übel.«

»Du machst dir gar keinen Begriff. Allein heute war ich mindestens ein Dutzend Mal pinkeln.«

Ich lehne meinen Kopf gegen seine Schulter. »Was machen wir jetzt?«

»Na ja, was sollen wir schon machen? Zum Krankenhaus zu Sarah zu fahren, hat keinen Zweck. Erstens würde man uns gar nicht zu ihr lassen, und zweitens – selbst wenn – würde sie bestimmt nicht mit zwei Fremden reden. Ich denke, wir haben keine andere Wahl, als die Angelegenheit der Polizei zu überlassen und darauf zu hoffen, dass sie diesen verdammten Knoten entwirren.« Er legt seinen Arm um mich und küsst mich auf den Scheitel. »Wir sollten nach Hause fahren.«

»Nach Hause«, wiederhole ich. Der bloße Gedanke lässt mich verkrampfen. Zurück nach Berlin, wo mein Vater im Gefängnis sitzt, Eva im Krankenhaus liegt und Ludwig mit Belehrungen wartet. Wo nichts mehr ist, nur Trümmer, Schutt und Schmerz. »Scheiße, es kann doch nicht so schwer sein, Jakob!« Ich hebe meinen Kopf und sehe ihn an. »Logik entwirrt den Knoten. Also denk nach! Warum sollte Marcus Steinhausen Kerstin Seiler ermorden? Was hätte er davon?«

»Das glaubst du also immer noch.«

»Was?«

»Dass Marcus Steinhausen hinter alldem steckt.«

»Als du heute sagtest, dass Sarah möglicherweise so beharrlich schweigt, weil sie den Täter kennt, habe ich kurz gezweifelt. Aber jetzt …« Ich erhebe mich vom Bett und durchstreife das Zimmer. »Kein Trittbrettfahrer, der einfach nur das Dorf erschrecken wollte, würde einen Mord begehen, oder? Das führt doch viel zu weit! Das kann nur jemand sein, der absolut skrupellos ist. Der ans Töten gewöhnt ist.« Ich bleibe direkt vor Jakob stehen. »Weißt du, was unter all den schlimmen Dingen in den letzten Tagen mit das Schlimmste für mich war?«

Seine Antwort ist ein auffordernder Blick. Ich ziehe mir den linken Ärmel nach oben und strecke ihm mein Handgelenk entgegen. »Der Moment, als Eva und ich herausfanden, *wie* er die Mädchen getötet hat.«

Jakob nimmt meine Hand und betrachtet eingehend die Narbe. »Was ist da passiert?«

»Ungefähr ein Jahr nach dem Tod meiner Mutter hatte ich einen Unfall mit dem Fahrrad. Ein Stein bohrte sich in mein Handgelenk und schnitt es auf.« Ich drehe mein Handgelenk leicht in Jakobs Griff, die Narbe schimmert im Licht. »Das ist ein Detail, das die Polizei nicht kennt. Es hätte nur allzu gut in ihre Indiziensammlung gepasst.«

»Du hast also doch an deinem Vater gezweifelt.«

»Ich weiß nicht, ob ich es Zweifel nennen würde. Aber es ist die einzige Sache, die ich mir immer noch nicht erklären kann. Warum tötet er die Mädchen ausgerechnet auf diese Art? Andererseits: Vielleicht zieht man automatisch wie besessen dauernd Parallelen, wenn man auf der Suche nach einem Sinn ist. Vielleicht stößt man auf Zusammenhänge, die in Wirklichkeit gar keine sind. Die sich der Verstand eigenmächtig zusammenschraubt, weil er unbedingt begreifen will. Doch jetzt …«, vorsichtig ziehe ich meine Hand aus seinem Griff, »… bin ich mir sicherer denn je. Der Mord an Kerstin Seiler ist der Beweis.«

»Für die Unschuld deines Vaters?« Jakob reibt sich die Stirn. »Ich meine, du hast schon recht. Jemand, der lediglich das Dorf erschrecken wollte und mit dem Auftauchen der Polizei dermaßen kalte Füße bekommen hätte, dass er Sarah gehen ließ, wäre nicht imstande, nur einen Tag später so einen grausamen Mord zu begehen. Er hat Kerstin Seiler ja regelrecht …« Kopfschüttelnd bricht er ab. Ich gehe vor ihm in die Hocke und lege meine Hände auf seine Knie.

»Wir können noch nicht nach Hause fahren, Jakob, bitte. Überleg doch mal. Er hätte abhauen können, nachdem Sarah ihm entkommen ist. Oder sich wenigstens verstecken und still verhalten. Aber das tut er nicht, im Gegenteil. Mit dem Mord an ihrer Mutter schreit er es uns doch förmlich ins Gesicht: *Ich bin noch da, ihr Idioten!* Er macht sich lustig über uns.«

»Ich weiß nicht«, sagt Jakob und seufzt. »Was schlägst du denn vor?«

»Na, dass wir uns jetzt auf keinen Fall beirren lassen! Du könntest Brandners Sekretärin anrufen und herausbekommen, ob Sarah mittlerweile geredet hat. Und dann sollten wir auch noch mal mit Schmitti und Nathalie sprechen. Selbst wenn sie nicht wissen, was Sarah mit dem Schloss, dem Drachen und der Prinzessin gemeint hat, können sie uns vielleicht sagen, mit wem sie befreundet ist. Als Kind teilt man nicht alles mit den Erwachsenen, mit der besten Freundin aber womöglich schon.«

»Na gut, meinetwegen.« Jakob fummelt sein Handy aus der Hosentasche. »Mal sehen, ob wir Glück haben, es ist schon nach acht.«

Ich stehe auf und trete ans Fenster.

Die Menschen vor der Metzgerei harren trotz der Kälte tapfer aus. Ist es die Angst? Die Furcht davor, selbst der Nächste zu sein? Die Neugier? Das Gefühl, nicht tatenlos zu bleiben, irgendetwas zu tun, selbst wenn das nur bedeutet, sich die Beine in den Bauch zu stehen?

In meinem Rücken fragt Jakob nach Sarah und brummt anschließend mehrmals. Dann sagt er: »Okay, verstehe«, und erkundigt sich nach dem allgemeinen Stand der Ermittlungen.

Ich beobachte indes, wie einige der Menschen da unten sich in Richtung Gasthaus bewegen. Brocks Versammlung, denke ich. *Wir wollen die Schutzmaßnahmen besprechen und einen Plan machen, wie wir der Polizei bei der Aufklärung helfen können*, hat seine Frau uns heute Nachmittag erklärt. Und: *Hoffentlich hat sich Kerstin bis heute Abend ausgeschlafen. Ihre Anwesenheit als Mutter des Opfers wäre gut, um den Leuten den Ernst der Lage klarzumachen.*

Kerstin Seiler ist jetzt tot. Hat sie wirklich ihr zutiefst traumatisiertes Kind nur wenige Stunden nach der Flucht vor seinem Entführer allein im Krankenhaus zurückgelassen? Kann ihr das eigene Befinden in diesem Moment wichtiger gewesen sein als ihre Tochter, die sie schon glaubte für immer verloren zu haben? Ich will nicht denken, dass sie noch am Leben wäre, wenn sie bei Sarah geblieben wäre – ich tue es doch. Ich drehe mich zu Jakob um, der sich gerade verabschiedet und im nächsten Moment das Handy vom Ohr nimmt. Er öffnet den Mund, um zum Sprechen anzusetzen, doch ich bin schneller.

»Was, wenn der Mörder es eigentlich gar nicht auf Kerstin Seiler abgesehen hatte? Wenn er bloß mitbekommen hat, dass sie vom Krankenhaus zurück ist, und dementsprechend davon ausging, dass sie Sarah bei sich hat? Schließlich kommt man doch gar nicht auf die Idee, dass eine liebende Mutter ihr Kind in so einer Situation allein lassen würde. Er wollte Sarah! Er wollte sie sich zurückholen! Und als sie nicht da war, ist er ausgerastet. Ich meine, überleg doch mal: der Fleischerhaken. Den hat er nicht als Mordwerkzeug mitgebracht, den hat er sich in der Metzgerei spontan gegriffen, eine Kurzschlussreaktion, als er begriff, dass sein ursprünglicher Plan nicht aufgehen würde.«

»Möglich«, konstatiert Jakob und deutet auf sein Handy. »Gesprochen hat die Kleine immer noch nicht. Nicht mal, nachdem sie ihr gesagt haben, dass ihre Mutter gestorben ist …« Er schüttelt den Kopf. »Sie bekommt jetzt Beruhigungsmittel und soll morgen in die Kinderpsychiatrie verlegt werden, außerdem hat man ihren Vater ausfindig gemacht. Er ist auf dem Weg. Apropos … ich muss dich nicht fragen, ob du wusstest, dass Marcus Steinhausen ein paar Monate nach seiner zweiten Reha noch für eine ganze Weile stationär in einer psychotherapeutischen Einrichtung war, oder?«

»Was? Wann?«

Er nickt. »In einer Fachklinik im Allgäu, von Februar bis November 2006 …«

Ich schnappe nach meinem Rucksack, der neben dem Schreibtisch auf dem Boden liegt, und öffne ihn so hektisch, dass mir ein Beutel Toastbrot und ein Päckchen Katzenfutter vor die Füße fallen. Nathalies Sachen, die ich eingepackt und offenbar vergessen hatte ihr zurückzugeben. Ich lasse sie liegen, zerre stattdessen Ludwigs Ordner und unsere Notizen inklusive des Zeitstrahls heraus, den wir zu den Morden angefertigt haben.

»2006?« Mein Blick schießt von dem Blatt Papier in meiner Hand zu Jakob.

»Ja. Er litt nach der zweiten Attacke durch Larissas Stiefvater an einer posttraumatischen Belastungsstörung. Alpträume, Verfolgungswahn, das ganze Programm.«

»2006?«, frage ich noch einmal, nur um sicherzugehen. *Wer auch immer die Mädchen getötet hat, muss ein paar Lücken in seinem Lebenslauf haben*, habe ich vor genau drei Tagen zu Eva gesagt. Und eine Lücke, ein komplettes Jahr, das verging, ohne dass ein Mädchen starb, betrifft genau diesen Zeitraum: 2006. Ich strecke Jakob den Zettel entgegen; er soll es sich selbst ansehen, schwarz auf weiß. »Und? Glaubst du mir jetzt?«

Die Luft im Gastraum ist schal; zu viele Körper, die sich aneinanderdrängen, Schweiß und saurer Atem, die Fensterscheiben sind schon beschlagen. Jakob und ich stehen im hinteren Bereich an der Tür, die den Gastraum mit der Treppe zu den Fremdenzimmern im Obergeschoss verbindet. Ich kann nicht ausmachen, ob tatsächlich auch Leute von außerhalb oder andere Journalisten gekommen sind. Aber ich sehe Nathalie. Sie steht auf der genau gegenüberliegenden Seite des Raumes, direkt beim Ausgang, nervös, wie mir scheint. Zumindest zuckt ihr Blick immer wieder hin und her, wie bei einem scheuen Tier. Brock wirkt ungewohnt groß hinter seiner Theke. Jakob mit der besseren Perspektive meint, er habe sich eine leere umgedrehte Bierkiste als Erhöhung hingestellt. Brock läutet die Stammtischglocke, das grollende Gemurmel ebbt ab. Zuerst geht es um Kerstin Seiler, eine der Ihren, die grausam aus dem Leben gerissen wurde. Es geht um Schmitti, der statt eines Verlobungsringes nun einen Sarg aussuchen wird.

»Der Mann, der dafür verantwortlich ist, ist bekannt als der ›Schleifenmörder‹. Über ein Jahrzehnt lang hat er Berlin terrorisiert, und nun sollen wir dran sein. Aber das, liebe Mitbürgerinnen und Mitbürger, werden wir so nicht hinnehmen. Wir werden unsere Kinder nicht wegsperren. Wir werden uns nicht verbarrikadieren, aus Furcht, er könnte bei uns zu Hause genauso eindringen, wie er es bei Kerstin getan hat. Wir lassen uns nicht abschlachten wie wehrloses Vieh.« Der Mob bricht in zustimmendes Gegröle aus, das Brock nur durch das erneute Schlagen der Stammtischglocke eindämmen kann. »Ab heute Abend wird eine Bürgerwehr ihren Dienst aufnehmen. Wir werden sowohl tagsüber als auch nachts Patrouille laufen. Außerdem werden wir zur Unterstützung der Polizei eine Protokollstelle einrichten, die dazu genutzt werden kann, Beobachtungen und Vermutungen zum Verschwinden von Sarah und zum Mord an Kerstin zu äußern. Diskret, versteht sich.«

»Spätestens jetzt packt Steinhausen seine Sachen und verzieht sich«, raunt Jakob mir ins Ohr.

»Oder er hat den Spaß seines Lebens, diese aufgeblasene Truppe öffentlich vorzuführen«, gebe ich zurück.

»Aufgeblasen?« Er schüttelt den Kopf. »Brandgefährlich, wenn du mich fragst. Die steigern sich da jetzt vollkommen rein. Was glaubst du, wie schnell die die Kontrolle über die ganze Sache verlieren und anfangen, sich gegenseitig zu zerfleischen, wenn sie sonst keinen Schuldigen finden?«

»Du hast recht. Steinhausen wird sich kaum freiwillig stellen.«

»Scht«, macht die Frau neben uns und deutet zur Theke. Eine Mahnung, Brock zuzuhören, der gerade begonnen hat, eine Liste mit den Namen für den Patrouillendienst vorzulesen. Ich recke den Hals in Richtung Ausgang. Nathalie ist noch da, scheint aber in diesem Moment aufbrechen zu wollen.

»Bin gleich zurück«, sage ich zu Jakob und nehme meinerseits den Weg durch die Tür in meinem Rücken. Der Flur führt nicht nur zur Treppe in den oberen Stock, sondern auch zu dem Hinterausgang, den ich gestern Nacht bei meinem Blackout benutzt habe. Ich muss mich beeilen; zwar erspare ich mir das Gedränge im Gastraum, nicht aber die Strecke um das Haus herum.

»Nathalie!«

In zügigem Schritt hat sie bereits den halben Marktplatz überquert.

»Bitte warten Sie!«

Sie denkt nicht daran, sie läuft einfach weiter, schneller jetzt, wie es mir vorkommt. Ich beschleunige ebenfalls, setze zum Rennen an, bis ich sie hinter der Metzgerei schließlich eingeholt habe.

»Was wollen Sie?« Ihr fast feindseliger Ton überrascht mich.

»Ich wollte nur … das mit Kerstin tut mir sehr leid.«

Nathalie legt den Kopf in den Nacken, den Blick in den schwarzen Himmel gerichtet. Sacht berühre ich sie am Ärmel.

»Vor zwei Tagen hätte ich auch fast eine Freundin verloren. Ihr Name ist Eva. Ich kenne sie schon seit meiner

Kindheit. Sie wurde schwer verletzt und liegt jetzt im Koma. Die Ärzte sagen, dass sie stabil ist und alles wie nach Lehrbuch verläuft. Aber ich traue mich trotzdem nicht, im Krankenhaus anzurufen, aus Angst, man könnte mir sagen, dass sich ihr Zustand verschlechtert hat.«

Nathalie sieht mich an, die Augen erstaunlich wach und groß in ihrem ansonsten so müden Gesicht. »Stimmt das?« Ihr Ton ist anders, milder nun, die Frage nichtsdestotrotz irritierend. Ich zucke ratlos die Schultern. »Na, dass Sie Journalistin sind, stimmt ja auch nicht«, klärt sie mich auf. »Irgendjemand hat mitbekommen, wie Sie den Polizisten, die Sie befragt haben nach dem Fund von ...« Sie bricht ab; ich nicke zum Zeichen, dass ich es nicht aussprechen muss. »Jedenfalls sollen Sie die Tochter des Mannes sein, den man in Berlin verhaftet hat.«

Mein Herz setzt aus, Verwunderung ein. Niemand hat mich darauf angesprochen, nicht mal Brock. Dabei müsste ich als Tochter des Hauptverdächtigen doch eine Sensation sein, in welcher Hinsicht auch immer.

»Machen Sie sich keinen Kopf, jeder hat seine eigenen Lügen. Und Brock wird sicherlich noch mit Ihnen darüber reden«, sagt Nathalie, als hätte sie meine Gedanken gelesen. »Er hält Ihren Vater für unschuldig und überlegt, wie er Sie für seine Sache hier medienwirksam einspannen kann. Ich muss jetzt gehen.« Letzteres wieder harscher, genau wie die Art, mit der sie meine Berührung von ihrem Arm schüttelt und sich in Bewegung setzt. Stapfende, feste Schritte, bloß weg von mir. Ich will sie nicht gehen lassen.

»Auch das tut mir leid!« Ich beeile mich, ihr zu folgen. »Ich wollte niemanden belügen. Aber Sie können sich nicht vorstellen, wie das ist. Ich versuche, die Unschuld meines

Vaters zu beweisen, nur stand ich damit bisher komplett alleine da. Bis auf meine Freundin Eva und Jakob, der übrigens wirklich Journalist ist, wollte mir niemand zuhören.«

Nathalie bleibt stehen. Irgendetwas ist seltsam. So, als würde sich wie aus dem Nichts die blanke Nacht über ihr Gesicht legen, die ihre Züge verbittern und ihren Blick starr werden lässt.

»Nathalie?«

»Sie können nichts dafür, Ann. Aber was er getan hat, ist unverzeihlich.«

»Wie meinen Sie das?«

»Ann!« Jakobs Stimme schneidet über den Marktplatz. Ich wirbele herum, erst zu ihm, dann zurück zu Nathalie, die davonrennt.

»Nathalie!« Ich setze ihr hinterher.

»Ann!« Jakob wieder. »Bleib stehen! Es ist wichtig! Sie wissen, wer er ist!«

Marcus Steinhausen, trifft es mich wie ein Blitz. Ich stoppe so abrupt, dass ich beinahe ausrutsche, und Nathalie verschwindet in der Dunkelheit.

Wir

Nathalie, Nathalie, Nathalie.

Lauf nur, du entkommst nicht.

Lauf, so wie Sarah vor dem Drachen davonlief. Wehre dich, so wie ihre Mutter versuchte, sich zu wehren. Wie sie die Hände nach oben riss, wie sie sich verzweifelt wegduckte, wie der schwere Metallhaken dennoch in ihrer Kehle einschlug. Das Blut, das spritzte, und sie, die gurgelte wie ein verstopfter Abfluss. Auf die Knie sackte sie, zur Demut gezwungen wenigstens im letzten Moment. Zu spät, du erbärmliche, unwerte Kreatur.

Lauf, Nathalie. Rette dich.

Es wird nicht mehr lange dauern, bis alle Bescheid wissen.

Und dann? Ein letzter Kampf? Meinetwegen. Jedes Mittel ist mir recht. Ich werde meine kleine Prinzessin beschützen, mit allem, was nötig ist. Wir sind gut darin geworden, uns zu verstecken, meisterlich. Und niemand wird zunichtemachen, was wir uns erschaffen haben.

Frühling, mein Engel, denk an den Frühling.

Wenn die Wiesen erst grün sind und getupft mit Gänseblümchen, Giersch und rosa Klee. Wir tanzen in der Sonne, wir blinzeln ins Licht. Du bist mein Mut, mein Trost, mein Leben.

Ich bin zu allem bereit.

Ann

Schergel, 28.12.2017

Ich hocke zusammengekauert vor der Duschwanne im Bad von Zimmer 113. Zwei Türen liegen zwischen mir und dem penetranten Klopfen. Trotzdem nehme ich es überlaut wahr, als bedrohliches Schlagen einer Faust gegen Holz, das bald nachgeben wird. Mir ist zum Heulen. Und sowieso. Brock müsste die Tür gar nicht aufbrechen, er könnte einfach seinen Generalschlüssel benutzen.

Bitte, hör auf! Hör auf zu klopfen, lass mich in Ruhe!

»Er scheint nicht weggehen zu wollen«, sagt Jakob gedämpft von der anderen Seite der Badezimmertür. Es klingt
wie eine Frage, als bitte er mich um die Erlaubnis, die Sache regeln zu dürfen.

»Egal, was du tust«, rufe ich. »Er soll einfach nur aufhören!« Ich brauche Ruhe, Ruhe, zum Teufel. Ich muss mich
konzentrieren. In meinem Kopf ist etwas, an das ich nicht
herankomme, wie verschüttet, vergraben unter dem verdammten Krach. Ich weiß nur, dass es mit Nathalie zu tun
hat.

Es war schon zu spät, um umzukehren und ihr zu folgen, nachdem Jakob mich über meinen Irrtum aufgeklärt
hatte. *Sie wissen, wer er ist.*

Ich dachte, er meinte Marcus Steinhausen.

*Nein, dein Vater, Ann! Sie wissen, dass er als Hauptver-
dächtiger in Berlin im Gefängnis sitzt. Brock hat es gerade
verkündet: Ein Unschuldiger sitzt ein, für die Taten des wahren Schleifenmörders, der nun hier sein Unwesen treibt. Das
größte Verbrechen in der deutschen Geschichte, ein riesiger
Skandal.*

Wir sind über den Hintereingang zurück ins Gasthaus
gelangt, um dem Andrang im Speiseraum zu entgehen. *Sie
wollen alles wissen und sehen dich als größte Unterstützerin
bei ihrer Jagd nach dem Schleifenmörder.*

Das Klopfen ist verstummt, stattdessen nun Gemurmel.
Jakob, der versucht, Brock abzuwimmeln. Ich bekomme
nur Fetzen mit. Brock besteht auf einem Gespräch mit mir,
zumal wir uns unter falschem Vorwand in seine Gemeinde
eingeschlichen haben.

»Bitte, lieber morgen, Herr Brock, okay? Das ist alles
sehr aufwühlend für sie.« Und dass ich mich erst einmal

ausschlafen müsse. So wie Kerstin Seiler, denke ich. Kerstin Seiler, die sich auch ausschlafen wollte und nun tot ist. Ich fange an zu zittern. Ich bin ein einziges Durcheinander, ich muss mich sortieren.

Nathalie. Es geht um Nathalie. Um die Begegnung mit ihr, um die Dinge, die sie gesagt hat. *Sie können nichts dafür, Ann. Aber was er getan hat, ist unverzeihlich.*

Klang das, als würde sie meinen Vater kennen? Als hielte sie ihn für den Mörder? Das kann nicht sein; sie lebt hier in Schergel, zusammen mit ihrer achtzigjährigen Mutter und einer Tochter im Kindergartenalter. Jedoch erst seit ein paar Wochen …

»Ann?« Jakob durch die geschlossene Badtür. »Er ist weg, aber er bittet darum, dass du dich gleich morgen früh mit ihm unterhältst. Er ist ziemlich beleidigt, dass er nicht eingeweiht war.«

»Okay, danke.«

»Kommst du jetzt wieder raus?«

»Sofort, nur noch einen Augenblick.«

»Wenn du willst, mache ich uns einen Tee …«

»Bitte, Jakob!«, herrsche ich die Tür an, was mir gleich darauf leidtut. Doch ich brauche Ruhe, nicht nur vor Brock und seinem Geklopfe, sondern vor allem, jedem, auch Jakob. Ruhe, um meine Gedanken zu ordnen. Um zu begreifen. »Gib mir noch ein paar Minuten, okay?«, sage ich wieder sanfter. Jakob antwortet mit Schweigen. Seine Schritte entfernen sich, und im nächsten Moment höre ich leise die Matratzenfedern quietschen; Jakob, der sich wohl auf meinem Bett niedergelassen hat. Erleichtert atme ich durch.

Nathalie also.

Ursprünglich stamme sie aus Wuppertal, hat Schmitti

gesagt. Sie selbst hat mir erzählt, sie sei aus Wiesbaden hierher nach Schergel gezogen. Zwei Städte beginnend mit W, der Fehler könnte bei Schmitti liegen, der da etwas verwechselt hat. Nur woher kennt sie den Wochenmarkt in der Nestorstraße in Berlin?

Das ist dann wohl auch der Grund, warum Sie hier sind, stimmt's?, sagt sie in meiner Erinnerung an unser Gespräch von heute Nachmittag. *Weil die anderen elf Mädchen alle aus Berlin stammten.*

Elf!

Ich springe auf die Füße, reiße die Badezimmertür auf. Jakob lümmelt auf meinem Bett und beschäftigt sich mit seinem Handy. Als ich ihm seinen Namen entgegenschleudere, gleitet es ihm aus der Hand. »Stell dir was vor, okay?«

»O-okay.«

»Deine Tochter wird vom Schleifenmörder entführt, aber genau wie Sarah gelingt es ihr, zu entkommen …«

Evas Theorie, die jetzt in meinem Kopf hämmert: Opfer, die nicht zur Polizei gegangen sind.

Jakob setzt sich aufrecht. »Und?«

»Was würdest du tun?«

»Wie, was würde ich tun? Zur Polizei gehen natürlich. Und bestimmt bräuchte mein Kind auch therapeutische Hilfe.«

Ich schwenke wild meine Arme, eine weitreichende Geste. »Sieh dir den Rummel doch mal an! Befragungen durch die Polizei, die Sarah dermaßen einschüchtern, dass sie überhaupt nichts mehr sagt! Bohrende Fragen durch eine Psychologin! Medikamente und Kinderpsychiatrie!«

Jakob sieht mich fragend an.

»Kennst du den Wochenmarkt in der Nestorstraße?«,

will ich von ihm wissen, ernte jedoch bloß einen weiteren fragenden Blick. »Der ist in Wilmersdorf, Jakob! Und noch dazu winzig! Selbst du kennst ihn nicht, dabei wohnst du ganz in der Nähe!«

»Ich verstehe nicht so ganz, worauf du …«

Ich reiße die Hände nach oben und umfasse meinen Kopf. Ich wünschte, Jakob könnte einfach hineinsehen, ein paar Millimeter dicke Schädelwand einfach durchstoßen mit seinem Blick, bis sich meine Gedankenwelt dahinter auftut. Aber das kann er natürlich nicht, ich muss ihm schon erklären, was in mir vorgeht; geduldig, konzentriert, geordnet. Ich atme durch. Sammle mich. Ein neuer Ansatz, bemüht ruhig. »Weißt du, was du auch machen könntest, mit deiner traumatisierten Tochter, um ihr den ganzen Rummel zu ersparen? Du könntest sie in dein Auto packen und ein paar Hundert Kilometer weit fahren. Du könntest dir einen sicheren Ort suchen und dich dort abschotten, damit dein Kind erst mal zur Ruhe kommt. Abgelegen müsste er sein, dieser Ort, aber dennoch nicht zu einsam, für den Fall, dass du Hilfe brauchst. Den Leuten um dich herum erzählst du, du seist auf der Flucht vor deinem gewalttätigen Ex-Partner, damit sie sich nicht wundern, warum du dich bisweilen etwas sonderbar verhältst. So lenkst du ihre Neugier ab, sicherst dir aber gleichzeitig ihre Unterstützung. Genau wie sie gesagt hat: *Jeder hat seine eigenen Lügen.*«

»Was? Wer hat …?«

»Nathalie! Das hat sie vorhin zu mir gesagt: *Jeder hat seine eigenen Lügen.*«

»Es geht um Nathalie?«

Ich nicke wild. »Und weißt du, was sie noch gesagt hat,

allerdings heute Nachmittag schon, als ich ihr mit den Einkäufen geholfen habe?«

»Du hast ihr …?«

»Sie hat von *elf* Mädchen gesprochen, die dem Schleifenmörder zum Opfer gefallen sind. *Elf!* Nicht zehn! Und bevor du etwas einwendest: Nein, sie kann Sarah nicht mit eingeschlossen haben. Ihre genauen Worte waren: *Weil die anderen elf Mädchen alle aus Berlin stammten.*«

Brummend erhebt sich Jakob vom Bett und tritt ans Fenster. Obwohl es mir schwerfällt, still zu sein, lasse ich ihm einen Moment, um seine Gedanken abzuwägen. Ich habe ihm viel zugemutet, eine ganz neue Theorie, ein irres Szenario, das sehe ich ein. »Es klingt nicht völlig schwachsinnig«, sagt er schließlich und dreht sich wieder zu mir um. »Aber viel wahrscheinlicher ist, dass Nathalie einfach – wie alle anderen eben auch – die Zeitung gelesen und die Nachrichten gesehen hat. Und ob es nun zehn oder elf Opfer waren, hat man als Unbeteiligter doch gar nicht auf dem Schirm.«

»Und was ist mit der Nestorstraße? Woher sollte sie die kennen, wenn sie doch angeblich in Wuppertal gewohnt hat? Oder in Wiesbaden? Oder wo auch immer – vielleicht ja in Berlin?«

»Als hättest du noch nie eine andere Stadt als Touristin besucht. Oder deine Verwandtschaft, die woanders lebt.« Er tritt näher, umfasst meine Schultern. »Du musst verstehen …«

»Nein, du musst verstehen, Jakob! Wir haben uns doch gefragt, wie Steinhausen auf Schergel gekommen ist. Was er ausgerechnet hier zu suchen hat. Es ist wegen Nathalie! Sie ist der Grund! Er spielt ein Spiel mit ihr! Er will, dass sie weiß, dass er hier ist, deswegen hat er sich die Tochter ihrer Freundin geholt und Kerstin Seiler ermordet. Er will sie quälen, wie mit einem Blick auf ihre eigene Zukunft. Ihr mit alldem sagen, dass es ihr nicht noch einmal gelingen wird, ihr Kind vor ihm zu retten.«

Jetzt lacht Jakob auf. »Wir reden hier von der Frau, die vorhin komplett allein durch ein dunkles Dorf marschiert ist. Würdest du so was tun, wenn du das Gefühl hättest, dass ein verrückter Mörder hinter dir und deinem Kind her wäre?«

»Sie war total nervös, Jakob! Sie ist förmlich aus der Versammlung geflohen! Sie weiß es! Sie weiß, dass ihre Familie in Gefahr ist! Aber anscheinend hat sie vor, dem Killer allein gegenüberzutreten!« Innerhalb von Sekunden habe ich ein zweites Sweatshirt aus meiner Reisetasche herausgeholt, das mir als Ersatz für meine von der Polizei eingezogene Jacke dienen muss. Jakob hingegen glotzt nur. »Nun komm schon!«

Wie er mich ansieht. Zweifelnd, besorgt als jemand, der inzwischen ernsthafte freundschaftliche Gefühle für mich entwickelt oder sich zumindest irgendwie an mich gewöhnt hat. Aber da ist eben auch noch der andere Teil von ihm, der Journalist, der in dieser Situation einen ausschlachtbaren Höhepunkt erkennt. Behält die Protagonistin recht, ist sie eine Heldin, die möglicherweise mehrere Leben rettet. Doch was müsste er über sie schreiben, wenn sie falschläge? Dass sie sich verrannt hat und irre geworden wäre über ihrer Mission, die Unschuld ihres Vaters zu beweisen?

»Keine Sorge, ich habe nicht vergessen, warum du mich nach Schergel begleitet hast«, sage ich. »Dir soll nur klar

sein, dass ich angefangen habe, dir wirklich zu vertrauen.«
Wie zum Beweis halte ich ihm meinen linken Arm entgegen, mit der Narbe am Handgelenk. »Davon wissen nur genau fünf Leute: Mein Vater, Eva, meine Freundin Zoe, Ludwig – und du.«

»Ich vertraue dir doch auch«, entgegnet Jakob und nickt, jedoch ohne mir in die Augen zu sehen.

»Dann los. Du kannst dir hinterher immer noch überlegen, ob du mich als Freund oder als Journalist begleitet hast. Und ganz ehrlich, Jakob: Lieber lese ich einen Artikel über eine übervorsichtige Verrückte, die sich geirrt hat, als über jemanden, der es im richtigen Moment versäumt hat zu handeln.«

Er nickt erneut, diesmal entschlossen und direkt in mein Gesicht.

Wir verlassen das Gasthaus leise und wieder über den Hintereingang. Dem Geräuschpegel nach zu urteilen, ist die Versammlung im Speiseraum immer noch in vollem Gange. Vor dem Gebäude steht eine Gruppe von Rauchern; wir schlagen einen Haken, wie zwei Diebe in der Nacht. Das Auto zu nehmen, könnte Aufsehen erregen, also gehen wir zu Fuß. Jakob fragt mich, was ich erwarte. Ich sage, ich will einfach nur mit Nathalie reden. Wissen, was los ist. Das ist alles. Wir sind nicht in einem Film, in dem wir gerade noch rechtzeitig dazustoßen, wenn der Mörder das große Finale einläutet. Und trotzdem ist es ein seltsames Gefühl, die dunkle Dorfstraße entlangzulaufen, mit dem kalten Gefühl im Nacken, beobachtet oder verfolgt zu werden.

»Wir hätten nicht mal eine Waffe«, merkt Jakob an und gibt einen Laut von sich, der wohl als Lachen gedacht war, sich aber irgendwo in seiner Kehle verhakt hat. »Ich meine, all das, was du gesagt hast … Dieses Szenario, dass Steinhausen mit Nathalie spielt. Wenn das alles wirklich wahr sein sollte …« Noch so ein Laut, leicht zitternd im Ton. Und er hat recht. Wie kann ich einerseits so überzeugt sein und gleichzeitig so sorglos? Was, wenn wir wirklich auf Steinhausen treffen? Ich schüttele den Kopf, nur für mich selbst. Es stimmt, Ann. Du bist verrückt geworden, total aus der Spur geraten. Die Sache mit Papa, die Sache mit Eva und dann Nathalie, die dich völlig durcheinanderbringt mit ihrem schönen Gesicht. Du bist verzweifelt, verwirrt und einsam.

»Sind wir hier überhaupt richtig?« Im Laufen dreht sich Jakob um die eigene Achse. Wir haben das Dorf hinter uns gelassen. Nun steigt vor uns der Weg zum oberen Anger an. Zumindest glaube ich, dass er es ist. Ich denke an Nathalie und wie sie mich fragte, ob sie besser ein paar Brotkrumen für mich hinterlassen hätte. *Immer geradeaus*, hatte ich ihr geantwortet.

»Immer geradeaus«, sage ich jetzt zu Jakob. Und ich habe recht.

Unterhalb des Hauses hat sich ein Nebel gebildet, der im Mondlicht wirkt wie dichter weißer Rauch. Auch der Schnee reflektiert, er ist das einzige Licht, das uns leitet. Im Haus selbst ist alles dunkel, oder es sieht wenigstens so aus, denn genau wie heute Nachmittag sind sämtliche Fensterläden verschlossen.

»Sieht verlassen aus«, flüstert Jakob, als wir uns in einem großen Bogen von der Seite nähern.

»Sie müssen da sein«, gebe ich zurück. »Nathalie hat kein Auto. So schnell kämen sie also gar nicht von hier weg.«

»Vielleicht schlafen sie schon.«

»Vielleicht.«

Wir weiten unseren Bogen um die Vorderseite des Hauses zu einer Baumgruppe aus, ein umständliches Waten durch kniehohen, betonharten Schnee, der bricht und kracht, viel zu laut in der ansonsten gespenstischen Stille. Hier halten wir uns für einen Moment versteckt; wir nennen es »Beobachten«, dabei ist es wohl eher Unschlüssigkeit, was das weitere Vorgehen betrifft.

»Okay, Jakob«, sage ich, als ich merke, wie sein Blick nun nicht mehr auf dem Haus, sondern fragend auf mir haftet. »Wir machen es so: Du wartest hier, ich gehe rüber.« Ich schwenke mein Handy. »Mach deinen Klingelton aus, los. Ich rufe dich an und lasse die Verbindung stehen, während ich mit ihr spreche. So bekommst du alles mit und kannst im Notfall eingreifen.«

Er schüttelt den Kopf. »Kommt nicht in Frage. Wir gehen zusammen. Was, wenn Steinhausen wirklich …?«

»Gehen wir erst mal davon aus, dass alles in Ordnung ist und ich Nathalie nur aufsuche, um mit ihr zu reden. Ich möchte sie nicht verschrecken.«

»Du bist dir doch nicht mehr so sicher.«

»Ehrlich gesagt weiß ich gerade gar nichts mehr.«

Ich stapfe los, durch den krachenden Schnee, dem Haus entgegen, Meter für Meter; mein Herz, das anscheinend vorausläuft, das mich längst abgehängt hat mit seinem Tempo. Ich erreiche die Treppe, nur ein schwarzes Gebilde mit Stufen, die die Kälte der Nacht mit einer Eisschicht überzogen hat, bewege mich langsam, vorsichtig, vor allem aber leise. Wie jemand, der etwas Verbotenes tut. Jemand, der nicht hier sein sollte.

Dann stehe ich vor der Haustür. Im Mondlicht erkenne

ich die Klingel. Mein Finger zögert. Noch könnte ich einfach wieder gehen.

»Entscheidungen, mein Käferchen«, höre ich meinen Vater lächeln. Der Klang seiner Stimme in meinem Kopf beruhigt mich sofort. »*Der Verstand kann uns sagen, was wir unterlassen sollen. Aber das Herz kann uns sagen, was wir tun müssen.*«

Hat wer gesagt? Blaise Pascal?

»Joseph Joubert, meine Liebe. Und nun …«

Ich nicke ins Leere und drücke den Klingelknopf.

Nichts. Ich versuche es erneut und lausche. Ist die Klingel abgestellt? Möglich, so habe ich es zu Hause schließlich auch gemacht. Ich klopfe, erst zaghaft, dann etwas lauter.

»Nathalie?«, will ich rufen, aber es ist nicht mehr als ein heiseres Flüstern. Ich sehe auf mein Handy. Die Verbindung zu Jakob steht. »Ich glaube, die Klingel ist aus«, gebe ich leise durch.

»Dann komm zurück, vergiss es«, sagt Jakob, mein Verstand.

Mein Herz dagegen schickt mich um das Haus herum. Brennholzscheite sind gegen die Mauer gestapelt. Instinktiv blicke ich nach oben. Kein Rauch, der aus dem Schornstein dringt. Ich schleiche weiter, passiere eine Ecke. Linker Hand eine weitere Wand aus Brennholz und auf der anderen Seite, rechts vom Haus, eine Fläche, die unter den gewaltigen Schneemassen ein Garten sein könnte. Ich versuche, durch die Spalte eines Fensterladens zu linsen, aber da ist nichts, nur Schwärze. Und ein Geräusch. Ich stocke. Lausche. Ein leises Klappern. Es kommt nicht von drinnen. Ich verorte es ganz nah, hinter der nächsten Hausecke. Weiter. So leise und vorsichtig wie möglich, immer einen Schritt vor den anderen. Ein Käuzchen schreit. Und noch ein Geräusch. Ein Klicken, so als betätigte jemand ein Feuerzeug. In meinen Ohren rauscht jetzt Blut, ein Sturzgefälle, das alles andere überdeckt. Tu's, schreit mein Herz. Und ich gehorche. Mache den letzten entschlossenen Schritt um die Ecke herum.

Zuerst sehe ich das kleine rote Licht, links von mir, auf dem Boden. Dann den schwarzen Schemen einer Gestalt, die sich wie in Zeitlupe aus ihrer hockenden Position erhebt. Ich höre die zischende Stimme, die wissen will, wer da ist. Mein Mund klappt auf, ich krächze nur. Da greift die Gestalt nach etwas. Ein langer Stiel, etwas Metallisches schabt über den vereisten Untergrund. Die stählerne Schneide einer Axt blitzt auf. Ich will wegrennen, aber es ist zu spät.

AUFNAHME 07
Berlin, 10.05.2021

– Hier bin ich wieder.
– Natürlich sind Sie das … (*hustet*) Entschuldigung. Haben Sie das Wochenende genutzt, um über unser letztes Treffen nachzudenken?
– Ja, das habe ich. Ich habe mir auch die Aufnahme dazu noch einmal angehört. Wir sprachen über das Mädchen mit den Rollschuhen.
– Erinnern Sie sich noch an ihren Namen?
– Ja. Laura, sie hieß Laura. Sie haben sie unter dem Vorwand, ihr eine Strecke zum Rollschuhlaufen zu zeigen, in Ihr Auto gelockt. Was ist dann passiert?

– Ich bin mit ihr zur Kuhlake nach Spandau gefahren. Kennen Sie die Gegend? Sehr hübsch. Es gab dort eine Hütte, die war dermaßen eingewachsen, dass die Wände aussahen, als bestünden sie nur aus Efeu und Gestrüpp. So, als hätte die Natur selbst die Hütte aus ihrem Boden sprießen lassen und nicht vor langer Zeit irgendein Mensch ein paar Holzlatten zusammengenagelt. Ich sagte Laura, die Hütte liege auf dem Weg zur Rollschuhstrecke, und sie vertraute mir. Sie legte sogar ihre Hand in meine, während wir liefen. Jeder, der uns begegnet wäre, hätte einen Vater mit seiner kleinen Tochter beim Spazierengehen gesehen. Das ist im Übrigen ein paarmal vorgekommen. Dass jemand mich mit dem jeweiligen Mädchen gesehen hat, meine ich.

– Und nie ist jemand misstrauisch geworden.

– Nun, ich wirke wohl einfach nicht gefährlich. Das haben Sie doch zu Beginn unseres letzten Treffens auch schon festgestellt. Sie sagten, Sie hätten sich mich anders vorgestellt. Und deswegen fühlen Sie sich schuldig.

– Was? Wieso sollte ich mich deshalb schuldig fühlen?

– Weil Sie auch zu denen gehören, die nichts bemerkt hätten. Aber trösten Sie sich. Niemand, wirklich niemand hat das. Vor allem aber fühlen Sie sich schuldig, weil Sie mich nicht abstoßend finden können, sosehr Sie sich auch bemühen. Meine Taten, die vielleicht schon. Aber mich als Person finden Sie faszinierend. Sie sind gerne hier, Sie mögen unsere Gespräche. Und das kommt Ihnen falsch vor. Schließlich bin ich ein Verbrecher, ein mehrfacher Mörder, ein leidiger Bildstörer Ihrer idealen Welt. Ich erinnere Sie daran, dass die Welt nicht kontrollierbar ist und ein paar Bruchstellen aufweist, die unkittbar sind. Sie fragen sich nicht nur, wie es zu den Morden kam, sondern vor allem, wie es sein muss, außerhalb sämtlicher Normen zu agieren. Treffer?

– Darüber habe ich noch nicht nachgedacht.

– Doch, das haben Sie. Sie haben in den letzten drei Tagen seit unserem ersten Treffen nichts anderes gemacht.

– Nein, es ist eher etwas anderes, das mich beschäftigt.

– Und zwar?

– Die Art unserer Gespräche, das ständige Gefühl, dass Sie mit mir spielen und mich tanzen lassen wie ein albernes Äffchen.

– Tanzen, ach, tanzen. Vielleicht hätte ich auch öfter tanzen sollen in meinem Leben. Menschen, die tanzen, wirken für gewöhnlich so gelöst, wie in einer anderen Sphäre. So etwas habe ich immer gerne beobachtet. Selbst habe ich das auch ausprobiert, so wie ich viele Dinge ausprobiert habe, von denen ich vermutete, dass sie einen glücklich machen. Aber es gelang mir nicht, in diese Sphäre vorzustoßen, also ließ ich es bald wieder.

– Aber das Töten, das hat Sie glücklich gemacht?

– Nicht das Töten. Der Tod. Der Tod hat mich lebendig gemacht. So wie bei einer Organtransplantation, wenn man einem Verstorbenen das Herz entnimmt, um es einer anderen Person einzupflanzen, damit diese weiterleben kann.

– Bloß tötet man den Herzspender dazu nicht, er stirbt von selbst.

– Ach herrje, nun sind Sie wieder kleinlich. Aber stellen Sie sich eines vor: Nur einer von uns beiden überlebt dieses Treffen, es heißt: Sie oder ich. Nach Ihrer Moral würden Sie lieber selbst sterben, als mich umzubringen. Ist das so? Ja? Sind Sie sich da ganz sicher?

Ann

Schergel, 28.12.2017

»Sie sind es?«, scheppernd.

Mein erstarrter Körper zuckt, ich reiße die Augen auf. Noch am Leben, atmend, mit pochendem Herzen. Erst jetzt stoße ich einen Schrei aus, der Schreck kommt verzögert. Die Gestalt setzt auf mich zu, die Axt fällt dumpf auf den gefrorenen Boden, und das grelle Licht einer Taschenlampe blendet mich.

»Sind Sie verrückt geworden? Was tun Sie hier? Ich dachte schon …«

»Ann!«, aus einiger Entfernung. Jakob, den mein Schrei alarmiert haben muss. »Was ist da los, Ann?«

Ich komme zu mir, Stück für Stück. Nathalie. Es ist nur Nathalie. Die einen Frotteebademantel trägt, in Schwarz, Blau oder Grau, irgendeine dunkle Farbe, die ich bei diesen Lichtverhältnissen nicht genau ausmachen kann. Und an den Füßen bloß dicke Wollsocken. So, als könnte ihr die schneidende Kälte nichts anhaben, als fühlte sie sie überhaupt nicht. Ihr Haar ist zu einem unordentlichen Dutt gebunden. Ein paar einzelne Strähnen kleben ihr auf der Stirn. »Ich … ich wollte nur … mit Ihnen reden«, stammele ich, abgelenkt davon, meine Umgebung wahrzunehmen. Der Platz, an dem ich Nathalie eben noch als schwarzen Schemen hocken sah. Ein dunkler Fleck auf dem Boden. Ein mit faustgroßen Steinen eingefasstes Quadrat, in dessen Mitte, ebenfalls aus Steinen gelegt: ein Herz. Und schließlich das rote Licht. Eine Laterne mit einer Friedhofskerze darin. Ein Grab …

Weißt du noch …?

Mama, die jetzt unter der schwarzen Erde liegt. Weiße Lilien, rote Kerzen. Ich bin sechs Jahre alt; ich weine nicht, meine Gefühle sind genauso tot, wie meine Mutter es ist.

Ich bin es gewesen, die sie so entdeckt hat: mit verdrehten Augäpfeln und einem wie zum Schreien aufgerissenen Mund. Gerade noch habe ich plappernd neben ihrem Bett auf dem Teppich gesessen, ihr kleines Aschenputtel, das die Medikamente für sie sortiert hat. Gerade noch hat sie über etwas gelacht, das ich gesagt habe. Doch dann ist es mit einem Mal still. Ich stehe auf, sehe nach. Ihre Augen, ihr Mund und die Art, wie sich ihre Hand um das Seitengitter des Krankenbetts verkrampft hat.

Ich bin steif und völlig taub, jemand, der noch atmet und trotzdem nicht mehr richtig am Leben ist. Mein Vater versucht mir den Tod zu erklären, aber selbst er, mit seinem umfassenden Verständnis für die Welt, gerät an seine Grenzen.

– Warum sind die Kerzen rot, Papa?
– Das sind keine normalen Kerzen. Das sind Seelenlichter, mein Käferchen. Sie weisen Mamas Seele den Weg zur anderen Seite.
– Mama braucht keinen Wegweiser mehr, Papa. Sie ist tot.
– Nur ihr Körper ist es, Ann. Ihre Seele lebt weiter.

– Dann soll sie sich zeigen.

– Das geht nicht. Eine Seele ist unsichtbar.

– Woher wissen wir dann, dass es sie überhaupt gibt?

– Die Welt ist mehr als das, was unsere Augen erfassen. Und selbst wenn wir meinen, etwas deutlich zu sehen, irren wir uns manchmal, weil wir eher interpretieren, als wahrhaft zu begreifen.

– Hä? Was heißt das?

– Dass Begreifen schmerzhaft ist, Ann. Vielleicht das Schmerzhafteste überhaupt. Lass mich dir eine Geschichte erzählen. Sie stammt von einem sehr weisen Mann namens Platon …

»Unser Kätzchen«, unterbricht Nathalie meine Erinnerung und zeigt auf das Grab. »Es hatte Epilepsie und ist nach einem Anfall gestorben. Meine Tochter hört einfach nicht auf zu weinen. Wir haben die Kleine so sehr geliebt.«

Das Päckchen Katzenfutter in meinem Rucksack fällt mir ein. Erst heute Nachmittag hatte Nathalie es gekauft, was bedeutet, dass sie innerhalb eines Tages ihre Freundin und ihr Haustier verloren hat.

»Das tut mir leid.«

»Ich dachte, dass Lenia einen festen Platz haben sollte. Dass es gut ist, Sie wissen schon, für den Trauerprozess.« Sie bückt sich nach der Laterne mit der Grabkerze darin und drückt sie noch etwas fester in den Boden hinein. »Nur ein kleines Licht, und doch erhellt es die Nacht. Das ist doch irgendwie tröstlich, finden Sie nicht?«

Ich nicke. »Lenia … So heißt Ihre Tochter?«

»Ann!«, Jakob wieder. Erst jetzt bemerke ich, dass mein

Handy auf dem Boden liegt. Im Schreck muss ich es fallengelassen haben.

»Was soll das?«, fragt Nathalie und zielt mit der Taschenlampe darauf.

Ich hebe es auf, sage: »Alles okay, Jakob«, und trenne die Verbindung. »Es kommt Ihnen sicher seltsam vor, dass ich um diese Uhrzeit um Ihr Haus herumschleiche. Aber ich habe mir Sorgen um Sie gemacht.« Ich blicke an ihr vorbei, zur Terrassentür, die offensteht. Sie könnte mich nach drinnen bitten, wo es Licht und eine Sitzmöglichkeit gäbe. Stattdessen schaltet sie die Taschenlampe aus, klemmt sie sich unter den Arm und bückt sich nach der Axt. Instinktiv trete ich einen Schritt zurück.

»Der gefrorene Boden«, erklärt sie und nickt zu dem Katzengrab. »Und noch dazu störrische Baumwurzeln. Sie hatten Glück, dass ich Sie rechtzeitig erkannt habe.«

»Ich habe geklingelt«, antworte ich zu meiner Verteidigung. »Außerdem hätten Sie ja auch Licht anmachen können.«

Sie lehnt die Axt gegen die Hauswand und zieht, die Taschenlampe weiterhin unter den Arm geklemmt, den Gürtel ihres Bademantels enger. Anscheinend dringt die Kälte nun doch noch zu ihr durch. »Nein, das geht leider nicht. Irgendetwas stimmt nicht mit dem Strom. Seit heute Nachmittag funktioniert nichts mehr, kein Licht, kein Herd, gar nichts. Ich muss Brock Bescheid geben, doch ich schätze, dass ich auf seiner Prioritätenliste momentan nicht besonders weit oben stehe. Kommen Sie.«

Ich folge ihr durch die Terrassentür ins Wohnzimmer hinein. Selbst hier drinnen ist es bitterkalt und es riecht ein wenig muffig, so ähnlich wie im Bad meines Zimmers im

Gasthaus. Vielleicht steckt Schimmel in den Wänden. Links erkenne ich unter den mit Holzläden verschlossenen Fenstern die Umrisse einer Couch mit einem niedrigen Tisch davor, daneben die Konturen einer altmodischen Stehlampe. Rechter Hand geht eine schmale Treppe zum Obergeschoss ab.

»Eigentlich wollte ich mit dem Grab bis morgen früh warten, allein wegen des Lichts«, sagt Nathalie, begibt sich zu dem Tisch und legt die Taschenlampe darauf ab. Wieder das klickende Geräusch eines Feuerzeuges. Diesmal entzündet sie die Kerzen, die auf dem Tisch stehen; ein halbes Dutzend Stumpen sind es, alle ohne Untersetzer auf dem blanken Holz und in unterschiedlichen Höhen abgebrannt. »Aber Lenia hat so furchtbar geweint und wollte sich einfach nicht beruhigen. Irgendwann ist sie vor Erschöpfung fast zusammengebrochen.« Sie beugt sich nach unten, zieht sich die Wollsocken aus, rollt sie zusammen und lässt sie achtlos auf den Boden fallen. Beim Anblick ihrer nackten Füße auf den kalten Fliesen schlinge ich die Arme um meinen Oberkörper. Die beiden Sweatshirts, die ich übereinandertrage, sind kein Ersatz für Papas Jacke.

»An einiges gewöhnt man sich«, sagt Nathalie, als könnte sie mich lesen. »An anderes nicht.«

Ich nicke nur; die Situation überfordert mich immer noch. Dazu die Kälte, der modrige Schimmelgeruch und die zuckenden Schatten, die das Kerzenlicht verursacht.

»Setzen Sie sich ruhig. Möchten Sie einen Tee? Meine Mutter und die Kleine schlafen schon, also sollten wir nicht so laut sein.«

Ich schüttele den Kopf. Ich darf nicht vergessen, weshalb ich hergekommen bin. »Sagt Ihnen der Name Marcus Steinhausen etwas?«

Ein kurzer Moment des Schweigens, Schatten tanzen in ihrem Gesicht. »Nein, wer soll das sein?«

»Sind Sie sicher?«

Keine Antwort, nur die tanzenden Schatten.

»Woher kennen Sie den Wochenmarkt in der Nestor-straße, wenn Sie doch in Wuppertal gelebt haben, bevor sie nach Schergel gezogen sind?«

»Den …? Ach so, ja. Ich habe Bekannte in Berlin. Die haben mich bei einem Besuch mal dorthin mitgenommen. Deswegen sind Sie gekommen? Um mich zu verhören? Was soll das?«

Sie will sich abwenden, doch ich schnappe nach dem Ärmel ihres Bademantels. »Sie haben Angst, Nathalie. Ich fühle es. Sie wissen, wer ich bin. Nun sagen Sie mir, wer Sie sind!«

»Bitte, nicht so laut.«

»Ich kann Ihnen helfen!«

Mit einer ruckartigen Bewegung befreit sie sich aus meinem Griff und sieht zur Treppe hinüber. »Sie wecken ja das ganze Haus auf«, ein Ablenkungsmanöver, auf das ich nicht hereinfalle.

»Wiesbaden«, stelle ich fest.

»Wie bitte?«

»Schmitti hat mir erzählt, dass Sie ursprünglich aus Wup-pertal stammen. Wohingegen Sie selbst heute Nachmittag zu mir gesagt haben, dass Sie aus Wiesbaden kommen.«

Sie schüttelt den Kopf. »Wuppertal! Ich sagte Wupper-tal. Sie müssen sich verhört haben. Und jetzt noch mal: Was soll das Ganze hier?«

»Ich versuche nur, unser Gespräch von vorhin zu verstehen. *Sie* zu verstehen. Und die ganze Situation hier in Schergel. Sarahs Verschwinden und den Mord an Kerstin Seiler. Sie haben von elf Mädchen gesprochen, die der Schleifenmörder in Berlin entführt hat. Wie kommen Sie auf diese Zahl?«

Nathalie schlägt sich die Hand auf die Brust, als versuchte sie, ihren Herzschlag zu beruhigen. Doch sie sagt nichts, sie sagt einfach nichts.

»Bitte, Nathalie.« Tränen schießen mir in die Augen. »Gibt es den gewalttätigen Exmann wirklich? Oder ist es so, wie ich vermute? War Ihre kleine Tochter ebenfalls ein Opfer? Nur dass sie – genau wie Sarah – ihrem Entführer entkommen ist?«

»Mein Exmann …«, wiederholt sie mit brüchiger Stimme.

»Hat er Ihnen wirklich etwas getan? Oder Lenia? Oder geht es in Wahrheit um jemand ganz anderen?«

Nathalie schwankt, ich fasse erneut nach ihrem Arm, diesmal, um sie zu stützen.

»Ist Ihnen schlecht? Wollen Sie sich setzen?«

Sie schüttelt den Kopf, ganz langsam, wie mechanisch. »Im November. Es ist im November passiert.«

»Was ist im November passiert?«

»Er hat …« Sie bricht ab.

»Reden Sie, Nathalie! Ich will Ihnen helfen!«

»Niemand kann uns helfen.«

»Doch! Ich! Ich werde alles dafür tun, ich verspreche es Ihnen. Nur reden Sie doch bitte mit mir!«

Sie sieht mich an, für eine ganze Weile. Ich öffne den Mund, um sie weiter zu beschwören – die Wahrheit, bitte, ich flehe Sie an! –, aber es geht nicht; ich bin stumm, wie unter einem seltsamen Bann. Ihr Blick dringt tiefer und tiefer, erst in mich hinein und dann durch mich hindurch. »Er hat Lenia von einem Spielplatz entführt und zu einer Hütte im Königswald gebracht«, beginnt sie mit einer Stimme, die monoton klingt, fast trancehaft. »Sie konnte einen unachtsamen Moment nutzen und davonrennen, über einen Kilometer weit durch den Wald, bis sie irgendwann auf ein paar Spaziergänger traf. Sie sagte ihnen, dass sie sich verlaufen habe. Zum Glück kannte sie unsere Adresse auswendig.«

Mein Magen dreht sich, meine Beine halten mich nur noch mäßig. Ich bin nicht verrückt; ich lag richtig, die ganze Zeit über.

Nathalie schließt die Augen. »Ich weiß sofort, dass etwas Furchtbares geschehen sein muss, als die beiden Spaziergänger sie nach Hause bringen«, fährt sie fort, als spielte sich alles noch einmal hinter ihren geschlossenen Lidern ab, jetzt, genau jetzt in diesem Moment. »Sehen Sie, wie sie in meinen Armen zusammenbricht, Ann? Wie ihr kleiner Körper zittert und bebt? Hören Sie, wie schrecklich sie weint? Ruhig, mein Schatz, ganz ruhig. Deine Mami ist ja da. Was ist denn nur geschehen? Sag es mir, Lenia, sprich! Das tut sie. O Gott …« Nathalie, die Augen weiterhin geschlossen, schwankt nun dermaßen, dass ich Schwierigkeiten habe, sie zu halten. Ich schiebe sie vorwärts, zur Couch, ich will, dass sie sich hinsetzt. »Es muss der Schleifenmörder gewesen sein. So geht er vor, das ist sein Muster. Er holt sich kleine Mädchen und bringt sie fort, um sie zu töten. Was hat er meinem Baby bloß angetan? Und was …« Sie schluchzt heftig. »Was sollen wir denn jetzt machen? Was, wenn er sie sich zurückholen will? Wenn er nach ihr sucht und sie findet? Sollen wir darauf vertrauen, dass die Polizei uns vor ihm beschützt? Ausgerechnet die Leute, die seit vierzehn Jahren versuchen, ihn zu fassen, und doch nur immer wieder scheitern? Wir müssen weg, mein Engel, ganz schnell, ganz weit weg. Mach dir keine Sorgen, ja? Deine Mami bringt dich in Sicherheit.«

Kraftlos sinke ich neben sie, greife nach ihrer Hand und halte sie fest. Sie öffnet die Augen und ist wieder bei mir, jetzt und hier, in ihrem Wohnzimmer.

»Und dann sind Sie aus Berlin geflohen«, sage ich.

Nathalie nickt. »Ich beschloss, uns einen Wagen zu mieten und unseren eigenen zu Hause stehen zu lassen, damit niemand merkte, dass wir weg waren. Dadurch hätten wir einen Vorsprung …«

»Nur Ihre Mutter weihten Sie ein.«

»Richtig, ja. Ich packte ein, was der Kofferraum fasste, und wir fuhren einfach drauf los, einfach nur weg, in Richtung Süden. Es war reiner Zufall, dass wir dabei durch Schergel kamen, aber ich dachte sofort, dass dies hier der perfekte Ort wäre. Abgelegen, bedeutungslos, nur ein winziger Punkt auf der Landkarte. Hier wären wir sicher. Am Ortseingang war ein Schild mit dem Verweis auf die Zimmer- und Ferienhausvermietung angebracht. Man solle sich bei Interesse im Gasthaus melden. Brock kam mir gleich wie ein geldgeiler Aufschneider vor, aber das hatte in diesem Fall Vorteile. Er weiß Bares zu schätzen, das kann er am Finanzamt vorbeischleusen. Ich legte ihm ein paar Scheine auf die Theke, und schon bestand er nicht mal mehr darauf, meinen Ausweis zu sehen, geschweige denn, dass ich einen Mietvertrag oder irgendwelche anderen Formulare ausfüllen musste. Zweihundertdreißig Euro die Woche für beide Wohnungen – sprich das gesamte Ferienhaus – zusammen, das würde zu Problemen führen, sobald mein Erspartes aufgebraucht wäre. Aber was sind das schon für Probleme im Vergleich zu …«

»Schon gut.«

»Nein, Ann, es ist nicht gut. Es ist die Hölle.« Jetzt erwidert sie den Druck meiner Hand so fest, dass ich meine Knochen spüre. »Ich musste sie alle belügen, alle, die es gut mit mir gemeint haben, das ganze Dorf. Aber es ist auffällig, wenn man sich komplett zurückzieht, verstehen Sie? Man erreicht damit genau das Gegenteil von dem, was man eigentlich will. Also integriert man sich ein Stück weit, um die Leute nicht unnötig auf sich aufmerksam zu machen. Um Fragen zu vermeiden und das Misstrauen einzudämmen.«

»Deswegen haben Sie auch die Geschichte von Ihrem gewalttätigen Exmann erfunden.«

Sie zuckt die Schultern. »Alle hatten Mitleid mit uns, und Kerstin bot mir sogar den Job in der Metzgerei an. Letztlich konnten wir das Geld gut gebrauchen und abgesehen davon bekam ich nun auch immer mit, was im Dorf geredet wurde. Für den Fall, dass …«

»Dass er zurückkäme«, beende ich ihren Satz. »Nathalie …« Ich frage mich, wie ich es formulieren soll und warum es mir so schwerfällt, denn im Grunde wissen wir es beide: Es ist so weit. Der Mann, vor dem sie ihre Familie in Sicherheit bringen wollte, hat sie aufgespürt.

»Es tut mir so leid«, kommt Nathalie mir zuvor. Etwas, das ich nicht verstehe. »Es ist nicht Ihre Schuld.«

»Meine …?«

Sie zieht ihre Hand aus meinem Griff und berührt stattdessen meine Wange. »In den Zeitungen und im Fernsehen hat man ihn seit seiner Verhaftung nur mit einem
schwarzen Balken über den Augen gesehen. Aber Lenia ist
sich sicher. Die Nase, der Mund, die grauen Haare. Sie hat
ihn erkannt. Er war es, Ann. Es war Ihr Vater.«

Für einen Moment falle ich, aber der Moment ist kurz,
und ich lande auf den Füßen. Weil ich oft gefallen bin in
letzter Zeit, weil man es lernt. Vor allem aber, weil ich nicht
glaube, was sie da sagt. Es ist nicht wahr. Oder? Lieber
Gott, es darf nicht wahr sein. »Lassen Sie mich selbst mit
Lenia sprechen!«

»Kommt gar nicht in Frage! Sie haben nicht die geringste
Ahnung, was wir durchgemacht haben! Wegen Ihrem Vater,
Ann!« Nathalie springt von der Couch auf, ich tue es ihr
nach.

Lenia muss sich irren. Sicherlich ist sie doch aufs
Schlimmste traumatisiert. So wie Sarah, die verstummt ist,
verarbeitet Nathalies Tochter ihr Trauma, indem sie es auf
meinen Vater schiebt. Er war als der mutmaßliche Schleifenmörder so oft in der Presse, das immer selbe Foto mit
dem schwarzen Balken über den Augen, eine perfekte Pro-
jektionsfläche, oder? Oder?

»Bitte, Nathalie! Verstehen Sie doch, ich muss ganz sicher
sein! Es geht hier um ein Menschenleben!«

»Ja, und zwar um das meiner Tochter! Und nun verschwinden Sie, sofort!« Sie prescht in den Flur voraus,
dreht grob den Schlüssel und reißt die Tür auf. »Raus
hier!«

»Nathalie …«

»Ich sagte, Sie sollen verschwinden!« Plötzlich hat sie ein

Glas in der Hand; woher es kommt, weiß ich nicht. Aber es ist auch egal, so wie alles jetzt egal ist.

Er war es, Ann. Es war Ihr Vater.

Nein. Neinneinneinneinnein. »Und wer soll dann Sarah entführt haben? Und Kerstin Seiler ermordet? Nathalie!«

Mit einem festen Stoß drängt sie mich aus dem Haus hinaus und schließt die Tür.

Verzweiflung. (Ann, 11 Jahre alt)

Verzweiflung ist ein schlimmes Gefühl. Es ist wie wenn man ganz allein auf einem kleinen Floß sitzt ohne Mast und Segel und Ruder, und man treibt nur so rum auf dem Meer mitten in der Nacht. Alles ist dunkel und man sieht kein Ufer und hat auch keine Hoffnung, weil kein Wind geht und es deswegen auch keine Wellen gibt. Man kann nur warten was passiert, und vielleicht beten. Aber Gott hört halt auch nicht immer zu.

Wie schwerverletzt taumele ich die Stufen der Außentreppe hinunter. Mein Verstand ist umhüllt von einer Watte aus Apathie. Ich sehe, wie Jakob mir entgegeneilt, aber es fühlt sich nicht real an, eher wie eine Szene aus einem Film.

»Was ist passiert?«, fragt seine Stimme, die mich kaum erreicht. Ich will zurück in die Welt hinter meinen geschlossenen Lidern, will, dass sie wieder intakt ist. Ich will wieder sieben sein und glücklich und ahnungslos. Und vor allem will ich mein Asthmaspray.

»Ann?!« Jakob wieder. Wie ein sperriges Möbelstück bugsiert er meinen Körper den Rest der Treppe hinunter. Ich frage mich, wie er so schnell hier sein konnte, aber dann denke ich, dass er sich bestimmt schon auf den Weg zum Haus gemacht hat, nachdem ich die Handyverbindung unterbrochen hatte.

»Geht schon«, krächze ich, als wir unten ankommen.

Doch Jakob glaubt mir nicht; er hört das Pfeifen in meiner Atmung, das Rasseln in meiner Brust, und es klingt wirklich fies, sehr akut. »O Gott, setz dich mal hin!«

Ich will nicht, ich schleppe mich voran, nur weg von diesem Haus, weg von Nathalie und Lenia und der Mutter und der toten Katze, weiter und weiter, den Abhang hinab. Jakob tanzt verzweifelt neben mir her. Ich röchele, ich stolpere und schließlich knicke ich ein, mitten auf dem Weg, als hätte ich einen Tritt in die Kniekehlen bekommen. Jakob sinkt neben mich, seine Hände umfassen mein Gesicht.

»Asthma«, fiepe ich.

»Was? Scheiße!« Er lässt mein Gesicht los und greift in seine Hosentasche, um sein Handy herauszuholen.

»Nein!« Ich schlage in die Luft, mein Protest gegen sein Vorhaben, den Notruf zu wählen. »Wirklich, geht schon gleich wieder.«

Zögerlich packt er das Handy weg, während ich gegen das beklemmende Gefühl in meiner Brust anatme, ein auf eins, aus auf zwei, eine ganze Weile lang. Dann geht es tatsächlich wieder.

»Was war da drinnen los?« Jakob deutet in die Ferne, wo Nathalies Haus nur noch ein Umriss ist, der sich schwarz im Mondlicht absetzt.

Ich schüttele den Kopf und strecke die Hand aus zum Zeichen, dass er mir beim Aufstehen helfen soll. »Die Luft. Ich glaube, da ist alles voller Schimmel.« Jakob zieht mich auf die Füße. »Das war wohl zu viel für mein Asthma.«

»Das ist alles? Ich hab dich schreien gehört.«

»Ich hab mich erschreckt. Sie hat im Stockdunklen hinter dem Haus gehockt und ein Grab für die tote Katze ihrer Tochter errichtet.«

»Jetzt? Um die Uhrzeit?«

»Eltern machen so was«, sage ich und verdrücke mir die Tränen. »Mein Vater ist mal mitten in der Nacht drei Stunden von Berlin an die Ostsee zurückgefahren, nachdem wir gerade aus dem Urlaub zurückgekommen waren. Ich hatte mein Tagebuch im Hotel vergessen und bin fast durchgedreht.«

Jakob ringt ungeduldig die Hände. Das Tagebuch meines vierzehnjährigen Ichs interessiert ihn in diesem Moment nicht. Sondern das, was in Nathalies Haus geschehen ist.

Entscheidungen, mein Käferchen …

Der Verstand. Das Herz.

Ich zucke mit den Achseln. »Tut mir leid für die Aktion. Das war ein totaler Reinfall. Beim Namen Marcus Steinhausen läutet angeblich überhaupt nichts. Und den Wochenmarkt in der Nestorstraße kennt sie wohl nur von einem Besuch bei Bekannten in Berlin.« Schwerfällig setze ich mich in Bewegung, zurück in Richtung Dorf. Meine Jeans ist völlig durchweicht und klebt an meinen Beinen. Ich laufe, als wäre ich aus Holz.

Jakob holt mich ein. »Also sind wir genauso weit wie

vorher auch. Nur mit dem Unterschied, dass ihr Schimmelhaus dich fast umgebracht hätte. Und nun?«

»Keine Ahnung. Ich bin einfach nur unendlich müde.«

Ich bestehe aus zwei Teilen. Der eine ist taub, der andere wund. Ich starre an die Decke, während ich mich innerlich zusammenkrümme. Jakob liegt neben mir und schnarcht leise. Jedes Mal, wenn ich mich bewege, bleibe ich in irgendeiner Form an ihm kleben. Er trägt kein T-Shirt und er schwitzt. Ich will seine warme nackte Haut nicht spüren, aber das Bett ist zu schmal, um von ihm abzurücken. Es war seine Idee, die heutige Nacht zusammen zu verbringen. Es sei sicherer in Anbetracht der Situation, außerdem hat er wohl gespürt, dass es mir nicht gut ging, und wollte für mich da sein. Vielleicht hat er sich auch mehr erhofft. Also habe ich ihm gesagt, dass der Idiot, an dem ich immer noch hänge, eine Idiotin ist und Zoe heißt. Das fand er spannend, so wie viele Leute es immer noch im besten Fall spannend finden, wenn eine Frau eine Frau liebt. Normalerweise regt mich das auf. Doch *normalerweise* ist vorbei, ein Adverb aus längst vergangenen Zeiten.

Inzwischen ist alles nur noch surreal. Mein Vater soll der Schleifenmörder sein, er soll es tatsächlich und ganz im Ernst und unbestritten und wirklich, wirklich, wirklich sein. Nathalie hat es mir ins Gesicht gesagt und nicht den Hauch eines Zweifels übriggelassen: *Lenia ist sich sicher. Die Nase, der Mund, die grauen Haare. Sie hat ihn erkannt. Er war es, Ann. Es war Ihr Vater.*

Müsste ich ihn jetzt nicht hassen? Wütend sein? Mir betrogen vorkommen um meine gesamte Existenz? Stattdessen fühle ich mich eher, als hätte ich einen Kater. Ein Zustand, der unangenehm, aber doch nur eine Frage der Zeit ist. Dabei ist mir schon klar, dass Nathalie keinen Grund hätte, mich anzulügen. Andererseits zweifle ich immer noch daran, ob ein zutiefst traumatisiertes Kind eine ernstzunehmende Zeugin ausmacht. Wobei das der einzig positive Aspekt ist: Nathalie ist mit Lenia nicht bei der Polizei gewesen. Sie hat keine offizielle Aussage gemacht, die meinen Vater belasten könnte, und wird es meiner Einschätzung nach vorerst auch nicht tun. Sie will einfach nur Ruhe für Lenia. Mein Kopf dröhnt; ich will das Gleiche: einfach nur Ruhe. Ich finde eine Position, in der ich trotz der Enge möglichst wenig von Jakobs Körper spüre, und versuche zu schlafen. In meinem Traum jagt mein Vater Larissa Meller durch den Wald. Ich bin auch dabei. Ich helfe ihm.

AUFNAHME 08
Berlin, 10.05.2021

- Diese Diskussion hat nichts mit Ihren Taten zu tun, deswegen lasse ich mich auch nicht darauf ein. Wir waren bei Laura, dem Mädchen mit den Rollschuhen. Sie sind mit ihr zur Kuhlake nach Spandau gefahren. Wie ging es von da an weiter?
- Sie scheinen es eilig zu haben.
- Nein, aber so allmählich strapazieren Sie meine Geduld. Ich bin wegen der Mädchen hier, wegen der Fälle.
- Ja, natürlich, verzeihen Sie. Laura also. Oh, sie war wirklich reizend. Und offenbar zuvor nur selten aus Hellersdorf rausgekommen. Die Natur faszinierte sie, das glitzernde Wasser, das duftende Gras, ein Teppich

aus Tausenden Buschwindröschen, »wie im Märchen«, fand sie. Und ihre Begeisterung erst, als wir bei der Hütte ankamen! Sind Kinder nicht zu beneiden? Diese Unverstelltheit, diese Begeisterungsfähigkeit für Kleinigkeiten. Ich fragte sie, ob sie mir einen Gefallen tun könne, bat sie, ihre linke Hand auszustrecken und die Augen zu schließen.

– Und dann?

– Habe ich es getan. Ich habe ihr Gelenk gepackt und den ersten Schnitt gesetzt.

– Wie hat sie reagiert?

– Nun, zuerst hat sie nicht mal geschrien. Sie hat nur die Augen aufgerissen und mich angestarrt. Im nächsten Moment jedoch hat sie sich losgerissen, mit einer Kraft und Entschlossenheit, wie Sie es sich für ein Kind nicht vorstellen können, und ist davongerannt.

– Das heißt, sie ist Ihnen entkommen? Das Mädchen hat überlebt?

– (schmunzelt) Beim letzten Mal hatte ich Sie nach Ihren Lieblingsfächern in der Schule gefragt, erinnern Sie sich?

– Sie tun es schon wieder.

– Was denn?

– Sie halten mir einen Köder vor die Nase und ziehen ihn dann weg.

– Wollen Sie wissen, welche meine Lieblingsfächer waren?

– Nein, ich will über Laura sprechen.

– Kunst und Religion.

– (seufzt) Aha. Typische Fächer, in denen man sich so durchlavieren kann.

- Eher Fächer, die viel Diskussionsspielraum bieten.
- Oder so, meinetwegen. Wir waren bei Laura.
- Nein, wir waren bei unseren Lieblingsfächern. Ihre waren Deutsch und Sport, das habe ich mir gemerkt. Ich bin überhaupt sehr aufmerksam, was mir in meinem bisherigen Leben oft zugutegekommen ist. Über Sie zum Beispiel weiß ich inzwischen eine ganze Menge. Dass Sie nicht rechnen können zum Beispiel.
- Was soll denn das nun schon wieder heißen?
- Laura, Miriam, Larissa, Jana, Kati, Olivia, Laetitia, Hayet, Jenny, Saskia, Alina und Sophie.
- Laura, Miriam, Larissa … (*keucht*) Es waren mehr! Es waren nicht zehn, sondern …
- (*klatscht trägen Beifall*) Zwölf.
- Das heißt, Laura hat nicht überlebt.
- Nein, sie nicht.
- *Sie nicht?* Das heißt, jemand anders aber schon?

Ann

Schergel, 29.12.2017

Als ich aufwache, ist es noch dämmrig. Mein rechtes Augenlid ist verklebt und auf dem Kopfkissen ist ein Fleck. Blut? Ich schrecke hoch, stoße einen Laut aus, der auch Jakob weckt. Er greift über mich hinweg zum Nachttischchen und schaltet das Licht ein. Starrt mich an, springt aus dem Bett. Kurz darauf rauscht Wasser im Bad und er kommt mit einer Handvoll zusammengeknülltem, angefeuchtetem Klopapier zurück. Es brennt, als er es mir ins

Gesicht drückt. Jetzt begreife ich. Es ist tatsächlich Blut auf meinem Kissen. Und ich begreife auch, was es damit auf sich hat: Das Klammerpflaster hat sich gelöst und meine Augenbraue ist wieder aufgeplatzt. Ich habe sehr unruhig geschlafen; kein Wunder, immerhin bin ich mit meinem Vater durch den Wald gejagt. Jäh ist die Realität zurück. Der gestrige Tag, der Mord an Kerstin Seiler, mein Besuch bei Nathalie, der Weltuntergang. Ich schlage Jakobs Hand aus meinem Gesicht, ich ertrage die Berührung nicht.

»Bin duschen«, sage ich, steige aus dem Bett und sammle meine Kleidung ein, die zum Trocknen vor der Heizung gelegen hat. Jakob hat mich gestern noch gefragt, wie es nun weitergehen solle. Feststeht nur, dass wir heute Vormittag zur Polizei nach Bad Kötzting müssen, um unsere Aussagen zum Auffinden der toten Kerstin Seiler zu machen. Und dass Jakob Brock ein Gespräch mit mir versprochen hat.

Auf dem Weg ins Bad fällt mein Blick auf die Zimmertür. Ein Trinkglas ist über die Klinke gestülpt. »Jakob?«

»Ach, das.« Er tritt an mir vorbei ins Bad, wieder rauscht kurz Wasser. »Reine Sicherheitsmaßnahme. Immerhin läuft in diesem Dorf ein Mörder rum.«

Fasziniert inspiziere ich die Konstruktion von Nahem, während Jakob aus dem Bad zurück ins Zimmer kommt. Dass er gerade den Wasserkocher aufgefüllt hat, nehme ich nur beiläufig wahr. »Wenn jemand von außen die Klinke drückt ...«

»Rutscht das Glas über die Klinke und zerspringt auf dem Boden.«

»Eine raffinierte Alarmanlage.«

Ich kenne noch jemanden, der so eine Alarmanlage besitzt. Nathalie, die, als sie mich gestern aus ihrem Haus warf, an der Tür plötzlich ein Glas in der Hand hielt. Ich hatte nicht gesehen, woher es kam – vielleicht, weil sie es gerade erst von der Klinke gezogen hatte? In meinem Rücken klickt etwas, im nächsten Moment wallt im Teekocher Wasser auf.

Ich wirbele herum. »Was tust du da?«

»Wieso? Frühstück gibt es schließlich erst ab halb acht. Oder hast du die rationiert?« Lachend lässt Jakob einen Teebeutel über seiner Tasse baumeln. »Wenn du drauf bestehst, kriegst du später einen aus meinem Zimmer.«

Setzen Sie sich ruhig. Möchten Sie einen Tee?

»Man braucht Strom, um Tee zu kochen.«

»Ja.« Er lacht erneut. »Oder offenes Feuer. Aber ich schätze, dass wir in diesem Dorf schon genügend Probleme haben, auch ohne, dass wir hier zu zündeln anfangen. Besonders jetzt, wo alle wissen, wer du bist. Brock wird über dich herfallen wie ich über sein Frühstücksbuffet. Gott, ich sterbe vor Hunger …«

Seine Worte verwabern unter Nathalies Stimme in meiner Erinnerung. Gestern Abend: *Irgendetwas stimmt nicht mit dem Strom. Seit heute Nachmittag funktioniert nichts mehr, kein Licht, kein Herd, gar nichts.* Und trotzdem hat sie mir im nächsten Moment einen Tee angeboten.

»Ann?«

»Was?«

»Ob ich dir auch einen machen soll?«

Ohne zu antworten, stürze ich mit meinem Klamottenhaufen ins Badezimmer. Keine Zeit für Tee, keine Zeit für Erklärungen.

Als ich zurückkomme, läuft der Fernseher. Ein Kinderprogramm. Jakob liegt, die Fernbedienung auf dem nackten Bauch, wieder im Bett. Er ist eingeschlafen; auf dem Nachttisch steht die leere Teetasse. Kurz stehe ich da und betrachte ihn, unschlüssig, ob ich ihn wecken und bitten soll, mich zu begleiten. Dann wird mir klar, dass ich meine Entscheidung längst getroffen habe. Gestern schon, als ich ihm nur die Hälfte von meiner Begegnung mit Nathalie erzählt habe. Genau wie ich vorhin für mich behalten habe, was mir bei dem Glas über der Türklinke und dem Wasserkocher eingefallen ist.

Ich kann nicht anders.

Leise ziehe ich mir meine Stiefel an, schnappe mir meinen Rucksack und mein Handy, entferne das Glas von der Klinke und verlasse das Zimmer. Es ist still im Gasthaus – die Frühstücksvorbereitungen scheinen noch nicht im Gange zu sein – und still ist es auch draußen, auf dem Marktplatz. Ich stelle mir vor, wie Brock und seine Frau im Bett liegen, wie das ganze Dorf noch schläft, erschöpft vom gestrigen Tag und mit Restalkohol im Blut vom vielen Bier, das während der Versammlung ausgeschenkt wurde.

Ich muss einfach, ich muss sichergehen. Also mache ich mich wieder auf den Weg zu Nathalies Haus am oberen Anger. Ich laufe zügig; mein eigener Schatten, der unter dem Licht der Straßenlaternen ein Eigenleben führt, beschert mir ein ungutes Gefühl. Mehrmals wende ich den Kopf über die Schulter, mehrmals höre ich knarzende Schritte im Schnee, die gar nicht existieren. Doch Jakob hat recht: Noch immer läuft in diesem Dorf ein Mörder herum. Er könnte mir hinter der nächsten Hausecke oder dem nächsten Baum auflauern, und niemand bekäme es mit. So viel zum Thema Bürgerwache, die laut Brock noch gestern Abend ihren Dienst aufnehmen und rund um die Uhr patrouillieren sollte. Ich laufe schneller. Etwas wiegt schwerer als die Gefahr. Eine klitzekleine Möglichkeit, ein allerletzter Strohhalm.

Die schon tagsüber verbarrikadierten Fensterläden.

Kein elektrisches Licht, das darauf aufmerksam machen könnte, dass das Ferienhaus bewohnt ist.

Das Glas über der Türklinke als improvisierte Alarmanlage.

Die blitzschnelle Reaktion, mit der Nathalie nach der Axt gegriffen hatte. So, als wäre sie stets auf der Hut und auf alles vorbereitet.

Besonders aber die Frage: Warum ist sie nicht längst nach Berlin zurückgekehrt, wenn sie sich doch sicher sein kann, dass der Mann, den sie für den Entführer ihrer Tochter hält, seit fast sieben Wochen weggesperrt im Gefängnis sitzt?

Und vor wem hat sie Angst?

Die Antwort: Vor Kerstin Seilers Mörder, klar. Nur warum sollte ausgerechnet sie sein nächstes Ziel sein? Ihr Haus liegt außerhalb des Dorfes; wer in der Gegend fremd ist, würde es doch gar nicht finden. Der Mörder müsste sie also kennen.

Ich schüttele den Kopf, ich komme einfach nicht drauf. Ich weiß nur eins: Nathalie lügt. Aus irgendeinem Grund lügt sie immer noch. Und ich muss herausfinden, warum. Abgesehen davon könnte man mir wohl noch so oft sagen, mein Vater sei der Schleifenmörder – ich wäre niemals restlos von seiner Schuld überzeugt, solange Worte nur Worte sind und genau wie Indizien keinen eindeutigen Beweis ausmachen. Ich bleibe stehen und krame zwischen Nathalies Sachen, dem Toastbrot und dem mittlerweile nutzlosen Katzenfutter in meinem Rucksack nach dem Päckchen Zigaretten, das ich mir gestern im Laden gekauft hatte. Dann nach meinem Feuerzeug, vergeblich. Ich durchforste meine Hosentaschen. Kurz denke ich, ich hätte es gefunden, doch es befindet sich wohl noch in meiner Jacke, die die Polizei zur Spurenuntersuchung mitgenommen hat. Stattdessen ziehe ich etwas anderes hervor: meinen alten Talisman, den ich in der Holzschatulle in Papas Arbeitszimmer gefunden und eingesteckt hatte. Der Stein, der sich vor fast zwanzig Jahren in mein Handgelenk gebohrt hat. Den Papa nach meinem Unfall mitgenommen und mir später geschenkt hat, zur Erinnerung daran, dass ich etwas Schlimmes erlebt, aber überstanden hatte. An seiner spitzen Seite sieht man auf der grauen Oberfläche immer noch eine braune Verfärbung. Mein Blut. Dieser Stein, der mir vorkommt wie ein Zeichen, eine Ermutigung, meinen Gefühlen zu folgen. Ein kleines Wunder im richtigen Moment.

Ein paar Minuten später erhebt sich die Anhöhe zum oberen Anger vor mir. Das Ferienhaus ist schon in Sichtweite, ein toter schwarzer Umriss, wie eingeschoben in eine genauso schwarze Bucht aus Bäumen. Und genau dort … vielleicht fällt es mir nur auf, weil ich gerade selbst noch ans Rauchen gedacht habe. Ein winziger, rotleuchtender Punkt, die Glut einer Zigarette. Irre ich mich? Ich blinzele. Da glüht er erneut auf, der kleine rote Punkt in der Dämmerung. Da bewegt sich etwas – *jemand!* – aus der Deckung der Bäume direkt auf Nathalies Haus zu. Instinktiv gehe ich in die Hocke, kneife den Blick zusammen, höchst konzentriert. Jetzt sehe ich sie, ich sehe sie ganz genau. Eine große Gestalt, nicht Nathalie diesmal. Ein Mann. Er schleicht an der unteren Wohnung vorbei. Bleibt stehen, sieht sich um. Setzt sich wieder in Bewegung, nähert sich dem Treppenaufgang. Mein Gehirn läuft auf Hochtouren: Steinhausen. Er ist da.

Ich renne los, den Rest der Anhöhe hinauf. Nathalie, Lenia und die Großmutter. Ahnungslos, möglicherweise noch schlafend in ihren Betten. Wenn das Glas von der Türklinke rutscht und auf dem Boden zerbirst, wird es schon zu spät sein. Dann ist er längst im Haus. Ich beschleunige mein Tempo, denke an das Handy in meinem Rucksack, wäge ab. Die Polizei anrufen, oder Jakob. Es würde mich zu viel Zeit kosten. Zeit, die Nathalie und ihre Familie nicht haben. Ich erreiche das Haus, die Treppe. Die Axt fällt mir ein, die Nathalie gestern Abend dazu benutzt hat, um die Baumwurzeln aus der Grube für das Katzengrab zu hacken. Sie hat sie neben den Terrasseneingang gelehnt. Eine Waffe. Ich will niemanden verletzen, nur in Schach halten. Doch um zu der Axt zu gelangen, muss ich an der Eingangstür vorbei und drei Hauswände passieren.

Die Haustür – Erleichterung. Niemand macht sich daran zu schaffen. Sie ist geschlossen. So viel Vorsprung hat er nicht gehabt, als dass er das Türschloss knacken, ins Haus verschwinden und die Tür von innen wieder hätte schließen können. Außerdem habe ich kein Glas zerbrechen gehört. Ich lege mein Ohr an das Holz, lausche nach drinnen. Nichts. Hat er sich auf anderem Weg Zugang verschafft? Über die Terrassentür vielleicht? Oder ist er nur zum Ausspionieren gekommen, zur Vorbereitung? Hat er mich bemerkt und ist deswegen lieber wieder abgehauen?

Ich schleiche weiter, um eine Hauswand nach der nächsten, bis zur Terrasse. Die Laterne auf dem Katzengrab. *Nur ein kleines Licht, und doch erhellt es die Nacht.* Die Axt. Ist weg. Hat Nathalie sie nach meinem Besuch woanders hingeräumt? Oder ist sie in den falschen Händen? Nervös blicke ich mich nach allen Seiten um. Die Terrassentür – auch verschlossen, mit Holzläden. Ich spähe durch die Spalte. Im Wohnzimmer flackert Licht, Kerzen, wie gestern Abend. Haben sie die ganze Nacht hindurch gebrannt? Ein Schatten huscht vorbei; ich zucke zurück. Es könnte nur Nathalie sein. Oder der Mörder. Ich will den Riegel der Holzläden lösen, der die beiden Flügel von innen miteinander verbindet. Also versuche ich meine Hand in den Schlitz zu schieben, doch sie passt nicht hinein.

Mein Stein, mein Talisman! Er ist flach, wie ein Dreieck geformt, und groß genug, um ihn an der breiten Seite festzuhalten und mit der schmalen von unten gegen den Riegel zu schieben, bis er klackernd auf die andere Seite kippt. Ich schiebe die Flügel auseinander und erschrecke abermals. Hinter der Fensterscheibe geht Nathalie gerade zum Couchtisch und nimmt eine der Kerzen zur Hand. Wie ein Geist kommt sie mir vor, irgendwie weggetreten. Denn sie hätte doch merken müssen, wie nur etwa anderthalb Meter von ihr entfernt der Türladen geöffnet wird, oder nicht? Ich klopfe an die Scheibe.

Nichts, sie reagiert nicht. Steht nur da, mit der Kerze in der Hand, und starrt in die Flamme hinein. Ich klopfe erneut. Jetzt. Jetzt erfasst mich ihr Blick und sie tritt zaghaft näher; wahrscheinlich erkennt sie mich in der Dämmerung nicht gleich. Ich gestikuliere wild und forme dabei tonlos ihren Namen. Ich will nicht zu laut sein, immerhin treibt sich außer mir noch jemand hier draußen herum.

Sichtlich verwundert öffnet sie die Tür. »Ann? Was tun Sie denn hier, nach …?«

»Nach unserem Streit gestern Abend? Vergessen wir das einfach, okay?« Ich dränge mich in den Raum und schließe uns sofort wieder ein. »Hier ist jemand, Nathalie! Ich habe einen Mann ums Haus schleichen sehen. Gerade eben.«

»Was? Wer soll denn hier …?« Sie bricht ab, mit einem Mal ist ihr Gesicht leer. »Sind wir in Gefahr?«

»Ich befürchte es. Sie haben mich angelogen, stimmt's?« Ich lasse den Rucksack von meinen Schultern gleiten und auf den Boden fallen. Es ist der irrwitzige Gedanke, dass mir womöglich ein Kampf bevorsteht, bei dem ich beweglich sein muss, ohne unnötige Last auf dem Rücken.

Nathalie wendet den Kopf ab.

»Ist schon gut.« Ich greife nach der Kerze, die in ihrer Hand besorgniserregend zu zittern begonnen hat, stelle sie zurück auf den Tisch und nehme mir stattdessen die Taschenlampe, die dort ebenfalls noch immer liegt. »Das ist jetzt alles nicht wichtig. Wir werden die Polizei anrufen und uns, bis sie kommt, hier drinnen verbarrikadieren. Am besten in einem der oberen Zimmer. Wo ist Ihre Familie?«

Nathalie deutet unbestimmt hinter sich. »Wir frühstücken gerade. Ann …« Sie schnappt nach meinem Arm. Ihr Griff ist verzweifelt, so fest, dass ich ihn bis auf den Knochen spüre. »Ich habe Angst.«

»Ich weiß. Ich auch. Aber wir schaffen das, okay?«

Nathalie lässt meinen Arm los. Ich schalte die Taschenlampe an.

»Das Deckenlicht sollten wir weiterhin auslassen. Wir müssen uns ihm ja nicht auf dem Silbertablett servieren.

Wenn er uns haben will, muss er sich schon ein bisschen anstrengen.«

Nathalie sieht erschrocken aus.

»Entschuldigung«, schiebe ich schnell hinterher. »Das war unpassend.«

Ich eile durch das Wohnzimmer. Den Weg zur Küche zu finden, ist nicht schwer; das Haus ist klein, das Untergeschoss geschätzt gerade mal halb so groß wie die Wohnung, die ich mir mit Zoe geteilt habe. Der Lichtkegel der Taschenlampe zuckt unkoordiniert durch den Raum, Eindrücke im Stakkato, auf jeden Herzschlag einen. Die Einrichtung macht, wie auch die im Wohnzimmer, nicht viel her; von den nussbraunen Fronten der Küchenzeile löst sich bereits das Furnier. Ein Kühlschrank, an dem mit Magneten eine Kinderzeichnung befestigt ist, samt der Signatur: Lenia. Eine Spüle, in der sich das Geschirr von Tagen stapelt. Ein Mülleimer, dessen Deckel aufklafft wie ein vollgestopftes Maul. Aufgebrauchte Dosen – Konserven so wie die, die Nathalie gestern zuhauf im Lebensmittelladen gekauft hat. Der gedeckte Frühstückstisch, zwei Teller, zwei Tassen, zweimal Besteck. Eine Tüte Milch, eine Kanne mit Tee oder Kaffee, Knäckebrot, Butter, Marmelade. Ich habe keine Zeit nachzudenken oder mich groß zu erklären. Ich rufe der alten Frau und dem kleinen Mädchen »Kommen Sie!« entgegen, und: »Wir müssen …«

Ich stocke.

Beide sollten sie mich jetzt anstarren. Ich, eine fremde Frau im Haus, der Schreck am frühen Morgen. Der Moment, in dem alles in sich zusammenfällt, Wochen des Versteckspiels, der Unsicherheit und der dauernden Anspannung, aber auch der leisen Hoffnung, dass es vielleicht doch überstanden wäre, und schließlich der große Irrtum. Sie müssten außer sich sein, verängstigt, verwirrt, geschockt. Sie müssten *irgendetwas* sein. Aber das sind sie nicht.

Die Küche ist leer.

Ungläubig schwenke ich die Taschenlampe hin und her. Ich entdecke einen Lichtschalter, betätige ihn. Es ist, wie ich vermutet hatte: Nathalie hat gelogen, was den Strom angeht. Die Küche wird hell, bleibt ansonsten aber, was sie ist: leer.

»Es ist im November passiert«, höre ich ihre Stimme hinter mir. Ich lasse die Taschenlampe fallen, wirbele herum, blicke direkt in Nathalies Gesicht. »Er hat Lenia von einem Spielplatz entführt und zu einer Hütte im Königswald gebracht.«

Ich nicke, wie automatisch. Genau das hat sie gestern schon gesagt, es sind sogar dieselben Worte. »Aber wo ...?«, frage ich mit enger Kehle. Denn es könnte immer noch eine vernünftige Erklärung dafür geben, dass niemand an diesem Tisch sitzt, keine Lenia, keine Großmutter. Eine andere Erklärung als die, die sich in meinem Kopf zusammenbraut wie ein Unwetter, das einen klaren Himmel mit plötzlicher Dunkelheit überfällt.

Nathalie sagt nichts.

Ich keuche. Verstehe. Das Unwetter tobt. »Sie ist ... Sie hat es nicht geschafft, oder? Sie konnte gar nicht fliehen. Der Schleifenmörder hat sie getötet, genau wie die anderen Mädchen in Berlin.«

Unverständnis durchzuckt ihr Gesicht. Sie schwankt an mir vorbei, zu einem der Stühle, auf dessen Lehne sie jetzt ihre Hand legt. So, als säße dort jemand.

»Keine Sorge, meine kleine Prinzessin«, sagt sie mit sanfter Stimme und einem Blick ins Leere. »Niemand wird uns jemals wieder trennen.« Und dann in meine Richtung: »Auch sie nicht.«

AUFNAHME 09
Berlin, 10.05.2021

- Falsch. Tut mir leid. Sie sind alle gestorben. Angefangen bei Laura, endend bei Sophie.
- Das heißt, Larissa war gar nicht die Erste.
- Nein, das war Laura, im Sommer 2001. Ein Jahr später, im Herbst 2002, Miriam, und dann erst Larissa.
- Das meinten Sie also, als Sie sagten, dass ich mich irre. Mein Irrtum lag darin zu denken, Larissa sei das erste Opfer gewesen. Stimmt's?
- Stimmt.
- Aber Laura und Miriam hat man nie mit Ihnen in Verbindung gebracht.
- Nein, aber das konnte man auch nicht, weil man sie nämlich nie gefunden hat. Was Laura angeht ... es war ja eben mein erstes Mal, auch wenn es schon länger in mir gegärt hatte. Doch der Impuls, es tatsächlich zu tun, kam spontan in dem Moment, als ich sie da an der Straße sitzen sah.
- Sie behaupten, es sei spontan gewesen. Die Tatwaffe hatten Sie aber trotzdem dabei.
- Die trug ich schon länger mit mir herum. Ich sage ja, es hatte gegärt. Ich hatte es mir schon öfter vorgestellt. Und als ich dann Laura traf, passte einfach alles zusammen.

– Was haben Sie mit ihrer Leiche gemacht?

– Was hätten Sie denn damit gemacht?

– Über so etwas habe ich noch nie nachgedacht, und das will ich auch nicht.

– Ich habe mal von jemandem gehört, der eine Leiche zersägt hat und dann übers Land gefahren ist, um auf verschiedenen Bauernhöfen einzubrechen und die Körperteile in Schweineställen zu verteilen. Schweine sind nämlich Allesfresser, und weil totes Fleisch nicht mehr nach Mensch riecht, sondern nur noch nach Aas, fressen sie eben auch dies.

– Warum erzählen Sie mir das?

– Weil ich gerne wüsste, wie Sie dazu stehen.

– Wie soll ich dazu stehen? Das ist abartig!

– Ah ja.

– Was heißt das, ›ah ja‹? Bitte, sagen Sie mir, dass nicht Sie dieser Mann sind! Sie haben Laura nicht an die Schweine verfüttert, oder?

– Also bitte, wofür halten Sie mich? So etwas wäre mir nie in den Sinn gekommen. Ich habe Laura zunächst in den Kofferraum meines Wagens gelegt und bin nach Hause gefahren. Ich hatte mir die Tat vorgestellt, aber – genau wie Sie! – nie einen Gedanken darüber verschwendet, was ich mit einer Leiche anstellen würde. Ich musste dementsprechend erst einmal in Ruhe nachdenken. In der Nacht bin ich dann zur Kuhlake zurückgekehrt, mit Laura im Kofferraum und einer Schaufel, um sie zu vergraben. Ein Jahr später, bei Miriam, hatte ich die Schaufel gleich dabei.

– Wo haben Sie Miriam hingebracht?

– In den Blumenthaler Wald. Ganz in die Nähe von dort, wo später auch Saskia starb.
– Das heißt, dass die Eltern von Laura und Miriam bis heute nicht wissen, was mit ihren Töchtern geschehen ist.
– Nein. Die Mädchen gelten, wie ich vermute, offiziell noch immer als vermisst. Erst bei der Dritten, Larissa, beschloss ich, dass es besser wäre, sie nicht zu begraben. Das sollten dann doch lieber die eigenen Eltern tun.
– Sie haben ein schlechtes Gewissen bekommen?
– Nein, es war eher etwas Theoretisches. Ich wusste, dass es falsch war, sie zu vergraben und die Eltern damit um diese Möglichkeit zu bringen. Die Eltern mussten sie finden und ihnen ein Grab errichten.
– (*lacht auf*) Mit Verlaub, aber es klingt seltsam, wenn ausgerechnet Sie das Wort ›falsch‹ in den Mund nehmen. Und überhaupt, diese Unterscheidung, die Sie treffen. Sie fanden es richtig, die Mädchen zu töten, aber falsch, sie zu begraben?
– Ich habe nicht gesagt, dass ich es richtig fand. Nötig wäre treffender.
– Also war es wie ein Zwang?
– Ein Drang eher.
– Und woher genau kam dieser Drang? Was hat Laura in Ihnen ausgelöst, dass Sie durch sie zum Mörder geworden sind und nie wieder damit aufgehört haben?
– Na, offensichtlich habe ich ja doch aufgehört.
– Ja, aber nicht freiwillig. Erst Ihre Festnahme hat Ihrem Treiben ein für alle Mal ein Ende gesetzt.

343

– Meine Festnahme (*lacht*). In dubio pro reo, oder nicht? Wirklich entscheidend war, was in Schergel geschah. Mit dieser Wendung hatte selbst ich nicht gerechnet.

Ann

Ich will raus aus der Küche, weg von Nathalie, die mir unheimlich ist. *Keine Sorge, meine kleine Prinzessin,* hat sie gerade dem leeren Stuhl versichert. *Niemand wird uns jemals wieder trennen.* Ich stolpere rückwärts, gerate gegen einen Widerstand, gebe einen erschrockenen Laut von mir. Ich wirbele herum. Es ist nur der Kühlschrank. Ich starre auf die Zeichnung, die daran befestigt ist. Links zeigt sie eine kleine Figur, die einen ausladenden Rock und eine Krone trägt. Von rechts drängt sich ein Ungeheuer in das Bild hinein. Es ist dunkelgrün, mit stachelig wirkenden Schuppen und Feuer, das es zwischen spitzen Zähnen aus seinem riesigen, geöffneten Maul stößt. Es nimmt die komplette Höhe des Papiers ein, ist drei- oder viermal so groß wie das Mädchen mit der Krone. Die Prinzessin und der Drache, genau wie Sarah gesagt hat.

Aber da ist noch jemand. Eine dritte Figur in der Mitte. Ein Wesen in einem langen Kleid, vielleicht ein Engel oder eine gute Fee. Mit gelben Haaren – blond, so wie Nathalie es ist. In der Hand ihres ausgestreckten Arms hält sie ein Schwert oder ein Messer, zumindest etwas mit einer Klinge, deren Spitze sie direkt an der Kehle des Drachens ansetzt.

Taumelnd vollziehe ich eine halbe Drehung, zurück zu

Nathalie, die ihre Position nicht verändert hat. Noch immer steht sie, die Hand auf die Lehne gelegt, neben dem Stuhl und sieht zu mir hinüber.

»Sarah?«, frage ich zuerst nur, denn, nein, das kann nicht sein. Das ist doch völlig verrückt. »Ist das der Grund, warum sie keine Aussage macht? Weil sie Sie kennt und nicht will, dass Sie Schwierigkeiten bekommen?« Nathalie reagiert nicht. »Mit dem Schloss meinte sie Ihr Haus, oder? Sarah war die ganze Zeit über hier, deswegen hatte sie auch keine Anzeichen auf eine Unterkühlung …« Ich sehe sie an, ein stummes Flehen. Unterbrich mich. Sag, dass ich mich irre. Frag mich, ob ich von allen guten Geistern verlassen bin. Sag etwas, irgendwas.

Nichts.

»Aber warum? Warum sollten Sie die Kleine entführt haben? Kerstin Seiler war doch Ihre Freundin …« Ich stocke. Kerstin Seiler, die jetzt tot ist, ermordet. Lenias alte Zeichnung am Kühlschrank, die mir plötzlich vorkommt wie eine Prophezeiung. Die Fee, die dem Drachen die Klinge an die Kehle hält. Und Kerstin Seiler, der man später einen Fleischerhaken in den Hals gerammt hat. Nein! Nein, nein, nein, nein!

»Was haben Sie getan?«, brülle ich und setze auf sie zu. Packe sie, schüttele sie. Sie lässt es geschehen, als wäre ihr Körper nur eine Hülle und der Rest von ihr ganz woanders. »Reden Sie mit mir!«

Sie legt den Kopf schräg. Greift wie in Zeitlupe nach meinen Handgelenken, schraubt ihre Finger darum. Ich lasse von ihr ab. »Kinder«, beginnt sie ruhig, »sind das größte Geschenk, Ann. Kerstin hat das nicht verstanden.«

Ich keuche. Ist das ein Geständnis?

Sie lächelt. »Lenia wollte doch so gerne eine Freundin haben. Ich wusste gleich, dass sie sich gut mit Sarah verstehen würde. Und Kerstin bekäme die Chance, ihre Rolle als Mutter zu überdenken. Zwei Fliegen mit einer Klappe.«

Vorsichtig trete ich einen Schritt zurück. Es ist ein Geständnis. Nur weiß ich plötzlich nicht mehr, ob ich es wirklich hören will. Nathalie, von der ich so eingenommen war, weil sie mich an ein Gefühl erinnerte. An Zoe, an die Liebe. Sie darf kein schlechter Mensch sein, bitte.

»Kerstin hat Sarah nicht gut behandelt«, sagt sie und fasst sich links an die Brust; vielleicht schmerzt ihr Herz genauso sehr wie meins. »Ständig war ihr die Kleine im Weg, ständig hat sie sie spüren lassen, dass sie stört. Die Metzgerei war wichtig, Schmitti war wichtig. Und wo blieb Sarah? Es war furchtbar, Ann. Wenn ich zum Arbeiten kam, wich sie mir nicht von der Seite. Sie hat meine Aufmerksamkeit aufgesaugt wie ein Schwamm. Sie hat es mir nicht gesagt, aber ich hatte bald den Verdacht, dass Kerstin sie schlägt. Und?« Sie sieht mich auffordernd an. »Ich hatte recht! Oder woher glauben Sie, stammen die blauen Flecken, die man im Krankenhaus an Sarah gefunden hat?«

Ich antworte nicht, ich kann nicht.

»Ich dachte, dass Kerstin einen augenöffnenden Moment bräuchte«, fährt Nathalie fort, mit einer Stimme, auf die ich unter anderen Umständen so gerne hereinfallen würde, die warm ist und sanft. »Ein Erlebnis, wie ich es hatte. Denn wissen Sie, Ann: Wenn Ihr Kind verschwindet und Sie um sein Leben fürchten, werden Sie demütig, wahrhaftig demütig. Sie beten zu Gott, schlagen ihm einen Handel nach dem anderen vor. Und wenn Sie Glück haben, so wie ich, dann erhört er Sie und beschenkt Sie mit einem Wunder.«

Ich blicke zu dem leeren Stuhl, wage es aber nicht, etwas zu sagen.

»Genau das war es, was Kerstin erleben musste«, fährt Nathalie fort. Ihr Ton hat sich verändert, jetzt klingt sie kalt. »Die Angst sollte sie auffressen und einen neuen Menschen aus ihr machen. Und ich dachte auch, es hätte funktioniert, ich dachte es wirklich! Sie hat sich die Augen ausgeweint, als Sarah verschwunden war; sie ist fast gestorben vor Sorge. Doch dann bekommt sie ihre Tochter zurück – und alles läuft schief! Denken Sie nur mal zurück an den Moment vor der Metzgerei. Kerstin war wie ein Klotz! Sie hat die Kleine nicht mal in den Arm genommen, geschweige denn eine Träne vor Erleichterung verloren, oder vor Dankbarkeit. Der Schock, könnte man ihr zugutehalten, meinetwegen. Aber was war später? Im Krankenhaus? Sie ließ zu, dass Brock Sarah wie ein Ausstellungsstück fotografierte und für seine Zwecke instrumentalisierte. Sie ließ das Kind allein und fuhr nach Hause, um sich auszuruhen. Ausruhen, Ann! Ist das etwa eine gute Mutter? Ist das jemand, der geläutert ist und seine zweite Chance nutzt?«

Ich schüttele den Kopf, jedoch nicht als Antwort auf ihre Frage. Ich denke an gestern. Daran, wie ich Nathalie im Lebensmittelladen getroffen und sie anschließend nach Hause begleitet habe. Der kleine Blutfleck auf ihrer Hose, von dem mir jetzt klar ist, woher er stammt. Sie trug eine knielange schwarze Winterjacke. Wer weiß, wie sie darunter aussah? Wie viel Blut noch an ihr klebte? Ich fühle mich schrecklich. Schuldig. Weil ich wie ein verliebtes Hündchen neben ihr herlief und ihre Einkäufe schleppte, während Kerstin Seiler im Kühlraum der Metzgerei im Sterben lag. Warum habe ich nichts gemerkt? Vielleicht wäre sie noch am Leben, wenn sie früher Hilfe bekommen hätte.

»Sie war kein guter Mensch, Ann«, sagt Nathalie beschwörend.

»Und das gibt Ihnen das Recht, sie zu töten? Sie urteilen darüber, dass Kerstin Seiler ihre Tochter allein gelassen hat? Was ist denn mit Ihnen? Das Mädchen war hier, während Sie bis spät in die Nacht bei ihrer Mutter saßen und sie scheinheilig getröstet haben. Dabei war es Ihnen wichtiger, sich am Leid der Frau zu ergötzen, als sich um die Kleine zu kümmern.«

»Sie glauben, dass es Sarah hier schlecht hatte? Im Gegenteil, Ann! Sie wollte gar nicht mehr weg von hier! Sie hat es genossen, eine richtige Mutter um sich zu haben, die ihr Geschichten erzählt, für sie kocht, sie badet und mit ihr kuschelt! Und natürlich habe ich auch dafür gesorgt, dass es ihr gut ging, wenn ich nicht zu Hause war. In der Zeit hat sie tief und fest geschlafen, wie Dornröschen.«

»Davon konnten Sie aber nicht ausgehen! Sie hätte aufwachen und Angst bekommen können in dem fremden, dunklen Haus.«

»Sie wäre nicht aufgewacht.«

»Sie haben …« Ich breche ab. *Man hat Spuren einer unbekannten Substanz in ihrem Urin entdeckt*, erinnere ich mich an Schmittis Worte im Krankenhaus. »Sie haben ihr Drogen verabreicht?«

»Wofür halten Sie mich? Benzodiazepine sind doch keine Drogen! Die habe ich selbst eine Zeitlang eingenommen.« Sie lächelt verzerrt. »Abgesehen davon ist Dornröschen Sarahs Lieblingsmärchen.«

Ich fasse es nicht. »Sie halten sich auch noch für eine Heldin, was? Sie hätten das Jugendamt informieren müssen, die hätten Sarah geholfen. Aber nein. Stattdessen haben sie das Kind auf Lebenszeit traumatisiert ...«

»Das Jugendamt.« Sie lacht auf. »Gar nichts hätten die unternommen, denn Sarah hätte ihre Mutter niemals verraten. Und Kerstin – auf Kerstin wären sie hereingefallen, sie hat doch jeden um den Finger gewickelt.«

So wie du, denke ich matt. »Sie sind keine Heldin, Nathalie. Sie sind nicht besser als der Mann, der Ihnen Lenia weggenommen hat.«

Ich sehe, wie sich ihre Schultern straffen, höre sie angestrengt durch die geschlossenen Zähne atmen; jemand, der versucht, sich zusammenzureißen. Mein Blick zuckt umher, bemisst den Abstand zwischen ihr und den Besteckschubladen. In einer davon wird es Messer geben.

»Da draußen ist jemand, Nathalie«, sage ich eindringlich. »Jemand, der offenbar einen Grund hat, morgens in der Dämmerung um Ihr Haus herumzuschleichen.« Kurz denke ich an Schmitti, der herausgefunden haben könnte, was sie seiner Verlobten angetan hat. Dann fällt mir ein, dass Schmitti kaum größer ist als ich, ganz anders als die Gestalt, die ich gesehen habe. Steinhausen!, denke ich als Nächstes. Doch das ergäbe nach Nathalies Geständnis keinen Sinn mehr. Oder? »Wer auch immer das ist, vielleicht ist er sehr wütend auf Sie. Lassen Sie uns die Polizei rufen. Zu Ihrem eigenen Schutz.«

»Die Polizei? Diese Versager, die vierzehn Jahre lang dabei zugesehen haben, wie der Psychopath, den Sie Ihren Vater nennen, kleine Mädchen tötet?«

Etwas Gleißendes erfasst mich, Wut. Auf eine geisteskranke Mörderin, die sich ein Urteil erlaubt, und auf mich selbst, weil ich mich so bereitwillig von ihr blenden ließ.

»Meine Lenia hat Glück gehabt, aber was ist mit den anderen, die Ihr Vater …«

»Lenia hat niemanden identifiziert, Nathalie«, knurre ich. »Weder meinen Vater noch sonst irgendjemanden. Und wissen Sie auch warum?« Ich mache einen Schritt auf sie zu. Dann trete ich mit ganzer Kraft nach dem leeren Stuhl. »Hier sitzt niemand, Sie gestörte Irre!«

Der Stuhl schlägt auf dem Boden auf, Nathalie stößt hörbar Luft aus. Ich nutze ihren Schockmoment und stürze aus der Küche ins Wohnzimmer, wo ich mir meinen Rucksack schnappe. Bloß raus hier. Ich reiße am Griff der Terrassentür. Doch ich bin nicht schnell genug.

»Sie werden nicht die Polizei holen!«, und ein Schlag in meinen Rücken, der mir kurzfristig die Luft raubt. Ich verliere das Gleichgewicht, falle, kann mich gerade noch mit den Händen abfangen, bevor mein Kiefer auf die Fliesen kracht. Nathalie hockt jetzt auf mir, ihre Knie spannen meine Rippen ein, ihr Gewicht drückt meinen Brustkorb in den Boden und sie schlägt mit den Fäusten auf mich ein. Ich stoße meinen Ellenbogen nach hinten, treffe sie im Magen, höre, wie sie gegen die Terrassentür prallt. Die Glasscheibe zittert geräuschvoll. Ich krieche vorwärts, erwische einen Trageriemen meines Rucksacks. Krieche weiter, in die entgegengesetzte Richtung, weg von ihr, zum Flur, zur Haustür. Plötzlich reißt ihre Hand an meinem Bein. Ich trete aus, einmal, noch mal, fest und fester, ein winselnder Laut lässt mich darauf schließen, dass ich sie erwischt habe. Ich bin frei. Ich rappele mich auf, mein Atem fiept. Nathalie liegt zusammengekrümmt auf dem Boden.

Sieht mich flehend an. Ich schüttele nur den Kopf. Es ist vorbei, und gleichzeitig auch nicht. Ich habe gerade einen Mord aufgeklärt. Und trotzdem wird mein Vater weiterhin im Gefängnis sitzen.

Es tut mir leid, Papa. Es tut mir so leid.

Ich taumele zur Haustür. Drehe den Schlüssel im Schloss, das Glas rutscht von der Klinke und zerspringt. Ich höre nichts, alles geschieht lautlos, oder zumindest erreicht es mich nicht. Ich blinzele heftig, Blut trübt meine Sicht. Meine Augenbraue muss wieder aufgeplatzt sein. Es geht mir nicht gut, nicht nur deswegen. Mein Körper fühlt sich an wie ein einziger blauer Fleck, mein Kreislauf schlingert.

Ich kann nicht mehr. Verzeih mir, Papa.

Ich stolpere die Treppenstufen hinunter, muss weg vom Haus, für den Fall, dass Nathalie mir hinterherkommt. Muss mir einen sicheren Ort suchen und von dort aus die Polizei alarmieren. Muss atmen, ein auf eins, aus auf zwei. Die Baumgruppe, hinter der ich mich gestern mit Jakob versteckt habe. Hier bin ich geschützt und habe dennoch einen guten Blick auf das Haus. Ich ducke mich hinter einen dicken Stamm, krame in meinem Rucksack. Das Toastbrot und das Katzenfutter landen im Schnee. Ich wische mir über die Augen, Tränen und Blut. Mein Handy. Ich aktiviere die Tastatur. Drücke die erste 1, die zweite. Zur 0 komme ich nicht mehr, als sich von hinten eine Hand auf meine Schulter legt. Nathalie, ist mein erster Gedanke, doch ich irre mich. Die Hand gehört zu einem Mann. Ich wende den Blick, keuche noch: »Steinhausen«. Dann kippe ich bewusstlos in den Schnee.

Wir

Was machen wir jetzt, Prinzessin? Was machen wir jetzt bloß? Hilf mir, sag mir, was ich tun soll. Ann irrt sich so schrecklich, aber das sieht sie nicht ein. Sie denkt, sie wisse, was geschehen ist – sie wisse alles! –, und genau das wird sie auch der Polizei sagen. Eine Katastrophe. Denn wenn die Polizei uns erst mal auf dem Schirm hat, dann wird es nicht mehr lange dauern, bis auch *er* kommt. Was, wenn Ann recht hat und er längst hier ist? Soll alles, was wir auf uns genommen haben, umsonst gewesen sein? Das wäre meine Schuld, mein Schatz, meine verdammte Schuld, ich weiß. Ich hätte mich nicht einmischen dürfen. Ich hätte Sarah nicht holen und Kerstin nicht die Meinung sagen dürfen. Wie konnte ich mich nur derart vergessen und alles zunichtemachen? Was sagst du, Prinzessin? Ich soll mir dein Bild anschauen, das Bild, das am Kühlschrank hängt? Wie du mich gemalt hast, so voller Vertrauen in meine Fähigkeiten. Ich, auf ewig deine Beschützerin, mit meiner Klinge an der Kehle des Drachen. Mein Schwur, dass niemand es schaffen wird, uns jemals zu trennen.

Ein letzter Kampf, natürlich; mein Wort gilt, gilt für immer, das weißt du doch, mein Schatz. Aber du musst mir helfen. Mami fühlt sich ein bisschen schwach, Mami braucht dich. Tust du das, ja? Hilfst du Mami? Hilfst du mir, ein Messer auszusuchen?

Ann

Schergel, 29.12.2017

Als ich zu mir komme, sitze ich, den Rücken an einen Baumstamm gelehnt, im Schnee. Mein Körper ist steif von der Kälte, mein Kopf schwer, und meine Gedanken sind Brei. Vor mir flirrt das malträtierte Gesicht aus dem Keller der Baustelle, das sich in der nächsten Sekunde mit dem Porträtfoto von der Website des Architekturbüros überlappt. Steinhausen, Steinhausen, Steinhausen. Ich fange an zu schreien. Grob fassen zwei Hände nach meinem Gesicht. Die eine hält es fest, die andere legt sich über meinen Mund. Ich starre ihn an, den Mann, der vor mir kniet. Blasse Haut, Augenringe, scharf gezeichnete Stirnfurchen, dunkler Bartschatten, hohle Wangen.

»Herrgott, seien Sie still!«

Ich blinzele. Keuche in seine schwitzige Handfläche hinein. Blinzele noch einmal.

Das ist nicht Steinhausen.

Das ist ein völlig Fremder.

»Okay?«, fragt der Mann und lockert seinen Griff etwas. Ich nicke zum Einverständnis, dass er seine Hand ganz von meinem Mund entfernen kann. Er tut es.

»Wer sind Sie?«

»Unwichtig«, sagt er kopfschüttelnd. Er wirkt nervös, sein Blick schießt zwischen mir und Nathalies Haus hin und her. »Sie waren gerade bei ihr. Ich habe Sie beobachtet. Was ist da drinnen los gewesen?«

Ich erstarre. Der Mann, der nicht Steinhausen ist, aber

353

derjenige, den ich um das Haus herumschleichen gesehen habe. Ich rieche kalten Rauch an ihm und denke an den winzigen Glutpunkt in der Dämmerung. Er ist es, ganz sicher. Und etwas Bedrohliches geht von ihm aus.

»Ich weiß nicht, wovon Sie reden.«

Erneut schnappt der Mann nach meinem Gesicht, seine Hand knautscht meine Wangen zusammen. Doch er zittert dabei, alles an ihm zittert, sogar seine Stimme. »Von ihr rede ich! Von Nathalie!«

Ich schüttele den Kopf, ich bin keine Verräterin. Nicht mal nach allem, was sie getan hat.

Der Mann lässt von mir ab. Er erhebt sich aus der Hocke und geht ein paar Schritte auf und ab, während er sich, offenbar nachdenklich, erst die Stirn und dann den Nacken reibt. Zaghaft rappele ich mich auf. Links von ihm hat mir der Wald einen Ast parat gelegt, ein langes, dickes Stück Holz mitten im Schnee. Ich muss es nur erreichen.

»Was wollen Sie von ihr?«, frage ich, um davon abzulenken, wie ich mich in Richtung des Astes bewege.

Er stoppt und sieht mich an. »Sind Sie eine Freundin?«

»So was Ähnliches.«

Beim nächsten Wimpernschlag hat er einen Satz auf mich zu gemacht und meine Oberarme gepackt. »Dann helfen Sie ihr, indem Sie mir helfen. Ich bin ihr Exmann, Steffen Fester.«

»Steffen Fester«, wiederhole ich schleppend. Dabei ist mir sein Name eigentlich egal. Mir fällt nur ein, was ich bis jetzt für eine Ausrede hielt, die den wahren Grund für Nathalies Flucht aus Berlin verschleiern sollte: dass ihr Exmann ihr gegenüber gewalttätig gewesen sei.

»Ich suche seit Wochen nach ihr …«

»Lassen Sie mich sofort los«, zische ich. Dass er es tatsächlich tut, verrät mir seine Unsicherheit. Oder seine Unberechenbarkeit. Ich trete einen großen Schritt zur Seite – ein Stück weiter in Richtung des dicken Astes, den ich mir zur Verteidigung auserkoren habe –, jedoch, ohne Fester aus den Augen zu lassen. Er ist sehr groß, mit kantigen, breiten Schultern, und sein ausgezehrtes Gesicht strahlt eine alarmierende Härte aus.

»Wo ist mein Handy?«, will ich wissen. Ich erinnere mich, dass ich gerade den Notruf wählen wollte, bevor ich ohnmächtig geworden bin.

»Ach so, ja. Sie haben es in den Schnee fallen lassen.« Er fasst fahrig in seine Jackentasche, streckt mir das Telefon und ein Stofftaschentuch entgegen. »Für Ihr Gesicht.«

Ich nehme beides, tupfe mir über die Augenbraue, sage: »Ich werde jetzt die Polizei anrufen, okay? Denn was auch immer zwischen Ihnen und Nathalie vor sich geht, sollte im Sinne aller Beteiligten vielleicht besser unter Aufsicht geklärt werden.«

»Nein, nein, nein!« Erneut setzt er auf mich zu, nur bin ich diesmal schneller. Zwei große, schnelle Schritte, und ich stehe ihm mit dem Ast gegenüber.

»Sie werden sich weder mir noch Nathalie nähern, klar?«

Er macht eine beschwichtigende Geste, so als hätte ich nicht nur ein improvisiertes Stück Holz, sondern eine richtige Waffe in der Hand. Es ist mir nur recht; ich steche den Ast in seine Richtung, um ihn auf Abstand zu halten. Fester stolpert, fängt sich aber.

»Sie verstehen es nicht. Sie dürfen die Polizei nicht rufen. Sie wird sich sonst etwas antun, ganz bestimmt. Und dann werde ich nie erfahren, wo sie unsere Tochter hinge-bracht hat.«

»Lenia?«

Er nickt. »Sie hat sie entführt.«

»Verarschen Sie mich nicht. Ich weiß, dass Lenia tot ist.«

Fester presst die Kiefer aufeinander. »Ich rede von ihren Überresten.«

»Von ihren …?«

»Nicht jetzt, bitte …« Seinetwegen später, später werde er mir alles ausführlich erklären. »Wir müssen sofort zu Nathalie, bevor sie auf dumme Ideen kommt!«

Nicht mit mir. Ich vertraue ihm nicht, wenigstens ein paar Eckpunkte verlange ich, sonst rufe ich die Polizei. Fester stimmt missmutig zu, besteht aber darauf, dass wir uns trotzdem unverzüglich auf den Weg zurück zum Haus ma-chen. Ich habe Schwierigkeiten, mit ihm Schritt zu halten. Er rennt, er keucht, er versucht es in Kürze: Das Grab sei schon ausgehoben und Lenias Leiche für die Beerdigung aufgebahrt gewesen. Doch dann, in der Nacht vor der Beerdigung, wurde im Bestattungsunternehmen eingebro-chen und der Leichnam gestohlen. Fester habe gleich ver-mutet, dass seine Exfrau dahintersteckte. Bestätigt habe er sich gefühlt, als er das ehemalige Haus der Familie, das er nach der Trennung Nathalie überlassen hatte, verwaist vor-fand. Dass sie einen Wagen gemietet habe, hatte er auch noch herausfinden können, genauso, dass dieser Wagen ein paar Tage später in München zurückgegeben worden sei. Also nahm er zunächst an, dass sie sich dort respektive in der näheren Umgebung aufhielt. Der Gedanke, dass sie Lenia erst in ein Versteck brachte, dann den Wagen zurück-gab und einfach mit dem Bus, der Bahn oder als Anhalterin auch einen entfernteren Weg zurück zu ihrem neuen Unterschlupf fahren konnte, sei ihm erst später gekommen. Letztlich sei es nun ein Zeitungsartikel im Internet gewesen, der ihn nach Schergel geführt habe. Darin sei es um ein kleines Mädchen gegangen, das nach einer mutmaßlichen Entführung wieder heil nach Hause zurückgekehrt war. Auf dem beigefügten Foto habe er Nathalie erkannt. Ich nicke nur, wohl wissend, dass er von dem Foto spricht, das Brock gestern Morgen vor der Metzgerei geschossen hat.

»Ich lese alles über den Fall des Schleifenmörders«, führt er aus. »Allein schon, weil Nathalie nach Lenias Tod wie besessen schien von dem Mann.«

»Das heißt, Sie haben sie wochenlang auf eigene Faust gesucht?«, frage ich dennoch misstrauisch. »Wieso haben Sie nicht die Polizei eingeschaltet?«

Doch, natürlich habe er das getan. Nur sei nicht viel dabei herausgekommen. Schließlich sei Nathalie eine erwachsene Frau, die verschwinden könne, wann und wohin auch immer sie wolle. Zumal die beträchtliche Summe Bargeld, die sie zuvor von ihrem Bankkonto abgehoben habe, genau darauf hindeutete: Nathalie war nicht etwa entführt worden – sie wollte weg, freiwillig. Und was Lenia angehe ... Abrupt bleibt er stehen. Wir haben das Haus erreicht. »Die Anzeige wegen der Entführung ihres Leichnams läuft auf Unbekannt.« Er senkt den Blick. »Ich weiß nicht, ob Sie das nachvollziehen können, aber ... ich habe Nathalie einmal sehr geliebt.«

»Sie wollen nicht, dass sie ins Gefängnis muss.«

Er nickt. »Dort gehört sie nicht hin. Sie braucht Hilfe.«

Er steigt die Treppe hinauf, ich folge ihm. »Herr Fester?«

»Ja?«

»Das Mädchen, über das Sie in dem Zeitungsartikel gelesen haben: Nathalie war es, die die Kleine entführt hat.«

Erneut bleibt er stehen, wie vom Schlag getroffen.

»Und da ist noch was. Sie hat die Mutter des Mädchens …«

»Sie braucht Hilfe«, wiederholt er mit Nachdruck und steigt die restlichen Stufen zur Haustür nach oben.

Ich soll es versuchen, soll klopfen, soll sie rufen.

»Ich weiß nicht, wie sie auf mich reagiert«, lautet Festers Begründung.

Ich schüttele den Kopf. »Auf mich hat sie vor ein paar Minuten noch eingeprügelt. Dementsprechend habe ich wahrscheinlich auch keine besseren Karten.«

»Bitte, wir müssen es einfach versuchen.«

Ich zögere. Seine Geschichte erscheint mir schlüssig, und dennoch … »Was haben Sie mit ihr vor?«

Er antwortet nicht, stattdessen ruckelt er nun doch selbst an der Klinke, zuerst noch beherrscht, dann wüster. »Nathalie!«, donnert seine Stimme. »Mach die verdammte Tür auf!«

Mein Magen zieht sich zusammen, eine unbestimmte Ahnung rumort darin. Etwas Schlimmes, das bevorsteht. Ich fasse nach dem Stein in meiner Hosentasche, nach Beistand, nach Schutz. Fester lässt von der Tür ab und prescht um das Haus herum. »Was zum …?«, ruft er entsetzt aus, als er das Grab hinter der Terrasse entdeckt.

»Da liegt ihre Katze«, erkläre ich ihm, woraufhin er sich die Hand vor den Mund reißt.

»Oh nein. Unsere Milly? Die hat sie auch mitgenommen aus Berlin. Und sie ist auch …?«

Ich nicke nur.

Fester trommelt gegen die Holzläden vor der Terrassentür, die Nathalie augenscheinlich wieder verschlossen hat, nachdem ich aus ihrem Haus geflohen war.

»Warten Sie …« Ich festige den Griff um den Stein in meiner Hand, mit dem Wissen, dass er genau das Werkzeug wäre, das Fester jetzt bräuchte. »Sie wird nicht im Gefängnis landen. Die Leute werden einsehen, dass sie krank ist. Bitte lassen Sie uns die Polizei rufen.«

»Ich will meine Tochter zurück«, mehr nicht. Er greift sich einen großen und, seinem angestrengten Atmen nach zu urteilen, offenbar schweren Holzscheit, mit dem er so lange auf den Türladen eindrischt, bis dieser auseinanderklafft. Ich fahre zusammen, als er damit schließlich auch die Scheibe einschlägt, und nicht nur das. Mir kommen die Tränen. Ich weiß nicht, warum. Ich habe das Monster gesehen, das in Nathalie steckt. Ich habe es in Kerstin Seilers leblosem Körper gesehen, in der Wunde in ihrem Hals, in dem See aus Blut. Ich habe es selbst erlebt – vorhin, als sie sich auf mich gestürzt hat. Und trotzdem habe ich Angst um sie.

»Herr Fester, wollen wir nicht doch lieber die Polizei rufen?« Nacheinander steigen wir durch den Rahmen der Terrassentür. Die Kerzen sind inzwischen gelöscht. Fester dreht sich wie ein aufgezogener Kreisel, dann stürzt er zu den Fenstern über dem Sofa, um deren Läden zu öffnen.

»Haben Sie das denn nicht gerochen, als Sie hier waren?«

»Doch … schon«, stammele ich. »Das ist der Schimmel …«

»Das ist Lenia!«

Er rauscht in Richtung Küche davon, ich renne die Treppe zum oberen Stockwerk hinauf. Geradeaus liegt direkt das Bad, dessen Tür offensteht. Rechts und links davon gehen zwei weitere Zimmer ab.

»Hier ist sie nicht!«, brüllt Fester von unten.

Nein, denke ich. Denn sie ist hier. Nathalie. In dem Zimmer, links von der Treppe. Ein Schlafzimmer. Da sitzt sie, in einem dünnen weißen Nachthemd auf dem Boden vor dem ungemachten Bett. Die Beine ausgestreckt, einen Teddybären im Schoß. Der Geruch … Ich wünschte, ich könnte immer noch glauben, dass es nur der Schimmel ist. Ein halbes Dutzend Grabkerzen steht vor den geschlossenen Fensterläden; der Raum flackert schwarz und rot.

Das sind Seelenlichter, mein Käferchen …

»Ann.« Sie lächelt entrückt. »Sie sind wieder da. Sie haben uns nicht allein gelassen.« Wie schwach sie wirkt, wie zerbrechlich. Ein wunderschönes, kaputtes Kunstwerk. Ein Monster. Nur eine Handbreit neben ihr liegt ein Messer. Keins mit langer Klinge, eher ein Gemüsemesser, und dennoch: ein Messer, eine unkalkulierbare Waffe.

»Haben Sie Nathalie?« Auf der Treppe poltern Schritte. Ohne weiter nachzudenken, werfe ich mich gegen die Zimmertür und schließe uns ein.

»Ihr Exmann ist hier. Er sagt, dass Sie Lenia mitgenommen haben, Lenias …«

»Was zum …?« Die Klinke wird mehrmals unsanft gedrückt. Dann schlägt Fester seine Faust gegen die Zimmertür.

»Aber das wissen Sie doch, Ann«, antwortet Nathalie leise. »Ich musste Lenia in Sicherheit bringen.«

Ich nähere mich ihr langsam, auf das Messer konzentriert. Es würde sie nur eine kleine Bewegung kosten, fast nur ein Zucken, und sie hätte es in der Hand. »Darf ich mich zu Ihnen setzen?« Vorsichtig gehe ich in die Hocke und versuche dabei, mit dem Fuß unauffällig das Messer zu verschieben.

»Machen Sie auf!«, und eine Kraft gegen die Tür, die so heftig ist, dass der Rahmen erzittert. Ich zucke zusammen, Nathalie dagegen erscheint besorgniserregend ruhig.

»Haben Sie was eingenommen? Die Dornröschen-Tabletten?«

»Nathalie!« Fester, der nun wohl mit seinem ganzen Gewicht auf die Tür einwirkt.

»Er wird nicht weggehen«, sage ich. »Er will wissen, wo Lenia ist.«

»Sie hat sich versteckt. Sie mag keinen Krach.«

Instinktiv neige ich den Kopf, so dass ich einen Blick unter das Bett erhasche. Doch ich sehe nichts.

Nathalie schließt die Augen und lächelt. »Keine Sorge, meine kleine Prinzessin. Ann ist zurückgekommen, um uns zu helfen. Es wird alles wieder gut.« Ich schlucke beschwerlich, begreife. Nathalie hat auch eine Welt hinter ihren geschlossenen Lidern. Nur dass sich ihre Welt nicht mit einem Platz in ihrer Fantasie begnügt. Hat sie mit Hilfe von Sarahs Entführung vielleicht sogar nachgespielt, wie Lenias Geschichte in ihren Augen hätte ausgehen müssen? Nur war sie enttäuscht vom Finale, dem Moment, als Sarah unversehrt zurückkam und ihre Mutter nicht so reagierte, wie Nathalie es sich vorgestellt hatte. Wie sie selbst reagiert hätte, wenn Lenia tatsächlich die Flucht gelungen wäre.

»Erinnern Sie sich, was mit Ihrer Tochter geschehen ist, Nathalie?«

Sie öffnet die Augen, lächelt breiter. Dann nickt sie in Richtung des Messers neben meiner Stiefelspitze.

»Heute könnte der Tag sein, an dem Sie den wahren Schleifenmörder zur Strecke bringen. Ist Ihnen das klar, Ann?«

»Nein, nein, Nathalie.« Ich deute zur Tür. »Das da draußen ist Ihr Exmann und nicht der …« Ich stocke. Sie lächelt nur, lächelt, lächelt immerfort.

»Es ist unsere Geschichte, Ann. Unsere Wahrheit.«

»Aber …« Irritiert schüttele ich den Kopf. »Sie haben selbst gesagt, dass Sie meinen Vater für schuldig …«

In diesem Moment krachen die Scharniere, die Tür gibt nach. Fester stürzt auf Nathalie zu und zerrt sie am Arm gepackt auf die Füße. »Wo ist meine Tochter?«

»Ann!« Nathalie wimmert. Ich greife nach dem Messer und springe ebenfalls auf.

»Wo ist sie?« Fester ist außer sich. Die Sorge um seine Exfrau scheint ausradiert. Stattdessen schleudert er sie herum wie ein spielwütiger Hund eine schlappe alte Stoffpuppe. »Sag mir, wo sie ist!«

»Du hast uns verlassen«, entgegnet Nathalie heulend. »Du hast kein Recht mehr auf deine Tochter«, und das erwischt Fester anscheinend so treffsicher wie eine Kugel direkt in den Bauch. Er lässt sie los, taumelt rücklings. »Nathalie, bitte, du musst …«

»Er hat seine Entscheidung getroffen, Ann. Seit letztem Jahr liebt er seine Sekretärin. Er hat seine Sachen gepackt und ist einfach gegangen.«

»Meine neue Beziehung tut hier nichts zur Sache. Ich

habe mich trotzdem weiterhin um Lenia gekümmert«, sagt Fester. Seine Züge flackern schmerzverzerrt. »Alle vierzehn Tage habe ich sie für das Wochenende abgeholt ...«

»Alle vierzehn Tage, ja. Dann hast du ihr Spielzeug gekauft oder bist mit ihr in den Zoo oder zum Eisessen gegangen. Das nennst du kümmern?« Sie tritt auf ihn zu, schwankend. Erneut frage ich mich, ob sie etwas eingenommen haben könnte – Schlaftabletten, Benzo-irgendwas, das Zeug, das sie auch Sarah verabreicht hatte – und möglicherweise zu viel davon. »Ein Kind zu haben, ist so etwas Heiliges, ein Geschenk. Du hast bewiesen, dass du dessen nicht würdig bist.«

Festers Kiefer zucken, er scheint auf Worten herumzukauen, unentschlossen, ob er sie nun aussprechen oder doch lieber herunterschlucken soll.

»Zwei Fliegen mit einer Klappe, Ann«, sagt Nathalie. »Er hatte es nie verdient, ein Vater zu sein.« Ihr Blick richtet sich zu mir – doch nicht in mein Gesicht, sondern zu dem Messer in meiner Hand. »Nicht mal vor der Entführung, als er noch bei uns war. Vor zwei Jahren zum Beispiel. 2015, Steffen. Erinnerst du dich noch, was da war?«

Fester öffnet und schließt den Mund.

Nathalie lacht träge auf. »Lenia hatte sich bei einem Sturz die Vorderzähne ausgeschlagen. Und wer hat sich um sie gekümmert? Wer hat sie getröstet, sie gefüttert? Ich war das, nicht du! Du bist wie immer zur Arbeit gegangen und hast alles mir überlassen. Oder noch früher, 2012, nur wenige Wochen nach ihrer Geburt. Die schlimmen Fieberkrämpfe. Wer saß Tag und Nacht an ihrem Bettchen? Wer hat ihren kleinen Körper gekühlt und ihre Hand gehalten? Das war ich, Steffen, immer nur ich!«

Ich presse die Lippen aufeinander, in Gedanken an meinen Vater, der so anders war als Steffen Fester. Der genau wie Nathalie an meinem Bett saß, meine Hand hielt, mich fütterte. Und immer für mich da war. 2015, nach meinem Autounfall. 2012, während meiner Sinnkrise, die mich letztlich dazu veranlasst hat, das Studienfach zu wechseln. Er hat sich sogar von der Uni beurlauben lassen, um mit mir durch Frankreich zu reisen, nur damit ich den Kopf freibekomme …

»Ich war immer da, wenn Lenia mich brauchte. Dann gab es nichts Wichtigeres. Ich war ihre gute Fee. Die, die gegen ihre Drachen gekämpft hat, gegen Krankheit, Angst und alles Böse.«

»Tu das nicht, Nathalie«, bettelt Fester. »Stell mich nicht so dar, das ist ungerecht. Du weißt genau, dass ich all die Jahre mein Bestes gegeben habe, um euch glücklich zu machen.«

Mir wird schwindelig, das Messer zittert in meiner Hand. Ich will, dass sie aufhören, alle beide.

»Du hast unseren Lebensstandard gesichert, Steffen. Mehr nicht. Aber wir brauchten nie ein großes Haus oder teure Reisen. Wir brauchen nur uns, und das wirst du uns nicht wegnehmen. Lenia und ich …«

Ich ertrage es nicht mehr, ich will das nicht mehr hören. Ich brülle: »Lenia ist tot, Nathalie! Sie müssen aufhören, sich selbst zu belügen!«

»Nein, Ann! Eben nicht!«, ruft sie und macht eine unkoordinierte Geste. »Das ist doch genau das, was ich die ganze Zeit versuche, Ihnen zu vermitteln! Es ist *unsere* Geschichte, wir schreiben sie selbst! Sie ist dynamisch und veränderbar mit jedem neuen Wort. Wir allein haben die

Macht über die Figuren und den Verlauf. Schauen Sie ihn sich an ...«

»Nathalie, was soll das?« Fester tritt auf sie zu, doch Nathalie bleibt unbeeindruckt mir zugewandt.

»*Er* könnte der Schleifenmörder sein! Und er hätte es uns gerade gestanden! Über so viele Jahre hinweg hat er Mädchen entführt und getötet. Weil er von Natur aus ein krankes Schwein ist. Und sehen Sie nur, was er mit mir gemacht hat, Ann! Als ich anfing, ihn zu verdächtigen und aus Angst vor ihm geflohen bin, hat er nach mir gesucht und mich schließlich hier aufgespürt. Sehen Sie! Sehen Sie doch bloß, wozu er fähig ist!«

Und dann geht alles ganz schnell.

Wie sie auf mich zustürzt. Mein rechtes Handgelenk packt und die Bewegung vollzieht. Das Messer, das jetzt in Nathalies Bauch steckt. Ich will schreien, das Messer zurückziehen, irgendetwas tun – nichts; ich bin völlig starr. Fester, der eingreift, auf uns zustürzt, nach dem Messer schnappen will. Nathalie, die meine Hand nun in seine Richtung lenkt. Er schreit auf und geht zu Boden. Auch mich selbst höre ich schreien, ich schreie und schreie und will nie mehr damit aufhören. Meine Wahrnehmung dehnt sich zu einer Zeitlupe aus. Nathalie, die sich mit schmerzgebeugtem Oberkörper zum Bett schleppt, sich fallen lässt. Fester, die Hand vor seine linke Rippenseite gepresst, sackt auf die Knie. »Sag mir, wo sie ist!«, fleht er.

Doch Nathalie schließt die Augen und lächelt. »Und wenn sie nicht gestorben sind ...«

Wir

… dann leben sie noch heute.

So, mein Engel, jetzt ist aber Schluss, Schlafenszeit. Das war wirklich eine sehr lange Geschichte heute … Wie bitte? Was meinst du? Dass das doch gar kein richtiges Ende gewesen sei und du unbedingt wissen willst, wie es weitergeht? Na ja, es wäre wohl das erste Mal, dass ich dir einen Wunsch abschlagen könnte. Also gut, hör zu: Mami lag verletzt auf dem Bett, der Drache war tot. Unsere Freundin Ann rief den Krankenwagen und die Polizei. Sie berichtete den Beamten, was sich zugetragen hatte, und vor allem von dem Geständnis, dessen Zeugin sie noch geworden war. Vor seinem Tod hatte der Drache nämlich noch gestanden, dass ihm schon viele kleine Mädchen zum Opfer gefallen waren; Taten, für die Anns Vater unschuldig im Gefängnis saß. Mami hatte schon lange den Verdacht gehegt, dass etwas nicht stimmte mit dem Mann, den wir für deinen Papa gehalten hatten. Dass er in Wirklichkeit nur ein gut getarnter Drache war. Das ist auch der Grund gewesen, weshalb wir aus Berlin fliehen mussten, doch dann spürte der Drache uns auf, und natürlich war er sehr wütend. Er tötete Kerstin, weil ich mich ihr anvertraut hatte. Er befürchtete nämlich, dass Kerstin die Polizei involvieren könnte, was er mit allen Mitteln verhindern musste. Sogar Ann versuchte er zu töten, denn er wollte keine Zeugen hinterlassen, doch es gelang mir noch rechtzeitig, ihn aufzuhalten. Jetzt ist er tot, und wir müssen nie wieder Angst haben. Er wird uns nicht mehr jagen; vor uns liegt eine Zukunft, wie wir sie uns nach all den Strapazen mehr als verdient haben. Der Frühling, mein Engel, der Frühling, er kommt. Du und ich und wie wir Hand in Hand über die Wiese tanzen, zwischen Gänseblümchen, Giersch und rosa Klee. Wie wir unsere Wangen aufplustern und Löwenzahnschirmchen auf die Reise schicken. Frei sind sie, frei wie wir. Mach dir keine Sorgen, weil man uns nun erst mal in eine Klinik bringt. Das ist ganz normal und leider auch nötig, schließlich bin ich verletzt. Siehst du? Blut kommt aus meinem Bauch, mein schönes weißes Nachthemd ist schon ganz rot. Es sieht schlimmer aus, als es eigentlich ist, aber natürlich muss es trotzdem verarztet werden. Gleichzeitig zu meinen körperlichen Verletzungen wird man uns auch seelisch behandeln wollen, mein Schatz. Doch auch darüber musst du dir keine Gedanken machen; auch das ist ganz normal nach allem, was wir erlebt haben. Sie werden sagen, dass wir ein schweres Trauma durchleiden, bedingt durch die aufreibende Flucht vor deinem Vater, dem Drachen, dem Kindermörder, der so viel Unheil anrichtete. Aber wir haben ihn aufgehalten, mein Schatz, wir haben seinem bösen Treiben ein Ende bereitet. Du und ich und unsere liebe Ann. Stell dir vor, sogar die Zeitungen schreiben über uns! Sie schreiben, ich sei eine Heldin. Das ist schmeichelhaft, aber, nein, nein, nicht doch. Ich bin keine Heldin. Ich bin einfach nur eine Mutter, die aus Liebe zu ihrem Kind jeden Drachen bezwingt. Wir haben es geschafft, wir haben es überstanden. Weil wir alles überstehen, solange wir nur zusammen sind. Du und ich, Prinzessin, für immer und immer und immer …

So, jetzt ist aber wirklich Schluss, okay? Wir müssen dringend schlafen, es war ein anstrengender Tag. Ich hab dich lieb, Prinzessin. Gute Nacht …

Ann

Nathalie hat viel Blut verloren; der Krankenwagen ist schon weg. Unterhalb des Grundstücks parken Polizeiautos. Zwar rotieren die Blaulichter stumm, aber Licht ist immer noch Licht und tut, was Licht tut: Es zieht die Motten an. Die ersten Dorfbewohner, die Neugierigen, die Sensationslüsternen. Sicher kommt bald auch Brock mit seiner Kamera und hoffentlich auch Jakob. Ein paar Polizisten sorgen für ausreichend Abstand zum Haus. Ich sitze auf den gefrorenen Treppenstufen vor dem Eingang. Wie lange schon? Ich weiß es nicht. Es ist hell geworden. Der Himmel ist blau, die Sonne scheint sogar. Als wüsste die Natur nicht, was sich gehört, an einem Tag wie diesem. Alles müsste grau sein und verhangen, so als wäre der Himmel abgerutscht und hinge bedrohlich tief direkt über meinem Kopf, um jeden Moment vollends zusammenzustürzen. Wenigstens auf die Kälte kann ich mich verlassen. Sie frisst sich durch den Stoff meiner Jeans, meine Nieren schmerzen, und bestimmt werde ich mir spätestens nach dem heutigen Tag die schlimmste Erkältung meines Lebens eingefangen haben. Es ist mir egal, es gibt Schlimmeres. Eine Frau, die sich freiwillig in ein Messer stürzt und dann auch noch ihren Exmann verletzt. Sein Glück, dass Steffen Fester so eine dicke Jacke trug. Die Wunde zwischen seinen Rippen ist zwar mehr als ein Kratzer, aber die provisorische Behandlung durch die Notärztin reicht anscheinend erst mal aus, damit er hierbleiben kann, während die Polizei das Haus durchsucht. Ich hole den Stein aus meiner Hosentasche. Eine Erinnerung daran, was ich in meinem Leben schon überstanden habe.

»Hier sind Sie.« Steffen Fester tritt von hinten neben mich. Er zieht seine Jacke aus, legt sie mir um die Schultern und lässt sich ächzend nieder. Sein beigefarbener Strickpullover weist einen gewaltigen Blutfleck auf.

»Sie gehören wirklich ins Krankenhaus«, stelle ich fest.

Fester blickt auf den Fleck. »Was ist das schon im Vergleich zu dem Alptraum der ganzen letzten Wochen?«

Ich nicke nur, während ich versunken den Stein in meinen Händen drehe.

»Sie war nie …« Fester schüttelt den Kopf. »Sie war doch eine ganz normale Frau und niemals in irgendeiner Form labil. Selbst Lenias Krankheit hat sie mit so viel Tapferkeit und Optimismus getragen. Sie war sich des Risikos schon bewusst, aber sie hat immer gesagt: Das sind doch nur Statistiken, und meistens geht es um Männer, die vor ihrem 56. Lebensjahr sterben.«

»Lenia war krank? Tut mir leid, das wusste ich nicht.«

Für ein paar Sekunden ist Steffen Festers Gesicht vollkommen ausdruckslos, dann gibt er einen überraschten Laut von sich.

»Aber darum ging es doch die ganze Zeit.«

»Wie meinen Sie das?«

»Na …« Fester sieht mich an, als hätte ich den Verstand verloren. »Lenia litt an Epilepsie. Sie nahm regelmäßig Medikamente ein, trotzdem kam es ab und an zu Krampfanfällen. Vor zwei Jahren, 2015, hatte sie schon einmal einen großen Anfall, bei dem sie gestürzt ist und sich die Vorderzähne ausgeschlagen hat. Daraufhin hat man sie noch einmal neu auf ihre Medikamente eingestellt, und es lief wirklich gut. Ich konnte ja nicht ahnen, dass …« Erneut schüttelt er den Kopf. »Ich habe Nathalie nicht wegen Lenias Krankheit verlassen, das müssen Sie mir glauben. Wir hatten uns einfach auseinandergelebt. Zusammen mit Lenia blieb sie in unserem alten Haus wohnen. Jedenfalls …« Er senkt den Blick auf seine Hände. »Es war ein Samstagmorgen, an einem meiner Besuchswochenenden. Ich war früh dran. Nathalie war noch im Nachthemd, als sie mir die Tür öffnete. Sie sagte, Lenia schlafe noch und dass wir sie gemeinsam wecken würden.« Er schluckt hörbar. »Als wir sie fanden, lag sie auf dem Bauch, mit dem Kopf im Kissen. Sie hatte sich die Zunge blutig gebissen und eingenässt. In der Nacht zuvor muss sie im Schlaf einen großen Anfall gehabt haben, wobei es vermutlich zu Atemstörungen kam. Aber sie ist nicht aufgewacht, hat also nicht gemerkt, dass sie keine Luft mehr bekam. Es war zu spät.«

Ich merke, wie ich angefangen habe, stockend zu atmen. Wie meine Brust klemmt. »Aber ich dachte, der Schleifenmörder …«

»Es ist Anfang November passiert«, sagt Fester. »Zu der Zeit, als der letzte Fall des Schleifenmörders überall in den Medien war. Das Mädchen … ich glaube, es hieß Sophie. Sie wurde von einem Spielplatz entführt und in den Königswald verschleppt.«

Ich nicke schwach. Genau das war laut Nathalie mit Lenia geschehen. *Er hat Lenia von einem Spielplatz entführt und zu einer Hütte im Königswald gebracht.*

»Nathalie hat sich vollkommen in dieses Szenario reingesteigert«, fährt Fester fort. »Ich denke, dass sie sich die Schuld an Lenias Tod gab, so als hätte sie doch merken müssen, dass etwas nicht mit ihr stimmte. Aber sie hatte seelenruhig geschlafen, während im Nebenzimmer unsere Tochter starb. Das Bild am Kühlschrank haben Sie doch sicher gesehen?«

»Ja.«

»Lenia betrachtete ihre Krankheit als einen bösen Drachen und ihre Mutter als Beschützerin. In Nathalies Augen hatte sie im entscheidenden Moment versagt. Das hat Nathalie einfach nicht verkraftet, also projizierte sie die Schuld auf jemand anderen. So eine Art Schutzmechanismus wohl. Schon den Leuten im Bestattungsinstitut hat sie erzählt, dass Lenia dem Schleifenmörder zum Opfer gefallen wäre.«

»Aber zu diesem Zeitpunkt hat sie immerhin noch verstanden, dass Lenia tot war?«

Fester nickt. »Da noch, ja. Doch als dann das Loch für das Grab ausgehoben und Lenia für die Beerdigung aufgebahrt war, hat ihr Verstand wohl endgültig dichtgemacht. Sie ist in das Bestattungsinstitut eingebrochen, hat den Leichnam entführt und dann …«

»Hat sie ihre eigene Geschichte erfunden«, beende ich Festers Satz.

»Immer ein Stück weiter in den Wahnsinn hinein«, sagt er, nimmt die Hände vor das Gesicht und beginnt zu schluchzen.

Ich streichele seinen Rücken. »Und Nathalies Mutter? Nathalie sagte, sie sei nicht nur mit Lenia, sondern auch in Begleitung ihrer Mutter hierher geflohen.«

»Nathalies Mutter lebt in einem Pflegeheim in Berlin«, schluchzt Fester in seine Hände hinein. »Sie hatten kein gutes Verhältnis.«

Ich versuche, mich in Nathalie hineinzuversetzen, denke laut.

»Nathalie wusste, dass die Leute misstrauisch geworden wären, wenn sie in der Metzgerei gearbeitet hätte, während ihre kleine Tochter allein zu Hause geblieben war. Also erfand sie gleich noch einen Babysitter mit dazu.« Mir kommen ebenfalls die Tränen. »Das alles tut mir so leid. Ich hätte viel früher misstrauisch werden müssen.«

Er blickt auf, zuckt leicht die Schultern. »Wie sollten Sie denn? Wir sehen, was die Leute uns glauben machen.«

»Nein, das ist nicht das Problem. Sondern, dass wir es viel zu leichtfertig hinnehmen.« Ich denke sofort an den Blutfleck auf Nathalies Hose. Ich werde mich für immer fragen, ob Kerstin Seiler hätte gerettet werden können. Ob *ich* sie hätte retten können und im entscheidenden Moment versagt habe. Ich denke auch an all die Wochen, in denen Nathalie hier lebte, unter Menschen, die sich für eine Gemeinschaft halten. Alle waren neugierig, und doch hat sich niemand wirklich interessiert. Und auch da bilde ich keine Ausnahme. Ging es nicht auch mir nur um Steinhausen und die Beweise für meine Theorie, dass er der wahre Schleifenmörder ist? Ging es mir letztlich nicht auch nur um mich selbst?

»Sehen Sie mal, wen wir hier haben«, hören wir eine weibliche Stimme aus dem Hintergrund und wenden uns um. Eine Polizistin ist gerade aus der Haustür getreten, mit einem schwarzen Kätzchen auf dem Arm. »Die Süße hatte sich die ganze Zeit unter dem Bett versteckt.«

»Milly!«, ruft Fester und erhebt sich unter Schmerzen.

Es trifft mich schlagartig. »Ich weiß, wo Sie Lenia finden!«

Weißt du noch ...?

Damals, an Mamas Grab.

– Lass mich dir eine Geschichte erzählen. Sie stammt von einem sehr weisen Mann namens Platon. Er war ein Philosoph ...

– So wie du?

– Ein weitaus bedeutenderer, aber, ja. Er tat, was auch ich versuche zu tun: für sich selbst und die Menschen Antworten auf die grundlegenden Fragen des Lebens zu finden. Denn – wie gesagt: Nichts auf der Welt ist einfach und eindeutig. Nur weil wir etwas nicht sehen, heißt das nicht, dass es nicht doch existiert, genau wie andersherum auch. Und selbst wenn wir uns auf die Existenz von etwas einigen können, dann deuten wir es immer noch in unterschiedlicher Form ...

– Erzähl jetzt die Geschichte.

– Madame ist ungeduldig, aha, na gut. Also, wir Menschen sitzen in einer dunklen Höhle. Wir sind gefesselt, und zwar so, dass unsere Blicke nur in eine Richtung gehen, nämlich zu einer Wand, auf der Schatten zu sehen sind. Wir halten die Schatten für etwas Reales; wir kennen ja nichts anderes. Dabei handelt es sich in Wirklichkeit um Umrisse von dem, was hinter unseren Rücken im Licht vor dem Höhleneingang vor sich geht. Aber das wissen wir eben nicht, denn wir können uns, bedingt durch unsere Fesseln, ja nicht umdrehen. Nur wenn es uns gelingt, uns zu befreien, können wir zum Licht gehen und die wirklichen Dinge sehen. Nur ist genau das auch die Krux: Denn abgesehen davon, dass unsere Fesseln eng und störrisch sind, haben wir uns an sie gewöhnt. So wie sich unsere Augen an die Dunkelheit der Höhle gewöhnt haben und im Licht erst mal fürchterlich wehtun würden. Überhaupt haben wir uns an das gewöhnt, was wir für unsere Wirklichkeit halten, und es würde uns wohl in vielerlei Hinsicht zunächst einmal schmerzen, zugeben zu müssen, dass wir uns geirrt haben. Dass unsere Wirklichkeit – in Wirklichkeit – gar nicht existiert und auch niemals existiert hat … Oje, wie du mich ansiehst. Vielleicht bist du noch etwas zu jung für diese Geschichte.

– Ich hab das schon kapiert, Papa. Man muss mutig sein für die wirklichen Dinge.

– Gar nicht so schlecht, mein Käferchen. Vor allem aber müssen wir immer sehr genau über die Dinge nachdenken. Unsere reinen Sinne – das Sehen, Hören, Riechen, Tasten, Schmecken – können uns täuschen. Nur durch sie allein werden wir die Welt niemals gänzlich verstehen. Wir müssen denken. Und fühlen …

Fühlen … Ich wünschte, ich täte es nicht, Papa. Es ist zu viel. So viel Schmerz und Trauer und Verzweiflung. Ich weiß nicht, wohin mit alledem. Ich sitze immer noch auf der Treppe und fahre mit der Spitze des Steins an meiner Narbe entlang, nur ganz leicht, ohne Druck. Der Stein, der mir das Fühlen überhaupt erst wieder beigebracht hat. Etwas, das mir in diesem Moment vorkommt wie ein Fluch. Auf der anderen Seite des Hauses, hinter der Terrasse, öffnen sie gerade das Grab, in dem Nathalie angeblich Milly beigesetzt hatte. Ich höre die Spatenstiche, die im gefrorenen Boden laut sind, und schließlich Fester, der aufjault wie ein verwundetes Tier. Ich weiß, dass er leidet, uner-

374

messlich leidet, aber jetzt, wo er Lenia gefunden hat, wird er Frieden finden können. Im Gegensatz zu mir. Meine Geschichte hat kein Ende, es bleibt nur eine Feststellung: Die Gefühle, von denen ich mich in den letzten Tagen habe leiten lassen, der Instinkt, dem ich blind vertraute, haben mich getäuscht. Steinhausen ist niemals hier gewesen. Zwar weiß ich, dass ich dabei geholfen habe, jemand anderem Gewissheit zu verschaffen. Nur was ist mit mir? Und mit dir, Papa?

Ich hole aus und schleudere den Stein die Treppe hinab in den Schnee. Wenigstens Zoe hat er Glück gebracht. Oder sie kann zumindest daran glauben, dass sie auch seinetwegen das Stipendium in Cornwall bekommen hat …

Erkenntnis. (Ann, 24 Jahre alt)

Manchmal trifft sie dich wie ein Schlag, plötzlich und gewaltig, wie auf Knopfdruck, ein Blitz in schwarzer Nacht. Eine Einsicht wie eine Offenbarung, auf die sogar dein Körper unmittelbar reagiert, mit Schock, Panik, Herzrasen, Übelkeit. Doch ausgerechnet die größte, die bedeutsamste kommt mitunter ganz leise, ganz seicht und sanft, wie ein Gas, das man erst eine ganze Weile lang eingeatmet hat, bevor man schließlich daran erstickt. Dabei ist alles da gewesen, von Beginn an …

Letzten Sommer. Der Abend nach einem perfekten Tag, unser kleiner Balkon, nackte Füße, eine Flasche Wein. Der Blick über die Stadt, der Blick auf unsere Zukunft. Ein kleines Häuschen in Cornwall mit bunten Fensterläden und einem Garten, den sie kunstvoll verwildern ließe.

»Du kannst entweder in Berlin hocken bleiben und dich vor Sehnsucht verzehren. Oder du kommst einfach mit«, sagte Zoe, die längst einen Plan gefasst hatte. Sie würde sich für ein Auslandssemester in Cornwall bewerben, ein erster Schritt in Richtung ihres Traumziels. »Nur ist es schwer, eins zu bekommen. Das Auswahlverfahren kann sich bis zu einem Jahr hinziehen.« Im Endeffekt dauerte es nur ein halbes Jahr …

Weil ich sie liebte. Weil ihr so viel an Cornwall lag und sie so aufgeregt war. »Sieh mal, das ist für dich.«

»Was ist das?«, fragte sie irritiert.

Etwas, das mir so wichtig war, dass es niemals in einem Sammelsurium aus Bedeutungslosigkeiten gelandet wäre.

»Das ist der Stein, an dem ich mir als Kind das Handgelenk aufgeschnitten habe. Mein Vater hat ihn aufgehoben und mir später geschenkt. Hier klebt noch mein Blut dran.«

Zoe, die mich kritisch ansah.

»Diesem Stein ist es zu verdanken, dass ich dich lieben kann«, erklärte ich ihr.

»Dann ist es mehr als ein Stein.«

»Ja. Er soll dir Glück bringen für Cornwall und dich daran erinnern, wie wichtig du für mich bist.«

Und er hat seinen Zweck erfüllt. Erst vor drei Tagen hat sie mir die Nachricht geschrieben, dass sie in Cornwall aufgenommen worden ist. *Er hat funktioniert!* Wie konnte mir das nicht auffallen? Wie konnte ich vergessen, dass ich ihr den Stein geschenkt hatte? Ich hätte es schon merken können, als ich Papas Arbeitszimmer aufräumte und mir die Holzschatulle in die Hände fiel. Oder spätestens bei Zoes Nachricht. Ich starre die Treppe hinunter, zu dem Loch, das der Stein bei seinem Aufprall in der Schneedecke verursacht hat.

Zwei Steine. An beiden Blut. Aber nur einer gehört mir. Der, der bei Zoe ist. Mir wird schwindelig, so wie vorhin, als Nathalie und Steffen Fester sich gestritten haben.

Vor zwei Jahren zum Beispiel. 2015, Steffen. Lenia hatte sich bei einem Sturz die Vorderzähne ausgeschlagen. Und wer hat sich um sie gekümmert? Wer hat sie getröstet, sie gefüttert?

2015, mein Autounfall. Mein Vater, der mich wieder gesund pflegt. 2012, meine Sinnkrise, unsere Reise durch Frankreich. 2010, Eva und Nico verschwinden aus Berlin, und jeder meiner Tage ist Verzweiflung. 2009, Eva verliebt sich in Nico und bricht mir damit das Herz. 2006, ich bin vierzehn und eine pubertäre Plage.

Ich war immer da, wenn Lenia mich brauchte. Dann gab es nichts Wichtigeres.

2015. 2012. 2010. 2009. 2006. Du warst immer da, wenn ich dich brauchte. Dann gab es nichts Wichtigeres.

Zitternd erhebe ich mich und steige die Stufen hinunter zu der Stelle, wo der Stein im Schnee gelandet ist. Stehe einfach nur da und blicke auf ihn hinab.

Die Rechtsmedizin kann sich nicht genau festlegen, vermutet aber, dass es ein Messer mit einer sehr stumpfen Klinge war, das der Täter benutzt hat, wiederhole Ludwig in meinem Kopf.

Oder es war gar kein Messer, antworte ich ihm stumm.

Entscheidungen, mein Käferchen …

Lieber Papa,

da Ludwig dich auf dem Laufenden hält, weißt du, dass ich in Schergel war und was ich dort erlebt habe. Trotzdem möchte ich dir meine Entscheidung selbst noch einmal erklären und lande, du wirst es dir denken, bei Kant: Handle nur nach derjenigen Maxime, von der du wollen kannst, dass sie ein allgemeines Gesetz werde. Also durfte ich den Stein nicht einfach verschwinden lassen; er musste untersucht werden. Denn zehn Morde sind kein zerkratzter Mopedrahmen. Und wenn ich schon nichts ungeschehen machen konnte, dann war es immer noch meine Pflicht, den Familien der Opfer Klarheit zu verschaffen. Michelle, die seit Jahren einfach nur zu funktionieren versucht. Rainer Meller, der richtiggehend verrückt geworden ist über seinen ganzen Theorien zu Larissas Tod. Dem Vater von Saskia E., der sich mit öffentlichen Auftritten zu therapieren versucht. Und all den anderen Eltern und Angehörigen, die bis jetzt nicht nur mit dem Verlust umgehen mussten, sondern auch mit der Ungewissheit. Auf eine andere Art und Weise wusste ich selbst, wie schlimm das ist. Also ja, ich tat es auch für mich. Um mir selbst Gewissheit zu verschaffen. Ich händigte den Polizisten in Schergel den Stein aus, mit einer Erklärung zu meiner Vermutung und der Bitte, ihn zur Überprüfung an die entsprechende Stelle weiterzuleiten. Das Ergebnis lag in der zweiten Januarwoche vor: Man hatte DNA-Spuren gefunden, die eindeutig den toten Mädchen zugewiesen werden konnten. Ich kann nicht behaupten, dass es mich überrascht hätte, nachdem mir klar geworden war, dass es ausgerechnet in den Jahren, in denen ich dich als Vater sehr vereinnahmt hatte, keine Morde gab. Trotzdem habe ich wohl bis zum Schluss gehofft. So sehr, dass ich nach meinem Telefonat mit Kommissar Brandner, der mir das Ergebnis der DNA-Analyse mitgeteilt hatte, direkt Jakob anrief, um ihn zu bitten, mich zum Krankenhaus zu fahren. Systemüberlastung, ein Nervenzusammenbruch. Zwei Wochen verbrachte ich in stationärer Behandlung; mir wurden Medikamente und Gespräche verordnet. In der Theorie ist mir klar, dass ich nicht für deine Taten verantwortlich bin, dennoch komme ich einfach nicht über den Punkt hinweg zu denken, dass ich doch etwas hätte merken müssen. Oder dass, hätte ich im Laufe meines Lebens doch bloß noch mehr Ärger gemacht, wahrscheinlich weniger Mädchen gestorben wären. Gegen so etwas gibt es weder die richtigen Medikamente noch die passenden Worte.

Du bist also wirklich der Schleifenmörder, Papa.

Du hast zehn Mädchen getötet und damit auch die Leben ihrer Angehörigen zerstört.

Du bist »Professor Tod«.

Und ich bin deine Tochter. Ludwig sagt, es sei ein Fehler, mich auf meine Ansicht zu versteifen, dass unsere Eltern den größten Teil unserer Identität bestimmten. Vielmehr sei meine Identität immer nur die, wer ich – ich selbst! – entscheide zu sein. Sicher weißt du, dass ich momentan bei ihm wohne. Er musste mich nicht dazu überreden, ich habe ihn gefragt. Zum einen, weil jetzt, wo der Prozess ansteht, unser Name vollends durchgesickert ist und Journalisten von überallher unser Haus belagern. Zum anderen, weil ich nicht allein sein will. Ich klammere mich an die Illusion einer Familie, selbst wenn Ludwig nur mein Patenonkel ist. Aber er ist da. Genau wie Jakob, der seine Reportage immer noch nicht fertig geschrieben hat. Er sagt, er habe das Gefühl, dass nichts, was er zu Papier bringt, auch nur annähernd die Tragweite dieser Geschichte erfassen könne, und ich sage: »Ich weiß.« »Du bist nicht schuld, Ann«, schiebt er dann hinterher, und noch ein paar mehr schlaue Worte, die wieder nur höchstens meine Ohren, aber nicht mein Herz, meine Seele treffen.

Deswegen meine Bitte an dich, Papa: Rede endlich, leg ein Geständnis ab. Morgen wird der Prozess beginnen, und die Indizien, besonders der Stein, werden zu deiner Verurteilung führen. Du bist schuldig, das steht zweifelsfrei fest, und dein Schweigen wird dir keine Vorteile verschaffen – dir nicht. Aber den Angehörigen der Mädchen würdest du damit helfen zu verstehen. Und nicht nur ihnen, auch mir. Ich bin's doch, dein Käferchen. Hilf mir, Papa, bitte. Ich werde nicht zur Verhandlung kommen, verspreche dir aber, dass ich dich besuchen werde, sobald du dein Geständnis abgelegt hast.

Ann.

Berlin, 02.03.2018

Papa,

ich denke immer wieder daran: wie ich draußen vor Nathalies Haus sitze und mir klar wird, dass Zoe meinen Stein hat, während ich seit Tagen einen anderen

Stein mit mir herumtrage. Wie mir einfällt, was Ludwig über die Tatwaffe gesagt hat. Ein Messer, hatte man vermutet und sich so darauf versteift, dass der braungraue Stein unter all dem anderen Kram in der Holzschatulle in deinem Schreibtisch bei der Hausdurchsuchung nicht verdächtig gewirkt hatte. So etwas passiert; selbst die engagiertesten Polizisten sind letztlich nur Menschen, die wie in Platons Gleichnis in einer Höhle sitzen und auf Schatten starren.

Auch ich habe vierundzwanzig Jahre lang nichts anderes getan.

Und ich mochte unsere Höhle, Papa. Die Schatten, die meine Realität waren. Meine Fesseln, die ich nicht als eng und störrisch empfand, sondern als Halt. Unsere Höhle war mein Zuhause, und ein Teil von mir wird sie für immer vermissen. Wird dich vermissen.

Du warst ein guter Vater.

Und ein großer Denker. Als Wissenschaftler wolltest du Antworten finden auf die Fragen des Lebens, und genau wie Ludwig gesagt hat: Auch der Tod gehört zum Leben. Aber irgendwann hast du dich nicht mehr mit Theorien begnügt, nicht wahr? Du wolltest praktische Studien durchführen, und schlimmer noch: Du hast sie gemacht, auf Kosten der Leben von zehn kleinen Mädchen, auf Kosten ganzer Familien.

Ich kann nicht fassen, dass die Welt sich immer noch dreht. Dass die Sonne auf- und wieder untergeht, dass ich atme und am Leben bin. Das alles kommt mir so merkwürdig und falsch vor.

Wenigstens Eva geht es besser; ich besuche sie fast täglich. Nach fast zwei Monaten ist sie vorletzte Woche aus dem

Koma erwacht und macht seitdem große Fortschritte.
Sie kann schon wieder selbstständig essen. Und sprechen.
Deswegen weiß ich jetzt auch um den wahren Grund,
warum sie nach so vielen Jahren wieder zurück nach
Berlin gekommen ist. Sie spricht von einem Gefühl, etwas
Unbestimmtem, das sie schon über viele Jahre begleitet
und möglicherweise auch viele ihrer Lebensentscheidun-
gen mit beeinflusst hat, zum Beispiel die, Berlin zu ver-
lassen oder Psychologin zu werden. Damals, im Mai
2003, als wir zehn waren und Eva sich scheinbar grund-
los im Grunewald verlief. Sie sagt, sie habe keine konkrete
Erinnerung mehr an den Tag, er sei wie ein schwarzes
Loch in ihrem Bewusstsein, so als hätte sie ihn verdrängt.
Sie wisse nur noch, dass du es warst, der sie damals fand.
Aber manchmal träume sie davon, wie du sie überhaupt
erst in den Grunewald brachtest, unter dem Vorwand,
ich wartete dort auf sie.
Sollte Eva dein erstes Opfer werden?
Sie kehrte nach Berlin zurück, nachdem sie von deiner
Verhaftung erfahren hatte, mit dem Ziel, genau das her-
auszufinden. Sie sagte mir nichts davon, als sie merkte,
wie sehr ich von deiner Unschuld überzeugt war – sie ist
ja nun mal Psychologin und allein deswegen sehr vor-
sichtig –, und überhaupt war sie sich ja selbst nicht sicher.
Wir wollen dir nichts unterstellen, aber es ist wohl nicht
von der Hand zu weisen, dass sie als Kind rote Haare
hatte, genau wie Larissa Meller, die du kurz darauf im
Juni 2003 entführt hast.
Und noch etwas frage ich mich: Hast du dir jemals vor-
gestellt, mich zu töten? Waren die Mädchen vielleicht nur
eine Art Ersatz? In sehr dunklen Momenten denke ich,

382

dass es womöglich besser gewesen wäre. Mein Leben gegen
das so vieler anderer.
Ach, Papa – verdammt, Papa!
Hilf mir, das alles zu verstehen. Es ändert doch nichts
mehr, das Urteil ist rechtskräftig: lebenslänglich. Und
was mich angeht, bleibe ich dabei: Ich werde dich nicht
besuchen, solange du nicht bereit bist zu reden.

Ann.

Berlin, 13.05.2018

Gestern Abend war ich bei Ludwig. Du weißt ja, dass
ich für eine Weile bei ihm gewohnt habe. Bestimmt wäre
er schon längst lieber wieder in Polen, aber er bleibt –
ich schätze, aus Sorge um mich. Wir haben Whiskey
getrunken, so ähnlich wie damals, an einem Abend, der
damit endete, dass ich dachte, er hätte mir ein Schlaf-
mittel untergemischt. Inzwischen weiß ich natürlich, dass
er so etwas niemals getan hätte. Ich hatte auf leeren
Magen Alkohol getrunken, war müde, ausgelaugt und
paranoid, was an jenem Abend völlig genügte für einen
Zusammenbruch. Nur wollte ich das eben nicht sehen.
Nicht anders als Nathalie habe ich mir mein eigenes
Puzzle gelegt, Teile verdreht und Ecken, die nicht zusam-
menpassten, einfach mit Gewalt ineinandergestopft. Ich
habe Zusammenhänge geschaffen, wo es keine gab, Zufälle
zu Beweisen gemacht, die Geschichte einfach umgeschrie-
ben. Bis mir das Ende um die Ohren geflogen ist.
Ludwig versteht es, mich immer wieder aufzumuntern,

aber ich sehe ihm an, wie sehr auch er noch immer lei-
det. Er hat seinen besten Freund verloren; wir teilen den
Schmerz, die Selbstvorwürfe, die Zweifel. Und trotzdem
hat er dich bis zum Schluss als Anwalt vertreten. Ich
habe ihn gefragt, warum er sein Mandat nicht einfach
niedergelegt hat. Er antwortete, er müsse seinen Verstand
damit konfrontieren, um es zu verarbeiten. Mir emp-
fiehlt er dasselbe: Er sagt, ich solle dich besuchen. Aber
ich bleibe dabei, Papa: Ich komme nicht, solange du dein
Schweigen nicht endlich brichst.
Jedenfalls haben wir gestern nicht nur auf seinen Ge-
burtstag, sondern auch auf die Hoffnung angestoßen.
Dabei bin ich mir, nachdem ich Nathalie kennengelernt
habe, gar nicht mehr so sicher, ob Hoffnung eine aus-
schließlich gute Sache ist, um ehrlich zu sein. Ich meine,
sieh mich an. Wie sehr habe auch ich mich aus einer
Hoffnung heraus verrannt? Wahrscheinlich war auch das
der Grund, warum ich mich auf diese merkwürdige Art
und Weise so mit Nathalie verbunden gefühlt habe: Ich
habe mich unbewusst in ihr wiedererkannt. Ihre Bauch-
verletzung ist übrigens komplikationslos verheilt und die
Behandlung in einer sehr guten psychiatrischen Einrich-
tung scheint ihr ebenfalls zu helfen. Dort wird sie wohl
auch bleiben, das Gericht wird sie für den Mord an
Kerstin Seiler, die Entführung von Sarah und die
Körperverletzung an ihrem Exmann sicherlich nicht in
ein normales Gefängnis schicken. Ein Gutachter kommt
zu dem Schluss, dass sie nicht zurechnungsfähig war. Wie
sich herausstellte, hat sie wochenlang mit Lenias Leiche
im Haus gelebt. Sie hat sie gebadet, angezogen, ihr vorge-
lesen, sie hat mit ihr gespielt und gemeinsame Mahlzei-

ten veranstaltet. Sogar Sarah muss Lenia noch »kennen-gelernt« haben. Ludwig, der mich über den Verfahrens-stand zu ihrem Fall auf dem Laufenden hält, sagt, die Staatsanwaltschaft werde einwenden, dass Nathalie immerhin so zurechnungsfähig war, Sarah ausgerechnet an dem Tag freizulassen, als der obere Anger, also genau das Gebiet, wo sie wohnte, nach dem Mädchen abgesucht werden sollte. Und auch genau zu diesem Zeitpunkt hat sie Lenias Leiche vergraben.

»Man kann nur verlieren, wenn man versucht, den Sinn im Wahnsinn zu finden«, hat Ludwig gesagt und mit den Achseln gezuckt, woraufhin wir beide erschrocken sind, wohl wissend, dass das nicht nur für Nathalie gilt, sondern auch für dich.

Bitte, Papa, lass mich nicht weiterbetteln.
Erkläre es mir doch endlich.

Ann.

Berlin, 17.06.2018

Ich verstehe nicht, warum du mich so quälst. Reicht es nicht, dass ich für den Rest meines Lebens das Stigma trage, die Tochter des Schleifenmörders zu sein? Bist du es mir nicht, verdammt noch mal, schuldig? Mit deinem Schweigen machst du alles kaputt, was dich je zu einem guten Vater gemacht hat.

Berlin, 26.06.2018

Das ist unsere letzte Chance, Papa. Nächste Woche geht mein Flieger nach Newquay in Cornwall. Ich werde zu Zoe ziehen.
Bitte.

Berlin, 02.07.2018

Wenn ich dir nicht mal eine Erklärung wert bin, dann bist du es wohl auch nicht wert, dass ich dich weiterhin als meinen Vater betrachte.
Lebwohl.

AUFNAHME 10
Berlin, 10.05.2021

– Haben Sie eigentlich Kinder?
– Nein, habe ich nicht. Zum einen bin ich ja noch jung und habe damit noch jede Menge Zeit. Zum anderen, na ja … wenn ich mich mit bestimmten Themen befasse, wie zum Beispiel mit Ihrem Fall, dann denke ich manchmal, dass es besser wäre, keine Kinder in diese Welt hineinzusetzen. Ohne es selbst erlebt zu haben, aber ich glaube schon, dass die Liebe zu einem Kind das stärkste aller Gefühle ist, aber dass diese Liebe einen auch zerbrechen kann. Die Mutter von Saskia E. hat Selbstmord begangen, wussten Sie das?
– Nein.

– Doch, es ist so. Ein paar Monate nach Ihrer Gerichts-
verhandlung war das. Sie hat wohl einfach keinen Abschluss gefunden, was sicherlich auch daran liegt, dass
Sie sich nie zu Ihren Taten geäußert haben. Das Warum
hängt immer noch wie ein Schatten über allem.
– Aber die Staatsanwaltschaft hat doch eine nachvoll-
ziehbare Antwort geliefert, finden Sie nicht?
– Dass Sie den Tod studieren wollten.
– Exakt.
– Aber weshalb genau auf diese Art? Weshalb auf Kosten
dieser unschuldigen Kinder? Ich habe mich informiert:
Es gibt bereits zahlreiche Studien zu dem Thema, die
allerdings durch Befragungen von Menschen mit Nah-
toderfahrungen gemacht wurden. Für diese Befragungen musste niemand leiden.
– Mag sein, aber die dadurch erlangten Ergebnisse
stützen sich auf die Aussagen von Erwachsenen. Ich
bin davon überzeugt, dass ein erwachsener Geist, allein bedingt durch Alter und Lebenserfahrungen, eher
dazu neigt, die Dinge in einen selbsterdachten, viel
subjektiveren Kontext zu setzen. Was aber gäbe es
Authentischeres als den Verstand und das Gemüt eines
Kindes? Von wem bekäme man eine ehrlichere Aussage? Diese Mädchen waren noch jung genug, um un-
verfälscht zu sein, und alt genug, um sich verständlich
zu artikulieren. Ich habe sie befragt, während das Blut
aus ihnen herauslief. Ich habe sie gefragt, was sie fühlten, was sie sahen, als ihr Kreislauf langsam schwächer
wurde und ihre Augenlider zu flattern begannen. Es
war faszinierend. Sie froren, sie hatten Angst, sie at-
meten panisch. Doch dann, je länger es dauerte, desto

ruhiger und klarer wurden sie. Sie berichteten mir von schönen Erlebnissen mit ihren Eltern oder von ihren Haustieren. Einige von ihnen sahen ein Licht. Es war erhebend, besonders bei den letzten Atemzügen.

– Und was haben Sie nun konkret herausgefunden?

– Liebe. Ich denke, das fasst zusammen, was ich herausgefunden habe. Sie dachten an etwas Schönes, an ihre Familien und Tiere. Sie selbst haben dafür gesorgt, dass ihre letzten Momente nicht dunkel und voller Panik waren, sondern erfüllt von Liebe und Licht.

– Das ist, bei allem Respekt, eine ziemlich kranke Interpretation. Es klingt, als hätten Sie ein gutes Werk vollbracht. Doch das haben Sie nicht. Sie haben zwölf unschuldige Kinder getötet und deren Familien unermesslichen Schmerz bereitet.

– Auch das ist letztlich nicht mehr als eine Interpretation. Ich wünschte, ich könnte Ihnen meine Aufzeichnungen zeigen, wobei man natürlich sagen muss, dass es für eine aussagekräftige Studie sicherlich noch bei Weitem nicht genügend Mädchen waren.

– Wo sind sie, diese Aufzeichnungen?

– Ich habe sie leider verbrannt. Das war unüberlegt.

– Wann?

– Am Abend meiner Verhaftung, kurz bevor die Polizei kam. Ich hatte da so eine Ahnung, dass es diesmal eng werden könnte, nachdem ich im Königswald einen Bekannten getroffen hatte. Zumal man mich in der Vergangenheit im Zusammenhang mit einer Vorlesung schon einmal zu den Morden befragt hatte … Alles in Ordnung? Sie sind schon wieder so blass.

– Sosehr ich mich auch anstrenge: Ich verstehe es einfach nicht. Vor allem, weil Sie selbst ein Vater sind.

– Ja, richtig, ich bin ein Vater. Das war immer das Beste an mir. *Sie* war das Beste an mir. Und im Übrigen war auch sie es, die mich auf die Idee mit den roten Schleifenbändern gebracht hat.

– Sie?

– Nun tun Sie nicht so, Herr Wesseling. Ich habe Ihnen doch beim letzten Mal schon gesagt, dass ich mich im Vorfeld über Sie informiert habe. Ich weiß, dass Ihre persönliche Verbindung nicht darin besteht, dass Sie Larissa Mellers Mutter kennengelernt haben, sondern darin, dass Sie mit meiner Tochter befreundet sind. Das ist auch der Grund, warum ich bei all den Interviewanfragen, die mich seit Jahren erreichen, ausschließlich Ihrer zugestimmt habe. Oder dachten Sie, das liege an Ihrer Reputation als Journalist? Es gibt bessere Ihrer Zunft, machen Sie sich nichts vor.

– (*räuspert sich*) Jedenfalls hat ausgerechnet Ann Sie auf die Idee mit den roten Bändern gebracht?

– Hm-hm. Am ersten Weihnachten nach dem Tod meiner Frau schenkte ich ihr ein Trampolin. Der Karton war zu groß, um ihn in Geschenkpapier einwickeln zu können, also band ich nur eine rote Schleife darum. Ann schnürte sie sich wie ein Haarband um den Kopf, um sich schön zu machen, wie sie sagte. Dann legte sie sich in den Karton hinein wie in einen Sarg. Das sind Bilder, die sich mir eingebrannt haben. Ein verlorenes Mädchen, das wiedergefunden werden wollte. Und später andere verlorene Mädchen, die auch gefunden werden mussten.

– Ihnen ist klar, was Sie auch Ihrer Tochter angetan haben?

– *Leiden und Schmerz sind immer die Voraussetzung umfassender Erkenntnis und eines tiefen Herzens*, sagte Dostojewski.

– Sie hat Ihnen Briefe geschrieben!

– Ich habe sie gelesen.

– Sie hätten mit ihr reden sollen.

– Um ihr was zu sagen? Sie war noch nicht so weit, es zu begreifen.

– Niemand, Herr Lesniak, wird es jemals begreifen.

– (*schmunzelt*) Gut möglich.

– Mich würde trotzdem interessieren, warum Sie nach all den Jahren ausgerechnet jetzt bereit waren, sich zu äußern.

– Ach, Jakob … Darf ich Sie Jakob nennen? Der Grund ist sie: Ann. Sie sind mit ihr befreundet. Und ich bin krank, wie man Ihnen vielleicht schon mitgeteilt hat.

– Ja.

– Tja, ich bin krank und sie ist stur. Sie hat mir sehr deutlich gemacht, dass sie mich nicht besuchen wird, solange ich mein Schweigen nicht breche. Aber jetzt muss sie es tun. Sie werden ihr diese Aufnahmen doch vorspielen?

– Wenn sie sie hören möchte.

– Das wird sie. Und wenn nicht, dann überreden Sie sie dazu. Bitte.

– Aber all das, was sie mir erzählt haben, hätten Sie ihr doch auch direkt sagen können.

– Ja, aber so werden wir mehr Zeit haben, die Dinge zu besprechen, die nur uns betreffen. Und sie ist vorbereitet; ich werde sie nicht überrumpeln oder schockieren. Es ist wichtig, dass sie einen klaren Kopf hat, wenn sie mich besucht. (*räuspert sich*) Ann, wenn du das hier hörst: Bring einen klaren Kopf mit und die Erinnerung daran, was du in deinem Leben schon alles überstanden hast. Und was Sie angeht, Jakob: Überlegen Sie sich gut, ob Sie wirklich ein Buch schreiben können über Erfahrungen, die Sie selbst nie gemacht haben. Mehr als Wahrscheinlichkeiten werden Sie sowieso nicht hinbekommen, und *alles, was lediglich wahrscheinlich ist …*

– … *ist wahrscheinlich falsch.* René Descartes, glaube ich.

– Da schau an. Nicht schlecht, mein Junge.

Ann

Das Leben bahnt sich seinen Weg. Es nutzt die kleinste Ritze, um selbst unter widrigsten Umständen hervorzudringen, wie ein Pflänzchen zwischen Asphalt. Ein Lachen, das erst zwickt, weil man die entsprechenden Muskeln lange nicht mehr bewegt hat, eins, das leise und verhalten und vielleicht ein wenig gekünstelt klingt. Und dann lacht man eines Tages eben doch wieder, laut und schallend und so heftig, dass einem der Bauch wehtut. Dann zwingt sich das Glück einem auf, es fragt nicht nach Schuld und Recht; Glück ist blind und taub, und das ist gut so.

Knapp viereinhalb Jahre sind vergangen.

Ich bin jetzt neunundzwanzig.

Zoe und ich haben uns ausgesöhnt, weil Menschen nun mal Menschen sind, weil sie Fehler machen, überfordert oder ängstlich oder einfach manchmal dumm sind. Vielleicht auch, weil Zoe einsam war in Cornwall, und es ist ja so eine Sache mit der Einsamkeit: Sie verklärt und weicht auf, sie schürt Reue und Sehnsüchte, und am Ende ist es dann eine impulshaft geschriebene Nachricht, die den weiteren Lebensweg bestimmt: *Ich wünschte, du wärst hier.* Ein halbes Jahr später haben wir am Strand von St. Ives geheiratet, und ein weiteres halbes Jahr später war Zoe, dank einer Samenspende, schwanger mit unserem Sohn Noah. Wir haben nie darüber gesprochen, warum sie und nicht ich das Baby austragen würde; es gibt ungeschriebene Gesetze im Zusammenleben mit der Tochter eines Mörders, und eins davon ist die Vermeidung des Themas Genetik. Ich weiß selbst, dass ich diesbezüglich albern bin, aber ich kann eben nicht aus meiner Haut.

Wir hatten es schön in Cornwall, zwar ohne Haus samt bunter Fensterläden und einem verwilderten Garten, dafür mit einem hübschen Apartment am Penryn River. Trotzdem entschieden wir uns, nach Berlin zurückzuziehen, schließlich hätten wir bald ein Baby und konnten die Unterstützung von Zoes Eltern gut gebrauchen. Und ein Haus gab es auch. Das, in dem ich aufgewachsen bin. Zoe hatte anfangs Bedenken, aber ich konnte sie davon überzeugen, dass ein Haus am Ende auch nur ein Haus ist, nur ein paar Wände und ein Dach, ein menschengemachtes Konstrukt. Außerdem verfügt es über einen schönen Garten und ist groß genug, so dass jeder seinen eigenen Rückzugsbereich hat. Mir gehört das Arbeitszimmer. Manchmal stehe ich dort am Fenster und sehe hinaus, wenn Noah, der inzwischen zweieinhalb ist, unter Zoes Aufsicht auf dem Trampolin springt. Es ist ein neues Trampolin. Mein altes war komplett verrostet, daher haben wir es entsorgt. Zoe arbeitet halbtags als Übersetzerin in der Kulturabteilung der Senatsverwaltung, ich bleibe mit Noah zu Hause. Meinen Abschluss in Germanistik habe ich nicht gemacht; das Ironische ist, dass ausgerechnet die zahlreichen wissenschaftlichen Veröffentlichungen meines Vaters mir wahrscheinlich noch über viele Jahre ein angenehmes Leben ermöglichen werden.

Das Leben ist schön.

Aber eben auch kein Märchen.

Es gibt die guten Momente voll mit blindem, taubem Glück. Und es gibt die anderen. Die, die grell sind wie Stroboskopblitze und laut wie gellende Schreie.

Zoe und ich streiten immer öfter. Sie nennt mich schwierig und ich sie verständnislos. Sie mich kalt und ich sie befindlich. Das passiert, wenn Menschen in der Liebe kollidieren wie zwei Sterne: Entweder sie verschmelzen miteinander oder sie zerreißen und lösen sich in Gaswolken auf. Ich weiß nicht, wie wir enden werden, nur, dass wir längst ein wenig von unserem Leuchten verloren haben. Zoe hat noch nie etwas erlebt, das ihr tiefstes Inneres, ihre ganze Welt erschüttert hat. Ihre schlimmste Erinnerung ist die an die Beerdigung ihrer Großmutter vor einigen Jahren. Die Großmutter, die fünfundachtzig war und im Schlaf gestorben ist, in Frieden und erfüllt. Zoe sagt, sie kann immer noch nicht fassen, dass ihre Nana einfach nicht mehr da ist. Ich weiß, dass ich ihr das nicht vorwerfen kann, aber unbewusst tue ich es wohl doch. Ich gebe ihr ständig das Gefühl, dass sie unbedarft ist und keine

Ahnung vom echten Leben hat. Dafür hasst sie mich, dafür hasse ich mich selbst.

Die Wahrheit ist: Es ist niemals vorbei. Egal, was die Leute sagen, Ludwig, Jakob, irgendwelche Therapeuten. Es wird besser, aber niemals wieder richtig gut. Manchmal gehe ich in die Garage, setze mich ins Auto und schreie, einfach so. Und jedes Mal, wenn ›Perfect Day‹ zu spielen beginnt, fange ich an zu weinen. Weil dieser Song immer noch den Sommer mit sich bringt, als ich sieben Jahre alt war und mit ausgebreiteten Armen auf den Schultern meines Vaters saß. Als ich fliegen konnte, dank ihm. Und dann, zum Ende hin, wenn Lou Reed mit dieser seltsamen Monotonie in der Stimme davon singt, dass man ernte, was man säe, löst Angst meine Trauer ab, eine lähmende, eiskalte Angst. Wenn mein Vater ein Monster ist, wer bin dann ich? Zu was wäre ich fähig? Wird das Böse weitervererbt oder ist es eine Entscheidung? Zufall? Ein hinterhältiges Glücksspiel, bei dem eine höhere Macht nach Lust und Laune die Karten verteilt? Oder eher wie ein Schnupfen, der beim einen eben ausbricht, und andere, die über ein stabileres Immunsystem verfügen, verschont? Ich weiß es nicht; ich weiß nicht mal, warum ich den Song überhaupt immer wieder freiwillig auflege, wenn er mich im Grunde nur quält.

Es ist so verdammt kompliziert.

Nur in Noahs Gegenwart löst sich alles auf. Für ihn habe ich keine Vergangenheit, keine inneren Dämonen. Für ihn bin ich einfach nur seine Mama. Er erwartet keine Erklärungen, keine Entschuldigungen, er begnügt sich mit ein paar Keksen, meiner Zeit und meiner Liebe. Jakob ist sein Patenonkel und einer der wenigen Menschen, die nicht nachfragen, wenn ich plötzlich still werde. Seinen Artikel über meinen Vater hat er nie zu Ende geschrieben. Dafür arbeitet er seit geraumer Zeit an einem Buch. Ich habe nichts dagegen, denn irgendjemand schreibt immer ein Buch über Verbrechen wie diese und Menschen wie meinen Vater. Es ist mir lieber, wenn Jakob das tut und kein Fremder. Zumal für ihn immer feststand, dass das Buch, das er schreibt, auch die Seite meines Vaters beleuchten müsse. Er nennt es »journalistische Sorgfaltspflicht«, aber wir wissen beide, dass es dabei auch ums Geld geht. Mein Vater hat sich nie zu seinen Taten geäußert, nicht mal mir gegenüber; eine Aussage wäre eine Sensation. Deswegen ist Jakob wohl auch nicht der Einzige, der über die Jahre hinweg immer wieder Interviewanfragen gestellt hat. Mein Vater hat sie alle abgelehnt.

Bis zum Anfang dieses Monats. In mehreren Sitzungen durfte Jakob mit ihm sprechen. Ich habe mir die dabei entstandenen Aufnahmen angehört und versucht, mir ein Urteil zu bilden. Hörte ich da einen Psychopathen, der sich einen Spaß aus Jakobs Interesse machte, indem er immer wieder provozierend abschweifte, Fragen umging oder an Jakob zurückschob? Oder war da im Gegenteil ein Mann, der bloß verzweifelt Zeit schindete, weil er inzwischen darunter litt, dass er niemanden mehr hatte, mit dem er sich unterhalten und seine Gedankenspiele durchexerzieren konnte? Eine Antwort habe ich nicht gefunden, der Mann auf den Aufnahmen ist mir fremd; alles, was ich erkenne, ist seine Stimme. Auch die Polizei hat sich das Ganze angehört und muss nun prüfen, ob mein Vater tatsächlich noch weitere Morde begangen hat. Wenn es nämlich stimmt, was er in Jakobs Interview gesagt hat, dann hat er nicht erst

2003 zu töten begonnen, sondern bereits 2001, zwei Jahre nach dem Tod meiner Mutter. Noch zwei tote Mädchen, noch zwei zerstörte Familien, noch mehr Schuld und Schmerz, für alle. Ich für meinen Teil weiß nicht, wie viel ich noch ertragen kann. Trotzdem – oder genau deswegen – entspreche ich heute seinem Wunsch, ihn zu besuchen. Nach über vier Jahren, seit meinem Besuch an Weihnachten 2017, vor Schergel, vor der Erkenntnis. Ich wäre längst gekommen, hätte er jemals ein Geständnis abgelegt.

Andererseits hat er nie um meinen Besuch gebeten oder mir wenigstens auf die Briefe geantwortet, die ich ihm geschrieben habe.

Heute also. Der Tag.

Ludwig hat den Termin organisiert und ist dazu extra aus Polen angereist. Wir besuchen ihn oft dort. Zoe kommt schon länger nicht mehr mit, aber Noah liebt die Wälder und die wilde Natur. Er ist ganz aus dem Häuschen, wenn in Ludwigs Garten ein Hirsch auftaucht oder ein Wildschwein gräbt. Ludwig sagt, er werde einen Jäger aus ihm machen, wenn er alt genug dazu ist.

Wir fahren in seinem Auto, schweigend, seitdem wir eingestiegen sind. Die Sonne ist grell, die vorbeifliegenden Häuserfassaden reflektieren, der Himmel ist blau. Es wird Sommer.

Wir biegen auf den Parkplatz vor der JVA ein.

»Bereit?«, fragt Ludwig, und ich antworte ehrlich: »Nein.«

Im Gebäude gebe ich direkt meine Handtasche ab, Ludwig einzeln sein Handy, Portemonnaie und den Autoschlüssel. Unsere Uhren dürfen wir anbehalten und werden auch sonst nicht weiter durchsucht, nur auf Abstand mit einem Detektor abgetastet. Ludwigs Name verhütet unangenehme Berührungen, immerhin ist er ein persönlicher Gast des Gefängnisdirektors. Praktisch für uns, nicht ungefährlich im Allgemeinen, denke ich. Niemand hätte gemerkt, wenn einer von uns etwas in seiner Jackentasche transportiert hätte, auf das der Metalldetektor nicht anspringt.

Wir werden zu einem gesonderten Besuchsraum geführt, wo wir vor der Tür warten, bis der Direktor kommt; Händeschütteln und Ludwig, der sich witzelnd nach dem Handicap des Mannes erkundigt. Ich schmunzele. Ludwig hatte sie wirklich alle, ob beim Tennis oder beim Golf.

Dann erklärt der Direktor den Ablauf. »Wie besprochen, sehen wir davon ab, einen Beamten im Zimmer zu postieren. Aber er wird direkt vor der Tür warten. Nur für den Fall, dass …«

»Es wird nichts sein«, sage ich. »Er ist schließlich immer noch mein Vater.«

»Selbstverständlich.« Der Direktor nickt eifrig. »Sie haben eine halbe Stunde. Falls Sie früher gehen möchten, klopfen Sie einfach. Der Beamte lässt sie raus.«

Ich bedanke mich. Dann wende ich mich Ludwig zu. »Seit Tagen überlege ich mir, was ich sagen will. Ich habe sogar vor dem Spiegel geprobt.«

Ludwig umarmt mich. »Du schaffst das«, sagt er, und dass er im Büro des Direktors auf mich warten werde.

Der Raum unterscheidet sich nicht von dem, in dem ich meinen Vater vor mittlerweile viereinhalb Jahren getroffen habe. Dieselben blassen Wände, das leise Surren der Neonröhren an der Decke, die karge Einrichtung, bestehend aus einem Tisch und zwei Stühlen. Und doch ist alles anders. Damals war mein Vater mein Vater, der Mensch, den ich am meisten liebte auf der Welt, dem ich ausnahmslos vertraute, den ich für unschuldig hielt. Heute ist er ein rechtmäßig verurteilter Mörder. Und ich bin eine Gebrandmarkte.

Ich habe mit der Hochzeit Zoes Nachnamen angenommen, Brambach. So heiße ich jetzt, Ann Brambach. Ich bin nur irgendeine Frau unter dreieinhalb Millionen Menschen in Berlin, die Medien lassen mich längst in Ruhe; mein Gesicht war nur wenige Male 2018, um den Zeitpunkt der Verhandlung herum, in der Presse. Ein großer Unsinn also, dass ich bisweilen das Gefühl habe, angestarrt zu werden. Und ein noch größerer Unsinn, dass ich trotz allem manchmal Nathalie beneide. Von außen betrachtet ist sie das sicherlich nicht: zu beneiden. Sie sitzt in der Psychiatrie fest, bis zum Scheitel vollgepumpt mit Medikamenten. Aber innerlich geht es ihr womöglich besser als mir. Denn sie hat eine klare Entscheidung getroffen: für ihre eigene Geschichte, für die Welt hinter ihren geschlossenen Lidern. Dort ist sie glücklich.

Ich nehme Platz. Mein linkes Knie zittert, mir ist schlecht. Kurz bilde ich mir ein, draußen über den Gang Schritte zu hören. Schwere, schleppende, von Unheil zeugende Schritte. Ich stelle mir oft vor, wie mein Vater inzwischen wohl aussehen mag, aufgezehrt von den letzten Jahren, der Krankheit und sich selbst. Jakob hat mich bereits vorgewarnt, dass er sehr dünn geworden sein muss.

Die Tür wird geöffnet. Wie konditioniert springe ich auf. Er geht schlurfend, aber aufrecht.

Fünf Kilo fehlen ihm, mindestens. Vielleicht auch zehn.

Seine Haare sind fast weiß. Kurz geschnitten, exakt gescheitelt. Er trägt einen Bart – so habe ich ihn noch nie gesehen. Er steht ihm. Er lässt ihn respektabel wirken, wie den Kapitän eines großen Schiffes.

Trotzdem … Die Art, wie er sich bewegt, seine ausgemergelte Statur, sein schmales Gesicht, das gräulich wirkt.

»Mein Käferchen«, wie ein Todesstoß, ein Kommando für meine Tränen.

»Ich bin draußen, falls Sie mich brauchen«, sagt der Beamte, der ihn in den Raum geführt hat.

»Danke«, antwortet mein Vater höflich. Er macht eine Geste, die mir deutet, mich zu setzen. Er tut dasselbe.

Hektisch wische ich mir über die Augen und räuspere mich. »Da sind wir also.«

Er nickt. »Da sind wir. Wie fühlst du dich?«

Ich schlucke beschwerlich, die Lehne meines Stuhls drückt sich hart in meinen Rücken hinein. Ich versuche dennoch, aufrecht zu sitzen. Mein Stolz, mein Trotz, meine Enttäuschung. Viereinhalb Jahre lang hat mein Vater mir eine Erklärung verweigert, mein Leben lang hat er mich betrogen. Wenigstens das will ich ihn spüren lassen, wenn ich ihn schon nicht hassen kann. Er ist immer noch der Mann, der mich auf seinen Schultern getragen hat. Und er sieht so krank aus. Darmkrebs, sein Todesurteil. Es kann schnell gehen oder er siecht vor sich hin.

»Ich bin nicht hergekommen, um über mich zu sprechen.«

Um seinen Mund zuckt ein einseitiges Lächeln. »Die Aufnahmen, die dein Freund Wesseling gemacht hat, hast du doch gehört. Also weißt du jetzt alles.«

»Ich weiß, was geschehen ist, ja. Aber trotzdem verstehe

ich es nicht. Im Gegenteil. Es kommt mir – bei aller Grau-
samkeit – so dermaßen banal vor. Du wolltest den Tod studieren und hast dazu getötet. Was für ein Klischee.«

»Der Tod ist weder banal noch ein Klischee, Ann. Er ist
die letzte große unbeantwortete Frage der Menschheit.
Denk an deine Mutter. Wolltest du nie wissen, was sie wohl
zum Schluss gesehen oder gefühlt hat, nachdem ihr Gesicht in einem Schrei gestockt ist?«

Ich schüttele den Kopf. »Sie hatte Schmerzen, Papa. Das
ist alles. Sie wollte schreien vor Schmerz, aber sie hatte
keine Kraft mehr dazu.«

»Das vermutest du, Ann. Aber du weißt es nicht.«

»Und du? Du weißt es jetzt, ja? Du hast Dutzende von
Leben zerstört, um diese Antwort zu erhalten. Was bringt
sie uns, Papa? Wir werden alle sterben, so oder so. Und allein deswegen ist es völlig egal, ob am Ende der Himmel,
die Hölle oder einfach nur das große schwarze Nichts auf
uns wartet – wir können doch eh nichts daran ändern. Wir
werden geboren, um zu leben und dann irgendwann zu
sterben. Das ist die Natur.«

»Nein, das ist blinde Akzeptanz, Ann. Und genau dafür
ist der Mensch eben nicht geschaffen. Wir suchen Sinn in
unserer Existenz, einen Bestimmungszweck. Sieh dich an,
du bist das beste Beispiel dafür. Du hast Wesselings Aufnahmen gehört, und trotzdem bist du heute hier. Weil es
dir eben nicht reicht, zu wissen, was wann, wo und wie geschehen ist. Du kannst nicht abschließen, solange du keinen Sinn in dem Ganzen erkennst.«

»Noch mal: Es geht hier nicht um mich, Papa.«

»Aber natürlich, Ann! Es ging immer nur um dich, mein
Käferchen.«

Ich atme wie zerfetzt. Wie oft habe ich mich gefragt, ob er in den Mädchen bloß eine Art Ersatz gesucht hat, weil er am liebsten mich getötet hätte.

Noch immer liest er mich mühelos. »Ich habe nie auch nur ansatzweise darüber nachgedacht, dir etwas anzutun. Nicht mal bei Eva habe ich es geschafft. Und weißt du auch, warum?«

Ich schüttele den Kopf.

»Weil ich wusste, wie viel sie dir bedeutet. Du, Ann, warst mein Leben. Mein größtes Geschenk und meine größte Erkenntnis. Nur durch dich konnte ich fühlen. Denn, weißt du …« Er blickt auf seine Hände. Sie sind alt geworden, genau wie er. Braune Flecken sprenkeln die blasse Haut, blaue Adern wölben sich stark hervor. »Ich bin krank.«

»Das hat man mir gesagt.«

Er sieht auf. »Ich meine nicht den Krebs. Ich leide schon mein ganzes Leben an einer ganz anderen Erkrankung. Es ist keine anerkannte Krankheit, zumindest für Leute, die lediglich Ausdrücke dafür erfinden, aber nicht damit leben müssen: Alexithymie, Ann. Ich leide an Alexithymie.«

»Ale… was?«

»Alexithymie.«

Ich zucke die Schultern, verwirrt.

»Alexithymie bedeutet, dass der oder die Betroffene nur wenig oder gar nichts empfindet. Man hat keine Ahnung, wie es ist, frustriert zu sein. Man fragt sich sein Leben lang: Ist Trauer schmerzhaft? Wie fühlt sich Wut an? Oder Liebe? Ich weiß es nicht, Ann. Noch nie hat mich ein Gefühl wirklich übermannt. Noch nie ist mein Herz gerast oder hat sich mir der Hals zugeschnürt. Was ist Neid? Was ist Hass? Für andere sind Gefühle wie Bulldozer, für mich sind sie eher wie …« Er blickt nach oben, als klebte die richtige Beschreibung an der Decke. »Ein Windhauch«, sagt er schließlich und sieht mir wieder ins Gesicht. »Eine Brise, die mich kaum wahrnehmbar streift.«

»Du …?« Ich stocke, während meine Gedanken zu rasen beginnen, haltlos, zurück in der Zeit. Erinnerungen wie Schlaglichter. Eva, die für eine schlechte Note ein Mordstheater und Hausarrest kassierte, während mein Vater nur mit den Achseln zuckte. Der ganze Mist, den ich mit vierzehn veranstaltete. Joints und Bier und Schuleschwänzen und aufgeschlitzte Matten in der Turnhalle. Die eingesperrte Eva auf der Mädchentoilette. Es ist schon wahr: Er hat mich niemals angeschrien. Mich niemals auf mein Zimmer geschickt. Nicos Moped, dessen Rahmen ich zerkratzte, und wie mein Vater mich deckte. Als ich 2015 den Autounfall hatte, selbstverschuldet, zu viel Bier. Mein Vater, der nicht nur das Bußgeld bezahlte, sondern über Ludwig auch dafür sorgte, dass ich meinen Führerschein nicht verlor. Keine Standpauke, kein Geschrei. Nur der Kommentar: »Tu das nicht wieder, mein Käferchen. Ich brauche dich noch.« Mein Papa, der ewige Stoiker, durch nichts aus der Fassung zu bringen. Und seine Verhaftung – natürlich. Was hatte ich alles in sein ignorantes Verhalten hineininterpretiert? Schock, Müdigkeit, Stolz, Trotz. In Wirklichkeit soll es einfach *nichts* gewesen sein? Gar nichts, nur Leere?

»Aber … was ist mit Mama? Du hast sie doch geliebt? Oder mich … Was ist mit mir? Du hast doch alles für mich getan. Du hast dich immer um mich gekümmert.«

»Das ist mein Problem, Ann. Ich weiß, dass ich dich liebe. Und dass du zu mir gehörst. Aber …«

»Du fühlst es nicht? Wie kann das sein, Papa?« Ich schüttele den Kopf – eben genau darum: Es kann nicht sein. Es kann nicht stimmen. »Ich weiß noch genau, wie besorgt du um mich warst, als ich mich nach Mamas Tod so verschlossen habe …« Als ich nichts fühlte, ergänzt mein Kopf. Genau wie du.

Er nickt. »Alexithymie kann genetisch weitervererbt werden, aber auch schwerwiegende Traumata können die Ursache dafür sein. Ich sah also gleich zwei Risikofaktoren bei dir.«

»Deswegen hast du mich damals zum Kinderpsychologen geschleppt«, schließe ich daraus. »Und deswegen musste ich dir immer bis ins Kleinste meine Gefühle erklären und sie sogar aufschreiben? Du wolltest nicht, dass ich werde wie du?«

»Nein, das wollte ich nicht. Es mag sich paradox anhören, aber Leute wie ich – und das sind im Übrigen weit mehr, als du dir wahrscheinlich vorstellen kannst – sind nicht völlig kalt. Oft merken sie sehr wohl, dass sie anders sind als andere. Und sie leiden darunter. Sie leiden, wenn sie jemanden erleben, der sich ausgelassen freut, und sie ihrerseits nichts tun können, als ihr Gegenüber zu imitieren, ein Lachen vorzuspielen, wie ein Schauspieler. Zwischenmenschliche Rituale trainieren sie sich an, bis sie sitzen wie ein maßgeschneiderter Anzug. Aber sie fühlen sich niemals vollständig.« Er neigt den Kopf zur Seite. Sein Blick ist klar und bohrt sich messerscharf mitten in meine Gedanken hinein. »Wie soll man die Welt begreifen, wenn man sie nicht fühlen kann?«

»Das Höhlengleichnis«, fällt es mir ein. »Ich weiß noch genau, was du zu mir gesagt hast: *Unsere reinen Sinne – das Sehen, Hören, Riechen, Tasten, Schmecken – können uns täuschen. Nur durch sie allein werden wir die Welt niemals gänz-*

lich verstehen. Wir müssen denken. Und fühlen. Doch ausgerechnet dazu …«

»War ich niemals fähig.« Sein Lachen mündet in einem Hustenanfall. Die Töne schmerzen mich. »Mein Immunsystem ist nicht mehr das stabilste«, erklärt er schulterzuckend. »Tja, jetzt weißt du es. Professor Doktor Walter Lesniak, der große, international renommierte Philosoph und Anthropologe. Sämtliche Fragen des Lebens und der Welt will er beantworten, aber das wird ihm niemals gelingen, weil ihm die entscheidende Komponente fehlt.«

Ich atme gegen meinen anziehenden Herzschlag an, gegen deplatzierte Empathie. »Du sagst, dass viele Menschen unter dieser Sache leiden. Wie viele?«

»Studien zufolge rund vierzehn Prozent.«

»Und die marschieren eines Tages alle los und fangen an zu morden, ja?«

»Nein. Aber die haben auch nicht alle das Licht gesehen.«

»Das Licht?«

»Es ist schwer, wieder zurück in die Höhle zu gehen, mein Käferchen, wenn man erst einmal draußen war und das Licht gesehen hat.«

»Welches verdammte Licht?«

»In meinem Fall warst du das Licht, Ann.«

»Ich?«

»Dein Fahrradunfall, weißt du noch? Wie du blutetest? Das tiefe Loch in deinem Handgelenk, das wie ein Ventil wirkte für all die angestauten, verdrängten Gefühle in dir.« Er reißt die Hände auseinander. »Und es war wie ein Wunder, denn auch ich habe in diesem Moment etwas gefühlt, Ann! Zum ersten Mal in meinem Leben war da mehr als nur ein Hauch, eine bedeutungslose Brise. Ich fühlte deinen Schmerz, deine Verzweiflung, deine Faszination. Ich fühlte Sorge, die Angst, dich zu verlieren. Die Entschlossenheit, dich vor allem Übel zu bewahren. Für ein paar Sekunden war alles da, so real, so groß und überwältigend, und nicht mehr nur spröde Theorie. Es war echt! Aber eben auch viel zu schnell wieder vorbei.«

»Das heißt, du hast gar nicht zwei Jahre nach Mamas Tod zu morden begonnen, sondern ein Jahr nach meinem Fahrradunfall.« Ich reiße mir die Hand vor den Mund. Ich bin der Auslöser gewesen. »Das erste Mädchen, Laura, das trotz ihres aufgeschlagenen Knies nicht weinte. Sie hat dich genau daran erinnert: an mich und an den Fahrradunfall damals.«

»Ich hätte alles getan, um das noch einmal zu erleben.«

»Und das hast du.«

»Ja, das habe ich wohl.«

»Du hast es immer und immer wieder nachgespielt. Du wolltest nicht nur den Tod studieren, sondern vor allem dich selbst. Und das ist es auch, was du meintest, als du zu Jakob im Interview sagtest, die Mädchen hätten dir eine Bedeutung gegeben. Sie haben dich etwas fühlen lassen. Du bist krank, Papa! In vielerlei Hinsicht.«

Es trifft ihn nicht, er lächelt nur. »Erinnerst du dich auch an die Pointe des Höhlengleichnisses, Ann? Der, der draußen zur Erleuchtung gelangte, kehrt in die Höhle zurück, um den übrigen Gefangenen von seiner Erkenntnis zu berichten. Doch er wird nur verlacht, und sogar schlimmer: Die anderen hängen dermaßen an ihrer Vorstellung von der Welt – an ihren Schatten –, dass sie ihn packen und umbringen wollen. So ist es auch Platons Lehrer Sokrates gegangen. Die Athener ließen ihn für sein Gerede zum Tode verurteilen. Mit einem Schluck Schierlingsgift sollte er sich selbst vergiften. Sokrates wehrte sich nicht. Er sagte: ›Zum Wohl‹, und trank.« Er beugt sich über den Tisch. »Was fühlst du jetzt? Abscheu? Mitleid? Was, Ann?«

Ich schüttele den Kopf. »Was ist mit dem Stein? Den von meinem Unfall hattest du mir geschenkt, und ich wiederum habe ihn an Zoe weitergegeben.«

»Zufällig habe ich während eines Spaziergangs einen ähnlichen gefunden. Musste mir das nicht vorkommen wie ein Zeichen?«

»Du hast ihn zum Morden benutzt.«

»Ja, das habe ich. Was fühlst du, Ann? Sag es mir.«

»Vergiss es. Ich käme mir vor wie ein Dealer, der einen Junkie mit einem Schuss versorgt.«

»Nein, nein, nein, mein Käferchen.« Er greift nach meiner Hand. »Nichts von alledem ist deine Schuld. Du warst mein Gefühl. Wie eine Prothese für einen versehrten Körper. Du warst mein Licht, mein Alles.«

»Und trage ich nicht genau deswegen eine Mitschuld?«

»Das ist ein spannender Gedanke. Konnte ich dir vielleicht sogar ein besserer Vater sein, weil ich mir einmal im Jahr diesen Gefühlsausbruch verschafft habe?«

Ich ziehe meine Hand unter seiner hervor. »Das ist nicht dein Ernst?«

»Ich weiß es nicht, mein Käferchen. Was ich aber mit Bestimmtheit weiß, ist, dass du mich zu einem besseren Menschen gemacht hast, zu einem kompletteren Menschen.« ›Perfect Day‹, schießt es mir durch den Kopf. Die zweite Strophe, in der Lou Reed dem Adressaten des Songs sagt, dass er sich wegen ihm – oder ihr – völlig vergessen und sich einreden konnte, jemand anderes zu sein.

»Bilde dir nicht ein, dass deine Taten mein Leben nicht

beeinflusst hätten. Zoe und ich stehen kurz davor, uns zu trennen.«

»Tatsächlich? Warum denn?«

»Warum? Weil sie nicht erlebt hat, was ich erlebt habe. Dementsprechend kann sie es auch nicht nachvollziehen. Sie hängt fest in ihrer kleinen heilen Welt, während ich …« Ich breche ab, als ich sehe, wie in seinem Gesicht etwas aufblitzt; mein Kummer, ein Gefühl, das ihn nährt. »Was rede ich hier? Wir werden unsere Probleme schon in den Griff bekommen. Und was auch immer geschieht, ich habe meinen kleinen Noah. Er ist …«

»Dein Licht«, beendet mein Vater den Satz für mich. Er sieht sich nach der Kamera um, die in der Ecke über der Tür hängt. Dann schiebt er mir seine geöffnete Handfläche entgegen und sagt lächelnd: »Auf dein Wohl, mein Käferchen.«

Liebe. (Ann, 29 Jahre alt)

Die Liebe lässt uns keine Wahl. Wir suchen sie uns nicht aus – sie ist es, die uns sucht und findet. Sie nistet sich in unserem Inneren ein als die Essenz unseres Seins. Alles, was wir empfinden, gedeiht aus Liebe. Hoffnung und Glaube, Zuversicht, Entschlossenheit. Aber auch Hass und Angst und Wut und all die negativen Regungen, die uns bisweilen zu Kreaturen machen. Sie entstehen letztlich auch nur aus enttäuschter, verletzter Liebe heraus. Liebe ist das Zerbrechlichste und zugleich Stärkste in uns Menschen. Und sie ist immer existent. Manchmal groß und bunt und laut und leuchtend wie

die Farben des Sommers. Manchmal kaum wahrnehm-
bar, nur noch ein Hauch und ein Flüstern. Nur ein
kleines rotes Licht, das dennoch sichtbar ist, auch in der
tiefsten schwarzen Nacht. Und selbst wenn nichts mehr
von uns übrigbleibt, dann ist die Liebe unser letztes
Gebet. Unser letzter Atemzug.

Mein Vater starb am Abend des 19.05.2021, nur ein paar Stunden nach meinem Besuch. Man fand ihn leblos in seiner Zelle, nachdem er sich die Pulsader des linken Handgelenks aufgeschnitten hatte; jede Hilfe kam zu spät. Wie er an den Stein gelangte, der dem, mit dem er Jahre zuvor die Morde an den Mädchen beging, erstaunlich ähnlich sah, ist nicht bekannt. Man vermutet, dass er ihn bei einem Hofgang gefunden und in seine Zelle geschmuggelt hat. In einer offiziellen Verlautbarung, die auch an die Medien herausgegeben wurde, hieß es, sein gesundheitlicher Zustand aufgrund seiner Darmkrebserkrankung habe sich rapide verschlechtert und schließlich zu seinem Tod geführt.

Ich weiß es besser, alles.

Vor allem aber weiß ich, dass er es für mich getan hat, damit ich einen Abschluss und endlich Frieden finden würde. Allein das zeigt, dass er eben doch fähig war, etwas zu empfinden. Ich hoffe, das ist ihm noch bewusst geworden, bevor er starb.

Der Frage, ob ich ihm verziehen habe, entgehe ich, soweit ich kann. Es ist nicht zu verzeihen, was er getan hat, aber ein Stück weit, denke ich, habe ich es nun doch noch begriffen. Auch das würde ich niemals laut aussprechen, aus Sorge, man könnte das, was ich mit ›begreifen‹ meine, mit ›relativieren‹ oder ›rechtfertigen‹ verwechseln. So ist es natürlich nicht; ich weiß sehr genau, was richtig und was falsch ist, sonst hätte ich in Schergel niemals freiwillig den Stein zur Untersuchung herausgegeben. Aber ich kann zumindest einigermaßen nachvollziehen, was ihn getrieben hat: Genau wie Nathalie strebte er immer wieder zu einem bestimmten Punkt hin, und dieser Punkt ließ ihn einfach nicht los. Was für Nathalie der Tag war, an dem es Lenia in ihrer Fantasie gelang, dem Schleifenmörder zu entkommen, war für meinen Vater der Tag, an dem er erstmalig in seinem Leben etwas fühlte. Der Tag meines Fahrradunfalls. Und genau wie Nathalie begnügte er sich nicht mit einer Vorstellung hinter seinen geschlossenen Lidern; er ließ sie Realität werden. Fakt ist: Der Mensch Walter Lesniak bestand aus zwei Teilen. Einer davon war ein grausamer Mörder, der Unfassbares getan und viele Menschen in ein schreckliches Unglück gestürzt hat. Der andere war mein Vater, der vielleicht beste, den ich hätte haben können. Und ja, inzwischen differenziere ich zwischen den beiden. Doch auch das behalte ich für mich, aus Angst vor der Wertung durch andere.

Im Nachhinein konnten ihm, dank des Interviews mit Jakob, zwei weitere bisher ungeklärte Morde aus den Jahren 2001 und 2002 an der siebenjährigen Laura und der neunjährigen Miriam nachgewiesen werden. Ihre Familien haben jetzt Gewissheit.

Jakob arbeitet immer noch an seinem Buch. Er sagt, er wolle sich Zeit lassen, um die Geschichte bestmöglich zu erfassen. Im Zuge seiner Recherchen hat er zuletzt noch herausgefunden, dass Marcus Steinhausen 2010 nach Spanien ausgewandert war. Dort hatte er eine Frau kennengelernt, eine Familie gegründet und einen kleinen Handwerkerservice betrieben. 2014 starb Marcus Steinhausen bei einem Autounfall.

Eva hat sich vollständig von ihrer Verletzung erholt. Sie arbeitet immer noch als Psychologin in der Psychologischen Beratungsstelle für Kriminalitätsopfer und deren Angehörige an der Frankfurter Uniklinik. Sie und Nico haben wieder zusammengefunden und planen, in diesem Sommer zu heiraten.

Auch Michelle Meller hat wieder neu geheiratet. Ihr Exmann Rainer Meller musste sich 2018 in einem Prozess für einen Fall der Freiheitsberaubung und zwei Fälle von gefährlicher Körperverletzung verantworten. Er wurde schuldig gesprochen und verbüßt derzeit eine zehnjährige Haftstrafe.

Sarah Seiler lebt bei ihrem Vater in Čachrov in Tschechien. Sie ist inzwischen zwölf Jahre alt und besucht das Gymnasium. Einmal in der Woche trifft sie sich immer noch mit ihrer Therapeutin, doch es geht ihr wohl recht gut, was sicherlich auch an ihrem Vater liegt, der sich sehr bemüht, nach seinem Versagen in den ersten Jahren nun endlich der Vater zu sein, den seine Tochter braucht.

Steffen Fester hat mit seiner zweiten Frau ein gesundes Mädchen bekommen. Er sagt, er erkenne viel von Lenia in der Kleinen.
Lenia liegt auf einem Friedhof in Schöneberg begraben.

Nathalie lebt immer noch in einer psychiatrischen Einrichtung in der Nähe von Berlin. Einmal im Monat darf sie unter Aufsicht Besuch empfangen. Sie sieht gut aus und redet begeistert von ihrer Entlassung, die in ihrer Welt wohl kurz bevorsteht.

Zoe ist ausgezogen; Noah und ich bewohnen weiterhin das Haus in Charlottenburg. Jeden Abend zünden wir eine Kerze an, stellen sie ins Fensterbrett des Arbeitszimmers und deuten ihre zuckenden Schatten an der Wand. Noah entdeckt dabei immer etwas anderes: Dinosaurier oder Monstertrucks oder eine Ritterburg bei Gewitter. Ich dagegen sehe einen Mann, der ein kleines Mädchen auf seinen Schultern trägt. Immer. Und dann ist es Sommer und ich bin sieben Jahre alt und Lou Reed singt von einem perfekten Tag.

Nachwort und Danksagung

Obwohl ich in diesem Roman über ein bestimmtes Phänomen geschrieben habe, möchte ich mir dennoch nicht anmaßen zu behaupten, ich könnte mich tatsächlich in ein solches Leben hineinversetzen. Wie muss es sein, wenn die Liebe nur ein Hauch ist und jede Träne bloß eine bedeutungslose physische Reaktion? Ganz ehrlich: ich weiß es nicht. Ich kann nur annehmen, dass es einem als Betroffenem einen Alltag auflastet, in dem vieles kompliziert ist und der einem wahrscheinlich oft nur ein einziges Gefühl klar vermittelt: das Gefühl, anders, vielleicht sogar »verkehrt« zu sein. Nichtsdestotrotz geben Betroffene ihr Bestes, sich zu integrieren und werden natürlich nicht – wie es in diesem Roman der Fall ist – zwangsläufig zu einer Gefahr für die Allgemeinheit. Ich hoffe, dass es mir geglückt ist, einen klar abgegrenzten Einzelfall zu beschreiben – euch als LeserInnen dies wissen zu lassen, ist mir überaus wichtig. Denn es geht um Respekt; das Leben ist eine Lotterie – wir können uns nicht aussuchen, wo, wann und als wer wir geboren werden und welche Bedingungen dabei herrschen. Selbst, was wir aus unserem Leben machen, haben wir nicht vorbehaltlos in der Hand – bis auf eins: wir können jeden Tag aufs Neue entscheiden, wie wir miteinander umgehen.

Was mich betrifft, bin ich jemand, der höchst verschwenderisch ist mit seinen Emotionen, und manchmal bringt mich diese Emotionalität in Teufels Küche, weil sie mich verletzlich macht und bloßstellt. Ich denke trotzdem, dass

413

wir alle dankbar sein sollten für die Macht unserer Empfindungen, dass die guten für unseren persönlichen Wachstumsprozess genauso nötig sind wie die negativen, und dass wir uns ruhig öfter einfach mal davon mitreißen lassen sollten – egal, was andere davon halten, ob wir uns möglicherweise blamieren oder angreifbar machen. Denn unsere Emotionen bestimmen einen großen Teil unserer Identität, jede einzelne hat ihre Daseinsberechtigung in einer Welt, in der nicht jeder über das Geschenk verfügt, überhaupt etwas fühlen zu können, in einer Welt zudem, die ohnehin oft schon kalt genug ist. Also lasst uns laut und lebendig sein, lasst uns lachen und lieben und weinen und schreien. Es ist mehr als okay, es ist richtig und wichtig.

Und während ich diese Zeilen an euch tippe, überwältigen mich meine eigenen Emotionen erneut. Mit Dankbarkeit für dieses Leben, das ich führen und in dem ich Geschichten für euch erfinden darf. Mit Dankbarkeit für die Menschen, die mir bei diesem für mich immer noch schier unfassbaren Abenteuer zur Seite stehen. Drei besondere Frauen möchte ich in dem Zusammenhang erwähnen: meine Agentin Caterina Schäfer, meine Lektorin Bianca Dombrowa und dich, Mama. Ihr Drei wart während der Entstehung von ›Perfect Day‹ meine wichtigsten Stützen. Ihr habt mich ertragen, getröstet, motiviert, mich mit euren schlauen Gedanken gefüttert und mich stets daran erinnert, warum ich einst angetreten bin als Geschichtenerzählerin, und dass ich auch weiterhin meinen eigenen Weg gehen darf und muss.

Danke auch an all die engagierten Menschen bei dtv (#gutebudeforever), die verstehen, was das Schreiben mir bedeutet, und die nicht selten einen kleinen Extra-Pfad für

mich einschlagen (müssen), insbesondere an Barbara Laug-
witz, Andrea Seibert und an Gudrun Marx.

An meine ausländischen Verlage und ÜbersetzerInnen,
die dafür sorgen, dass meine Geschichten mittlerweile in so
vielen Ländern gelesen werden können – speziell auch noch
einmal an Stefanie Bierwerth, Jamie Bulloch und Christine
Kopprasch, die mir geholfen haben, im letzten Jahr eine
weitere persönliche Hürde zu nehmen und ungeniert trotz
sprachlicher Defizite auch mit meinem ausländischen Pub-
likum persönlich in Kontakt zu treten. Was anfangs noch
von Herzstolpereien und Schweißausbrüchen begleitet war,
ist inzwischen eine wunderbare Bereicherung (und noch
dazu ein riesengroßer Spaß) – und das verdanke ich allein
euch.

Auch dir, Astrid Eckert, möchte ich – längst überfällig –
noch einmal explizit danken, dazu meiner Familie und meinen FreundInnen, und natürlich euch, den LeserInnen,
BloggerInnen, BuchhändlerInnen und VeranstalterInnen:
Danke, dass ihr meine Geschichten lest und weitertragt.

Und schließlich an dich, Lou Reed, da oben im Himmel:
Danke für diesen Song. Grüß das Miepchen von mir.

Von Herzen

eure Romy